唐诗乐器管窥

齐柏平 著

中央音乐学院出版社

图书在版编目(CIP)数据

唐诗乐器管窥／齐柏平著．—北京：中央音乐学院出版社，2013.12

ISBN 978-7-81096-572-9

Ⅰ.①唐… Ⅱ.①齐… Ⅲ.①唐诗—诗歌研究②古乐器—研究—中国—唐代 Ⅳ.①I207.22②K875.54

中国版本图书馆 CIP 数据核字（2013）第 171013 号

唐诗乐器管窥 齐柏平著

出版发行：	中央音乐学院出版社
经　　销：	新华书店
开　　本：	A5　　印张：10.5
印　　刷：	北京宏伟双华印刷有限公司
版　　次：	2013 年 12 月第 1 版　　2013 年 12 月第 1 次印刷
印　　数：	1—2,000 册
书　　号：	ISBN 978-7-81096-572-9
定　　价：	39.00 元

中央音乐学院出版社　北京市西城区鲍家街 43 号　邮编：100031
发行部：(010) 66418248　　66415711（传真）

序

作为柏平的导师,在他硕士毕业18年后,要为他的专著写序,这是我应尽的职责,故欣然为之提笔。

柏平1991～1994年在厦大艺术学院音乐系攻读音乐学硕士学位,研究方向是《中国音乐史》,他对唐诗比较感兴趣,在读期间,选修了大量的文学、史学、人类学、社会学、美学课程,尤其对文学和美学感兴趣,曾经撰写《刘禹锡与中唐音乐之若干研究》等论文。毕业时我便让他写了硕士论文《唐诗乐器管窥》。当时有些仓促,所以毕业后,他就慢慢整理发表了硕士论文中的部分章节。如有关古琴的、有关琵琶的、有关笛子的等等。毕业后他也对古代美学发表过几篇论文,都还不错。

柏平在他毕业即将二十年之际,萌发了将硕士论文出版的想法,他知道其中还要花费艰巨的劳动和深刻的思考。从1994年毕业到现在(2012年),他收集到了不少的资料。如《白居易全集》、《全唐诗》(上、下)、姜晓乐的《刘禹锡》及众多诗人传记材料,甚至也有某些宋代名家的资料等。他告诉我说,他收集到的书籍已近100册。所以,当他和我通话,告诉我他将要出版他的硕士论文《唐诗乐器管窥》时,我很高兴,鼓励他做好此事。

柏平的论文《唐诗乐器管窥》选取了十二件乐器作为论述的对象,而这十二件乐器也并非平均用力。他主要选取了古琴与琵琶两件乐器作为重点来论述。古琴作为正统乐器之代表,琵琶作为胡乐器之代表,从某种意义上说,这也是雅乐和俗乐的代表。

这两件乐器在唐代发生了一些有趣的现象：古琴虽然正统，但人们不喜欢；琵琶虽是胡乐，但唐人大有胡气；于是出现了一些我们今天比较难以预料的情况，这就是历史，这就是唐代的音乐史，这就是唐代音乐史中鲜活的内容。

柏平原来的论文在古琴和琵琶两种乐器的比较中做得比较好，他对古琴作了历史性梳理，对琵琶也作了充分的考证。到唐代，为什么会有古琴的衰落和琵琶的兴盛，他是有几点结论的，这些是他的新观点，比如古琴在唐代衰落，琵琶在唐代兴盛；民族融合在大的历史背景中促进了音乐的发展，音乐的发展又加速了民族的融合，加速了文化的传播。他对古琴的美学观念分析比较深入细致，对琵琶的兴盛也有一些新的发现。

柏平这次对论文作了比较丰富的充实，比如打击乐器加进了三种、钟、鼓、磬，这三件乐器要写好都有一定的难度，他找了许多的资料，如到中国艺术研究院音乐研究所去查阅《中国文物大系》，还有其它有关打击乐器的书籍，费了不少时间和精力，当然，还是很有收获的。在补充的材料中，他将乐器在各朝代的概况，作了一个总览。这样对唐代乐器概况也有一个比较恰当的定位，因为是管窥，所以不仅要窥前代，还要比较后来的时代，前代管窥了多少，后代管窥了多少，前后综合就知道它的意义之所在了。

其次，柏平在论文中强化了民族融合的视角。从民族融合这个角度来探讨唐代胡乐兴盛这个路子是正确的，方向是对的。这样唐代音乐的来龙及去脉就比较容易把握了，比如七部乐、九部乐、十部乐是如何来的，如何变化的，每次变化有什么特点。当然，他也是选取一些有代表性的"胡乐"来进行钩沉分析。他的论文之中增加了一些关于魏、晋、南朝、北朝时期的民族历史及我国古代少数民族建立的政权。在这个阶段中，音乐又是如何变化的。音乐的分析也离不开对当时政治、军事及社会习俗，唐代人们的生活有什么特点，他也有些叙述和讨论。本专著从宏观方面作了较多的改进，比如从历史的纵深度，从民族融合度两方面作了较多的探索。在唐诗所咏与现当代的某些器乐作品和民族流行的音乐方面作了一定程度的联系和研究，是有创意的。

第三，打击乐中钟鼓的地位之变化，管乐中笛子和筚篥的变化，弦乐中琵琶与古琴之矛盾是本书的亮点之一。

第四，专著保持了原来论文的基本风格和核心观点，增加了结尾的第四章，带有总结性质，这一章的最后对唐诗中的乐队组合、文化特点及音乐资料作了宏观的说明。

柏平在论文中收集到比较丰富的资料，他的论文在最后的小结中，是得出了结论的。这些结论对论文起着重要的支撑作用，发前人所未发，属于他自己的新发现，很值得一读。

周畅
2012 年夏于厦门大学

目　　录

序 …………………………………………………………（1）

缘起 ………………………………………………………（1）
  一、唐代历史分期 ………………………………………（3）
  二、唐诗乐器分类 ………………………………………（8）
  三、唐诗乐器研究之现状及本文的方法、意义 ………（10）
  附录一：唐代年表 ………………………………………（14）

第一章　打击乐器 …………………………………（18）
唐代打击乐器概述 ………………………………………（18）
第一节　钟 ………………………………………………（20）
  概述 ……………………………………………………（20）
  一、唐诗咏钟 …………………………………………（23）
  二、钟的分类 …………………………………………（27）
  三、钟的运用 …………………………………………（29）
  四、钟的文化含义和美学精神 ………………………（31）
第二节　鼓 ………………………………………………（32）
  概述 ……………………………………………………（32）
  一、唐诗咏鼓 …………………………………………（37）
  二、唐代鼓手与曲目 …………………………………（43）
  三、鼓的分类和使用 …………………………………（45）
  四、鼓的作用和意义 …………………………………（50）
  五、鼓的变化发展 ……………………………………（54）

I

第三节　磬	（55）
概述	（55）
一、唐诗咏磬	（57）
二、磬的运用及小结	（64）
第四节　方响	（65）
概述	（65）
一、方响在唐诗中	（67）
二、方响在乐队中的运用	（69）
第五节　其它打击乐器	（70）
铜碗、瓯、拍板、越器	
打击乐器小结——钟鼓之音	（73）
一、瑕不掩玉	（73）
二、金石之变	（74）
三、当代扫描	（75）
第二章　吹奏乐器	（78）
唐代吹奏乐器概述	（78）
第一节　笙	（80）
一、历史	（80）
二、形制	（81）
三、音色	（82）
四、演奏	（83）
五、笙在乐队中的运用	（86）
六、笙的美学思想	（86）
第二节　竽篥	（88）
概述	（88）
一、唐诗咏竽篥	（90）
二、竽篥演奏家和曲目	（99）

目 录

第三节　笛 …………………………………………（101）
  概述 ………………………………………………（101）
  一、唐诗咏笛 ……………………………………（102）
  二、笛子情感美学 ………………………………（105）
  三、笛子流行原因 ………………………………（107）
  四、笛子在乐队中的运用 ………………………（111）

第四节　箫 …………………………………………（112）
  概述 ………………………………………………（112）
  一、唐诗咏箫 ……………………………………（114）
  二、箫在乐队中 …………………………………（118）

第五节　其它管乐器 ………………………………（118）
  筚、角、贝、尺八、竽
  管乐器小结——竹管之乐 ………………………（122）
  一、笙笛历史境遇之异同 ………………………（122）
  二、从演奏方式看其族属 ………………………（124）
  三、笛子与筚篥之彼此消长 ……………………（126）

第三章　弹拨乐器 …………………………………（127）
唐代弦乐器概述 ……………………………………（127）
第一节　古琴 ………………………………………（129）
  一、形制 …………………………………………（129）
  二、琴家作品与历史传说 ………………………（132）
  三、唐诗咏琴 ……………………………………（136）
  四、古琴衰落的原因 ……………………………（148）
  五、唐诗中的古琴美学刍议 ……………………（155）
    （一）宏观美学 ………………………………（155）
    （二）微观美学 ………………………………（159）

第二节　琵琶 ………………………………………（175）

Ⅲ

一、命名 …………………………………………… (175)
　　二、形制及分类 …………………………………… (177)
　　三、唐代琵琶的历史线条 ………………………… (183)
　　四、唐代琵琶兴盛之因 …………………………… (196)
　　五、唐代琵琶美学初探 …………………………… (206)
　　六、唐代琵琶交流及其演奏家 …………………… (218)
　　七、唐代琵琶曲和琵琶谱 ………………………… (226)
　　八、唐代琵琶在乐队中的运用 …………………… (234)
　　九、唐代琵琶的意义和影响 ……………………… (235)
　第三节　筝 …………………………………………… (238)
　　一、筝的形制 ……………………………………… (240)
　　二、唐诗咏筝 ……………………………………… (242)
　　三、筝演奏家及其制度 …………………………… (247)
　　四、筝的审美 ……………………………………… (249)
　　五、筝在乐队中的运用 …………………………… (254)
　第四节　箜篌 ………………………………………… (254)
　　一、形制与历史 …………………………………… (254)
　　二、唐诗咏箜篌 …………………………………… (256)
　　三、表演与欣赏状况 ……………………………… (259)
　　四、箜篌的使用 …………………………………… (260)
　第五节　其它弦乐器 ………………………………… (261)
轧筝、瑟
　　弦乐器小结——丝弦之动 ………………………… (263)
　　一、古琴与琵琶两件乐器所代表的音乐性质
　　　　及其相互关系 ………………………………… (263)
　　二、乐器技巧的借鉴及古代知音观的拓宽 ……… (270)
　　三、音乐美学理论的历史继承及创新发展 ……… (272)
　　四、两件乐器所代表的音乐之轨迹 ……………… (277)

第四章　总结 ……………………………………………（281）

第一节　唐代音乐机构——太常部伎有等级 ………（281）
　　一、大乐署 ………………………………………（282）
　　二、鼓吹署 ………………………………………（283）
　　三、教坊 …………………………………………（284）
　　四、梨园 …………………………………………（285）

第二节　融吸与创新 …………………………………（287）
　　一、由融吸到创新 ………………………………（287）
　　二、坐、立部伎之特点 …………………………（291）

第三节　唐诗中的乐队 ………………………………（292）
　　一、乐队的类型 …………………………………（292）
　　二、乐队的变化 …………………………………（296）
　　三、唐诗中的乐器与乐队之宏观分析 …………（299）

第四节　总览 …………………………………………（301）
　　一、唐诗乐器的选择 ……………………………（301）
　　二、唐代乐器诗览评 ……………………………（304）

附录二：主要参考文献 …………………………………（308）
　　一、专著 …………………………………………（308）
　　二、论文 …………………………………………（313）

后　记 ……………………………………………………（320）

缘　　起

　　唐诗是中国艺术灿烂的花朵，是中国文学巍峨的高峰，是具有永久魅力的精神珍品。

　　唐乐是中国封建社会民间音乐的高潮，也是宫廷乐舞的尖顶，是中国古代各族人民交流和积累的结晶，它不仅影响中国也影响了世界，它开了花也结了果，它超时间超地域地保留下来，可谓长命百岁，经久不息。

　　唐诗与唐乐是双峰并峙又紧紧相联的姊妹艺术，但由于唐诗本身的艺术成就，使得人们往往陶醉在诗艺欣赏的狂喜之中，却忽视了她的历史价值。也许由于它的文学之光过于耀眼，而使她的许多社会历史内容被艺术之光所遮住。有鉴于此，本文将穿过光芒，越过盲点去寻找唐诗之中音乐的历史线条和乐器辉煌的轨迹。

　　唐诗虽然属于文学范围，她可以叙事，可以抒情，可以咏史，可以记志，可以写山水花鸟、风土人情，可以状大漠边关、塞上烟云，它同样可以描写丰富多彩的音乐。令人炫目的舞蹈，悦耳动听的器乐。我们研究的是唐诗中所涉及到的音乐领域，唐诗描写的音乐之真实性从来没有被人们怀疑过。仅以正月十五日元宵节在唐朝不同时期诗人作品中的体现即可窥见一斑。

　　如初唐"文章四友"之一的苏味道（648～705）就有《正月十五日夜》：

　　火树银花合，星桥铁锁开。暗尘随马去，明月逐人来。
　　游伎皆秾李，行歌尽落梅。金吾不禁夜，玉漏莫相催。

我们看看《大唐新语》中的介绍，就知道唐诗所言不差了："京城正月望日，盛饰灯火之会。金吾驰禁，特许夜行。贵族戚属及下隶工贾，无不夜游，车马骈阗，人不得顾。王主之家，马上作乐，以相竞夸。文士皆赋诗，以寄其事。"

唐诗中的这些史料是我们研究唐音乐的重要依据，通过研究我们可以以小见大、管窥唐乐，从中得出一些有根据的结论。

唐诗中与音乐有联系的内容太多了，几可俯拾。从某种程度上来说，它们甚至是唐代音乐的一面镜子。唐诗中描写的音乐是我们研究的主要内容，是音乐史的必要补充。它应该属于士大夫音乐，是士大夫音乐生活的一个重要而鲜活的展示，而且不限于此，它反映的是大唐音乐的方方面面，如音乐、歌唱、乐器、乐舞、胡舞、音乐创作、音乐教学及某些音乐的流变等，真可谓五彩缤纷、应有尽有。对于一篇硕士论文而言，如果研究所有的领域可能会导致泛泛而谈，因此本文只观照其乐器领域。

唐诗几万首，囊括百行情。唐诗之繁荣得益于当时综合国力之强盛，同样得益于当时各个阶层、各个民族、各种人士的参与。胡应麟在《诗薮》中说："甚矣，诗之盛于唐也！其体，则三、四、五言，六、七、杂言，乐府、歌行、近体、绝句，靡弗备矣。其格，则高卑、远近、浓淡、浅深、巨细、精粗、巧拙、强弱，靡弗具矣。其调，则飘逸、雄浑、深沉、博大、绮丽、幽闲、新奇、猥琐，靡弗诣矣。其人，则帝王、将相、朝士、布衣、童子、妇人、缁流、羽客，靡弗预矣。"这样全民皆诗人的时代，诗能不反映当时的艺术吗？音乐作为唐诗百歌不疲的艺术，其总数不下 3000 千首。要在汗牛充栋、浩如烟海的唐诗中进行去粗取精、去伪存真的研究工作并非易事。本文对乐器诗进行了资料收集和分类整理，避免面面俱到，只研究乐器的一般演奏技巧和流行概况、研究文人们对音乐演奏的参与及其对音乐的美学评论，从而进一步管窥唐代音乐发展的大趋势。

唐代是中国封建社会非常开放的时代，其文学艺术、风俗习惯、异域风情等都具有相当的先进性和开放性。政治、经济、科学、文化等各个方面都以其赫然成果令人瞩目，所以对这个时代及与之相关的历史研究，无疑会对我们今天的改革开放、对社会主义经济建设和文化建设都有着不可忽视的借鉴作用。

一、唐代历史分期

大唐近三百年（618～907），一般分四个阶段，即初唐（618～712），盛唐（713～766），中唐（766～835），晚唐（836～907）。音乐与文学发展联系紧密又极其类似，故以文学阶段断之。

（一）初唐

初唐指从高祖李渊到玄宗李隆基近100年的时间（618～712）。在这段时间里，开国之初是百废待兴，唐代皇帝与大臣恪守君臣之道，上下一心打下了唐代三百年扎实的基业，此阶段的主要功绩是文化思想政策的制定。

如在文化方面首先确立道先、儒次、佛后之地位。但也并没有时刻强调这种顺序，而只是强调三教并存、积思广益。高祖李渊、唐太宗李世民没有很多时间专门来建设文化事业，保卫国家安全才是当时头等大事。所以他们创建了一些机构，指出了国家大的发展方向。如高祖李渊置国子学、太学、州县乡学，这些都是积极的统治政策，教育兴国嘛；又如命宫廷文官撰写北魏、北齐、北周、齐、陈、隋六史，如命欧阳询撰《艺文类聚》等；唐太宗置弘文馆，推十八学士，有利于文化发展；公元621年唐太宗攻占洛阳，命房玄龄收隋图籍，"于时海内渐平，太宗乃锐意经籍，开文学馆以待四方之士"。贞观中将文治作为政治中心。

命魏征撰《隋书》、《群书治要》等。重视欧阳询、虞世南、褚遂良的书法，阎立本的绘画，命魏王泰等撰五百卷的《括地志》。音乐中有《秦王破阵乐》、《上元舞》等等开始出现，成为唐代三百年常演不衰的经典。武则天时期，音乐上编撰《乐书要录》，宗教上有张易之等撰的《三教珠英》，张鷟笔记体小说《朝野佥载》出现，记录当时逸闻趣事，均有胜名。

唐初另一项重要政策是继承隋代科举考试制度，这时开科取士由不规范到规范，天下英雄都被皇帝"收入囊中"。

（二）盛唐

"李杜文章在，光焰万丈长。"李白、杜甫作为盛唐时期的代表人物，说明了他们在文学上的造诣。但我们必须明白，顶点总是尖尖的、小小的，如果我们用金字塔顶来形容就很好理解了。这时候"稻米流脂粟米白，公私仓廪俱丰实"，社会物质财富极大丰富；文艺方面已经形成了"五尺童子耻不言文墨"的习俗，"太平君子，唯门调户选，往文射策，以求禄位"。[①] 由此可见当时社会的物质与精神文明之一斑。

"才高气逸而调雄"的李白与玄宗皇帝有过几百天的交往，他经常为玄宗的休闲作出"锦上添花"式的贡献，如在沉香亭旁创作三首《清平调》就是一例。李白"直挂云帆出沧海"的理想由于种种原因未能实现，但对于诸多诗人而言，这种"济沧海"之志是他们的座右铭。"体大思精而格浑"的杜甫是"诗史"，他的《三吏》、《三别》写出了现实的悲歌。他也曾经与岐王李范、音乐家李龟年、舞蹈家公孙大娘等音乐界名人有过这样和那样的交往。类似的诗人还有顾况、元结、韦应物、刘长卿等，他们的诗中都有与音乐有关的记载和描写。此外，《丹阳集》有包融、储

[①] 杜佑《通典》卷15《选举三·历代制下》。

光羲、丁仙芝、沈如筠等18位；《河岳英灵集》有常健、张谓、王湾、王季友、陶翰、李顾、綦毋潜、崔国辅、祖咏等诗坛高手，亦有无数好诗，其中李颀对音乐非常关注。玄宗皇帝的政治亮点和音乐亮点结合得甚好，以至于七绝圣手王昌龄、边塞诗人高适、岑参、王之涣及诗人孟浩然等都为盛唐的辉煌唱出了无数美好的赞歌。音乐方面有李龟年、公孙大娘、永新、杨玉环、尉迟青、云朝霞等几乎所有的声乐、舞蹈和器乐的名家都在此时的记载中出现过。诸多音乐曲目、舞蹈曲目、器乐曲目在此时大放异彩，如《何满子》、《霓裳羽衣舞》、《雨淋淋》等曲目。此时期，唐玄宗极好音乐，使得羯鼓、笛子、琵琶等胡乐器一跃成为唐代乐器中的"知名人士"。而宁王、宋璟、李龟年、杨贵妃、康昆仑等成为乐坛名人。另外，徐坚撰《初学记》（主要描写音乐方面的内容）、吴兢撰《贞观政要》、刘知己撰《史通》等则是此时艺术、文学、史学方面的成就体现。

这是一个充满传说、令人羡慕的时代。

（三）中唐

中唐在文学方面著名的有"大历十才子"，虽然他们的才气不如盛唐大家，但他们的整体形象也形成了一道亮丽风景。他们以观念相近、性习相投为合作起点，勇于思索、敢于发言而多有建树。后元和年间，形成了"新乐府"运动，白居易、韩愈、柳宗元等主张"文章合为时而著，诗歌合为时而作"。这是一个叙事诗大发展的时代，也可以说是诗歌的叙事化时代。韩愈此时还提出一个"道"字，也是对诗歌的叙事性加以强化的手段，他说"文以明道"，[①] 是对诗歌擅长抒情而拙于叙事的一个突破、一个冲击，同时也是一个补充。唐传奇的出现，更加剧了叙事

[①] 《柳河东集》卷34《答韦中立论师道书》。

的发展。使小说脱颖而出，独立于诗歌之外，不再是文学中的小媳妇。

中唐时期出现了"音乐诗"的高潮，也许是盛唐过于繁荣而安史之乱又过于残酷，让老百姓对生命无常有了更加深刻的体验，所以许多诗人深受当时人生观的影响，加强了对现实生命的尊重和强化人生享受之追求，因而使音乐诗出现了数量上的增长和结构上的变化（大多变长、变大，并常有细致的描写），也增强了人们对盛唐的向往之情。歌舞大曲及音乐家屡屡见于诗人作品中。白居易、元稹等人的诗就是如此。

西域歌舞的传入，导致唐朝燕乐歌舞的小曲、令词大为兴盛，词仍然是韵文，但需要一定的谱式，需要一定的格式付诸歌曲，供人歌唱。词在唐五代达到高峰，蔚成大观，初唐晚期、盛唐为酝酿期，中唐、晚唐是发展期，五代是繁荣期，而宋代则是成熟期了。

中唐有许多大诗人，有元白、刘白、韩柳、郊寒岛瘦（孟郊、贾岛）、张王乐府（张籍、王建）、李贺、李翱、李绅、李端、皇浦堤、樊宗师、卢仝、马异之流等都有佳作名篇。从整个文学气势、精神格局而言，他们学力日屡、情调每低，盛唐气象已经不再。有人说，中唐才子，"才力既薄，风气日散"。[1] 也有人说，"艰于振举，风干衰，边幅狭"。[2] 此时有一些书籍如牛增儒《玄怪录》、李复言《续玄怪录》，有传奇小说出现如《离魂记》（陈玄佑）、《莺莺传》（元稹）等，都取材于现实生活，也有助于我们了解当时的社会现实。

但从音乐方面而言，中唐时的音乐诗是其它时代无法比拟的。因为中唐诗人养妓的风气已十分普遍，诗人们许多时候与这

---

[1] 李学夷《诗源辨体》卷21。
[2] 胡震亨《唐音癸笺》卷7，上海古籍出版社1958年版。

些乐妓们打成一片,实行零距离合作,创演一条龙,互相唱和,十分难得;这些诗有些是关于盛唐的,有些是关于中唐的。无论哪种情况,都是我们了解唐代的珍贵资料。

(四) 晚唐

李唐王朝此时雄风不再,江河日下。但夕阳西下之中,仍有一丝丝余辉放出一些光芒。晚唐杜牧、李商隐、许浑等将晚唐诗歌艺术推向顶峰。

司空图、张为为晚唐的文艺理论家,对文学艺术作了深刻的分析、品论。花间派鼻祖温庭筠、韦庄出现,是为当时一种发展中的新型艺术形式。孙樵、罗隐、皮日休、陆龟蒙之文章、诗都写得不错。孙樵是韩愈的四传弟子,继承了他的某些观点。

晚唐段成式《酉阳杂俎》、杜佑的《通典》、李吉甫《元和郡县志》、李肇《唐国史补》等都是有份量的著作,对文艺方面有较大贡献。段成式的《酉阳杂俎》属于笔记体小说,资料性强;杜佑的《通典》对文艺有许多记载并加上许多见解,尤其音乐方面资料非常丰富;李吉甫《元和郡县志》是我国第一部地方总志,资料性不必多言;李肇《唐国史补》上、中、下三卷,也是以资料性丰富著称。

晚唐的人们更注意人生的享受,人们已经看破红尘,及时行乐,许多有才华的诗人和士大夫,都逃到中国的南方城市避难,这也加速了唐朝的灭亡。音乐方面,音乐家庭化、乐队小型化的局面比较常见。

总体而言,人们普遍关心个人超过关心国事,留意眼前超过关注长远。很多有才华的人逃到南方避祸,这也加速了唐王朝的灭亡。

二、唐诗乐器分类

(一) 分类方法的选择

唐诗中反映出丰富的乐器,如笙、笛、箫、琴、瑟、琵琶等,为了进行分析研究,我们必须进行分类,对其进行现代器乐的关照,从而对乐器史及当今的乐器演奏有所裨益。

1. 中国当代的乐器分类

中国当前的乐器分类有四种。

第一是八音分类法,即:金、石、土、革、丝、木、匏、竹。明眼人不难看出,这是一种以乐器的制作材料进行分类的。如编钟属金类,编磬属石类,埙属土类,鼓属革类,琴、瑟、琵琶、筝属丝类,笙、竽属匏类,箫、笛子等属竹类。

第二是以四分法,即吹、拉、弹、打四类。这显然是根据乐器的演奏方式来命名的。而吹指吹管乐器、拉指拉弦乐器、弹指弹拨乐器、而打就是打击乐器。

第三种是中国进口的乐器分类法,它是世界乐坛流行的四分法:弦乐器、管乐器、打击乐器、键盘乐器。一般而言,大、中、小提琴家族属于弦乐器,管乐器则包括木管和铜管,木管如单簧管、双簧管、大管等木料为主制造的"管"类乐器;铜管则主要是用铜制造的"号"类乐器,如大号、小号、圆号、长号等。打击乐器则主要是各种鼓类、锣类、钹类及木琴等。键盘乐器主要是钢琴、手风琴、脚风琴、管风琴等。这是一种巴洛克时代以后的分类法。

第四种是根据乐器发声体的物理性状命名的,主要有体鸣、膜鸣、弦鸣、气鸣、电鸣等五大类。其中电鸣乐器是随着科学技术的发展,在富兰克林发现"电"的存在之后而出现的。

2. 本文分类

以上四种分类，各有千秋。每一种乐器的分类都没有十全十美的，但都有一定的可操作性。那么，我们将采取什么方式来对唐代乐器进行分类呢，我们选择其中的一种进行操作参考。我们所选乃是中国传统分类法的第二种：吹、拉、弹、打。

选择这种分类，主要是便于研究，便于与当前的乐队联系起来，也便于与世界接轨，因为以上第二种与第三种相同之处比较多，都是在乐队实践中摸索出来的分类法，所以它也容易回到乐队实践中去。当然，我们会以此类方法为主，其它方法偶尔也会参考一下，以便更全面、更准确地分析研究。

（二）唐诗中的乐器分类概述

唐诗中丰富的乐器按四分法来看，吹管乐器主要有：笛、羌笛、箫、胡笳、笙、筚篥等。其中笛、箫、笙目前仍然是中国民族乐队中的主奏乐器。

拉弦乐器在唐代已经出现，但唐代还没有成熟，演奏方式也与现代不一样，未得到普遍使用，所以诗中只有极少描述。弹弦乐器主要有琴、瑟、琵琶、筑、筝、箜篌等，其中，琵琶和古筝仍然是当今民族乐队中的主奏乐器。

打击乐器主要有鼓、方响、钟、磬等。其中，鼓的数量极多，在当今乐队中，也是不可缺少的主奏乐器。

从唐诗反映的情况来看，如下特点值得注意：即古琴、琵琶等弹弦乐器被提到的频率最高，描写得极为细致，说明它们使用的普遍，说明当时它们就是乐队中的主奏乐器。所以，我的研究将会在部分章节以琵琶和古琴为主进行分析，这样的结论才具有较高的代表性。

(三) 唐诗中的乐器与乐队

唐代的乐队显然是很庞大的，它的九部乐、十部乐虽然是在隋代七部乐和九部乐基础上产生的，但继承之后在发展，有变化，在吸收的基础上加以融会贯通、推陈出新。所以从大唐立国之后经过一百多年，在玄宗天宝年间出现了以整体演奏姿势来分类的坐部伎、立部伎，这标志着边地音乐的中原化，民间音乐的宫廷化，地方音乐的统一化。

在以坐部伎和立部伎组成的大乐队中，坐部伎的演奏水平是比较高的，它基本上相当于我们今天所说的领奏，有时候也独奏，而立部伎则多数时候是合奏，或都起一种背景性的烘托作用；坐部伎以弹奏和部分吹管人员为主，而立部伎以打击乐为主。

三、唐诗乐器研究之现状及本文的方法、意义

(一) 研究现状

目前，关于唐诗的分析研究是不胜枚举的，如将其分为边塞诗、山水诗、民俗诗、音乐诗等的分类研究，以及对唐代文学分期，对唐诗的现实主义和浪漫方法进行研究，对唐诗的美学观念进行研究，对个体诗人进行研究，如此等等，不一而足，研究者都非常之多。

而关于唐诗的综合研究也非常之多，如唐文化研究，唐代政治、军事、经济方面的研究而且成果都是硕果累累、形势喜人。在音乐方面的研究也正在向纵深发展，其中高校学生对琵琶和古琴研究在深度和广度方面都达到较高水平。而其它乐器在审美思想方面研究较少，多只在技术表演层次方面进行发掘。

谭水清《意韵——古琴艺术表现之精髓》认为，文化就是审美化人生的存在，人的主体是精神，琴的内涵是意蕴。此文十分

推崇《琴道》的精神。该文从先秦、汉、魏晋、唐、宋、元、明、清时期的古琴思想来考察古琴审美理论。马嫚《和而不同——中国古代琵琶与古琴的比较研究》是为河南大学音乐学硕士学位论文。她认为唐诗中96处涉及琵琶,而古琴有1401,专论古琴有400多首。并在器之异、艺之别、道之殊等层面进行有深度的解剖。另外还有一些研究生对古琴思想及其曲目进行探讨,如李德真《中华瑰宝——古琴》,郑祖襄《早期古琴的传说与信史》,于亮《琵琶"声"况研究》,孙丽伟《传统琵琶中的文曲、武曲、文武曲》,吴婧《古琴胡笳曲研究》,马玮玮《唐诗与古琴》,陈珩《论"和"在古琴艺术中的审美体现》,王蓉《唐诗中的古琴艺术研究》,此外还有《略谈唐诗中的古琴文化》、《唐诗中的古琴思想研究》、《古琴与现代生活》、《唐诗中的琵琶艺术》、《浅谈古琴文化对中国古代音乐教育及其思想的影响》、《流淌在文化长河中的古琴音乐》这都是近年来的论文反映。说明还有一定的学术传统,我们当代的古琴研究,也是古代音乐文化研究的一个延伸和一个重要组成部分。

对唐代打击乐器进行综合性研究的代表人物是戴宁,他有《隋唐打击乐论》,他扩而大之对中国打击乐进行过研究;其次,亦有对唐代拍子进行研究的专家,以张宁为代表;对唐代古谱进行研究的有叶栋、何昌林、陈应时、李石根等知名学者,日本的有岸边成雄、田边尚雄等人,这方面的成果比较丰富;谈唐诗与音乐关系的代表人物有李雄飞,他有《白居易的音乐诗》及《白居易音乐思想评析》两篇,崔岳的《唐诗宋词中的琵琶艺术》,于春哲《白居易诗歌中的唐代琵琶艺术》,殷克勤《白居易琵琶诗的艺术魅力》等。还有一些对笛子、筚篥、笙、鼓进行单一乐器之专题研究者之论文并不多,在些略去。

涉及唐代音乐、舞蹈文化研究有的专著较有影响的有余太山主编的《西域文化史》、王克芬的《中国舞蹈史(隋唐部分)》、

11

朱易安《唐诗与音乐》、吴真的《唐诗地图》、蔡鸿生《唐代九姓胡与突厥文化》、高国藩《敦煌俗文化学》等，还有一些对画像石、画像砖中的唐代资料和少量专著，这些专著都有一个共同的特点，就是并非专门研究唐诗中的乐器，更不是研究唐代诗歌中的乐器演奏及其流行情况，甚至都没有较为全面地关注唐代的乐器。关注中国乐器的专著比较重要的著作是项阳的《中国弓弦乐器史》，有少量涉及唐代，也不以唐诗或诗歌来研究。所以我的研究是视角比较独特。

在专业的音乐刊物中，研究唐代音乐比较多的是西安音乐学院学报《交响》，因为西安就是汉唐时代的都城——长安，800年左右的帝王基业给这里留下了太多的历史传说和历史资料、考古资料，留下了太多美好的回忆，所以《交响》正是突出了它的地域文化和历史文化之双重学术特征，取得了丰硕的成果；另外的八大音乐学院的专业刊物和《中国音乐学》、《音乐研究》、《中国音乐年鉴》、《人民音乐》等专业刊物也有少量研究论文刊载。在非专业音乐学院中，以陕西师范大学的唐代学术研究成果比较有代表性，但他们对唐代文学诗歌本身的研究放在第一位，而对音乐的研究处于次要的或附属的地位。

本文是对唐诗中的乐器进行研究，主要是借助它的材料，研究乐器流行的时间、地点、人群之情形，乐器流行的阶层，乐器流行之概况、乐器组合之形态等，从而观照唐代乐器的走势及其意义。

(二) 研究方法及意义

本书将用辩证唯物主义和历史唯主义的方法观照全局，以音乐学和人类学的方法进行具体操作。对当时文人的日常社会生活进行考察，并结合文献史料加以补充论述。

关于唐诗的选择标准我们分一、二、三类：以乐器之名称直接命名的诗为我们的首选；在叙事当中顺便提及到的、且篇幅较大的乐器诗者为次选；还有一些是作为传说或抒情作品是又次之选。我们通过发掘唐诗的资料性和历史性，以达到管窥唐代乐器使用之概况之目的。

毕业论文发展成一部专著毕竟要花许多功夫，除了原来所写之外，现在要增加一些必要的内容，要吸收一些多年来的学术成果，如学界近十多年的论文、论文集、专著；要增加自己多年来对唐代音乐的思考，如唐代音乐机构与具体的地点，机构中的代表人物；唐代音乐从九部乐到十部乐，再又从九部乐、十部乐到坐部伎、立部伎有何意义等。所以本专著与以前的毕业论文之不同，不仅在于文字上从不足十万字增加到二十三万字，更重要的是有下列具体内容的不同。

原毕业论文只写了琴、琵琶、筝、箜篌、笙、笛、筚篥、方响八件乐器，现在增加到 12 件主要乐器，这是数量上的不同。下面我们从分类上来谈细致的区别：

打击乐器部分增加的最多，因为当时只写了一件乐器——方响。现在主要的乐器增了三件：钟、鼓、磬。并且通过思考得出了一些有观点的结论。"其它乐器"一节，增加了"铜碗、瓯、拍板、越器"四件。

管乐器类，主要乐器增加了"箫"，这是一件传统乐器。而"其它乐器"一节，增加的部分有"加、角、贝、尺八、竽"五件。

弹弦乐器类主要乐器没有数量上的增加，保持主体原貌。此部分原来下功夫最大，思考最深，尤其是古琴与琵琶的比较在当时是发人所未发之观点。但现在也增加了"其它乐器"一节，增加的乐器有"轧筝和瑟"两件。

现在的乐器部分当然还是以主要乐器为主，因为这些乐器也是现在的常规器，所以这是"点"，但"其它乐器"这一节是"面"，这叫做"以点带面"。

现今专著有所突破，不仅表现在主要乐器增加了四件，点的力量增强；而且每章最后部分增加一小节（都是每章的第五小节），"其它乐器"这一内容，共有11件乐器入选（弦乐器中有瑟、轧筝两件；管乐器中有筘、角、尺八、贝、竽五件；打击乐器中有铜碗、瓯、拍板、越器），面的范围也极其扩大。

每一个乐器组增加概述和小结（或类似小节之内容），这样就首尾呼应，增强整体感。

为什么要对唐代诗歌中的乐器进行深度解剖呢？我们认为，唐代音乐文化在中国历史上不仅承上启下，而且诸多方面有重大创举，为其它时代所稀缺，这是我们研究的深层目的。比如唐代与汉代的音乐都有"胡风"，但是唐代将胡风发扬光大，为汉代甚至是后来的一些朝代无法企及。所以有人说"唐人大有胡气"，因为唐代在音乐文化交流方面做得比任何一个时代都好，它的军事、经济、社会、政治等方面都有巨大发展，所以它的音乐文化也取得了其它朝代无法达到的成就。创新方面，也有不少可圈可点的地方。如唐代的"教坊"是首创，此后宋、元、明、清历代都继承下来，影响中国一千多年。而唐玄宗设立的"梨园"，为唐代所仅见，其它时代都没有。

所以，我们认为对唐诗中的乐器内容加以研究不仅有历史的、宏观的指导意义，而且有现实的、微观的实践意义。

附录一　唐代年表

唐（618～907）

唐皇帝封号及姓名	年号	干支名 （数字表月份）	公元（年）
唐高祖（李渊）	武德	戊寅五	618
唐太宗（李世民）	贞观	丁亥	627
唐高宗（李治）	永徽	庚戌	650

（续表1）

唐皇帝封号及姓名	年号	干支名（数字表月份）	公元（年）
	显庆	丙辰	656
	龙朔	辛酉三	661
	鳞德	甲子	664
	乾封	庚午	666
	总章	戊辰三	668
	咸亨	庚午三	670
	上元	甲戌八	674
	仪凤	丙子十一	676
	调露	己卯六	679
	永隆	庚辰八	680
	开耀	辛巳九	681
	永淳	壬午二	682
	泓道	癸未十二	683
唐中宗李显（又名哲）	嗣圣	甲申	684
唐睿宗（李旦）	文明	甲申二	684
武后（武曌）	兴宅	甲申九	684
	垂拱	乙酉	685
	永昌	己丑	689
	载初	庚寅正	690
武后称帝，改国号为周	天授	庚寅九	690
	如意	壬辰四	692
	长寿	壬辰九	692
	延载	甲午五	694
	证圣	乙未	695
	天策万岁	乙未九	695
	万岁登封	丙申腊	696
	万岁通天	丙申三	696
	神功	丁酉九	697
	圣力	戊戌	698
	久视	庚子五	700
	大足	辛丑	701
	长安	辛丑十	701

15

(续表2)

唐皇帝封号及姓名	年号	干支名（数字表月份）	公元（年）
中宗（李显又名哲）	神龙	乙巳	705
中宗得国号唐	景龙	丁未九	707
睿宗（李旦）	景云	庚戌七	710
	太极	壬子	712
	延和	壬子五	712
玄宗（李隆基）	先天	壬子八	712
	开元	癸丑十二	713
	天宝	壬午	742
肃宗（李亨）	至德	丙申七	756
	乾元	戊戌二	758
	上元	庚子闰四	760
但称元年	只去年号	辛丑九	761
代宗（李豫）	宝应	壬寅四	762
	广德	癸卯七	763
	永泰	乙巳	765
	大历	丙午十一	766
德宗（李适）	建中	庚申	780
	兴元	甲子	784
	贞元	乙丑	785
顺宗（李诵）	永贞	乙酉八	805
宪宗（李纯）	元和	丙戌	806
穆宗（李恒）	长庆	辛丑	821
敬宗（李湛）	宝历	乙巳	825
文宗（李昂）	宝历	丙午十二	826
	大（太）和	丁未二	827
	开成	丙辰	836
武宗（李炎）	会昌	辛酉	841
宣宗（李忱）	大中	丁卯	847
懿宗（李漼）	大中	己卯八	859
	咸通	庚辰十一	860
僖宗（李儇）	咸通	癸巳七	873

(续表3)

唐皇帝封号及姓名	年号	干支名 （数字表月份）	公元（年）
	乾符	甲午十一	874
	广明	庚子	880
	中和	辛丑七	881
	光启	乙巳三	885
	文德	戊申二	888
昭宗（李晔）	龙纪	己酉	889
	大顺	庚戌	890
	景福	壬子	892
	乾宁	甲寅	894
	光化	戊午八	898
	天复	辛酉四	901
	天祐	甲子闰四	904
哀帝（李柷）	天祐	甲子八	904

第一章 打击乐器

唐代打击乐概述

在人类乐器的行程中，打击乐器产生最早。打击乐器之所以能够得风气之先，乃是借助于生活的需要，产生于生产实践、社会实践、音乐实践。它起初是一种最为简单的"碰击"或"撞击"行为，一种节奏性的音响。撞击的行动有轻重、缓急，音有强弱、高低，只是当人们有了音高概念之后，才将这种撞击声音运用到高级的音乐中来。当然这种物理音响，也存在大量的空气声波的振动，缺乏音高的概念，或者说音高不明。后来随着人类文明的不断进步，随着音乐感悟水平的不断提高，于是人们逐步发现了有音高的音响，如出现了定音鼓之类的打击乐器。

从自然界中的自然碰撞，到人类有意识地将碰撞产生的音响组织起来，这是一个质的飞跃。因为这不仅包括音乐意识，还包含了音乐技能。自然界中的自然碰撞没有意义，只有当它有组织地结合在一起时，它的音乐功能才会显示出来。物与物相撞，可以是轻度的，也可以是强烈的，可是正面的，也可以是侧面的。只有当人类将两个不同物体碰撞之轻重或强弱有机组合起来，并且有能力控制时，打击乐器概念才真正产生了。如石头与石头的碰撞，石头与木头的碰撞，石头与青铜的碰撞，石头与铁器的碰撞等；同样，木头也可以与各种金属或非金属物件相碰撞，人或动物的器官、组织也可以和各种金属与非金属相碰撞，只有当人们能够用各种金属与非金属制造乐器时，真正的打击乐就诞生

第一章　打击乐器

了。许多打击乐器的出现是与制造业分不开的，如石头一类的打击乐器，只能产生在石器时代，编钟只能诞生在青铜时代，而方响类的打击乐器只能诞生在铁器时代或铁器时代之后。陶土类打击乐器和革类打击乐器则只能诞生在手工业与农业的分离之后。

打击乐器在唐代有了长足的发展，它继承了历代传统乐器，同时又吸收了许多新兴的"胡乐器"，这些打击乐器种类丰富，在传统的"八音"之中，金、石、土、革、木五种材料制造的打击乐器都已经产生。这些乐器有些属于有明确音高的乐器，如金石之属的编钟、方响、编磬等；有些没有音高（或没明确音高），如鼓、敔、木鱼、柷等。

唐代的金属类打击乐器中，比较传统的有编钟、方响等。方响也属于铁制造的金属乐器，但方响是南北朝时期才产生的新乐器。编钟的政治功能有所退化，音乐功能正在增强；另外，金类打击乐器还有镛、钲、铎、铙、铃、铃槃、錞于、铜钹（包括正铜钹和铜钹）等。这些乐器多用于军队，《隋书音·乐志》云："案别有錞于、钲、铎、军乐鼓吹等一部……"。当然也有许多用于九部乐、十部乐，盛唐以后，这些乐器也用于坐部伎和立部伎。

唐代的石类打击乐器中，石头已经不再是粗糙的石头了，而是石片，是用绳子或丝索类的线挂起来，排列在簨虡之上，或者是木架之上进行击奏了，这便是"编磬"，它是属于有明确音高的乐器；唐代的土类打击乐器有陶土烧制的瓦釜、缶、瓯等。瓦釜也能"雷鸣"，但无固定音高；缶是用土烧制的乐器，亦无固定音高；而瓯则可以是有固定音高的打击乐器，这种可盛水的乐器。从制作材料来看，埙也是土类，但发音上属于吹奏乐器，是旋律乐器。

鼓属于"革"类打击乐器，唐代此类打击乐器还没有音高记载的史料发现。但其种类特别多，如军队里用的鼙鼓，白居易就

19

说"渔阳鼙鼓动地来,惊破霓裳羽衣舞。"另外,有建鼓、担鼓、达腊鼓、鸡娄鼓、毛员鼓、都昙鼓、腰鼓、羯鼓、节鼓、铙鼓、羽葆鼓、正鼓、和鼓、齐鼓、檐鼓、铜鼓、木鼓、大鼓、中鼓、小鼓、杖鼓、王鼓、连鼓、鼗鼓、桴鼓、雷鼓、应鼓、排鼓等一百多种。鼓类乐器多与管乐类乐器合奏,形成鼓吹类乐队,或者单独形成打击乐队。

木类打击乐器主要有敔、柷等。它们的主要功能是控制节奏。这些乐器在唐诗中的咏唱还是有的,但并不多见。

因为唐代的打击乐器除编钟、编磬、方响等有音高的乐器之外,其余皆以司节奏为主,唐代音乐中节奏观念很强,所以唐诗中出现了许多不同的的节奏概念,如"拍"①,亦有传统节奏概念如"快、慢、急、缓"等,这些在唐诗中出现的频率比较高;有新的概念如"破"、"乱"等,它们表示快节奏;还有一些文学化的缓慢而优雅的节奏概念如"迤逦"、"悠然"等;又有"促"、"飞扬"、"滚"等快节奏速度描述,在表示结束的节奏概念中还用了"煞"。

唐代打击乐器可以独奏,也可以和其它吹奏乐器形成吹打乐,或者形成多种形式的乐队合奏。

第一节 钟

概 述

作为打击乐器的钟,在我国诞生很早。最早的钟是土制造的,如陕西长安县客省庄龙山文化出土有陶土制作的钟,钟体为长方直柄型,这是传说时期的钟。夏、商时期的钟,继承了这些陶钟的形状,但还没有定型,且是单个的钟,没有系统。有的

---

① 唐代乐队的训练、表演中使用了"拍板"这种乐器。

大,有的小;有的挂着表演,有的有鼓座使其直立表演,有的则是拿在手上表演。① 到了西周时期已经出现编钟,如1957年在陕西长安普渡村长田墓出土西周中期三件一套的编钟;同年在河南信阳长台关出土十三件一套的编钟,年代约在西周晚期。西周时期,人们开始将钟编排起来,形成"编钟",有3件的、5件的、8件的、12件的等。春秋战国时期,是青铜制造业大发展时期,编钟开始被大量制造,它不仅作为一种乐器,还作为重要的礼器出现。虽然是礼崩乐坏了,但钟作为权力重器是继承了西周的传统。1978年河南淅川下寺2号楚墓出土26件一套的编钟,属于卿大夫判悬的级别②。目前最重要的考古发现是1978年在湖北随县发现距今约2500年的曾侯乙墓,③ 该墓出土的曾侯乙编钟,是战国时期的编钟,悬挂在曲尺型的簨虡上,共64件,分上中下三层排列,有曾、周、楚、晋、齐、申等国的律制被刻成铭文铸造于钟、鼎之上。另有楚王赠给曾侯的最大的一只镈钟放置于最底层的钟之列,它不能演奏,但是作为一种荣耀的体现,所以这件镈挂在底层的最中间之显赫位置,整个曾侯乙墓共出土65件编钟。

钟虽然有各种形状,有圆有扁,但要演奏旋律还是合瓦形的扁钟;形体有大有小,但总的来说体形大的声音大,形体小的声音小。演奏时,那么大的青铜钟就只能够演奏出一个音,太可惜了。所以人们将其编起来演奏,这样就可能演奏连续的旋律;其次,古代的乐器铸造大师和表演大师们也为这个问题而"劳心"不已:一只单一的大钟能否多演奏几个音?于是出现了阶段性的成果:一钟双音,有的时候是大二度关系,有的是小二度关系,有的是大三度,有的时候是小三度关系;通过考古发现,商代的

---

① 杨荫浏《中国音乐史稿》,人民音乐出版社,1981年2月第1版,第24页。
② 郑祖襄《华夏旧乐新探》,中央音乐学院出版社,2008年5月第1版,第112页。
③ 该墓葬于公元前433年。

扁钟或编钟以二度为主（包括大、小二度），而到周代则出现了三度关系（包括大、小三度），春秋、战国时期的双音钟，曾侯乙墓的编钟就是双音钟，其音程关系为小三度和大三度，这就是非常成熟、精美的青铜乐器了。

《礼记·乐记》："钟声铿，铿以立号。"这就是说钟是指挥，因为它既是礼器，也是乐器，礼先乐后，就是一种礼乐文明的代表。古代的"钟鼓"之乐，现代的"编钟乐舞"，就是这个意思：钟在前，鼓在后，钟可以发号施令。到秦汉时期，乐府的确立，鼓的地位正在悄然发生变化，如西域传过来的横吹、骑吹、黄门鼓吹等乐种不断得到强化，甚至仪式化，成为一种新兴的宫廷音乐风格和标志；皇帝的出行、打猎都离不开它，军队在战斗中或者得胜凯旋，都需要鼓吹乐队渲染人气；而"房中乐"中的弦乐器（如琴、瑟、筝等）之地位也在日益得到提高。三国、魏、晋、南北朝时期，鼓乐在各宫廷中也是极受重视的，宫廷音乐机构或国家音乐机构中专门设立鼓吹署就说明了这一点。

在唐代，鼓乐取得了领袖的地位，鼓以绝对的优势代替了钟的地位。此时，钟虽然在乐队中也常常使用，但作用远不如鼓了，而且钟更多的时候就被放到雅乐之列了，从舞台显赫的位置，退居礼节性的位置了。因为它确实时间长，历史久，成为传统的代表了。到了现当代，钟作为常用的乐器已经消失。原因是多方面的，但主要是不便于制造，不便于携带，不便于演奏，所以它退出了历史舞台。第二个原因是由于西方音乐的侵入，西方科学观念、文化观念的传入，也使古代的这种庞然大物必然的消失了，因为人们的音乐、文化观念也变化了。

唐代的编钟表演是乐队性质的，这是钟一个衰落的标志。唐代的钟有两种，一种是合瓦形的扁钟，一种是圆钟；编钟编排挂起来就是编钟，乐器和礼器兼而有之；圆钟在唐代则是报时的，常在寺庙中使用。显然圆钟具有报时功能，这报时功能到现在还以某些方式存在着,有些学校至今仍然用铜铃作上、下课的信号工具,就是一种遗存;而在寺庙、道观中,现今社会也还用钟来报时。

一、唐诗咏钟

钟作为唐代雅乐的代表,在舞台上,雅乐的乐器排列时,钟、磬在后,其余乐器在前。在书籍中,钟磬排在前面,以示重要,如隋七部乐九部乐中"清乐"、"西凉"的乐器排列都将钟磬放在前面,其余乐皆无"钟"。而段安节的《乐府杂录》中"雅乐部"显然也是磬、钟排在前面,云韶部中,只有"玉磬四架",其余部乐中基本上都是丝竹乐器或者吹管乐器。初唐基本上继承了隋代的一些特点,到了盛唐,钟受重视的程度愈来愈低,好像被遗忘了一样。

钟在南北朝时期受到过一定程度的关注,如萧综《听钟鸣》云:"历历听钟鸣,当知在帝城。西树隐落月,东窗见晓星。"钟在此诗中是作为皇城的报时功能而存在的。初唐李世民《帝京篇十首·八》:"欢乐难再逢,芳辰良可惜。玉酒泛云罍,兰殽陈绮席。千钟合尧禹,百兽谐金石。得志重寸阴,忘怀轻尺璧。"这是在酒席上作为一种雅乐表演,也作为一种权势而存在,否则怎么会有"千钟"呢?

唐代的宋之问《咏钟》:"既接南邻磬,还随北里笙。平陵通曙响,长乐警宵声。秋至含霜动,春归应律鸣。岂惟应律鸣,金虡有余情。"这里我们可以看出钟还是可以和磬、笙等打击乐器和吹管乐器在一起合奏的。除此之外,也起报时的作用。

苏味道《咏霜》:"金祇暮律尽,玉女暝氛归。孕冷随钟彻,飘华逐剑飞。带日浮寒影,乘风进晚威。自有贞筠质,宁将庶草腓。"这就是作为报时功能而使用的。

王维《送香积寺》:"古木无人径,深山何处钟。"这是在山间行走之时听到了钟声,但作者还不清楚寺庙在哪儿,所以这里的钟又多了一个功能——指示地点信号的功能。

张说《山夜闻钟》:"夜卧闻夜钟,夜静山更响。霜风吹寒月,窈窕虚中上。前声既舂容,后声复晃荡。"也报时于深山之中。"听之如可见,寻之定无像。信知本际空,徒挂生天想。"

韦应物《烟际钟》:"隐隐起何处,迢迢送落晖。苍茫随思远,萧散逐烟微。秋野寂云晦,望山僧独归。"遥远的钟声令人无限遐想。

戴叔伦《晓闻长乐钟声》:"汉苑钟声早,春郊曙色分。霜凌万户彻,风散一城闻。"其《听霜钟》又说:"渺渺飞霜夜,寥寥远岫钟。出云疑断续,入户乍舂容。度枕频惊梦,随风几韵松。悠扬来不已,杳霭去何从。仿佛烟岚隔,依稀岩峤重。此时聊一听,余响绕千峰。"钟之余响在无数山峰中萦绕,钟的功能已经在向寺庙中转移了。

司空曙《远寺钟》:"杳杳疏钟发,因风清复引。中宵独听之,似与东林近。"这时的钟也给诗人一种遥远的感觉,它也向世人发出了寺庙在何处的信息。

郑絪《寒夜闻霜钟》:"霜钟初应律,寂寂出重林。拂水宜清听,凌空散回音。舂容时末歇,摇曳夜方深。月下和虚籁,风前间远砧。净兼寒漏彻,畏闻曙更侵。遥想千山外,泠泠何处寻。"

卢景亮《寒夜闻霜钟》:"洪钟发长夜,清响出层岑。暗入繁霜切,遥传古寺深。何城乱远漏,几处杂疏砧。已警离人梦,仍沾旅客襟。待时当命侣,抱器本无心。倘若无知者,谁能设此音。"

卢纶《与从弟瑾同下第后出关言别》:"出关愁暮一沾裳,满野蓬生古战场。孤村树色昏残雨,远寺钟声带夕阳。"这是在古战场遗址中与兄弟道别时听到晚霞中的钟声。又《送静居法师》:"五色香幢重复重,宝舆升座发神钟。薝卜名花飘不断,醍醐法味洒何浓。九天论道当宸眷,七祖传心合圣踪。愿比灵山前世别，多生还得此相逢。"这是钟在法事中的作用之描写。

皎然《闻钟》："古寺寒山上，远钟扬好风。声余月树动，响尽霜天空。永夜一禅子，泠然心境中。"寒山寺上的钟声被风送扬四方，使作者的心情比较安静。

白居易在听过乐队的合奏表演后说："近之则钟音亮，远之则磬声张。"看来白居易在欣赏音乐的时候，前后走动，专门听过钟磬两种乐器之声给人的感觉。

裴元《律中应钟》①："律穷方数寸，室暗在三重。伶管灰先动，秦正节已逢。商声辞玉笛，羽调入金钟。密叶翻霜彩，轻冰敛水容。望鸿南去绝，迎气北来浓。愿托无凋性，寒林自比松。"作者在玉笛和金钟的合奏声中，看大雁南飞，体验季节的变化，希望这些树林要是都像松树，叶不凋零多好呀。

晚唐的方干非常热衷于倾听钟声，在他的旅行中，在他的与音乐有关的诗作中有10首与钟有关，比较关注生活化，在诗人或诗作中比较有代表性。

1. 镜中别业二首②：

寒山压镜心，此处是家林。梁燕窥春醉，岩猿学夜吟。
云连平地起，月向白波沈。犹自闻钟角，栖身可在深。

这是方干在一别墅中闲居时的情感描述。其中"犹自闻钟角"等描写说明了这一带的原生态环境。

2. 出东阳道中作：

马首寒山黛色浓，一重重尽一重重。
醉醒已在他人界，犹忆东阳昨夜钟。

显然系作者醉酒之后，在山中坎坷前行，待到酒醒之时，已经到了另一区域，但还是回忆着曾响起的钟声。

---

① 此诗亦作一作裴次元诗。
② 此诗亦作《镜湖西岛闲居》选其一。

3. 赠会稽杨长官

直钩终日竟无鱼，钟鼓声中与世疏。

若向湖边访幽拙，萧条四壁是闲居。

作者不受苦时人所重，成为一个闲人，他学姜子牙钓鱼，当然不会有鱼；只有远处传来的钟鼓之声与自己为伴，无形之中与世隔绝。但作者还希望有人来"访贤"呢。

4. 送从兄郜①

道路本无限，又应何处逢。流年莫虚掷，华发不相容。

野渡波摇月，空城雨翳钟。此心随去马，迢递过千峰。

此诗前半部分表达了对从兄郜的一种期望，后半部分，则是洒脱遐想境界的描写。

5. 早发洞庭

长天接广泽，二气共含秋。举目无平地，何心恋直钩。

孤钟鸣大岸，片月落中流。却忆鸱夷子，当时此泛舟。

此诗仍然是对"直钩"（钓鱼）生活节奏的描写，其中"孤钟鸣大岸，片月落中流"是最经典的句子，钟声响起，两岸鸣响，这种钟声就是用来报时的。

6. 清明日送邓芮还乡②

钟鼓喧离室，车徒促夜装。晓榆新变火，轻柳暗飞霜。

转镜看华发，传杯话故乡。每嫌儿女泪，今日自沾裳。

一把年纪的作者，又要启程远行，虽然有音乐欢送，但心情是可想而知的。看到镜里的花发，免不了在酒席上说叨故乡。这样的环境中，作者也不免眼角沁出泪水。

方干的诗中，《镜中别业二首》是反映别墅中的园林，有钟、角之声。《山东阳道中作》是回忆昨夜之钟。《赠会稽杨长官》描

---

① 一作《别韦郜》，一作《途中别孙璐》。
② 一作戴叔伦诗

写的是闲居钓鱼中闻钟之情形。《送从兄郜》写送别中闻钟之情形。《早发洞庭》诗中闻"孤钟"在大河两岸响起,正是秋天月落时分,这时天快亮了,就要驾舟泛河了。而从《清明日送邓芮还乡》之中,我们看到节日里钟声响起的时候,作者送友人还乡,告别朋友,这时自己不免老泪纵横。

二、钟的分类

钟,形声字。左为形,表示金之属;右为声("中"字)。它有两个繁体字,"锺"与"鐘"。都是左形右声。"中"是最初产生的字根。从文字学的角度来看,位置的"中",到乐器的"钟",是人们对声音的物理反映,是对材料变化的一种表示或反映。但它的构字法中已经潜藏着科技的革命,包含了某种位置的相通性,是一种哲学的抽象与提高。因为钟,是指敲在钟的中间,并且声音宏亮,所以人们常形容人的声音之大拟为"声如宏钟"。

唐代钟有圆钟和合瓦型的扁钟两种。一般来说,圆钟是大钟、单件、庞大;扁钟也就是合瓦型的编钟,相对单件圆钟而言,它的形体小,余音少,适合音乐表演,这也是先秦音乐家、科学家们研究开发研究的巨大成果。圆钟多在大寺院、道观中运用,如有重大事情需要宣布即可用之;或用于报时,告诉人具体时间,提醒人们应该做什么事情了;在寺院内还有一些小铃铛一类的钟或星子,也是可以用于佛教或道教音乐表演的。而合瓦形的扁钟则多用于乐队合奏的表演,使欣赏音乐的人得到美的享受。这种使用多于皇宫中的大典礼仪,歌舞大曲中已经极少使用了。这两种情形在唐诗中都有所表现。另外,与合瓦形的编钟相对而言形状类似,而形体比较大的还有特钟。

钟有多种,为了对其有一个比较充分的了解,我们对远古到唐的钟都梳理一下,作一个简单的分类:

一、以人名名之，如曾侯乙编钟等。

二、以官名名之，如应侯钟；

三、以出土地名名之，如山西侯马上马钟等；

四、以国家之名名之，如楚钟、齐钟、晋钟等。

五、以钟体的（细部）结构命名，有镈钟、铎钟、铙钟、钮钟、甬钟、庸钟、镛钟等；

六、以体积大小来命名，如大、中、小钟等。

七、以音高关系命名，如低音钟、中音钟、高音钟等。

八、以钟给人的声音感觉而言，可以有"中义钟"、"协和钟"、"和钟"等。

九、以调律的情部来看，有律钟和非律钟。

十、以钟的发音数量而言有单音钟、双音钟。

十一、还有以组合套件名之，如三件套、五件套、七件套等编钟，当然也有四件套、六件套、八件套等编钟，还有特钟等。

十二、以材料分类，有陶钟、青铜钟、金钟、银钟、铁钟等。

十三、以形状分类，有圆钟、扁钟（合瓦型扁钟）。

十四、以功能分类，有乐钟、非乐钟。

十五、以表演时放置的方式分类，有植鸣钟、执鸣钟、悬鸣钟等。

十六、从击奏的方式分类，有手摇式、击奏式、拉奏式等。

十七、以外体装饰分类，有装饰钟和无装饰钟。如铭文钟和无铭文钟，有图钟和无图钟等。

种类之多，已见于此，说明钟曾被广泛运用过。

唐代的钟主要是以棒击奏的，圆钟在道观、寺院，编钟（即合瓦型）主要在皇家内庭。有音高的、能够演奏旋律的是合瓦形编钟；单件的大圆钟一般只有一个音，即使有音高也不演奏旋律，因此基本就失去了具体旋律音高的意义，只是一种单纯的物理音响了。

三、钟的运用

有关钟的诗收集 23 首。

钟的表演与运用是可以分几种情况来谈，一种是单独使用——独奏；一种与其它乐器配合，组成小乐队（两件、三件乐器）；三是大乐队中的合奏。

虽然是编钟代表了黄钟大吕之声，但它可以和诸多乐器组合，说明它有很高的亲和力。钟与磬组合即为"钟磬"，有人称为"钟磬乐队"和"金石乐队"；其音响效果被常现代人称为"金石之音"或"金石之声"；现在常用"金石之声"来代表音乐铿锵有力或古朴风格；钟与鼓组合，是为"钟鼓"，现代被为"钟鼓乐队"。在当代，最有代表性的是 20 世纪 80 年代湖北省歌舞团创编表演的《编钟乐舞》。钟亦可以和管乐组合成吹打乐，如"笙磬同音"等乐队。

有关于钟表演并含有转调的情形是有所吟咏的，在宋之问的《咏钟》诗中有所体现，此诗讲的是钟、笙合奏；而裴元的《律中应钟》是钟的表演并有转调。总体而言，参与表演的编钟的情形，也不是太多。所吟最多的是欣赏遥远的钟声：诗人往往会给这种圆的钟起一个优美的名字，如"烟际钟"、"霜钟"、或者"远寺钟声"、"长乐钟声"等，这种描写都是圆钟绵长的共鸣所传遥远之距离的结果。

在唐代，钟的音乐功能停留在自然弱化的状态，而它的政治功能仍然保持在历史遗留水平。钟虽有用，但多用于雅乐、祭祀之中。圆钟也有出现，在唐诗中它大多出现在河边、寺庙、道观被"听见"，而不是被"悬挂"了。

如果将唐代的钟之上述用途归纳起来，共有三种，即佛乐、道乐、雅乐。

钟在法事中的作用不小，唐代佛、道、儒三教并存，道教在行"道场"时举乐，佛教在做"法事"时行乐，国家提倡的"雅乐"在许多仪式中被使用。这三种场合中，钟都被用上了，唐代开放程度和音乐普及的程度可见一斑。①

钟在诗人的作品中比较常见于寺院钟，亦可以在平原，可以在河边，可以在湖中，可以在深山，可以在森林中听见或看见它。可以是春、夏、秋、冬的任何一季，也可以是一年中的某个节日等。它可以使人们知道附近的信息。

法事之钟，可以是升座时候的礼仪，也可以是法事之中的音乐。

钟可以用在道家的道场，或是水陆道场或是其它。

钟在胡乐中基本上没有见到，七部乐中在"清商伎"和"西凉伎"有其身影。这种"坐乐"相对于行乐，显然也有其短处。胡乐是马上之乐，一定要便于携带，所以胡乐中也是体积很小的打击乐器，而不可能出现这种体积庞大的乐器。

钟在诗人们的作品中留下了不少美好的记忆，敏感的诗人用他们敏锐的神经捕捉到钟声嘹亮、遥远，既给人以宁静致远之感，又给人以无限遐想的空间。不仅如此，白居易以他音乐的耳朵欣赏钟与磬两种旋律击奏乐器在乐队中的表演，对我们今天的音乐欣赏、音乐表演和乐器指挥专业都有很大的启示。

所以这一部分没有钟的曲目，也没有具体的乐人之名。显然它的使用范围和欣赏范围都十分有限，应该基本上就用于皇家祭礼等很少的礼仪场合。

钟在唐诗人的作品中，只是当成一种背景性的东西，成为情感表演的工具，不是诗人关注的主要内容。但同时因为钟声很响

---

① 当然三种情况不太一样，道教中的道场、佛教中的法事钟的形状和名称都不太一样，在这种场合下，多是小形的铃铛、星子，为道教、佛教具体事务服务；而雅乐中的编钟是用来演奏音乐，为国家礼仪服务的。

亮，传得很远很远，所以它产生了意想不到的效果，在我们人眼没法看到的地方，它可以表明寺院所处的方位、距离等信息，这也是钟为生活服务的一个重要事实吧。

四、钟的文化含义和美学精神

"钟"代表黄钟大吕之声，代表十二律历：黄钟、大吕、太簇、夹钟、姑洗、仲吕、蕤宾、林钟、夷则、南吕、无射、应钟。首先也是与一年四季的月份相联系的，是一种时间的隐性概念；同时，也因为它与十二月相对应，也是一种农业文明之根据。

编钟是横向编挂的，排列起来有了哲学意义，它表示人与人之间要合作，要团结才能够共同完成任务，才能够达到共同的目标；编钟还是上、中、下三层排列，有天、地、人和的含义潜藏里面。

同时，不同形状的钟有不同的功能含义：先秦时期的编钟强化的是政治与礼乐功能，而唐代的编钟强化了音乐功能，保留了历史上的部分的政治功能。

在先秦时期，钟不仅是重器，也是礼器、乐器，它还是综合国力的显示器，有点类似今天的核武器。到了唐代，钟也作为重器，编钟气势恢弘；作为礼器，编钟内涵丰富，产生了"和为贵"的中华美学思想。20世纪末，21世纪初，江泽民同志还专门铸建了108枚"中华和钟"，置于中华世纪坛博物馆；作为乐器，它不仅经过了单音向双音的发展；还经过了由大小二度向大小三度的变化，这也就是说经过了由非协和的双音向协和双音的发展。一钟双音，由非协和到协和，不仅产生了丰富的音响效果，并且产生了丰富的古代音乐理论体系[1]；作为祭器，钟磬之

---

[1] 崔宪《曾侯乙编钟钟铭校释及其律学研究》，人民音乐出版社，1997年9月第1版。

声、钟鼓之声节奏徐缓,产生穆静的环境,可以向上苍和祖先充分表达祭祀者的诚心;最让我们觉得神奇的是,它还可以作为报时器而存在于今天,这就是时钟。而作为报时器,它则是东西文化的交融,先在西方完成机械装置(如擒纵器,长、短、秒指针,钟摆等硬件),传入中国时被翻译成"时钟",不仅是一种古代与近现代的结合,也是中国与西方的结合。历史上曾经有过以锣打更,以鼓打更,还有梆子打更,用角打更的,但在翻译成汉语时,其名称只用"钟"名,就是因为其它名称的科技含量、历史厚度和文化的冲击力不如钟那样深入人心。

在"礼乐"之中,礼在前,说明重要。而诸多的乐器首先是礼器,其次才是乐器。在巫师那里,工具的首要功能是法器,次要功能才是乐器。礼器不可变,乐器尤可变。在"时钟"那里,已经没有了礼的标志和乐的要求,怎么响都可以,有动静就行,只是实用。

钟鼓之乐作为礼乐代表,从礼崩乐坏中慢慢衰退,到秦汉以后不再是重器,意义大大减弱,却也是礼节的重要标志之一;但它显然已经不可能是前沿的意义,而已经是历史的意义了。尽管"钟鼓"钟逐渐弱化,但它也并没有马上消失,而是与磬一起组合,形成钟磬,唐代宫廷仍然有之,这也是一种礼乐观念的夯实。这时它已经作为一个真正的乐器,走进普通乐器的行列。

第二节 鼓

概述

鼓在日常生活中司空见惯,也是唐诗中所吟咏的打击乐器。从文字学的角度来看,鼓是一个会意字,它是左右结构。左边壴(zhu 第四声),上面的"士"代表装饰性物品,或绳子类的物件;中间的"口"是鼓身,下面表示鼓架,右边的"支"代表手拿着"鼓棒"在击鼓。鼓字还多少有点象声词的意味,表明声音大而余音长。

鼓是打击乐器中最早产生的乐器之一。因为其材料选择简单,制作方式简单,演奏方式简单,所以产生的早。一般的大鼓,其音色比较接近人的低声部,也比较好模仿,容易显示一种力量,容易展示一种声威,所以它很普及。无论是"击石拊石、百兽率舞"中的石头,还是几个部落用的土鼓、石鼓,还是陶土做的鼓,都是很早、也很普及的。史载中最早的鼓类乐器是伊耆氏中的"炮土鼓"①。诗经中已经出现鼓字,比《诗经》早的甲骨文中也有鼓字,殷墟卜辞和金文中也有鼓字,且多达几十种字形。说明它早在古代时期已经广泛运用于生活之中了。商代已经普遍运用。《诗经·小雅·钟鼓》:"鼓钟坎坎,鼓瑟鼓琴。"这里虽然用作动词,但没有这个乐器就不可能有这个动词。又如《诗经·小雅·鼓钟》:"鼓钟将将,淮水汤汤。"《诗经·国风·邶风·击鼓》:"击鼓其镗,踊跃用兵。土国城漕,我独南行。"《诗经·陈风·宛丘》:"坎击其鼓,宛丘之下。无冬无夏,值其鹭羽。"

《山海经·大荒东经》云:"东海中有流波山,入海七千里。其上有兽,状如牛,苍身而无角,一足,出入水则必风雨。其光如日月,其声如雷,其名为夔。黄帝得之,以其皮为鼓,橛以雷兽之骨,声闻五百里,以威天下。"黄帝终于通过夔鼓鼓舞士气,威震敌人,打败了为炎帝报仇的蚩。

鼓在发明之初是没有音高的乐器,更准确的说是音高不明。《礼记·学记》说:"鼓无当于五声。"就是这个道理。你不知道它的音属于五声中的哪个音。但人们还是通过长期的实践知道鼓

---

① 严昌洪、蒲亨强《中国鼓文化研究》,广西教育出版社,1997年1月第1版,第25页。

形、造鼓的材料对鼓的声音是有影响的。《周礼·冬官·考工记》说:"鼓大而短则其声疾而短闻,鼓小而长则其声舒而远闻。"这是说明鼓的形状与其音色的关系,最早对鼓声的描写就是"逢逢"之音,《诗经·大雅·灵台》之"逢音","鼍鼓逢逢"。除了最早"逢逢"之音外,还有几个有特点的音:如"镗"音之亮,"曳虹旗之正正,振夔鼓之镗镗";冬冬之音,"法鼓冬冬震东海"①,《尚书·大传·虞夏传》:"戛乎鼓之,轩乎舞之";《诗经·商颂·那》:"鼗鼓渊渊,嘒嘒管声"。除了这些"逢"、"冬"、"戛""镗"音色之外,唐代诗人王维也说:"坎坎击鼓,鱼山之下。"还有许多不同的音色,我们平时击鼓,如果击在鼓的边缘与击在鼓的中央是不一样的音色。所以才能有那么多的鼓声,印度、非洲人还用鼓说话呢。这就是不同的鼓有不同的意义。

考古发现中亦有不少的鼓件被发现,如曾候乙墓的建鼓,秦始皇兵马俑第一号坑第三次发掘两面木胎漆鼓等等。最早的发现应该是山西襄汾陶寺遗址,有早、中、晚三期,相当于传说时期的尧、舜时代,晚期进入夏朝纪年。出土乐器有鼍鼓(8件)、石磬(4件)、土鼓(6件)、陶铃(6件)、铜铃(1件)、陶埙(1件,一音孔)② 这是一个贵族墓,鼍鼓的出现,证明了《诗经·灵台》所说的"鼍鼓逢逢"其言不虚。而且这个历史可能性追溯到夏朝,传说中的鼍鼓诞生至少在帝颛顼时代。③

夏代已经有足鼓,商代有铜鼓,周代有建鼓,这是打击乐器的辉煌时代。秦汉出现乐府机构,打击乐器组成各种乐队,如横吹、骑吹、短箫铙歌等乐队和乐种。汉代的鼓乐已经和周边地区

---

① 高旭《法鼓冬冬震东海》。
② 参见《中国文物考古大系·山西卷》。
③ 郑祖襄《华夏旧乐新探》,中央音乐学院出版社,2008年5月第1版,第177页。

联系紧密,三国两晋南北朝时期,汉文化与少数民族文化你来我往,左冲右突,形成了"文化激荡",音乐中出现"真人代北"。到了唐代,音乐文化交流则更是形成排山倒海、裂岸排空的局面。

唐代的鼓是在开放的状态中成长起来的,它前承汉魏六朝,后启宋元明清,取得了令人瞩目的成就。

夏、商、周时期已经有多种鼓了,到了汉朝,不仅是单个的鼓,而是多种鼓的组合,出现了鼓吹、横吹、短箫铙歌。汉乐府机构中出现管理鼓吹的人员机构。从历史上看,鼓吹出自北方少数民族,横吹出自西域,李延年还根据西域的音乐创制新声二十八解。短箫铙歌,是军乐。在汉代,鼓的种类也特别多,从乐府的"鼓员"中就可以看出来这一点,总体鼓员的人数已达到254人,他们是:"大乐鼓员"、"嘉至鼓员"、"邯郸鼓员"、"骑吹鼓员"、"江南鼓员"、"淮南鼓员"、"巴渝鼓员"、"歌鼓员"、"楚严鼓员"、"梁皇鼓员"、"临淮鼓员"、"兹方鼓员"、"安世乐鼓员"、"沛吹鼓员"、"族歌鼓员"、"陈吹鼓员"、"商乐鼓员"、"长乐鼓员"、"缦乐鼓员"、"楚鼓员"等,显然鼓已经有地方风格,这些鼓员即使在汉哀帝罢乐府的时候,有相当多的鼓员没有罢去①。而《晋书·乐志》说到的"横吹鼓乐"中鼓是不可缺少的核心。南北朝时期,也多设有鼓吹署或专门人员管理鼓吹,反映西晋时期的《晋书·职官志》云:"太常,有博士、协律校尉员,又统太学诸博士、祭酒、及太史、太庙、太乐、鼓吹、陵等令,太史又别置灵台丞。"《宋书·礼乐志》卷十八云:"黄门鼓吹及钉官仆射、黄门鼓吹史主事、诸官鼓吹,(中略)武冠。(中略)凡此

---

① "嘉至鼓员"、"邯郸鼓员"、"骑吹鼓员"、"江南鼓员"、"淮南鼓员"、"巴渝鼓员"、"歌鼓员"、"楚严鼓员"、"梁皇鼓员"、"临淮鼓员"、"兹方鼓员"当时的丞相孔光上奏皇帝这些鼓员不能罢,主要是"应古兵法"。

前众职，江左多不备，又多阙朝服。"这些乐官制度常有小的变化，有时清商署管理鼓吹，有时鼓吹并入清商隶属太常等，无论什么情况"鼓吹"作为音乐事项总是存在的，而且往往与军乐有关。《唐六典·鼓吹署》卷十四云："晋遂置鼓吹令、丞，属太常。元帝省太乐，并于鼓吹，哀帝省鼓吹，并于太乐。"东晋、南朝时期鼓吹虽有减省，但其职能也是存在的。唐代音乐机构中，有大乐署、鼓吹署、教坊和梨园。前两个部门属国家音乐机构，属于太常寺管理；而教坊和梨园则直辖于宫廷，由玄宗皇帝亲自打理。鼓吹署也专门管理仪仗、军乐、祭祀等内容。

汉代的鼓吹与少数民族分不开，但隋唐的鼓吹更是汇中外于一炉，让人眼界大开。有边疆少数民族，也有邻国的鼓乐。先是分奏，隋文帝杨坚时期有七部乐，到炀帝杨广大业中呈九部乐，再到唐太宗贞观时期将诸乐聚改十部乐，到了玄宗天宝时期又将十部乐整改为坐部伎和立部伎。玄宗时期是少数民族音乐融合于汉民族音乐的"成果展示"，这已经不是开始而是结果了。在这些音乐中鼓乐占有极重要的地位。《龟兹乐》、《西凉乐》、《高昌乐》、《疏勒乐》都是西北和西域少数民族的音乐，都是正宗"胡乐"；而《高丽乐》、《扶南乐》、《天竺乐》、《康国乐》、《安国乐》都是域外音乐，这些音乐通称为"胡部新声"。直到十部乐，甚至到坐立部伎，这些音乐中的乐器以鼓类乐器最多，鼓类乐器中又以胡鼓最盛。《龟兹乐》、《西凉乐》、《高昌乐》等都是以鼓乐器为主的胡乐。而《旧唐书·音乐志》在谈到《立部伎》时说："自《破阵乐》以下，皆擂大鼓，杂以龟兹之乐，声震百里，动荡山谷。"[①] 而讲到《坐部伎》时又云："自《长寿乐》以下，

[①] 《立部伎》有八部，具体曲目为：（一）《安乐》；（二）《太平乐》；（三）《破阵乐》；（四）《庆善乐》；（五）《大定乐》；（六）《上元乐》；（七）《圣寿乐》；（八）《光圣乐》。

皆用《龟兹乐》"①，足见《龟兹乐》之重要作用，而《龟兹乐》又是以鼓乐占绝对优势的。所以《旧唐书·音乐志》说："自周、隋以来，管弦杂曲将数百曲，多用《西凉乐》；鼓舞曲多用《龟兹乐》。"② 胡乐之所以受到皇帝及众人的喜爱，主要是它有气势，这种气势是由鼓创造出来的，否则怎么会"声震百里，动荡山谷"呢？这种现象在南北朝时期已经显露端倪。马端临的《文献通考·乐二》云："自周武（北齐）以后，始爱胡声，琵琶、五弦……胡鼓、胡舞，铿锵镗哒，洪心骇耳，……是以感其声者，莫不奢浮躁竞，举止轻飙，或踊或跃，乍动乍息，跷脚弹指，撼头弄目，情发于中，不能自止。"

一、唐诗咏鼓

如前所述，鼓在中华民族的音乐中属于最早的乐器。各朝各代都有自己的鼓，而且多有文人为之作赋吟诗。南北朝时，谢朓就有《鼓吹曲》咏鼓之仪仗："江南佳丽地，金陵帝王州。逶迤带绿水，迢递起硃楼。飞甍夹驰道，垂杨荫御沟。凝笳翼高盖，叠鼓送华辀。献纳云台表，功名良可收。"③ 我们知道，每个朝代的仪式虽有不同，但总有鼓吹这种仪式。又如（梁）萧琛《咏鼙应诏》："抑扬应雅舞，击节逗和音。却马能云在，将帅止思心。"这是与战争有关的仪式。

唐代诗人咏鼓不如同时代其它管、弦乐器常见，但从初唐到晚唐还是有以鼓为题的诗，只是它的篇数比较少、篇幅一般比较小罢了。

---

① 《坐部伎》有六部，具体曲目为：（一）《燕乐》1、《景云乐》2、《庆善乐》3、《破阵乐》；4、《承天乐》；（二）《长寿乐》；（三）《天授乐》；（四）《鸟歌万岁乐》；（五）《龙池乐》；（六）《小破阵乐》。
② 参见杨荫浏《中国音乐史稿》，人民音乐出版社，1981年版，第216页。
③ 《乐府诗歌》称为《入朝曲》。

初唐李峤之咏乐诗是比较多的,其中也有《鼓》一首:"舜日谐鏊响,尧年韵土声。向楼疑吹击,震谷似雷惊。仙鹤排门起,灵鼍带水鸣。乐云行已奏,礼曰冀相成。"这也是说的仪仗之乐中的鼓。诗中提到舜时、尧时都已经有鼓了,这里将唐与传说时代中的尧、舜相提并论,应该是褒意,其中"向楼疑吹击,震谷似雷惊",可见初唐时期宫廷仪式之一斑。

岑参作为边塞诗人中的代表,也有关于鼓的描写:"鸣笳攝鼓拥回军,破国平藩昔未闻。"明代杨慎为之作注说,"疾击"为之"攝",实际上,攝就是擂。擂鼓也是可以收兵的,但这一种具体的"擂法"节奏已经随着冷兵器战争的消失而失传了,显然这是描写战争中的鼓。明杨慎《升庵诗话》这样说:

谢玄晖《鼓吹曲》:"凝笳翼高盖,叠鼓送华辀。"李善注:"徐引声谓之凝,小击鼓谓之叠。"岑参《凯歌》:"鸣笳攝鼓拥回军。"① 急引声谓之鸣,疾击鼓谓之攝。凝笳叠鼓,吉行之文仪也。鸣笳攝鼓,师行之武备也。诗人之用字不苟如此,观者不可草草。

杨慎是说人们不要随便就看过去了,杨慎感觉细腻,将听的感觉和击奏的感觉分开了。

顾况《丘府小鼓歌》:"地盘山鸡犹可像,坎坎碰碰随手长。夜半高楼沈醉时,万里踏桥乱山响。"这是描写夜半时分,小鼓独奏的情形。以"坎坎、碰碰"之声模仿鼓声十分形象。"山响"这个词今天还出现在一些具有地方风格的文学作品中,说明小鼓的表演轻重有别,技巧比较高。顾况还有《宫词五首》:"九重天乐降神仙,步舞分行踏锦筵。嘈囋一声钟鼓歇,万人楼下拾金

---

① 岑参《献封大夫破播仙凯歌》之三:"鸣笳攝鼓拥回军,破国平藩昔未闻。"

钱。"这是描写宫廷中由鼓乐伴奏舞蹈的情形,由于舞蹈表演十分成功,鼓的节奏伴奏得天衣无缝,所以当舞蹈完毕、钟鼓停下来之时,皇帝就命人从楼上撒下了许多的赏银。自然许多演员乐队人员都去"拾取"赏钱了。

张说《苏摩遮》云:"腊月凝寒积帝台,齐歌急鼓送寒来。油囊取得天河水,上寿将添万岁杯。"《苏摩遮》也是一种游戏,这种游戏来自西域少数民族,是在很寒冷的天气中玩泼水,就是看你怕不怕冷。也有人之称为"手莫遮",就是说在相互泼水玩耍时,不要用手遮水,以示胆气豪壮、不惧寒冷。从"油囊"等字眼中可以推测与沙漠民族有关。

卢纶是中唐时期著名诗人,他的《送浑别驾赴舒州》云:"江平芦荻齐,五两贴樯低。绕郭覆晴雪,满船闻曙鸡。鱣鲂宜入贡,橘柚亦成蹊。还似海沂日,风清无鼓鼙。"这是写风和日丽、一派和平景象的天气中不会有战事,"鼓鼙"在这里暗表战斗。

韦应物的《鼙鼓行》是一首杂言诗:"淮海生云暮惨淡,广陵城头鼙鼓暗,寒声坎坎风动边。忽似孤城万里绝,四望无人烟。又如房骑截辽水,胡马不食仰朔天。座中亦有燕赵士,闻鼙不语客心死。何况鳏孤火绝无晨炊,独妇夜泣官有期。"这是韦应物所写的为数不多的边塞诗风格的作品。描写边疆僻远的卫国战士在严寒中保家卫国。鼙鼓就是军队中使用的小军鼓。

李贺《官街鼓》:"晓声隆隆催转日,暮声隆隆催月出。汉城杨柳央新帝,柏陵飞燕埋香骨。槌碎千年日长白,孝武秦皇听不得。从君翠发芦花色,独共南山守中国。几回天上葬神仙,漏声相将无断绝"。李长吉善用一些特别的韵辙,这首诗也是一例。此诗中所言鼓乃是报时之鼓,早晨、傍晚都用"官街鼓"来司报时辰。

白乐天的诗云:"两片红旗数声鼓,使君艨艟上巴东。"① 这是讲船上击鼓表演,可能也有报时的功能。白居易在《长恨歌》中又说:"渔阳鼙鼓动地来,惊破《霓裳羽衣曲》。"这里说的是唐玄宗皇帝过度享乐,以致于安禄山发动"军事叛变"还不知道。战争中经常用"鼙鼓"来鼓舞士气,或者前进或后退的指挥信号,这里就是指战争信号,而用"惊"字说明战争之突然,这是玄宗皇帝始料不及的。

张祜《邠娘羯鼓》:"新教邠娘羯鼓成,大酺初日最先呈。冬儿指向贞贞说,一曲乾鸣两杖轻。"羯鼓因为用两根鼓杖击奏,所以又名"两杖鼓"。这是指皇帝在大宴群臣之时,由邠娘为大家表演羯鼓独奏,十分成功。诗人们在欣赏时,看着那么快的节奏在邠娘的手中是那样的轻盈,表演非常轻松自如。羯鼓之所以以"羯"名之,乃是因为它不是汉族乐器,最初来源于印度,当时名"天竺",印度的这种鼓就是两杖击奏的,在印度的一些古代壁画中还有保存。印度的这种鼓是经过南北朝时期的羯族人传到中原,故人们以传播之"媒体"而命名。羯鼓传入中原的时间大约在石勒时期,②龟兹、西凉、高昌等乐中有羯鼓,但石勒也并未给予多大的重视。它的露面是在唐初利用《龟兹乐》,增补《天竺乐》时开始。受到皇帝重视则是在盛唐。

到了盛唐,在所有打击乐器中,似乎还没有哪件乐器被皇帝如此这般地看重,甚至将其搬上独奏舞台,可谓千古奇观了。更有甚者还有为羯鼓树碑立传的,唐末宣宗皇帝大中年间(850年),南卓撰《羯鼓录》。因为皇明皇认为羯鼓是"八音之领袖,诸乐不可比。"③ 也可能是因为羯鼓音色动听、音量宏大、穿透力

---

① 明杨慎《升庵诗话》。
② 石勒是羯人皇帝,也是唯一一个从奴隶到"将军"的皇帝。
③ 《新唐书·礼乐志》。

强，故能"破空透远，特异众乐"的原因吧。

唐玄宗开元、天宝年间，羯鼓独奏相当频繁。王应麟的《玉海》引《唐玄宗实录》说，当时凡遇庆典，玄宗便"设四部乐于庭"，① "引工展乐器于庭"并"供都人纵览"。这实际上就是羯鼓的展览会。在这种乐器展览会上，玄宗将羯鼓列于"龟兹乐"之中。后来二部伎中也大量使用龟兹乐，羯鼓表演的机会更多了。

羯鼓是一种圆桶形的鼓，木料为其鼓身，亦以两头蒙以皮革并用绦绳拉紧的鼓。鼓框有木质和石质之分，表演时常将其横置于鼓架或鼓床之上，以两杖轻击左右两面，所以才有"两杖鼓"之异名。亦有将鼓竖置，用两杖击其上面的奏法，这种奏法仍见于敦煌壁画中。

但在五代南唐（宋）齐丘《陪华林园试小妓羯鼓》的诗中，我们还看到了另外的一种打法，就是："切断牙床镂紫金，最宜平稳玉槽深。因逢淑景开佳宴，为出花奴奏雅音。掌底轻璁孤鹊噪，枝头干快乱蝉吟。开元天子曾如此，今日将军好用心。"这是一头用杖一头用手的"手、杖兼击"打法："掌底轻璁孤鹊噪，枝头干快乱蝉吟。"这种综合性打法应该是玄宗皇帝重视的结果，是许多人不懈地探索羯鼓演奏技巧的结晶。

我们再看看李商隐在《龙池》中的描写："龙池赐酒敞云屏，羯鼓声高众乐停。夜半宴归宫漏水，薛王沈醉寿王醒。"第二句"羯鼓声高众乐停"可以说是宴会的高潮之所在。甚至可以说，应该是这个时代（盛唐）之音乐高潮所在，其余的声音都停下来，只有羯鼓的声音清脆嘹亮、播之四海。这也是胡乐兴盛之又一铁证。

在皇室中，汝阳王李琎，长得英俊，被称为"花奴"，他是

---

① 四部乐这里指的是《西凉乐》、《龟兹乐》、《高昌乐》与《天竺乐》。

宁王李宪的儿子。宁王与玄宗是同辈，所以玄宗也很爱李宪的儿子李琎，玄宗亲自教花奴表演羯鼓的技术，因此汝阳王就很擅长打羯鼓。南卓的《羯鼓录》中就说，有一次一位琴师为玄宗表演，玄宗皇帝很不高兴，没听完就让人"速召花奴，将羯鼓来，为我解秽"。这则故事说明皇玄宗非常不喜欢古琴，而喜欢羯鼓。南卓还说，玄宗时的名相宋璟，也很擅长表演羯鼓。他曾自豪地对玄宗说，"头如青山峰，手如白雨点，此即羯鼓之能事也。"意思是说"山峰取不动，雨点取碎急。"而宋璟一家，包括他的夫人、他的女儿等都都擅长击羯鼓及鲁山花磁鼓等，宋开府中的孙沇也非常擅长表演羯鼓。

李商隐的另一首《听鼓》则是描写报时功能的击鼓情形："城头叠鼓声，城下暮江清。欲问渔阳掺，时无祢正平。"

晚唐崔道融《羯鼓》："华清宫里打撩声，供奉丝簧束手听。寂寞銮舆斜谷里，是谁翻得雨淋淋。"这首诗给我们介绍了羯鼓的独奏曲目《雨淋淋》。也讲了一个典故，此曲目是唐玄宗为纪念死去的贵妃，在蜀地的一个下雨天因触景生情而作，以后每当他听到这首曲子的时候，他都十分悲痛，因为他的美人就是在这次战乱中丧生的。

晚唐李郢《画鼓》："尝闻画鼓动欢情，及送离人恨鼓声。两杖一挥行缆解，暮天空使别魂惊。"这里题为画鼓，实际上则是指羯鼓，因为羯鼓平时都漆有美色，画上美画，所以称画鼓，这是对羯鼓装饰的美称。

我们知道，唐代的鼓虽有一百多种，但被诗人们专咏不多，不过二十多首，而咏羯鼓的诗就占了5首，几乎占四分之一。说明羯鼓受到当时人们的重视，不仅受到大众的欢迎，也受到诗人们的欢迎。

晚唐的诗人可朋有《耕田鼓诗》一首，是这样写的："农舍田头鼓，王孙筵上鼓。击鼓兮皆为鼓，一何乐兮一何苦。上有烈日，下有焦土。愿我天翁，降之以雨。令桑麻熟，仓箱富。不饥不寒，上下一般。"这是非常有趣的一种现象，诗人将田头鼓与宴乐中的鼓相提并论、两相对照，讽刺贫富不均、贵贱不等，于是他祈求天神降雨，风调雨顺，使所有的农人都有饭吃，并且享受人间平等。从这首诗来看，我们还能够发现一个重要的民俗现象，那就是唐代已经有"薅草鼓歌"了。这在今天长江流域十分普遍，人们在田里一边干活，一边有师傅打锣击鼓来伴奏人们唱歌，这在湖北、四川一带叫"一鼓催三工"。专门打鼓的师傅叫"歌师"或"鼓师"，他们是劳动中的领军人物，一般不干具体的农活。由此看来劳动的传统和艺术的传统在中国是绵延不绝的。

伊用昌的《望江南词咏鼓》："江南鼓，梭肚两头栾，钉著不知侵骨髓，打来只是没心肝，空腹被人谩。"这说明南方也有自己的鼓，这种鼓两头小，中间大。敲击时有一些表演动作，有点像梭子一样两边舞动。这里也给我们提供了唐代南方的一些关于鼓的信息，说明唐代南方北方，东方西方都有鼓这种乐器[①]，东西南北中都有鼓乐器，人们也自然都会击之。

二、唐代鼓手与曲目

我们选择以鼓为题的诗是我们选择鼓诗的标准，这样的诗虽然不多，但如果算上乐器合奏，或者在诗中提到鼓笛、鼓钟、箫鼓、钟鼓、鼓吹等等一类一笔带过的字眼，那可能会有几千首。在这些诗及《羯鼓录》的记载中，我们知道会演奏羯鼓的人，有玄宗皇帝李隆基、花奴李琏、音乐家王文举等；《乐府杂录·羯鼓》载："明皇好此伎。有汝阳王花奴，尤善击鼓。花奴时戴砑绢帽子，上安葵花数曲，曲终花不落，盖能定头尔。……咸通中

[①] 东边的高丽乐中有鼓，西域自不待言，南方天竺鼓，扶南乐中也有鼓。北方、西北少数民族的鼓就是用在横吹之中。

有王文举,尤妙。弄三杖打撩,万不失一,懿皇师之。"另有音乐家李龟年、太监高力士、宰相宋璟及一家及其仆人孙沇等,代宗李豫广德间(763~764)李琬,而永泰年间(765~766)有宰相杜鸿渐,仆射韩皋善等人都是羯鼓大家。

《羯鼓录》中有太簇宫调鼓曲23首:《春光好》、《通天乐》、《舞山香》、《罗犁罗》等均为其中著名鼓曲;有太簇商调的鼓曲50首:《英雄乐》、《倾杯乐》、《还成乐》、《大宝乐》、《婆罗门》、《太平乐》、《秋风高》、《跳蹄长》等亦为当时著名鼓曲;还有太簇角调鼓曲15首,其中《俱伦毗》、《悉利都》、《移都师》、《即渠沙鱼》等为著名曲调。从其鼓名中,知道这一部分多外域曲目,并说"徵羽调与胡部不载",何种原因,不得而知。另载《诸佛曲词》10首,其中《四天王》、《阿陀弥大师曲》、《半阁么奴》等为著名伴奏曲,此部分大约为佛曲诵读、吟唱服务;最后是《食曲》33曲用于吃饭之时,其中著名的有《云居曲》、《散花》、《大燃灯》等,从其曲名中我们知道这些曲子与佛教有关。后来,在不断地向民间转化的过程中,逐步演变成民间婚、丧、嫁、娶仪式中服务的内容,如今天的土家族地区"跳丧"就专门有《散花》曲目,属于一种行乐,边走边打,一边绕棺,一边唱佛曲,以此来告慰死者的灵魂,安慰死者家属。

不仅如此,在江汉平原的汉族地区和长江三峡的长阳县土家族地区,人去世以后,也要请一些专门的班子来为死者举行哀悼,这些班子在日夜不停地为死者进行歌唱、跳舞,他们的乐队表演曲目就有《三通鼓》,这个曲目唐代就已经有了;至于《散花》、《大燃灯》等曲目,则完全在仪式中程序化,每个死者都将在"法师"的主持中,利用最后一道程序——《散花》来结束其丧葬仪式。还有,"燃灯"这个动宾词组,在湖北、湖南、四川的汉族、土家族地区非常生活化,每到天黑(普通话讲傍晚),农村人都说"燃灯",而不讲"点灯"。看来这个词是一个佛家用语，最后被"遗落"在民间了。在此，我们又不能不想起"礼失求诸野"的学术格言来。

正如崔道融所说的"华清宫里打撩声，供奉丝簧束手听"一样，羯鼓即使在乐队中它也有独奏的鼓段子，其它丝、竹、管乐等都得停下来听它表演，所以"羯鼓声高众乐停"。那么这些有名的乐曲有什么特点呢，它的创作背景如何呢？

唐明皇之所以酷爱羯鼓，可能除了它的音色、音质都比较优美之外，还有一种所谓的"催花"、"呼风"之特异功能。南卓在其著作中说，阳春二月的某一天，"时当宿雨初晴，景色明丽，小殿廷内，柳杏将吐，（明皇）睹而叹曰：'对此景物，岂得不与他判断之乎！'，左右相目，将命备酒，独高力士遣取羯鼓。上旋命之临轩纵击一曲，曲名《春光好》。"并且表演完毕，明皇神思自得、仿佛天纵。此时再看看柳杏都已经开蕾了，玄宗皇帝笑着对嫔妃们说，就花开之事，你们不叫我天公，行吗？这些嫔妃及其官员都山呼万岁！这个时候，玄宗皇帝曲兴大发，又创作了《秋风高》一曲，这一曲常在秋高气爽的时候表演，表演时往往会轻风徐来，有几片秋叶慢慢落下，其曲感人至深、妙至于此。除此之外，明皇还创作过《舞山香》等曲目。

三、鼓的分类和使用

鼓在历代乐器中可以说是种类最多，使用最多的乐器，因为容易做，也比较容易演奏。现在少数民族中有新疆的手鼓，实际上早已经存在，朝鲜族的长鼓、汉族的花鼓，还有羯鼓、鸡娄鼓、毛员鼓等，在唐朝都已经存在了。我们按照唐代音乐分类将其分成胡部、俗部、雅部就可以知道，唐代究竟有多少种鼓。

胡部

单龟头鼓、三头鼓、序鼓、羯鼓、檐鼓、都昙鼓、毛员鼓、答腊鼓、鸡娄鼓、铜鼓等。

俗部

齐鼓、汉鼓、魏鼓、鼗鼓、鼓拌、捌鼓、羽葆鼓、警鼓、铙鼓、节鼓、鹭鼓、鹤鼓、鼍鼓、连鼓、方鼓、朝鼓、大鼓、常大鼓、中鼓、小鼓、鞄鼓、桴鼓、交龙鼓、三杖鼓、头鼓、耷鼓、和鼓、云花黄鼓、云花白鼓、青鼓、赤鼓、黑鼓、颡鼓、熊皮鼓、漏鼓、街鼓、唐鼓、黄钟鼓、夏至鼓、冬至鼓、圣鼓、散鼓、教坊鼓、抚拍、青角、赤角、黑角、路鼓、路鼗等。

雅部

拊鼓、足鼓、楹鼓、建鼓、悬鼓、雷鼓、灵鼓、灵鼗、夔鼓、鼗、料、鼗鼓、提鼓、朔鼓、应鼓、鼛鼓、大鼙、中鼙、小鼙等。①

由于鼓的种类太多，我们首先要将鼓进行材料分类。

竹鼓、铜鼓、皮鼓、石鼓等一种鼓在不同的区域比较流行是与当地的材料相适应的。比如竹鼓，在中国南方比较多，因为竹子多在长江以南；铜鼓则多是"楚蛮"的遗物，在南方也不少；皮鼓相对而言比较多，在全国各地广泛分布，尤其是我国的西北部，有马皮鼓、羊皮鼓、牛皮鼓；鱼皮鼓在东北和南方比较多，这里有较多的江河湖海，鱼类丰富，所以鱼皮不少。

其次，我们按照鼓的演奏方式分类。

双面鼓、单面鼓，有的鼓可以单面演奏，有的鼓双面也可以表演。如戏曲中的扁鼓是单面的，如腰鼓就双面可敲击，建鼓也是双面可以击奏的。

驼鼓，在骆驼背上演奏得名；马鼓，因在马背上演奏得名；骡鼓，因为在骡子背上表演得名。

车鼓，置于车上演奏而名之，有的时候人挽之而击，有的时

---

① 严昌洪、蒲亨强《中国鼓文化研究》，广西教育出版社，1997年1月第1版，第24页。

候是马拉着车，人坐于车上表演；

悬鼓，将鼓平卧或侧卧悬挂于鼓架上，宫悬乐器中的应鼓、鼛鼓属于此类。有些寺庙中也有此类鼓。

植鼓，即楹鼓或建鼓。腰鼓，现代颇多，挎于腰间击打。但古代的形制稍细，现代已变粗犷。这种细腰鼓在现代的瑶族、朝鲜族中仍然很流行，是唐时遗制。

手鼓，第一种是维吾族的手鼓，左手握鼓边，右手表拍击鼓面，现在新疆很普及。别一种是装有鼓柄，手提之表演，用于军中马上表演。在朝廷则叫"登闻鼓"或"敢谏鼓"，这种装有长柄之鼓有桶状的，长筒形的，也有扇状的，如扇鼓、单鼓一类等。

抬鼓，顾名思义是两人抬着敲击的。它是一种特殊的悬鼓。只不过是用人来作簴罢了。我们在民间节庆中常见这种双人抬的大鼓，如广西的铜就有人抬着击，不过那是铜鼓罢了。

负鼓，一人在前背负，另一人在其后面用棰击之。唐宋时代均有，现代社会中民俗节日的喜庆活动中，我们也会见到这种鼓。

鼓和其它乐器在一起就会形成鼓吹，如排箫、横笛、笳等。鼓吹有时也会有歌唱。当然鼓和不同的乐器组合会有不同的名称，汉代有鼓吹和横吹，角和笳在一起统称鼓吹。排箫和笳在一起也叫鼓吹。另一类是鼓与角组成军乐，在马上表演称横吹。横吹在汉武帝时代比较兴盛。到两晋南北朝时期，北魏的鲜卑族，在公元398年开始提倡鲜卑族民歌，有《真人代歌》或《北歌》，这是一种由宫女们演唱的歌曲。这种北方的歌曲先是在北方流行，以后流行到南方，得到南方人的注意。第6世纪的时候，梁朝的横吹曲中就有不少《北歌》在内了。而陈后主则专门派宫女去北方学习箫鼓（鼓吹的别一种称谓），这种艺术被称为《代北》。[①] 这也是南北音乐文化交流的又一例证。

[①] 杨荫浏《中国古代音乐史稿》，人民音乐出版社，1981年2月第1版，第149页。

（一）常见鼓的形状

唐代的鼓种类多、数量多、形状怪，有的以膜鸣，有的以体鸣，奇形怪状的鼓不在少数，如单龟头鼓、三头鼓、序鼓等等，但我们将几种有代表性且常用的鼓，如太平鼓、鸡娄鼓、答腊鼓、正鼓等分别叙述。

太平鼓　唐代的太平鼓已经出现在"鼓舞"之中，张祜说："画鼓拖环锦臂攘，小娥双换舞衣裳。"[①] 太平鼓有比较大的拖环，唐代蒙以牛皮，形状如扇子，圆而平，有柄，鼓周有较大的拖环，表演时鼓声咚咚、环声铮铮。可以击其中心、边缘、鼓框等位置，并且有击打法、抽法、抖动法、挑击法、翻转法、按叩法等。

腰鼓　因腰部较细、两端粗大得名，所以它也被称为细腰鼓。北魏石窟中已经有它的壁画。它常持置胸前，表演时手杖并用。通常是右边以杖击，左面用手击。后世称为杖鼓或拍鼓。在形状上有大、中、小之分，在质地上有石、陶、木之别。属于腰鼓类的还有都昙鼓、毛员鼓等，均为广首纤腹之形。它是唐代燕乐鼓舞中必不可少的乐器。它通常也和羯鼓、大鼓同时并奏，引领节奏、渲染气氛。

檐鼓与齐鼓　高丽乐中用檐鼓，西凉乐中不少之。形状如同小瓮，蒙上蛇皮后上漆。齐鼓则如漆桶般大小，一头设齐于鼓面，状如麝脐故称。音量较小，北魏云岗石窟中已出现。

鸡娄鼓　椭圆形的鼓，中间突出粗大，两头形状较小，但均蒙以牛皮或马皮，皮较厚实。悬挂在胸前下端或者用绶带系于左腋下，右手执棒击奏，属于棒击型；但左手另持鼗鼓表演，摇转发声。现在日本有这些鼓保存。

答腊鼓　亦为双面鼓。比较奇特的是它的鼓面比鼓框要大，

---

① 张祜《周员外席上观拓枝》，《才调集·七》。

其圆桶形鼓框不长，周边有等距离的小孔用以穿绳系固，左手横托，右手击奏或抚奏。《古今乐录》云："制广于羯鼓而短，以指揩之，其声甚震。"

和鼓与正鼓　正鼓与和鼓常作为一对乐器使用，挂在马背的左右两边而表演，所以它常用于军乐中，属于骑吹，但在唐代它也在十部乐中多用于康国乐和安国乐。通常成组使用，有时甚至用三个或四个，也常用于胡旋舞蹈的伴奏。

（二）几种表演类型

唐代的鼓多，表演方式也五花八门，令我们有开眼之感，但我们加以分类后发现，也就是以下的几种演奏方式常见。

鼓的演奏方式有二，第一是鼓体本身的放置方式；第二是击奏方式与工具。

第一种以鼓的放置方式分类有四：

1．纵置演奏：担鼓、齐鼓、羯鼓、檐鼓等；

2．横置演奏：羯鼓等；

3．悬置演奏：细腰鼓、毛员鼓、鸡娄鼓、都昙鼓、正鼓、和鼓等；

4．手持表演：鼗鼓、答腊鼓等。

第二种以击奏方式、工具分类有三：

1．手击表演：达卜鼓、鸡娄鼓、答腊鼓等；

2．棰击表演：担鼓、齐鼓、毛员鼓、鸡娄鼓、都昙鼓、正鼓、和鼓等；

3．手、棰综合表演：鼗鼓、细腰鼓等。

（三）鼓的组合使用

鼓在合奏的音乐表演中可以有几种组合，出现几种不同的风格。

《乐府杂录·鼓架部》云："乐有笛、拍板、答鼓，即腰鼓也，两杖鼓。"这是一种鼓、板、笛的典型构成，这种构成在宋代的宫廷音乐中，在宋代的民间音乐中都有很充分的表现。

《乐府杂录·龟兹部》："乐有筚篥、笛、拍板、四色鼓、揩羯鼓、鸡娄鼓。"这是鼓板笛的进一步发展，加强了吹管力量。

《乐府杂录·雅乐部》："……四角安鼓四座：一曰应鼓，二曰腰鼓，三曰警鼓，四曰雷鼓。皆彩画，上各安宝轮，以珠翠妆之。"雅乐中的鼓部力量最强。

《乐府杂录》中"云韶部"没有鼓，有磬四架；"清乐部"也无鼓，但丝弦乐器多。说明鼓在传统音乐中的使用不是太多。但"胡部"均以鼓为主，如在"龟兹乐"中，仅鼓这种乐器多达7种。

四、鼓的作用和意义

（一）政治、军事作用

鼓在历史上一般不单独使用，除了战场上的"鸣金"等特殊情形之外，多数情况下要配合其它乐器共同组成一个乐队，在宫廷中就是如此，大约有四类。第一类是黄门鼓吹，这是专门由皇帝近侍黄门侍郎掌管的仪仗乐队，既可以列于殿廷，也可服务宴席，还可以为皇帝的出行服务，可谓一物三用。它可以是坐乐，也可以是行乐。第二类是骑吹，这是马上演奏的仪仗乐，主要用于卤薄或随行车架。第三类是短箫铙歌，主要用于天子的社庙、恺乐、元会、郊祀、校猎等重大场合，此种音乐也是一种政治权威和等级的表现。第四类是军乐，也是一种讲究场面的仪仗之乐，出发时发三通鼓，以壮声威，以鼓士气；凯旋时高奏凯歌，以示得胜，以壮人气。

鼓在军事方面的作用早在周代已经显示，常用在整顿军队、检阅军队之中,《周礼·夏官·大司乐》云:"群吏以旗、物、鼓、铎、镯、铙,各帅其民而致。中军以鼙令鼓,鼓人皆三鼓。……鼓行鸣镯,车徒皆行,及表乃止。三鼓摝铎,群吏作旗,车徒皆行。双三鼓振铎作旗,车徒皆作。鼓进鸣镯,车徒骤趋。乃鼓车驰徒走,及表乃止。鼓戒三阕,车三发,徒三刺,乃鼓退从之,于是左援枪而鼓之。"这是用鼓指挥军队训练。鼓在军队中也用于报时,《文献通考·乐考》:"《卫公兵法》曰:'军城及野营行军在外,日出没时挝鼓千槌,三百三十槌为一通,鼓音止,角音动,吹十二声为一叠。三角三鼓而昏明毕。'"日出或者日没时,交叉挝三通鼓,吹三叠角,天就亮了或者黑了,全军便以此鼓声作为全军作息信号。唐代的鼓或角或笳等都曾经作过此类功用的信号。

还有一些作品与直接的战斗有关。如"鼓"常与"角"联用形成"鼓角",如杜甫《望蓟门》:"燕台一去客惊心,笳鼓喧喧汉将营"这也与军事有关。在岑参、高适的作品中鼓与军事也是紧密关联的。当然也有单独运用的,如《曹刿论战》中有"一鼓作气,再而衰,三而竭"之语,说明鼓对士兵作战士气的影响之巨大。当代,毛主席还有"山下旌旗在望,山头鼓角相闻"的壮丽诗篇,这是与军事有关;鼓与笳相联用就形成"笳鼓"或"鼓笳"。

(二) 生活中的作用

首先,唐代的鼓也用于朝庭国事,这便是"谏鼓"。

谏鼓是专门指1、设于朝堂工作室(即官员上朝拜礼之地)的鼓,用于朝臣专门"建议"(可以是批评、可以是建议)的地方;2、设于朝臣或老百姓"喊冤"的地方,无论其真实程度如何,它总是一种程序、一种设置,对皇帝或县官等各级官吏都有一种威慑作用——每一个人都必须努力而公正地工作,不得贪污腐化。曹魏时有"击鼓骂曹"之说，故事讲名士祢衡击鼓之后，当着满朝文武之面大骂曹操，借击鼓泄私愤，以辱曹魏，此乃众所周知之事。后唐白居易有《敢谏鼓赋》云："献纳者于焉直节，讽议者由是正辞。"以达到"外扬音以应物，中含虚而体道"之目的。白居易认为它"音锵锵以堂堂，响容与以徘徊"。"且夫鼓之为用也，或备于乐悬，或施于戎政。以谐八音节奏，以明三军号令"。"嗟乎，舍之则声寝，用之则气振。虽谏诤之在鼓，终用舍而因人"。柳宗元也有《数里鼓赋》，他说："观其象，可以守威仪三千；节其音，可以表吉行之五十。"还可以"研鄙繁音之坎坎，陋促节奏之阗阗"。"固敢先三雅而献赋，庶将开万国之颂声"。唐代的鼓赋倒不少，① 只是它都是从政治作用及生活中的报时作用来谈的比较多。

其次，唐代的鼓广泛用于社会生活，这就是它的报时作用。如杜甫《月夜忆舍弟》："暮鼓断人行，秋边一雁声"。在一般诗人的作品中，鼓常与笛联用形成"鼓笛"。如白居易说"堂上坐部笙歌清，堂下立部鼓笛鸣"等。这是讲音乐本身的表演和等级。那么在诗中的报时则常常是鼓与钟的结合，形成"鼓钟"。如晚唐方干的"直钩终日竟无鱼，钟鼓声中与世疏。若向湖边访幽拙，萧条四壁是闲居"。② 这是指钓鱼时的报时情况；又如顾况《轻薄儿》："暮鼓咚咚鼓声发，暮鼓咚咚鼓声绝。入门不肯自升堂皇，美人扶踏金阶月。"这是写高宦子弟在暮色苍茫之时让仆人扶持之情形。又如王维《送方城韦明府》："使车听雉乳，悬鼓应鸡鸣。"这也是鼓报时之功用的体现。晚唐殷尧藩《春游》："绿水满沟生杜若，暖云将雨湿泥沙。绝胜羊傅襄阳道，车骑西

---

① 另有王履真《六街鼓赋》，佚名的《鼓赋》，佚名的《刻桐为鱼扣食鼓赋》等。
② 方干《赠会稽杨长官》。

风拥鼓笳。"这是仪仗作用。

唐代鼓的报时作用在众多的诗人作品中都有表现，李白、杜甫、张说、孟浩然及中晚唐众多诗人作品中屡见不鲜，在此不一一细举。

（三）鼓的艺术表演及意义

以羯鼓为首的鼓乐盛极一时，不仅影响了当时，也影响到了后世，其意义极为深远，

主要表现在如下几方面。

第一，鼓作为一种打击乐器，被推上独奏舞台，是谓空前。其表演技巧和许多曲目都是传给后代的音乐瑰宝。

第二，西域胡鼓作为一种集体的打击乐器之东渐，对中原华夏旧乐产生了巨大的冲击，不仅是一种文化观念的冲击，还是一种演奏技巧的丰富。原来传统的音乐中惟有中正平和及清微淡远的音乐审美观念是正统，但胡鼓以其丰富的音色、多变的节奏、巨大的能量给中原音乐文化注入了无限的生机与活力。打破了中正平和的传统思想。

第三，鼓乐在宴会上的表演，对整体提高鼓的影响和技巧都有十分重要的意义。

以上无论哪种作用，都离不开鼓的演奏。但在唐代诗人中所咏不多，应该出于以下几种原因：1.鼓多为胡鼓，所以诗人们似乎不甘心"咏歌"之。2.鼓多为无音高的打击乐器，无法像一般旋律乐器那样听出其优美的旋律，只有节奏，所以这也给诗人们的欣赏增添了难度。您想想，白居易这样的大诗人兼音乐家都没有专门咏鼓的诗，别的人就更难了，少数几首咏羯鼓的诗，也并没有从技术上来咏之，显然也由于这方面的原因。说明唐代的音乐欣赏还是源于旋律欣赏。3.鼓的声音比较大，诗人们"喜静不喜动"的职业习惯限制了诗人突破自己的职业去歌颂它，吟咏

53

它。4.唐代诗人所咏鼓都以报时为重,于是"鼓"起到现代"手表"的作用。

五、鼓的变化发展

鼓是中国古代打击乐器的代表,从造字功能上来讲是不争的事实。但是唐代的鼓有些特殊,我们不妨从以下几个方面来分析总结:

1. 在唐代,鼓作为独奏乐器登上了历史舞台,说明了皇帝的博大的胸怀、高瞻远瞩的魄力。

2. 唐代的鼓还广泛用于生活之中。

A. 用于报时。对行人报时相当于手表,用于军队则有利战事,对皇帝报时益于国家。

B. 用于农人作息中,在开始作业时用鼓招呼,在劳动中用鼓来鼓舞劳动的士气,鼓师带头,说幽默的话,唱动听的歌,表扬应该表扬的人,很有示范和引导作用。也可以大大提高劳动生产效率。

C. 用于民俗生活中,婚、丧、嫁、娶已经开了端倪。现在用于丧葬中的的"三通鼓",其实开始于唐代或更早些的军乐之中。

3. 唐代鼓乐在音乐表演中起着极为重要的作用,几乎每个节目都有鼓的参与。这些鼓中既有汉族传统鼓,如建鼓、大鼓、太平鼓等,也有少数民族的鼓,如答腊鼓、鸡娄鼓、羯鼓等。

而且少数民族的鼓占有更加重要的地位,鼓的融合也说明了汉民族和中国西北少数民族、西南少数民族、东北少数民族、南方少数民族[①]等的进一步的文化交流十分成功。

---

① 铜鼓在唐代的音乐资料中记载很多,在许多音乐节目中都有运用。

由于鼓极具活力,它在历史长河中不断地壮大自己、发展自己,历朝历代鼓声不断,愈加丰富。不仅如此,今天的中国有纯粹的鼓段,如清锣鼓、威风锣鼓、吉庆锣鼓等;在世界上,鼓也是种类最丰富的乐器,如小军鼓、架子鼓、定音鼓等等。在今天的非洲,有成百上千的鼓,非洲黑人艺术的魅力尽显其中,黑人们用它传递各种信息,如报警、丰收、袭击及报告生育喜讯,传递死亡信息等等,甚至于鼓的生活功能大于它的音乐功能。非洲鼓演奏方法甚至可以达到数百种;希腊、俄罗斯和欧洲鼓也有精彩的乐段表演;在印度也有无数的鼓,印度人在鼓的表演方面也有天生的才能,而美国的黑人绝大多数是非洲人的后裔,他们在音乐节奏和音乐表演方面的天赋也不亚于非洲土著。由此产生现代流行音乐中的"布鲁斯节奏"(BLUES,许多人又将其译成蓝调)、"爵士节奏"(JAZZ)、"摇滚节奏"(ROCKING,不断的滚动)等等,都是从鼓的演奏法中进行哲学的提升、演变出来的。很多民族都是有鼓可舞、应鼓起舞,所以形成"鼓舞"。鼓是精神的象征,舞是力量的体现。鼓不仅是节奏乐器,更是文化的核心内容之一。它既在农耕民族中显示出无比的活力,也在城邦文化中调动快乐情绪,更是马背民族音乐力量的源泉。

第三节 磬

概 述

磬和钟一样都是古代的礼器,同时也是乐器。在先秦时期,钟的权力象征要大于磬。当乐和礼放在一起的时候,通常是礼在前,乐在后,所以历史上就惯称"礼乐"。礼在西周时期达到高潮,后历代逐渐沿用继承,用于宴享、祭祀等活动之中。

一般而言,磬是石头做成的,磬曾被称为"石"和"鸣球"。

属于石类打击乐器，是出现很早的打击乐器。在人类漫长的石器时代中，旧石器时代长达十万年甚至更长，新石器时代也有一万年甚至数万年的时间。石器时代漫长的探索过程，音乐产生了，石头等打击乐器产生了。早期的文献记载就有"击石拊石，百兽率舞"。1976年，山西夏县东下冯遗址出土夏代石磬，音高相当于小字一组的升C；这件石磬距今约4000年。1950年，河南安阳武官村出土了一件晚商时期的石磬，因为石磬上刻有优美的老虎图案而被称为"虎纹石磬"，音高相当于小字一组的升C。由于石器的高科技含量相对比较少，所以它的制造也比钟简单，人们发现音高的不同之后，就将其排列，商代已经有编磬①。东周时期出土的编磬是湖北随县曾侯乙墓出土的编磬，三十二片，分四组，上下两组排列。

磬有多种称谓，如石磬、玉磬、编磬等。石是朴素的称谓，玉是美称，编磬也比较写实，说明将单一的磬已经编串成排了。磬和钟一样，都是有固定音高的打击乐器，由于有固定音高，所以可以被编排，形成"编磬"，这样，它也可以像编钟一样，一磬一音，编排起来后就可以演奏旋律了，它既可以表演单音章程的旋律，也可以表演和声音程的旋律。

磬和钟比较类似，都被编或排在一起，称"编钟"、"编磬"。他们不仅是文献记载于一起，而且在乐队中也常常被放在一起，一般被置于乐队的后方，不仅因为它们的体积大，而且因为音量比较大，在视角和听觉的欣赏方面都需要如此。

磬的单个形状是一个比较薄的曲尺形石片，这个"曲角"应该是在135度以上。有这么一个角度除了声学的物理因素之外，也有利于用各类的丝线将其吊挂起来。自从春秋战国之后，编磬

---

① 杨阴浏《中国音乐史稿》（下），1981年2月第1版，图7是虎纹大石磬，图8-10为商编磬。

的排列基本没有太大变化，数目为十六片。以后又出现过铜磬，到了梁武帝时期，人们觉得它比较单调，想变化音色，于是出现了铁质的方响；因为是想用方响代替铜磬，所以音阶排列一样，方响"片"数也一样。

有可能是编钟的簨虡过于庞大，比现代的钢琴更加难以搬动，所以它的地位一直在走下坡路。相对而言，编磬则不那么笨重，一片大约厚2～3厘米，长度也不过一尺左右，长大的也不到两尺，十六片吊挂起来，也不过三四十公斤，而且它的音色比较轻莹透明、受人喜欢，因此在唐代磬的使用较之钟更多一些，如云韶部乐就只有"玉磬四架"而别的钟、鼓等打击乐器都没用。而钟磬被记录在一起的时候，多是磬在前，钟在后。说明唐代磬在音乐中的地位要略高于钟；另外，诗人的吟咏中也有几首专门咏磬的宏篇巨制，这则是鼓、钟都不具备的。

一、唐诗咏磬

打击乐器在初唐没有引起多少人的注意，除了钟在唐太宗李世民的诗中出现，别的打击乐器还没受此殊荣。但磬亦有它的平民情结，平淡，平常，平易近人，所以有不少的诗人来吟咏它，而且不少是从音乐方面来歌咏的。以石磬为题的诗被诗人们写进诗中有20篇。

磬出现在盛唐和中晚唐时期的诗歌中，王昌龄为较早写磬诗之人。他的《击磬老人》云："双峰褐衣久，一磬白眉长。谁识野人意，徒看春草芳。"写从艺之艰，击磬不易。一只磬就花掉了老艺人一生的时间，而到头来生活还很不稳定，四处漂泊。

较早写磬的还有顾况。顾况不仅是诗人，而且是画家，是一位十分敏感的艺术家，他对音乐似乎永远保持着一颗童心。宋人洪迈《万首唐人绝句》中保存了他写的《临海所居》诗三首及《从剡溪到赤城》，其中《从剡溪到赤城》云："灵溪宿处接灵山，

57

窈窕高楼向月闲。夜半鹤声残梦里，犹疑琴曲洞房间。"多么丰富、浪漫的想象。他几乎写进了他欣赏的所有音乐中的乐器，如琵琶、筝、古琴①、鼓、笙、磬、笛、角等，他也写过不少舞蹈方面的诗。顾况的磬诗保持着对乐器形式、音色的爱好。他也是唐代最早写民间"竹枝歌"的诗人，可能是永葆童心之故，所以长寿，他生于725年，卒于814年。顾况晚年隐居江西茅山，写有《山僧兰若》云："绝顶茅庵老此生，寒云孤木伴经行。世人那得知幽径，遥向青峰礼磬声。"石磬之声在幽静的山谷传得很远，于是人们隔老远就向山峰行虔诚之礼。顾况《临海所居三首》（其三）："家在双峰兰若边，一声秋磬发孤烟。山连极浦鸟飞尽，月上青林人未眠。"我们似乎看到了磬的声音伴着一缕孤烟，徐徐上升。"兰若"是佛教名词，指安静之地，或泛指古刹、寺院等地方。看来佛教寺院里"磬"这种乐器已经很普及了。

卢纶的《慈恩寺石磬歌》是一首比较长的诗篇，它从石磬的产地到石磬的表演及诗人对石磬音色的感受都写得比较细腻："灵山石磬生海西，海涛平处与山齐。长眉老僧同佛力，咒使鲛人往求得。"讲石磬产地很遥远。"珠穴沈成绿浪痕，天衣拂尽苍苔色。星汉徘徊山有风，禅翁静扣月明中。"这是说石出于水间，未成制品之前，石上长满青苔。制成后，方丈们在静静的月夜下敲击。其乐感人至深："群仙下云龙出水，鸾鹤交飞半空里。山精木魅不可听，落叶秋砧一时起。花宫杳杳响泠泠，无数沙门昏梦醒。"这是激动龙鹤、感动鬼神、感动沙门的音乐。不仅如此，石磬还用于诵经的活动中，伴随佛灯古卷："古廊灯下见行道，疏林池边闻诵经。"它的造价昂贵，几同铜钟："徒壮洪钟秘高阁，万金费尽工雕凿。"作者最后说："岂如全质挂青松，数叶残

---

① 顾况写过《幽居弄》，出自傅正谷《唐代音乐舞蹈杂技诗选释》，人民音乐出版社，1991年3月第1版，第80页。

云一片峰。吾师宝之寿中国，愿同劫石无极终。"将其挂在青松间如何，愿它像青松白云与山峰一样永垂不朽。卢纶还有一首《宿定陵寺》："古塔荒台出禁墙，磬声初尽漏声长。云生紫殿幡花湿，月照青山松柏香。禅室夜闻风过竹，奠筵朝启露沾裳。谁悟威灵同寂灭，更堪砧杵发昭阳。"这首诗讲有人去世了，在佛寺里面做法事，磬在夜里起报时的作用。

范传正是盛唐向中唐过渡的一位诗人，他曾给李白写过墓志铭。他的《范成君击洞阴磬》是一首五言诗，写自己击奏洞阴磬的感受："历历闻金奏，微微下玉京。为祥家谍久，偏识洞阴名。澹伫人间听，铿锵古曲成。何须百兽舞，自畅九天情。注目看无见，留心记未精。云霄如可托，借鹤向层城。"写磬的音色好听，能够奏出优美完整的曲调，表现很高的情操却无须达到百兽率舞的境界。

吕温是中唐时期的诗人，与柳宗元、刘禹锡关系比较好。他写过《终南精舍月中闻磬声诗》："月峰禅室掩，幽磬静昏氛。思入空门妙，声从觉路闻。"讲的是晚上幽幽磬声在禅室中传播之情形。"泠泠满虚壑，杳杳出寒云。天籁疑难辨，霜钟谁可分。"这磬声充盈着虚室，又如同出塞之云那样遥不可及。它像钟声一样好听，甚至难以与钟声分辨开来。"偶来游法界，便欲谢人群。竟夕听真响，尘心自解纷。"这是说磬声好听，竟然使诗人一天到晚听之不倦，石磬之声可能使人的内心的尘埃洗涤干净。看来磬声之功能很多，不仅可以表现音乐，还很利于身体健康。

王建作为中唐诗人也写过不少的音乐诗，且长篇巨制的不少，他的《宫词》几乎完全写音乐。他的《新修道居》是一首游览道观时听到磬声的感受："世间无所入，学道处新成。两面有山色，六时闻磬声。"天下名山僧道多，此言不虚，这就是一座山色空蒙的道观，这新建成的道观，早中晚都能够听到石磬之声。"闲加经遍数，老爱字分明。若得离烦恼，焚香过一生。"看来不仅佛教用磬,道教也用磬来诵唱经卷。在这种环境下念经就会使人远离烦恼。

白居易是所有诗人中写音乐诗最多的,他同样对磬显示出极大的关注。他的《华原磬》也是一首音乐名篇。白居易在篇前有注曰:"天宝中,始废泗滨磬,用华原石代之。询诸磬人,曰故老云:泗滨磬下,调不能和,得华原石考之乃和,由是不改。"说明唐代的石有几种,一种是泗滨磬,在今天山东省泗滨县境内;一种是华原磬在今天的陕西省耀县东南。所以《华原磬》开篇就说:"华原磬,华原磬,古人不听今人听。泗滨石,泗滨石,今人不击古人击。"开门见山道出"今人古人何不同,用之舍之由乐工"的道理。

"乐工虽在耳如壁,不分清浊即为聋。"说有些乐工耳朵有问题,不分清浊,像聋子一样。"梨园弟子调律吕,知有新声不如古。"梨园高人调律吕之后,知道有些乐器古代比今天的好。"古称浮磬出泗滨,立辨致死声感人。"由于磬也是礼器,所以指能够辨明礼节、守住礼仪,这时还用了一个典故:《礼记·乐记》云:"石声磬,磬以立辨,辨以致死。"白居易接着说:"宫悬一听华原石,君心遂忘封疆臣。"这是说华原石磬的艺术力量十分感人,以致于使皇帝陶醉于其中,忘掉国事。"果然胡寇从燕起,武臣少肯封疆死。",果然因为皇帝过度享受音乐致使胡寇安禄山叛乱,但此时已经有些人不再像以前一样愿意为国家去拼命了。"始知乐与时政通,岂听铿锵而已矣。磬襄入海去不归,长安市儿为乐师。华原磬与泗滨石,清浊两声谁得知。"作者最后说音乐与政治相互联系,不仅仅是一个清浊和好听的问题,华原磬与泗滨磬,谁清谁浊?如何能够辨别清楚?看来也是个政治问题。作者诗中暗含一种"重古非今"的情绪,他说好的乐师师襄今天已经不在了,当今的长安市民就是乐师,他们是比不上古代大师的。

元稹和白居易一样,特别喜欢音乐。他写过两首关于石磬的诗,其一是《见人咏韩舍人新律诗,因有戏赠》:"喜闻韩古调,兼爱近诗篇。玉磬声声彻,金铃个个圆。高疏明月下,细腻早春前。花态繁于绮,闺情软似绵。轻新便妓唱,凝妙入僧禅。欲得人人伏,能教面面全。"这首诗比较长,这里只是将主要的与磬有关的部分展示出来。诗中所写乃言玉磬声音好听,与金铃一齐合奏,音色透明高朗,表达情感细腻。歌妓们唱得好,伴奏也好,韩舍人家中的音乐好比在寺院中的一样优美动人。元稹的另一首诗即《华元磬》也和白居易的可以媲美。诗前亦有序:"《李传》云:天宝中,始废泗滨磬,用华原石。"[①] 我们从此序中得知用陕西的华原磬代替山东的泗滨磬的具体时间是在天宝年间。"泗滨浮石裁为磬,古乐疏音少人听。工师小贱牙旷稀,不辨邪声嫌雅正。"元稹开始说明现今的乐师显然不如古代的伯牙、师旷。"正声不屈古调高,钟律参差管弦病。铿金戛瑟徒相杂,投玉敲冰杳然零。"看来作者对音乐现状还是不满,磬、瑟等传统雅乐与胡乐一同登卜勤政楼的宝殿,倒显得传统雅乐很是可怜。"华原软石易追琢,高下随人无雅郑。弃旧美新由乐胥,自此黄钟不能竞。"这是说华原磬比较好"雕琢",声音的好坏高下也没有等级分别,全部由乐工操纵,以致于黄钟大吕之声不能与胡乐抗衡。"玄宗爱乐爱新乐,梨园弟子承恩横。霓裳才彻胡骑来,云门未得蒙亲定。"所以这些不辨别雅乐和郑卫之音的举措招引胡骑侵袭,虽然皇帝爱新乐,喜欢欣赏《霓裳》,但真正的《云门》正统没有得到皇上的肯定。"我藏古磬藏在心,有时激作《南风》咏。伯夔曾抚野兽驯,仲尼暂叩春雷盛。何时得向簨虡悬,为君一吼君心醒。愿君每听念封疆,不遣豺狼剿人命。"这是乐与政治相联系的一种隐晦的表达,也是一种古代传统音乐胜于当今的观点的表达,也表达了作者"不要因为音乐而忘记了国家大

[①] 选自《全唐诗》,中华书局,1982年版,卷二十四。

事"的观点。

唐德宗贞元年间的诗人独孤申叔写有《月中闻磬》："精庐残夜景，天字灭埃气。幽磬此时击，余音几时闻。随风树杪去，支策月中分。断绝如残漏，凄清不隔云。羁人方罢梦，独雁忽迷群。响尽河汉落，千山空纠纷。"前四句说夜里欣赏音乐，磬音绕梁、不绝如缕；中间四句说磬音从树梢传到了月宫，磬声虽然断断续续，但穿透力极强，以致于穿云破雾；最后四句说，游子梦醒、孤雁迷群，但银河消失之后，天露曙光，早晨的千山万壑是那样的空明、寂静。

晚唐李德裕曾为三朝宰相，写有《圣祖院石磬铭》："有美浮石，凄若铜音。笙竽合奏，鸾鹭在林。清越盈耳，和愉感心。悬之玉宇，永托仙岑。"这是对磬声音色的高度赞美，石磬的声音有点像铜磬的声音，与笙竽在一起合奏，就如同鸾鸟在一起飞翔。这样晶莹透亮的声音悦耳感心，如果将其悬在空中，那就像仙女们的声音一样的美妙无比。

潘存实《赋得玉声如乐》："表质自坚贞，因人一扣鸣。静将金并响，妙与乐同声。"这四句说石头质地紧硬，扣击铿锵有力，它就是美妙的音乐。"杳杳疑风送，泠泠似曲成。韵含湘瑟切，音带舜弦清。"这四句说磬的声音在风中传播，曲调优扬，音色就像湘妃瑟，像古琴一样美。"不独藏虹气，犹能畅物情。后夔如为听，从此振琤琤。"这最后四句是对磬的表情等功能的赞美，说它不仅有彩虹般的气度，还能够表达各种感情。如果古代的乐官夔听到的话，也会应声而奋力弹奏玉筝啊。

刘轲的《玉声如乐》："玉叩能旋止，人言与乐并。繁音忽已阒，雅韵诎然清。"言淫声停止后，雅乐之声多么清新自然、优美动听。"佩想停仙步，泉疑咽夜声。曲终无异听，响极有馀情。"余音音色纯正，不绝于耳。"特达知难拟，玲珑岂易名。昆山如可得，一片仞为荣。"这是说它的声音剔透玲珑，很难模仿，就像昆山之玉，如能得到一片演奏该是多么光荣！

李勋《泗滨得石磬》："浮磬潜清深，依依呈碧浔。出水见贞质，在悬含玉音。"由于这种石比重较小比较轻，在水中常是浮起来，所以被称为"浮石"。"何为值明鉴，适得离幽沈。自兹入清庙，无复泥沙侵。"这是说明伯乐的重要性，要有知音人发现这种石头，将其制造成磬，才能不被泥沙埋没。

无名氏《笙磬同音》："笙磬闻何处，凄锵宛在东。激扬音自彻，高下曲宜同。"笙磬合奏，高下融合自如，传到远方。"历历俱盈耳，泠泠递散空。兽因繁奏舞，人感至和通。"声音优美，能够使百兽率舞，使人间和睦；"讵间洪纤韵，能齐搏拊功。四悬今尽美，一听辨移风。"无论声音大小、强弱，均能够达到击石拊石之效果，宫悬尽善尽美，可以移风易俗。此诗有和声效果。不仅音色和协，而且音程关系也很谐和，能够起到很好的艺术作用和社会作用。

晚唐方干写有三首与石磬有关的诗，第一首是《重寄金山寺僧》："风涛匝山寺，磬韵达渔船。此处别师久，远怀无信传。"这是在寺院听到磬声，知道它传播得很远，肯定湖中的船都听得见了，在这种情况下，我好久没得你的信息了，现在给你写信。第二首是《赠乾素上人》："庭际孤松随鹤立，窗间清磬学蝉鸣。料师多劫长如此，岂算前生与后生。"这是写磬声像蝉鸣一样。第三首为《失题》："十六声中运手轻，一声声似自然声。不缘精妙过流辈，争得江南别有名。"写唐代的磬是十六片，声音清新自然，如果不这样优美，怎么会在江南大名鼎鼎，作者在后两句显系另有所指、一语双关。

雍陶《宿大彻禅师故院》："竹房谁继生前事，松月空悬过去心。秋磬数声天欲晓，影堂斜掩一灯深。"这是写大彻禅师过世之后，故院的松、竹、明月仍然不改，但人去楼空，孤灯一盏，数声秋磬，使诗人顿生别梦依稀之感。

二、磬的运用及小结

以上唐诗中对磬的描写，使我们不难看出如下特点。

1. 磬入唐诗不多，我们收录20首。

2. 磬入唐诗较晚，盛唐开始。可能因为它毕竟离生活比较遥远，不像琴、瑟成为诗人们终身关注的乐器。其次，因为真正能够欣赏到石磬表演的诗人，也不是一般地位的人，都应该在五品以上。而且即使在五品以上，如果不在京城，也与眼无缘。

3. 在二十首磬诗中，有12首以磬为题，说明主题比较明确，是写磬的。占百分之六十。还有方干的一首是从诗的内容中可以看出写磬（《失题》）。另外的百分之四十则以磬为抒情的重要工具，磬也是必不可少的内容或背景。

4. 那么十二首诗中，涉及到王昌龄、卢纶、白居易、元稹、范传正、吕温、李德裕、潘存实、李勋、独孤申叔、刘轲、无名氏。这些诗可再以表演类型分合奏和独奏；介绍音乐观点和历史内容；参与表演与欣赏表演三大类。

A.《笙磬同音》、《慈恩寺石磬歌》、《圣祖院石磬铭》三首显系合奏；而《击磬老人》、《月中闻磬》、《赋得玉声如乐》、《玉声如乐》四首均为独奏。

B. 二首《华原磬》和一首《泗滨得石磬》为介绍磬的来历，磬乐与当代音乐的关系及作者本人的音乐观点之内容。

C.《范成君击洞阴磬》个人参与击磬之感受，《终南精舍月中闻磬声诗》比较纯粹地欣赏表演。

5. 另外百分之四十的诗是与磬有关，诗人赞美磬声音音色的有《见人咏韩舍人新律诗，因有戏赠》、《山僧兰若》、《临海所居三首》（其三）、《赠乾素上人》、《失题》、《宿定陵寺》五首，写磬的篇幅占百分之六十以上；另外的《重寄金山寺僧》、《宿大彻禅师故院》、《赠乾素上人》是磬声传播的素描。

6. 磬的表演绝大多数在寺院、道观，其中寺院磬声更多。磬声也在山间、湖泊、河流岸边回响，自然环境中远传的磬声更增加了它的魅力。

7. 对磬的吟咏中，没有对曲目的介绍，也较少对击磬专家的介绍，说明诗人们对这种打击乐虽然喜欢，但还不是特别擅长；也说明磬在人们的娱乐生活中并不是十分普及。虽然它在人们的自然起居生活中有时也起报时作用，但并不多，更多的是用大钟报时。而磬只是"区域性"和"阶段性"的报时工具，比如在寺院或道观等地方间或用磬报时；或者说夜晚更多，这又是它的阶段性体现。因为晚上声音大了会吵醒人们，所以磬倒是夜晚比较理想的报时工具。它不大的音量和悠长的余音倒是可以起到一定的催眠作用，可谓一举两得。

8. 磬除了演奏音乐，表演旋律之外，另有报时功能和法事、道场功能，这种功能一直延续到今天我们的日常生活中。在许多地方，人去世以后，都会请人来做法事和道场，举乐庆贺寿终正寝的人。

9. 磬在清商乐和西凉乐中属于重要乐器。

第四节　方响

概　述

　　方响，打击乐器。源于我国南北朝时期南梁的铜磬，故亦有铜磬之称。唐代开始用铁制。宋元以后，方响仍以铁为之，故又有响铁之称。形制无多大变化，一般由16片金属组成。其发音原理与现代钢片琴类似。由于演奏时不便挪动的局限，到清代，方响不再挂于木架，而是分别由乐师个人所执进行演奏。特别要注意的是，方响是一种有固定音高的打击乐器，这是它与击奏乐器钟、磬相同的地方。

唐代杜佑《通典》云："梁有铜磬，盖今之方响也。方响以铁为之。修九寸，广二寸，圆上方下，架如磬不设叶，倚于架上，以代钟磬。"很明显，这里所说的是每片方响，长度为九寸，宽度为二寸；上圆下方，反映古代人们"天圆地方"的观念。制造方响之材料为铁，演奏出来的音色会与石头（磬）和青铜（钟）之类的击乐器有所不同，这是宫廷乐师们寻求乐器音色变化的一种创造性表现。这种铁片分上下两层悬挂在木架上，以绳固定，用木棒或小铁棰击奏，豪华的方响是用犀牛角制成的棒棰来击奏发声。

方响在隋唐时期用于宫廷燕乐，后世用于宫廷雅乐。其悬挂方式与钟、磬不同，陈旸《乐书》（俗部）云："悬之次与雅乐钟磬异，下格以左为首，其一黄钟，其二太簇，其三姑洗，其四仲吕，其五蕤宾，其六林钟，其七南吕，其八无射；上格以右为首，其一应钟，其二黄钟之清，其三太簇，其四姑洗之清，其五仲吕之清，其六大吕，其七夷则，其八夹钟。此大凡也。"据台湾张世彬先生研究表明，陈旸是站在听众的立场上来说的，但如果站在演奏者的立场上来说，应改为"上格以右为首，下格以左为首"，这才合适。

唐代方响由 16 叶铁片组成，分两排。其音清脆。它集中了钟磬的优势故而能代替二者。方干说："葛溪铁片梨圆调，耳底丁东十六声。彭泽主人怜妙乐，玉杯倾暖始同倾。"[①] 说明这是宫廷梨园的音调，由十六叶铁片组成。又："十六声中运手轻，一声声似自然声。不缘精妙过流辈，争得江南别有名。"[②] 李沉也有

---

① 方干《新安殷明府家乐方响》。
② 方干《失题》。此诗又传为与方干同代的晚唐杜荀鹤作。

《方响歌》说:"十六叶片侵素光,寒玲震月杂佩珰。"

一、方响在唐诗中

描写方响比较仔细的有晚唐牛殳,他的《方响歌》如下:

乐中何乐偏堪赏,无过夜深听方响。缓击急击曲未终,暴雨飘飘生坐上。

铿铿铛铛寒重重,盘涡蹙派鸣蛟龙。高楼漏滴金壶水,碎电打著山寺钟。

又似公卿入朝去,环珮鸣玉长街路。忽然碎打入破声,石崇推倒珊瑚树。

长短参差十六片,敲击宫商无不遍。此乐不教外人闻,寻常只向堂前宴。

欣赏音乐都会有一定的条件,唐代因为国力强盛而使得民众非常富庶,酒馆处处,琴声幽幽,这是唐代音乐的大环境;而具体的音乐小环境就是许多人有自己的家庭乐队,有许多特别的、寻常难见的乐器;再者是欣赏音乐的时间环境大多是晚上,因为此时一天的业务已经完毕,无论是主人还是客人都有充分的时间来欣赏音乐。而牛殳的这首《方响歌》就说明了这个问题:晚上欣赏方响所奏之音乐,令人十分激动,作者描写十分仔细,快速击奏与慢速击奏给人不同的感受。开始如暴雨倾盆、无法扼止;声音铿锵有力,如同沉重的寒气一样无法承受,又如蛟龙翻江倒海一样气势磅礴;不一会,音乐又产生巨大变化:像高楼滴漏,如泉水叮咚,又如闪电击中了山寺大钟,亦如上朝大臣的玉佩和鸣;最后又进入大变化阶段,这是"入破"期,音乐马上要结束,所以像石崇打碎珊瑚树一样,各种声音出来了,每一片方响都被击奏过遍,各种音调也变化多端。从这段描写中我们知道,此种方响所奏之乐,为三段式:

音乐起步始,时突如其来,声势迅猛,先声夺人,如暴雨之势；中间比较缓和，音乐抒情，声音如银铃清脆，不急不躁；最后音乐回到暴发式的进行，但有些小变化，可以视为音乐的变化再现。牛殳的艺术神经是比较敏感的，他密切注视着音乐的运动和变化，从而可以为我们提供一个可供参考的分析。

作者在总结时说，这种音乐是比较希有的，平时人们欣赏不到，而只有大户人家里才有，而且只有来了贵客，做了大宴，主客畅饮时才能共品美酒、欣赏音乐。

方响因为悬挂于木架之上，一般比较适合室内固定演奏。又如钱起的《夜泊鹦鹉州》："月照溪边一罩蓬，夜闻清唱有微风。小楼深巷敲方响，水国人家在处同。"这也是在夜间听方响的情况，不过这次方响不是高技巧的独奏，而是作为歌唱的伴奏乐器出现的，欣赏的地点是江南水乡某处的富户，欣赏的时间是夏夜。

雍陶《夜闻方响》："方响闻时夜已深，声声敲著愁客心。不知正在谁家乐，月下犹疑是远砧。"在静静的半夜，清幽方响如同从遥远天边传来，如同砧声一样使人发愁。

杜牧："数条秋水挂琅纤，玉手丁当怕夜寒。曲尽边敲三四下，恐惊珠泪落金盘。"这里说明音高不明，只有节奏感，旋律不清晰。我们有理由认为这家的方响可能有些铁片的音高不好，或者是这家的方响质量没有牛殳那家的好。此家所欣赏的时间是秋夜，并且是深秋，颇有寒意。整个音乐情绪是清冷的，是带有忧伤感受的，否则怎么会"恐惊珠泪落金盘"呢？

陆龟蒙《方响》诗曰："击霜寒玉乱丁丁，花底秋风拂坐生。王母闲看汉天子，满猗兰殿佩环声。"方响叮当作响，满殿环佩齐鸣，秋风拂旭，一派闲适气氛，虽有霜气，但并不影响音乐欣赏。

从唐诗对方响所咏反映出来的音响效果来看，它是叮当作响、声音清脆的击奏乐器，音色有些类似现代撞铃、星子一类的打击乐器。方响的每一铁片有固定的音高,可以演奏非常优美的旋律。虽然挂在木架上,但只要演奏者的表演技术高超,它能够表现各种生活场面,可见它的表现力还是非常丰富的。

作为一种个人力量难以制造的击奏乐器,它在民间比较少见。在宫廷中,优秀的方响演奏家还是有记载的,如李仙期和贺怀智等。这些人都是唐代顶尖级的宫廷音乐家,在《开元天宝遗事》等史籍中有记载。遗憾的是地方的方响音乐表演艺术家不见记载,这与唐代国势发展、音乐发展都有关。唐玄宗开元、天宝年间的音乐记载很多,这是因为皇帝本身是一个音乐家,他非常爱演奏,也非常喜欢欣赏音乐的原因。后来的国势衰落,皇帝没有这样地精通音乐、酷爱音乐了,所以记载的音乐事迹、音乐传说及音乐艺术家的故事也就少得多了,方响这种比较冷门的打击乐器虽然唐诗中还有咏唱,但方响表演艺术家之名很少提及了。

总之,提及方响的唐诗相对其它乐器而言是比较少的,它在唐诗中出现的时代多在中晚唐,这种乐器不便铸造(固定音高的铁片)、制造(有木架、系住铁片的绳子等)、表演,也不便携带,所以出现比较少也是情理之中的事。然而作为盛唐音乐的余波,作为对后世音乐的影响,它的出现也是十分正常的。

二、方响在乐队中的运用

方响可以作伴奏,当年唐玄宗在兴庆宫的沉香亭请李白作了《清平调》三首之后,就有马仙期的方响作伴奏。可以作独奏,如牛殳的《方响歌》就是独奏的例子。

方响的音色比较特殊,音量比较小,它在乐队中起一种特性音色修饰的作用,所以用到方响的乐队还不是太多,只有清乐和燕乐。在整个唐代,方响在乐队中有一定的地位:"《清商伎》者,隋《清乐》也,……方响皆二;""张文收采古诗为《景河清歌》，亦名《燕乐》，……方响一。"

　　由于方响并不像别的乐器那么方便携带，这种乐器本身就比较少见，所以方响演奏家并不多，诗人们也不是都能够经常见到，因此唐诗中的方响所咏也不多，根据史料我们知道唐代方响演奏家我们所知有吴缤。段安节的《乐府杂录》云："咸通中，有调音律官吴缤，为鼓吹署丞，善打方响，其妙超群，本朱崖李太尉家乐人也。"

　　方响在九部乐十部乐中也有使用，但很少，只有清商伎中有方响，其它各胡部皆无。可能是因为磬还存在的原因。

　　从唐诗中反映出来的方响等打击乐器来看，晚唐乐队有小型化的倾向，大概因为小乐队能够出效果吧。在这一点上，唐朴林先生就认为"民乐组合以乐器少多色彩为佳"，[①] 应该与之比较近。唐朴林认为民族小乐队是"历史的选择和现实的需要"，唐代有旋律性乐器，有色彩性乐器，有强烈的个性，能够起到立竿见影的效果，所"特别适合小型组合"。

第五节　　其它打击乐器

　　除以上鼓、钟、磬、方响四种常规乐器之外，还有一些唐代特有的新式乐器得到少数诗人的关注，如皎然《戛铜碗为龙吟歌》、温庭筠《郭处士击瓯歌》、朱湾《咏拍板》、方干《李户曹小妓天得善击越器以成曲章》等，这些乐器中，铜碗被歌咏甚少，除拍板在音乐史料中有记载之外，其它乐器也没有太多的介绍。

---

　　① 唐朴林《民：音乐之本—唐朴林民族音乐论文集》（上）上海音乐学院出版社，2006年12月第1版，第113～116页。

第一章 打击乐器

一、铜碗

铜碗,打击乐器,就是今天的钹,因为它的形状像碗且由铜制而被诗人命名为铜碗。皎然的诗《戛铜碗为龙吟歌》如下:

逸僧戛碗为龙吟,世上未曾闻此音。一从太尉房公赏,遂使秦人传至今。

初戛徐徐声渐显,乐音不管何人辨。似出龙泉万丈底,乍怪声来近而远。

未必全由戛者功,真生虚无非碗中。寥亮掩清笛,萦回凌细风。

遥闻不断在烟杪,万籁无声天境空。乍向天台宿华顶,秋宵一吟更清迥。

能令听者易常性,忧人忘忧躁人静。今日铿锽江上闻,蛟螭奔飞如得群。

声过阴岭恐成雨,响驻晴天将起云。坐来吟尽空江碧,却寻向者听无迹。

人生万事将此同,暮贱朝荣动还寂。

作者写铜钹的声音像龙吟诗一样,有近处听、远处听不同的感觉,写了不同的音色变化。最后是"却寻向者听无迹"消失得无影无踪了。作者由铜钹发声联系到人生"朝荣暮贱"之形。

二、瓯

瓯本指小盆。有的时候也可能指碗一类的敲击乐器。许慎《说文》:"瓯,小盆也。"温庭筠《郭处士击瓯歌》全诗如下:

佶栗金虬石潭古,勺陂潋滟幽修语。湘君宝马上神云,碎佩丛铃满烟雨。

吾闻三十六宫花离离,软风吹春星斗稀。玉晨冷磬破昏梦,天露未干香著衣。

兰钗委坠垂云发，小响丁当逐回雪。晴碧烟滋重叠山，罗屏半掩桃花月。

太平天子驻云车，龙炉勃郁双蟠拏。宫中近臣抱扇立，侍女低鬟落翠花。

乱珠触续正跳荡，倾头不觉金乌斜。我亦为君长叹息，缄情远寄愁无色。

莫沾香梦绿杨丝，千里春风正无力。

击瓯是一种特殊的音乐技巧，段安节《乐府杂录》记载郭处士（名道源）击瓯，说明他的表演在当时非常有名（温诗所写为同一人）。段说："率以邢瓯越瓯共十二只，旋加减水于其中，以筯击之，其音妙于方响也。"说明它的音响非常动听，甚至于比那时的方响还好听。今天的音乐家中，也有击水碗为乐的人。

三、拍板

唐代用来掌握节拍的乐器，又名檀板、绰板，简称板。唐代拍板由九块或六块长方形木板组成，演奏时双手击板发声。朱湾《咏拍板》诗如下：

赴节心长在，从绳道可观。须知木片用，莫作散材看。

空为歌偏苦，仍愁和即难。既能亲掌握，愿得接同欢。

这里是说拍板虽为木片，但并非散材，它能够掌握节奏，观出道心。它更深层的含义是说，人也需要合社会的节奏，与别人和睦相处。

四、越器

因为没见此种乐器实物，所以不能确定其形，只知道它是一种打击乐器。方干《李户曹小妓天得善击越器以成曲章》诗如下：

越器敲来曲调成，腕头匀滑自轻清。随风摇曳有馀韵，测水浅深多泛声。

昼漏丁当相续滴，寒蝉计会一时鸣。若教进上梨园去，众乐无由更擅名。

因为演奏的非常熟练动听，所以诗人说如果进梨园表演，它应属第一。这种乐器看来也是装满了水，在进行表演时，音色极为动听。

打击乐器小结——钟鼓之音

一、瑕不掩玉

本章主要讨论了四种主要打击乐器—鼓、钟、磬、方响并涉及铜碗、瓯、拍板、越器等。

在打击乐器中，诗人倾向于欣赏有旋律性的乐器，在有旋律性的打击乐器中，诗人们喜欢音色更有特点的乐器，如磬的音色特别，高而透明，不显浮躁。钟相对而言略显低沉。这两种打击乐器不仅是因为它可奏旋律，可以听出具体的音乐来，而且因为旋律性的打击乐器往往都是传统乐器，无论是钟还是磬都是传统雅乐中的重要代表。

打击乐器是中国也是世界上最早的乐器，同时也是唐代最丰富的乐器种类。仅仅是一百多种鼓之数字就令人激动。

唐代的打击乐器虽然给我们留下了丰富的曲目名称，但实际上存留下来的有演奏法很少，这也是传播学的一大遗憾。这也给我们今天的研究和表演留下了较大作为的空间。音乐与时俱变，但原理不变，节奏永远是音乐的第一要素，不存在只有音高而没有节奏的音乐，也不存在只有节奏没有音响的音乐[①]。节奏不仅是音乐不可或缺的元素，而且已经深入到生活的各个方面，人的

---

① 音响是一个比较笼统的概念，包括有音高的音响和没有具体音高的音响。

身体律动有节奏，风声、雨声有其自然的节奏，所以我们不应苛求古人将那么多的精品都传给后人。

打击乐器可壮声威、提士气，它以音强取胜而不以旋律取胜。因此它也就具备了旋律乐器所不具备的长处——表达、传递各种信息，如报时信息、军事信息、喜庆信息等。可以渲染节日气氛，鼓舞民族精神；可以凝聚民心、激发活力、表现英雄气概，从而使民众永远向前。

在音乐实践中，打击乐器可以独奏，中国如此，外国亦如此；打击乐器也常常与吹奏乐器联袂表演，这样构成各种合奏，如唐诗中出现的"钟鼓"、"鼓角"、"鼓笛"、"箫鼓"等；"笙磬"、"磬箫"、"磬笛"等；大类合奏就以"鼓吹"、"吹打"名之，宋元明清时代，锣、钹加进来合奏比较多，就有"锣鼓乐"等，说明鼓在某种程度上可以代表打击乐。唐代鼓吹乐分为五部，分别是：鼓吹部、羽葆部、铙吹部、大横吹部、小横吹部。这些部乐中除小横吹有些散失，多数名称见于史载。这些也都是打击乐器与吹奏乐器的合奏。

二、金石之变

先秦是中国打击乐的黄金时代，其代表是"钟鼓"（编钟和建鼓）之乐，秦始皇统一中国后，这种"时代强音"就逐步衰落乃至消失了。汉代音乐开始转型，出现了骑吹、横吹、短箫铙歌，这些音乐多用于"凯旋"、"元会"、"郊祀"、"入朝"、"出蕃"、"校猎"等场合。无论哪种情形，都离不开鼓和吹管乐器（角、笳）的参与。显然这种鼓已经不可能是先秦时期的"建鼓"，而是多与少数民族有关的"胡鼓"。到了唐代，胡鼓的数量进一步增加，形成一股大潮，数量上升到一百多种，如羯鼓、答腊鼓、毛员鼓等等，出现"群体"优势。尤其是羯鼓，因为玄宗皇帝的喜欢，被提升到"八音之领袖"的地位。鼓不再像先秦时期那样具静态表演,而是以动态表演为主了。这里我们不难看出打击乐器鼓是在不断地吸收周边民族的音乐元素。而钟的地位和作用也从汉代开始退化,汉代的相和歌、房中乐中都以丝竹乐器进行伴奏,"丝竹更相和,执节者歌"和相和歌只提到丝竹,而房中乐的伴奏乐器常用的七八种,也没有钟、磬。到隋代编钟由于铸造技术的失传,已经不能演奏双音而只能演奏单音了。到唐代,钟磬也仅仅是作用一种雅乐器的代表在特殊的音乐品种(清商乐、西凉乐)中出现,在少数祭祀仪式中出现。所以,唐代的打击乐中的代表性乐器"编钟"已经衰退,只作为雅的标志出现,而鼓则大部分已经胡化。建鼓已不再和编钟进行常规组合,却被磬来代替,组合成"钟磬"①,此时的鼓因为多部伎等诸多原因,大多变成胡鼓,虽然建鼓此时还存在,但绝对不是明星,而是极为普通的打击乐器,也不再引人瞩目了。此时的"钟磬之乐",也再具有前沿意义,而只具有历史意义了。

这说明了雅乐在变化,在不断地吸收俗乐,甚至少数民族也在不断地与汉族的交流中,不断地融入到汉族这个大家庭,这就是音乐史的步伐,这就是音乐文化的步伐,它总是在不断地移形换位。

三、当代扫描

今天,西安古城附近仍有大量的民间"鼓吹"普遍流行,如"西安古乐"等。这与唐代鼓乐的发达是有着深刻的联系的,从汉代鼓吹、短箫铙钹开始,北方就基本上沿用,鼓这种打击乐器和吹管乐器合奏。袁静芳教授在一篇序中说:"西安鼓乐流行在西安及其附近地区,继承了唐宋以来的众多传统音乐因素,具有

---

① 齐柏平《从"钟鼓"之乐到"钟表"之用》,《中国人民大学学报》,2013年第2期,第123页。

非常深厚的艺术传统。尤其是该乐种拥有多样的体裁、众多的曲目，展示了丰富的曲式结构形态，在中国传统音乐特别是器乐中具有很高的代表性和研究价值。"西安鼓乐有何家营乐社，南集贤西村乐社、大吉昌乐社、保吉巷铜乐社等，其乐社有笛、笙、管、云锣、垒鼓①等乐器，其节奏乐器主要是鼓、锣、镲、梆四类。这些乐器就是北方典型的吹打乐乐种，与唐代鼓吹是有渊源关系的。唐代的诗人作品中虽然没有大量的锣、钹等打击乐器，但鼓是相对丰富的，这是后来历史的流变与吸收新鲜血液的结果。《赶东山》、《扑灯蛾》、《玉抱肚》、《曲破》、《卓木》等，虽然具体的曲目有变化，但总体风格没有变，就是鼓吹—打击乐与吹管乐的结合这种经典的形式没有变。②

而在中国的南方，江汉平原及长江三峡，湖北、湖南、四川、贵州等交界处的土家族地区，也是以鼓吹盛行，土家族地区典型的乐种是《打溜子》，它是用小锣、大钹、小钹、鼓组成的。它有两种形式，第一种是有吹管乐器和打击乐器组合的"打安庆"，一种是纯粹的打击乐，没有吹管乐器。其常用曲目有《待尸》、《献花》、《打安寝》、《三宝赞》、《鬼挑担》等曲目③。江汉平原的汉族地区也有这种打击乐，当地人甚至称"唢呐人"为"吹鼓手"，乐队的常用的曲目有《大得胜》、《小开门》、《大开门》等。当然"吹鼓手"的地位不高，这也是受了历史传统观念的影响。

世界上的锣鼓乐也不胜枚举。西方传统音乐在经历了古典主义向浪漫主义转化之后，进入现代主义的音乐的大潮中。现代主

---

① 垒鼓，又叫擂鼓、磊鼓、累鼓，说明从唐代擂鼓发展而来。
② 褚历《西安鼓乐的曲式结构》，中央音乐学院出版社，2008年12月第1版，第149页。
③ 齐柏平《鄂西土家族丧葬仪式音乐的文化研究》，中央民族大学出版社，2006年12月第1版，第144～217页。

义音乐中的节奏元素越来越多，打击乐器可以和多种乐器合奏，实为加强音乐的色彩，中国和欧洲音乐大师们不断强化音乐的节奏因素而忽略音乐的旋律因素；不断强化音乐的色彩感，忽略音乐的旋律感。人们甚至将节奏感觉抽象为音乐元素表现于音乐本身之中，这就是布鲁斯、爵士摇滚等流行音乐。这也是打击乐的深度发展。

第二章 吹奏乐器

唐代吹奏乐器概述

声音产生于物体的振动,这种振动可以是一个物体与另外物体的碰撞,也可以产生于物体自身的气柱式的振动。物体相撞产生的振动使我们想起了"击石拊石"之声音,而鸟类的鸣叫,则使我们联想到气体吹动物体振动的声音。

以物体自身的振动而言,本身就有好几种形式,有横向的振动,有上下的波动等,有水里的传动,有空气中的振动传导等。气体吹动物体,使其振动、产生声波的情况也一样,在此仅就气鸣类振动进一步扩而大之,气动使物体可产生振动,这种振动会产生声音,如风声,风就是空气流动形成的,风速越高,声音越大。但不幸的是风所吹到的庞大物体大多没有明确的音高,声音也不动听,只是一种机械的、物理的振动。然而也有极少数的容器与风相遇时会发乐音,这是因为容器之口与风相遇时形成一定的角度,此时才能够发出比较悦耳的声音。这样,纯粹的乐音因素就诞生了。古人就是这样在生活中发现了大自然的神奇,否则,他们怎么会发明吹奏的乐器呢?"质乃效山林溪谷以歌"就是讲的这种情形。

气柱是管乐器的振源,管乐就是在人们生活实践过程中慢慢发现、慢慢模仿、慢慢诞生的。人们发现风吹小体积的物体就会出现比较高的声音,而风吹比较大的容器之时,较低沉的声音就会出现。于是聪明的祖先们便模仿自然界，截荒山之竹，削出长短，排在一起，这样短的管发出的声音就比较高，而长的管发出的声音就比较低，这样就产生排箫类的管乐器。而且要使乐器发响，必须有一定的角度，不能直直地吹，就是说不能直接将嘴放到管口堵住便吹，而必须形成大约90度的角吹之，才能吹出声音来。后来人们还发现，一根竹管也可以发出高低不同的音，只要在管壁上刻出不同位置的音孔，就可以发出不同的音高。人们发现音孔离口风源的位置越远声音就越低，反之则越高。如一管之筒音往往就是这管乐器的最低音（此时管子上的所有发音孔都被手指按住，那么，筒音就距离口风之源孔最为遥远了）。

　　管乐就是气体在相对固定的管中作相对有规律的气体振动产生的声音，当然有些是管，有些则不一定是管，是中空、圆形的物体，如埙等；它是气流在一个中空的物体内振动，然后在经过不同区域的孔时，就发出了不同的音高。管乐是由于气体的驱动产生的物理振动，如树叶、口笛。少数民族地区今天叫"吹木叶"，木叶与口的气之距离基本上为零，所以它的声音比较高，口笛也类似木叶。但无论如何，吹出气息与管口都有角度的，就是人类最自然的天赋"口哨"，它也有角度的，这个角度的形成是由舌头来完成的，舌头从中作梗，使气流在出口时拐一下弯、抹一下角，口哨就形成了。无论是管形吹奏或非管形吹奏，都是以相对固定的体积为前提，以流动的气体（多是人的呼吸之气）作为驱动器，以膜或簧为振动体，这些基本要素形成了吹奏乐器的核心技术。虽然有一些如啸音、哨子音风源与发音孔似乎是零距离，其实操作过程中至少也是形成了吹口与发音孔之间的距离和角度的，不同的是这些乐器在"内部操作"过程中就完成了，一般的人不容易发现。

第一节　笙

笙在我国有着悠久的历史，属于我国的吹管乐器。在《诗经》中就有不少的记载，而且诗经305首，最后的6首为有声无辞、完全用笙来演奏的乐曲。西周时代，是我国"礼乐"的黄金时代，当时的"乐"与"礼"联合紧密。笙同音乐中的其它乐器一样，为礼部所辖，直接由春官管理。它是乐器中的管乐器，管乐器中有"笙官"，专门管理宫廷整个吹管乐，包括演奏人员、演奏曲目、演出计划、演出活动以及管乐器的教学活动等，都是"笙师"的职能范围之内的工作，必须按照国家的礼乐制度颁布的章程来完成。所以笙师属于音乐领域器乐中的领导。唐代，九部乐、十部乐中，笙是重要乐器；玄宗天宝十三载后，它属于坐部伎，比立部伎档次高。

一、历史

笙在先秦的春秋时期已经司空见惯，并且已经有许多有趣的传说。传统笙为随、女娲所创。《世本》："随作笙。"《礼记·明堂位》："女娲氏之笙簧。"唐王毂《吹笙引》："娲皇遗音寄玉笙。"

远在更早的商周时代，我国已经有了笙之雏形。殷墟甲骨文中就有"和"字，"和"是小笙。《尔雅·释乐》云："大笙谓之巢，小笙谓之和。"《尚书·益稷》中写到"笙镛以间"。《诗经·小雅》则有"吹笙鼓簧"。以后，《仪礼》、《周礼》、《礼记》都有记载，说明其起源久远。《周礼·春官》中有："笙师，……掌教歙竽、笙、埙、籥、箫、篪、篴、管。"显然，笙是乐器，但"笙师"却为官名，职责是管理整个吹管乐的日常活动，进行教学、考核、演出。这就是历史与现代完全不一样的做派了。

二、形制

笙最初的形制同中国古代的排箫相似，既没有簧片，也没有笙斗，用绳子或木据把一些发音不同的竹管编排在一起，后来才逐步增加了竹质簧片和匏质（葫芦）笙斗。笙长四尺：汉代应劭《风俗通·声音》："谨按《世本》：'随奏笙，长四尺，十三簧像凤之身'。"唐代的笙一般有十三簧，也有十七簧、十九簧、三十六簧，但以十七簧居多。《宋书·乐志》："笙，十九簧至十三簧曰笙。"东汉古籍中有笙之形制，《说文》："笙，十三簧，像凤之身。"说明像凤的身形。杨师道说："短长插凤翼。"李峤《咏笙》诗说："形写歌鸾翼，声随舞凤哀。"刘禹锡说："鸾声窈眇管参差。"罗邺说："筠管参差排凤翼"等等。所以笙又叫"参差"。唐段安节《乐府杂录·笙》云："笙者，女娲造也，似王子晋于侯山月夜吹之。像凤翼亦名参差，自古能者多矣。"唐代的笙为竹制，但用一银加以装饰，《新唐书·礼乐志二十二》："银字制笙，以银作字，饰其音节。"笙管上镶嵌银丝来标识音高，至今考古文物最早的是湖北随县曾候乙墓出的笙：竹管十三四根，竹制簧片；笙嘴为木制，圆箭形，笙管分两排，手在匏（葫芦）制的笙斗上，呈前方后圆卫列式，春秋时普遍，唐时很流行，在唐九部乐、十部乐中得到广泛使用，如清乐、西凉、高丽、龟兹乐、礼毕中都少不了它。

笙主要由笙簧、笙苗、笙斗三大部件构成，竽也类之。唐代竹制笙、竽的实物现存于日本奈良东大寺的正仓院中，有两只为吴竹所制：笙、竽各两只；另有斑竹所制的竹竽各一只；所有笙皆为17簧。唐代诗中所写有用铜制造的笙。唐代又有了十七簧的义管笙，在十七簧之外，另备两根义管，需要时，再把它临时装上去。明清时期，民间流传的笙有方、圆、大、小各种不同的笙的形制。

唐代除了17簧笙之外，还有36簧笙。殷晓藩《吹笙歌》："伶儿竹声绕愁空，秦女泪湿燕支红。玉片桃花落不住，三十六簧能唤凤。"春台仙有诗曰："凤凰三十六，碧天高太清。"

三、音色

笙的音响效果丰富，具有簧管乐器的混合音色，高音清脆透明，中、低音优美丰满、宏亮，且易与其它乐器融合。杨师道说："切切孤竹管，来应云和琴。"笙是我国现阶段管乐器中唯一能奏和声的乐器，张仲素说："鸾声若在群。"它的大声、小声都显得比较柔和，杨师道说它"洪细摹鸾音"。郎士元《听邻家吹笙》形象地说明其音响效果感人情形："凤吹声如隔彩霞，不知墙外是谁家。重门深锁无寻处，疑有碧桃千树花。"凤笙幽幽传来，犹如彩霞在眼。碧桃千树，万紫千红，有声有色，绘声绘色，有声有情，声情并茂。笙的纤细、温柔给人以很深的印象，所以人们也往往把它向柔婉、高洁、文静的方面来靠。刘希夷说："真声是何曲，三山鸾鹤情。"[①] 宋之问在《缑山庙》中说："王子宾仙去，飘飘笙鹤飞。"唐厉玄说："拂竹鸾惊侣，经松鹤对群。"而张仲素则直接将笙称为鹤，他甚至把吹笙的地方就叫鹤，如他写的诗就称《缑山鹤》，此诗曰："笙歌忆天上，城郭叹人间"。缑山，这里包含了一个传说。汉代刘向《神仙传·王子乔》："王子乔者，周灵王太子晋也。好吹笙，作凤凰鸣。游伊洛之间，道士浮丘公接以上嵩山。三十余年后，求之于山上，见桓良曰：'告我家：七月七日待我于缑山氏巅。'至时，果乘白鹤驻山头，望之不得到，举手谢时人，数日而去。"唐杜甫《观李固请司马弟山水图三首》之二："范蠡舟扁小，王乔鹤不群。"刘驾《别道者》："玉笙无遗音，怅望缑岭云。"著名女诗人卓英英说：

[①] 刘希夷《嵩岳闻笙》，亦作《月出嵩山东》。

"因思往事成惆怅，不得缑山和一声。"①刘沧说："琐窗朱槛同仙界，半夜缑山有鹤声。"张祜在《笙》中说："清露鹤声远，碧云仙吹长。"

在唐诗的描写中，笙的音响有不同的描述，有"鸾声"、有"鹤声"、有"龙吟"。顾况在《王郎中妓席五咏·笙》中说："欲写人间离别心，须听鸣凤似龙吟"。罗邺在《题笙》中说："筠管参差排凤翅，月堂凄切雕龙吟。"曹唐在《小游仙诗》中说："月光悄悄笙歌远，马影龙声归五云。"②

四、演奏

笙为管乐器，管乐器会随季节变化产生变化。有的是音高，有的操作的方便程度，因天气温度而变化。冬天，唐代的笙吹奏时要在火上烤一烤。崔颢《卢女曲》："二月春来半，宫中日渐长。柳垂金屋暖，花履玉楼香。拂匣先临镜，调笙更炙簧。还将《卢女曲》，夜夜奉君王。"这首诗中说明了演奏之前的准备情况：演奏前要先将自己打扮好，临镜梳装，给观众或听众一个好印象。然后要试试音响准不准，天寒时乐器往往不好吹奏，先得火上烤一烤，这便是"暖笙"。秦韬玉《吹笙歌》有"纤纤玉手捧暖笙"；更进一步就是杜牧在《寄李起居四韵》中所说："云罍心凸知难捧，凤管簧寒不受吹。"

笙的音色柔和、纤细，所以人们把发明权交给了女娲。不仅如此，人们也将表演的权力交给女性，或绝大部分交给了女性，看来吹笙等活动，是有一定的性别优势的，故文献载女性吹奏比较多。如上文提到的卓英英等。

而笙的演奏场合也是有选择的，像古琴一样，笙的背景也很

---

① 卓英英《理笙》。
② 曹唐《小游仙诗》之四十一。

重要，一般表现在下面三种情形：第一用在游仙（道教称呼）或旅游场合；第二用在宴饮中，以佐美酒，以尽人兴；第三用在音乐中，可以合奏（乐队）、可以独奏、伴奏。

1. 用在游仙或旅游场合，或者行进之中。

"昨夜相邀宴杏坛，等闲乘醉走青鸾。红云塞路东风紧，吹破芙蓉碧玉冠。"①

2. 用于宴饮。

韦庄《陪金陵府相中堂夜宴》时说："满耳笙歌满眼花，满楼珠翠胜吴娃。因知海上神仙窟，只似人间富贵家。绣户夜攒红烛市，舞衣晴曳碧天霞。却愁宴罢青娥散，扬子江头月半斜。"金陵，为今天江苏的镇江市。

3. 用于音乐场合

（1）用于歌曲伴奏

笙用于歌曲伴奏就是"笙歌"，这在许多诗中经常提到，出现的频率极高。

"绛节笙歌绕殿飞，紫皇欲到五云归。细腰侍女瑶花外，争向红房报玉妃。"②

"前代高门今宰邑，怀才重义古来无。笙歌厌听吟清句，京洛思归展画图。……"③

"……深锁笙歌巢燕听，遥瞻金碧路人愁。翠华却自登仙去，肠断宫娥望不休。"④

"玉楼天半起笙歌，风送宫嫔笑语和。月殿影开闻夜漏，水精帘卷近秋河。"⑤

---

① 曹唐《小游仙诗》之四十七。
② 曹唐《小游仙诗》之六十一。
③ 罗邺《赠东川梓桐县韦德孙长官》前四句。
④ 罗邺《上阳宫》后四句。
⑤ 顾况《宫词》。

"东妃闲著翠霞裙,自领笙歌出五云。清思密谈谁第一,不过邀取小茅君。"①

刘希夷《嵩岳闻笙》闻后两句:"神仙乐吾事,笙歌铭夙心。"

张仲素《缑山鹤》:"笙歌忆天上,城郭叹人间。"等等。

(2) 用于伴舞

罗邺《题笙》:"缑岭独能征妙曲,嬴台相并吹清音。好将宫徵陪歌扇,莫遣新声郑卫浸。"韦庄:"绣户夜攒红烛市,舞衣晴曳碧天霞。"

(3) 用于日常音乐欣赏

这种欣赏,许多在宫廷,这自然不用多说。但乡村野外,当诗人听到这种凄清的声音,会产生情感上的强烈共鸣。如刘希夷在《嵩岳闻笙》中说:

月出嵩山东,月明山益空。山人爱清景,散发卧秋风。

风止夜何清,独夜草虫鸣。仙人不可见,乘月近吹笙。

绛唇吸灵气,玉指调真声。真声是何曲,三山鸾鹤情。

昔去落尘俗,愿言闻此曲。今来卧嵩岑,何幸承幽音。

不仅是欣赏,而且是一种人生观的表现,这里有明显的道家色彩,修身养性,字字目前。

又如一般人家的吹笙,如上所举的郎士元的《听邻家吹笙》,又如李商隐的《银河吹笙》:"怅望银河吹玉笙,楼寒院冷接平明。"钟辂《缑山月夜听王子晋吹笙》则相对完整、细腻:

月满缑山夜,凤传子晋笙。初闻盈谷远,渐听入云清。

杳异人间曲,遥分鹤上情。孤鸾惊欲舞,万籁寂无声。

此夕留烟驾,何时返玉京。唯愁音响绝,晓色出都城。

---

① 曹唐《小游仙诗》之二十。

五、笙在乐队中的运用

《诗经·王风·君子阳阳》："君子阳阳，左执簧。"唐代人们知道笙是由气吹簧片振动发音，所以经常被称为"笙簧"。"我有嘉宾，鼓瑟吹笙。"唐诗中人们称为"啭笙簧"。作为具有和声功能的管乐器，笙的欣赏也被诗人敏感的听觉所捕捉到，厉玄说："韵流多入调，声度半和云。"刘禹锡说："鸾声窈眇管参差，清韵初调众乐随。"在唐代的多部乐中，不仅《清商伎》、《西凉伎》、《高丽伎》、《龟兹伎》中都有笙，而且白居易《立部伎》说："堂上坐部笙歌清"，说明笙属于坐部伎，地位高。笙的使用会融合乐队的各种音色，使其更加和谐、统一。

六、笙的美学思想

笙是簧片振动发音的吹管乐器，吹和吸都能发音。八音分类法中，属于匏类。但在中国文人那里，在唐代诗人那里，它又不仅仅是一件乐器，还是一件有生命的乐器，是能够表情的乐器，它的形状，它的音质、音色、音量都十分具有人情味，常受到拟人化的描写，它在乐队之中具有非常浓厚的美学韵味。具体来说有如下几种：

第一、好生之德

古人认为，笙与生，发音相同，意思相近。笙象征万物贯地而生，代表了生命、代表着生生不息、代表着生命所需要的呵护，也显示出生命的柔情，因而具有好生之德。相比之下，竽则不一样了：在先秦时期，齐国宫廷组织了300人的竽管乐队，就今天来说这样的乐队也是十分庞大的，但这300人的乐队并没有产生多大的影响，竽虽然是老大，可能是因为"滥竽充数"这个成语，每况愈下，到今天退出历史舞台。笙却能够保持良好的发展势头。文人士大夫往往把它和美好理想联系起来，描写不少，这使得笙的影响比较大，流传广远。

第二、自身之美

笙所以能够流传，不仅是它的音色美，和合生物；而且是因为它的形状之美，还因为它有和声之美，众管合声。它的声音厚实、饱满但并不过大；它的形状像凤翅，被称为"凤笙"，而它的乐队组织能力也是公认的，它的和声是中国乐器中少有的，它既有组织才能，也表现了团结精神。

第三、合众之美

笙是和声乐器，在乐队中的音量中庸，不太大，音质柔和，音色优美，略带忧郁。或者用现代人的话来讲属于比较低调的乐器，能够融合各种乐器，因为许多民族乐器比较个性化，音的频率也并不十分统一，比如有笛子、琵琶、筚篥，但如果没笙的参与，这个乐队的音色便会显得比较分散、不统一，甚至是不协调；但如果有了笙，这个乐队就显得比较丰满、协调、统一。这种乐器有功不居，有难与大家同当。现代人经常讲智商、情商，笙就属于智商不太高，但情商比较高的一类。笙能够伴奏舞蹈，笙能伴奏歌曲，称"笙歌"；能够与箫合奏，称"笙箫"；能与笛子合奏，称"笙笛"；更能够与各种弦乐器合奏。合众之美表现得很充分。

第四、文化之美

任何一件乐器的发展既有小环境、也有大环境。笙发展几千年，两项都拥有。社会的发展少不了音乐，音乐少不了笙，而笙有它不可或缺的魅力。所以，历史悠久、内涵丰富是它的文化之美。

（1）笙与律历

历史上，许多人把笙与律力联系起来。陈旸《乐书》曰："《白虎通》曰：箫者，中吕之气也。"《易》曰："夏至之乐，补以箫。"《春秋》曰："夏至作乐，间以箫笙。"《月令》："仲夏之月,令乐师均管箫,亦此意也。"夏至来临时,是许多作物开始生长的时候,生长是生命表现的重要阶段,没有生长,生命不会成熟。同时,夏至,也是一种热情的表现。

(2) 美丽的传说

王子乔吹笙,这个故事虽然可能是道家所撰,但它毕竟表现了道的一种美学情怀—凡人可以得道升天。《太平广记》卷四《神仙四·王子乔》:

王子乔者,周灵王太子也,好吹笙作凤凰鸣,游伊洛之间。道士浮丘公,接以上嵩山。三十余年,后求之于山,见桓良曰:"告我家,七月七日待我于缑氏山头。"果乘白鹤,驻山岭,望之不到,举手谢时人,数日而去。后立祠于缑氏及嵩山。[①]

唐代诗人多对此津津乐道。许浑的《缑山庙》说:"王子求仙月满台,玉笙清转鹤裴回。曲终飞去不知处,山下碧桃春自开。"王子乔吹笙得道成仙,成为文人美谈,也激发了许多人无数美好的想象,这些都是笙的文化传统吧。

第二节 筚篥

概 述

筚篥作为乐器出现于南北朝时期,它起源于西域,后传入中原。《北史·高丽传》:"乐有五弦、琴、筝、筚篥、横吹、箫、鼓之属,吹芦以和曲。"宋庄季裕《鸡肋编·下》:"筚篥本名悲篥,出於边地,其声悲亦然,边人吹之,以惊中国马云。""筚篥,木制管子,上有九个按孔,管子上孔插一个芦哨;约公元384年随着西北《龟兹乐》传入内地。"[②]

[①] 汉代刘向《列仙转·王子乔》,也有类似说法。
[②] 杨荫浏《中国古代音乐史稿》,人民音乐出版社,1981年2月第1版,第163页。

筚篥又称觱篥，必篥或悲篥。竹制，簧片是芦哨，开8孔，前7后1，为竹管乐器①。"觱篥者，本龟兹之乐，亦名悲筚，类于笳。"它的音色比较特别，善于表达比较忧伤或悲凉的情绪，如泣如诉，所被人们又称之为"悲篥"。筚篥最初是龟兹牧人的乐器，它同胡笳、角、笛一样，经历了由兽骨（如牛、羊），兽角（如牛、羊），禽骨制作到芦、竹、木制等制作之发展过程。不过比起笳和笛来，筚篥的构造是比较复杂的，是在笳的基础上发展起来的。筚篥比起角和笳来，有相同之点——都是竖吹，都经过骨、角等制作阶段。但是，它们之间也有很大的不同，筚篥是有簧的，并且吸收了笛的指孔。从外形上看，筚篥与笳比较近似，所以人们有时也把筚篥又叫作笳管。筚篥分有大筚篥、小筚篥、桃皮筚篥等种类。

南北朝时期有大筚篥、小筚篥、竖筚篥、桃皮筚篥、双筚篥等多种形制。隋唐燕乐中，坐部伎、立部伎中使用广泛，亦颇流行于民间。宋代还专门设立筚篥部，发展势头良好。

关于筚篥的起源，唐代段安节在《乐府杂录》中云："筚篥者，本龟兹国乐也，亦曰悲篥，有类于笳。"唐代杜佑《通典》则云："筚篥，本名悲篥，出于胡中，其声悲。"有研究显示，现代的管子，其前身就筚篥②。后代的筚篥都用木头制成，这种管身由木头制成的筚篥源于明代，并且用贵重的紫檀木，管身的两头再用金属圈箍住，名为"镶嵌锡箍"，木制的管子形状不变，但音色更富于表现力。

龟兹古乐器筚篥从中国传入到朝鲜和日本，在日本奈良正仓院中，还保存着一支中国唐代筚篥，成为日本国宝。在韩国仍然有筚篥存在，并运用于韩国最受欢迎的器乐演奏之一的巫乐之

---

① 筚篥有两种形制，另一种为9孔，前7孔，后2孔。
② 左继承，《从筚篥到管子的演变考》，《中国音乐》，2000年第2期。

中，称为筚篥巫乐。在韩国，筚篥是八孔，有三种不同形态，用来演奏唐乐的称为唐筚篥，演奏乡乐的称为乡筚篥，而演奏小音阶乡乐的叫小筚篥。在巫乐中演出的乡筚篥又叫巫乐管，需要特殊的演奏技巧。管子的实物现存于韩国博物馆，是明代传过去的。

一、唐诗咏筚篥

唐代咏筚篥的诗相对其它乐器比较少，这大概是因为这件乐器还没有普及，知道、了解的人不是太多的原因。但李颀、杜甫、李贺、白居易、刘禹锡、元稹、李德裕、温庭筠等人诗中仍有歌咏。

初唐李颀《听安万善吹筚篥歌》对筚篥的起源、演奏技巧、音乐转调等方面了作了一个充分描述，从他的叙述中，我们会对筚篥有一个相对完整的理解。

"南山截竹为筚篥，此乐本自龟兹出。"这里讲的是筚篥的制作材料和发源的地点：竹制，出自西域龟兹[①]。

"流传汉地曲转奇，凉州胡人为我吹。"传入中原（汉地）之后，受到特别重视，人们非常热爱包括筚篥这种乐器在内的少数民族音乐，此时演奏者仍然是"胡人"，且来自凉州。

"傍邻闻者多叹息，远客思乡皆泪垂。"坐在我（李颀）身边欣赏的人听到这种悲凉的音乐，许多人都发出了深沉的叹息，而家乡在远方的游子们听到后都禁不住流下了眼泪。

"世人解听不解赏，长飙风中自来往。"现在的人都只知道听，却懒得去品评、分析、真正地欣赏它，我认为这种音乐就像长虹贯日、空穴来风。又如天马行空、难寻影踪。

"枯桑老柏寒飕飕，九雏鸣凤乱啾啾。"筚篥的声音就像枯桑

---

① 龟兹，即今新疆库车。

老柏被寒风吹动着,使我们感受很冷,又像在表现老雏和凤凰在慌乱地喊叫,人心惶惶啊。

"龙吟虎啸一时发,万籁百泉相与秋。"这音乐又表现虎啸龙吟,一时俱发,还有许多的泉水也在秋天叮咚作响。

"忽然更作渔阳掺,黄云萧条白日暗。"音乐又开始表现渔阳的战乱,安禄山反叛朝廷,使得一切都乱了套。天气阴沉压抑,太阳暗淡无光。

"变调如闻杨柳春,上林繁花照眼新。"突然,音乐转调了,这时筚篥就像在描写杨柳逢春、万木争荣,像宫廷中的繁花,一片锦绣、夺人眼目,多么迷人。

"岁夜高堂列明烛,美酒一杯声一曲。"在这静静的夜晚,高堂里面排列这么多明亮的蜡烛,安万善真是好样的,他真是伟大的演奏家,我们喝一杯酒,他就演奏一首曲子,他的音乐那么丰富、那么感人,给我们以无尽的享受啊。

美妙的乐曲、高超的技巧、高大的堂屋、众多的听众,都从安万善的吹奏中得到了不同程度的满足,而枯桑老柏、龙吟虎啸、万籁百泉都在他的手下、都从它的筚篥演奏的音乐中得到生动地、淋漓尽致地再现性发挥。

正如悲篥的名称一样,它善长表达悲凉的情绪。杜甫有《夜闻觱篥》:"夜闻觱篥沧江上,衰年侧耳情所向。邻舟一听多感伤,塞曲三更欻悲壮。"温庭筠《觱篥歌(李相伎人吹)》:"景阳宫女正愁绝,莫使此声摧断肠。"均言极其悲伤。

盛唐岑参《裴将军宅芦管歌》也是突出悲情,其诗如下:

辽东九月芦叶断,辽东小儿采芦管。可怜新管清且悲,一曲风飘海头满。

海树萧索天雨霜,管声寥亮月苍苍。白狼河北堪愁恨,玄兔城南皆断肠。

辽东将军长安宅,美人芦管会佳客。弄调啾飕胜洞箫,发声窈窕欺横笛。

夜半高堂客未回，祇将芦管送君杯。巧能陌上惊杨柳，复向园中误落梅。

诸客爱之听未足，高卷珠帘列红烛。将军醉舞不肯休，更使美人吹一曲。

这是东北一带的筚篥演奏情况的描写，诗人以芦管与洞箫（无底排箫）、横笛相比，突出芦管发音之"寥亮"；以白狼河（今辽宁大凌河）、玄兔城南（朝鲜咸镜道一带）的边地景色作陪衬，说明其"月苍苍"与"皆断肠"之声悲。用"惊杨柳"和"误落梅"之双关语说明筚篥更胜笛曲。最后作者说了"听未足"和"不肯休"来显示其声音之动人程度。从这里我们领略了"美人"之高超技巧。

除感人的艺术魅力之外，我们就还可以从白居易的《小童薛阳陶吹觱篥歌》中看看筚篥形制、演奏技巧及筚篥之阶段性的师承关系：

"剪削干芦插寒竹，九孔漏声五音足。"说明形制：用芦苇片作簧哨，插在竹管之中发音，开九孔，可演奏齐全的音阶。

"近来吹者谁得名？关璀老死李衮生。衮今又老谁其嗣？薛氏乐童年十二。"这四句是说师承关系，关崔大师傅传授李衮，李衮老了后，薛阳陶来接班。

"指点之下师授声，含嚼之间天与气。"名师指点，运气有方，开始演奏。

"润州城高霜月明，吟霜思月欲发声。山头江底何悄悄，猿鸟不喘鱼龙听。"这四句说的是音乐开始时，月明星稀，冷霜遍地，荒山山头、江河谷底都是一片寂静，猿猴、鸟儿都停止了叫声，鱼龙等都屏住呼吸来欣赏音乐。这应该是音乐欣赏的气氛之描写。

"翕然声作疑管裂，诎然声尽疑刀截。有时婉软无筋骨，有时顿挫生棱节。"此四句说起吹时声音就非常大,似乎要把管子都炸裂了,而收音之时干净利索,像刀子截断一样。弱奏时就像没有筋骨的人在跳软体舞,有时候则轮廓分明、顿挫有声。主讲强弱,强弱得当。

"急声圆转促不断,轹轹辚辚似珠贯。缓声展引长有条,有条直直如笔描。"演奏快速的乐句,仍然十分圆滑顺畅,而且声音像珠子一样贯穿起来了。吹慢乐句像是徐徐引出来一根长直线一样,而这根线又像画出来的一样直,这便是音乐通感的描写。这是说音乐表演的快慢,速度在这里并没有成为问题,而是交待非常清楚,音乐进退有方。

"下声乍坠石沉重,高声忽举云飘萧。"低音就像石头一样重而有力,高音像箫声一样飘然而上,很轻松。这主讲声音的高低,高低自如。

"明旦公堂陈宴席,主人命乐娱宾客。"阳陶演奏得好,主人让他明天在宴席上招待客人。"碎丝细竹徒纷纷,宫调一声雄出群。众声覼缕不落道,有如部伍随将军。"前面是独奏,这儿乐队进来了,看来仍然是雄声难抑、鹤立鸡群。但众乐队也配合得相当好,就像部队听从将军的调遣,步调十分一致。

"嗟尔阳陶方稚齿,下手发声已如此。若教头白吹不休,但恐声名压关李。"哎呀,薛阳陶年纪这么小就有如此功力:手指灵活,发音准确;如果吹到头白,他的名声他的技巧肯定要超过关崔、李衮,真是后继有人了呀。

这首诗比较长,描写全面,看出老白绝对是一个音乐行家。因为在他的欣赏里,是从音乐本身出发,从声音的强弱、长短、高低等内在规律来欣赏的:音乐表演得清晰与否,强弱是否得当,长短是否适时,高低音是否流畅、准确,在白居易诗中都得到了清楚的描述。此诗写于宝历元年(825年)选自《白居易集》卷二十一。薛阳陶为李大夫(李德裕)的家童,是唐著名筚篥演奏家。明人胡震亨《唐音癸签》说："朱崖李相有家僮薛阳陶，少精此艺，后为小校，到咸通（860～874年）犹存。"李德裕是牛李党争中李党领袖，850年贬死崖州（今广东琼山）。

与白居易关系甚好的中唐时刘禹锡也欣赏过筚篥，他写的《浙西李大夫霜夜对月，听小童吹筚篥歌依本韵》就是对欣赏实况的反映。

海门双青暮烟歇，万顷金波涌明月。侯家小儿能觱篥，对此清光天性发。

长江凝练树无风，浏栗一声霄汉中。涵胡画角怨边草，萧瑟清蝉吟野丛。

冲融顿挫心使指，雄吼如风转如水。思妇多情珠泪垂，仙禽欲舞双翅起。

郡人寂听衣满霜，江城月斜楼影长。才惊指下繁韵息，已见树杪明星光。

谢公高斋吟激楚，恋阙心同在羁旅。一奏荆人白雪歌，如闻雒客扶风邬。

吴门水驿按山阴，文字殷勤寄意深。欲识阳陶能绝处，少年荣贵道伤心。

从刘禹锡最后提到"阳陶"二字知道，刘禹锡与白居易都是在李大夫李德裕家欣赏的筚篥表演，所以不用详言。诗中我们再次欣赏到小阳陶的高超技巧。

中唐时期的李贺也写过一篇筚篥诗，题目是《申胡子觱篥歌》，在题目中加了"并序"二字，其序云："申胡子，朔客之苍头也。朔客李氏，本亦世家子，得祀江夏王庙，当年践履失序，遂奉官北部。自称学长调短调，久未知名。今年四月，吾与对舍于长安崇义里，遂将衣质酒，命予合饮。气热杯阑，因谓吾曰：'李长吉，尔徒能长调，不能作五字歌诗，直强回笔端，与陶、谢诗势相远几里！'吾对后，请撰申胡子筚篥歌，以五字断句。

歌成，左右人合噪相唱。朔客大喜，擎觞起立，命花娘出幕，徘徊拜客。吾问所宜，称善平弄，于是以弊词配声，与予为寿。"这篇序文是关于写诗背景的介绍，大意是说申胡子是一位北方豪士李氏的家奴，这李氏也是一位官家子弟，祖上李道宗因在唐太宗时期立过赫赫战功而被封为江夏郡王，李氏后人每年都祭祀他。但祭祀时有过失，所以来到北方做官。说自己学会了长调、短调，却没有人知道。今年四月，我在长安东部崇义里的一个酒坊中见到他，他正在用衣服典换酒喝，于是邀请我与他合饮。喝到酒酣耳热的时候，他对我说："李长吉，你就会长调歌曲，但你不能写五字的歌诗，即使勉强提笔来写，也会与陶渊明，谢朓的诗相差很远的。"我说没问题的，我会写。于是他就请我为撰《申胡子觱篥歌》，并且要用五字句。我现场写完之后，左右的人大声合唱，申胡子大喜。这时他站起来，端起酒杯，并将花娘请出来，不停地拜谢诸位酒客，向他们敬酒。我问花娘平生最擅长唱什么调的歌曲，她回答说善于唱宫调的歌曲。于是她就用我写的诗配上曲调表演了，并向我敬了酒。在笔者看来，当时不仅已经有了长调、短调，而且有固定的模式，还可以即兴编配。

"颜热感君酒，含嚼芦中声。花娘簪绥妥，休睡芙蓉屏。"这四句说酒喝到微有醉意之时，觱篥歌响起来了，花娘头上美丽的簪子安妥而漂亮，她已经不再睡在华丽的屏风之内了，而是出来伴奏舞蹈了。"谁截太平管？列点排空星。直贯开花风，天上驱云行。"是谁造出来这觱篥管子，管身上面的吹孔子就像天上的星星一样排列着，它吹奏出来的音乐随风飘散，又能够驱散行云。"今夕岁华落，令人惜平生。心事如波涛，中坐时时惊。"韶华易逝，花发易生，我们应该珍惜这美好的时光，我心情激动如波涛汹涌，感慨万千。"朔客骑白马，剑杷悬兰缨。俊健如生猱，肯拾蓬中萤！"北方的豪士骑着大白马，挎着有缨络的剑，身体矫健，他多么自信。这是描写觱篥反映出来的音乐内容。这里既赞叹了筚篥表演者的高超技巧，也赞叹了北方武士的体魄和精神，同时也暗含对自己的肯定。

除上述的演奏家外，我们再来看看《乐府杂录》所记载的尉迟青与王麻奴："德宗朝，有尉迟青官至将军。幽州有王麻奴者，解吹筚篥，河北推为第一手，颇倨傲自负，除师外莫有敢轻易请者。时有从事姓卢，不记名，合拜，将入京。临岐把酒，请吹一曲相送。麻奴偃蹇，大以为不可。从事怒曰："汝艺亦不足称，殊不知上国有尉迟将军，冠绝今古。"麻奴怒曰："某此艺，海内岂有及者耶？今即往彼，定其优劣。……"后来，王麻奴到京城比试，大败。并说自己是边鄙之人，没见过世面，今日一比，心服口服。

筚篥也是唐代龟兹乐中的一种重要乐器，风格独特，音色感人，故深受老百姓的喜爱。从多部乐中，不少都用到。这种乐器一直到五代都盛行不衰，顾宏中的《韩熙载夜宴图》，就画有筚篥、笛子、拍板组合的场面。

晚唐温庭筠《觱篥歌——李相妓人吹》："蜡烟如纛新蟾满，门外平沙草芽短。黑头丞相九天归。夜听飞琼吹朔管。"言早春时节，黑头李相驾鹤西归，他家里的乐人飞琼吹筚篥举哀祭奠。"情远气调兰蕙薰，天香瑞彩含絪缊。皓然纤指都揭血，日暖碧霄无片云。"灵堂中香火很旺、烟雾缭绕，筚篥声声、使人泣血。"含商咀徵双幽咽，软縠疏罗共萧屑。不尽长圆叠翠愁，柳风吹破澄潭月。鸣梭淅沥金丝蕊，恨语殷勤陇头水。汉将营前万里沙，更深一一霜鸿起。十二楼前花正繁，交枝簇蒂连壁门。景阳宫女正愁绝，莫使此声催断魂。"这里全部写的是曲调和情绪的变化，无论是商调还是徵调都是十分悲哀的，但是有一些细微的变化。有时风吹澄潭月，有时如恨语陇头水，有时表现沙上霜鸿，有时表现繁花簇蒂，有时则如宫女之愁不绝如缕，这声音千万不要催断人魂，让死者一路走好吧。从诗中我们知道筚篥转调自然。

罗隐《薛阳陶觱篥歌》

平泉上相东征日,曾为阳陶歌觱篥。乌江太守会稽侯,相次三篇皆俊逸。①

桥山殡葬衣冠后,金印苍黄南去疾。龙楼冷落夏口寒,从此风流为废物。

人间至艺难得主,怀抱差池恨星律。邗沟仆射戎政闲,试渡瓜洲吐伊郁。

西风九月草树秋,万喧沈寂登高楼。左篁揭指徵羽吼,炀帝起坐淮王愁。

高飘咽灭出滞气,下感知己时横流。穿空激远不可遏,仿佛似向伊水头。

伊水林泉今已矣,因取遗编认前事。武宗皇帝御宇时,四海恬然知所自。

扫除桀黠似提寻,制压群豪若穿鼻。九鼎调和各有门,谢安空俭真儿戏。

功高近代竟谁知,艺小似君犹不弃。勿惜喑呜更一吹,与君共下难逢泪。

罗隐是浙江人,生于 833 年,死于 909 年。应该在少年时就欣赏过薛阳陶的演奏(李德裕在 850 年去世,白居易在 846 年去世,应该在此之前)。看来至少有李、刘、白、元、罗这五位诗人都听过小薛阳陶的表演,看来是名气大躁。这首诗前部大至说平泉上相李德裕曾经写过,而元、白等和过薛阳陶的筚篥诗一事。也感慨绝顶的"至艺"很难有好主儿。但薛阳陶的筚篥"穿空激远不可遏,仿佛似向伊水头",诗人同时也感慨人生知己难逢。

晚唐吴融是唐昭宗龙纪元年(889 年)进士,写有《赠李长

---

① 原注:平泉为李德裕,曾作《薛阳陶筚篥歌》,苏州刺史白居易,越州刺史元稹,并有和篇。此言乌江,恐是吴江,乃苏州也。

史歌并序》，这也是一部鸿篇巨制的诗作，而且有很长的序，在序中交待了李长史："余客武康且既旬日，将去，邑长相饯于溪亭。座中有李长史，袖出芦管，自请以送客。且言我业此二十年。年少时，五陵豪侠无不与之游，梨园新声一闻之，明日皆出我下。洎巢贼腥秽宫阙，逃难于东。江淮非吾土，又无乐音。敝衣旅食，双鬓雪然。然风月好时，或亭皋送别，必引满自劝，不能忘情，一曲未终，泫然承睫。越鸟胡马之戚，感动傍人。罗进士隐初遇金陵，有赠诗，尚能成诵在口。余悯李之流落，仰罗之所感，故赠之。时光启戊申岁请明月之八日。"

这里说的武康指浙江德清县，吴融是逃难到此的，因为黄巢起义，长安大乱，所以客居于此十多天，就在要离开此地时，李长史到溪边的亭子来送别，并且从袖中拿出筚篥，用"声"为吴送行。李长史说自己从事这个专业有二十多年，曾在梨园做过职业演奏员。长安附近的五陵豪侠都经常和他在一起玩耍，知道他的大名。黄巢起义之后，逃到东南。江淮一带不是李长史家乡，又没有知音，李长史衣冠不整，两鬓都全白了。然而天气晴朗之时，也会在亭边演奏，吹奏乐曲完毕后，不仅把自己感动得泪流满面，甚至鸟兽也感动不已。李长史曾经与罗隐在金陵相遇并赠给他诗，现在笔者吴融同情李长史之流落，仰慕罗隐所感，所以也写诗赠给李长史，此时正是光启年（888年）三月八日。

吴融全诗如下：

危栏压溪溪潋碧，翠裛红飘莺寂寂。此日长亭怆别离，座中忽遇吹芦客。

双攘轻袖当高轩，含商吐羽凌非烟。初疑一百尺瀑布，八九月落香炉巅。

又似鲛人为客罢，迸泪成珠玉盘泻。碧珊瑚碎震泽中，金银铛撼龟山下。

铿訇揭调初惊人，幽咽细声还感神。紫凤将雏叫山月，玄兔丧子啼江春。

咨嗟长史出人艺，如何值此艰难际。可中长似承平基，肯将此为闲人吹？

不是东城射雉处，即应南苑斗鸡时。白樱桃熟每先赏，红芍药开长有诗。

卖珠曾被武皇问，薰香不怕贾公知。今来流落一何苦，江南江北九寒暑。

翠华犹在橐泉中，一曲梁州泪如雨。长史长史听我语，从来艺绝多失所。

罗君赠君两首诗，半是悲君半自悲。

李长史善于演奏筚篥，看来唐代宫廷筚篥高手不在少数。这首诗交待了时间地点及人物。演奏的气氛及音乐给人的感受：含商吐羽、瀑布下泻、珠落玉盘、珊瑚震碎。以致于感动神灵，使玄兔、紫凤、雏鸟都被感动不已。诗中还谈到了《凉州》一曲使人泪如雨下，这使得吴融非常同情李长史，"从来艺绝多失所"，最后说罗隐的诗既是悲君也是自悲的一种感慨。从诗中我们可以看出罗隐的身世，诗人很清楚，而且吴融与他都是这一带的人，相互之间应该很熟悉。但现在罗隐所赠的诗已经失散了。

二、筚篥演奏家和曲目

1. 演奏家

在唐诗中，除了我们所说的安万善之外，还有不少演奏家，如李贺诗中的申胡子，宫廷乐人张野孤、李龟年，温庭筠诗中的李相伎人飞琼，白居易、刘禹锡、罗隐诗中的薛阳陶等都是筚篥演奏高手，薛阳陶十二岁时就已经小有所成了。另外，白居易诗中提到了关崔、李衮也是演奏大家，他们是薛阳陶的老师。晚唐吴融诗中的李长史也是大演奏家。另外，还有黄、刘、尚、史几位演奏家，《乐府杂录·筚篥》云："元和、长庆中有黄日迁、刘楚材、尚陆陆，皆能者。大中以来，有史敬约，在汴州。"

所以，筚篥至少有12位演奏大家。

2. 曲目

唐代筚篥曲目流行的有《雨霖铃》、《离别难》、《勒部羝曲》、《还京乐》等。

《雨霖铃》，唐代教坊曲名。相传为唐玄宗因避安禄山入蜀，入于斜谷，闻栈道霖雨和铃声，引起对杨贵妃的悼念而作。《乐府杂录》说："《雨淋铃》者，因唐明皇驾回至骆谷，闻雨淋銮铃，因令张野狐撰为曲名。"明代胡震亨《唐音癸签》云："帝幸蜀，入斜谷，栈道属霖雨弥旬，闻铃声与山相应，悼念贵妃，因采其声为《雨霖铃》曲以寄恨。时独梨园善筚篥乐工张徽从至蜀都，以其曲授之。洎至德宗，复幸华清宫，从官嫔御，皆非昔人。帝于望京楼令徽奏此曲，不觉凄怆流泪。"此曲后来被放置于法部，入大曲。

《离别难》天后朝，有士人陷冤狱，籍没家族。其妻配入掖庭，本初善吹觱篥，乃撰此曲以寄哀情。始名《大郎神》，盖取良人行第也。既畏人知，遂三易其名，亦名《悲切子》，终号《怨回鹘》。

《勒部羝曲》，含一段有趣的筚篥典故。说的是有一位复姓尉迟的将军，单名青，他与河北幽州善于表演筚篥的王麻奴一比高下的故事。这位乐手称雄当地，号天下第一，朋友们都不敢轻易请其表演，有一次他的朋友请他喝酒，然后让他表演筚篥，他没给朋友面子，所以朋友就说他的技艺其实并不怎么地，跟京城的尉迟青将军比起来差多了。王麻奴高声说，自己天下第一，没有比自己吹得更好的人，他说当天就到京城与之比个高低。《乐府杂录·筚篥》载："不数月，到京，访尉迟青所居在常乐坊，乃侧近僦居，日夕加意吹之。尉迟每经其门，如不闻。麻奴不平，乃求谒；见阍者不纳，厚赂之，方得见通。青即席地令坐，因于高般涉调中吹一曲《勒部羝曲》曲终,汗浃其背。尉迟领颐而已,谓曰:'何必高般涉调也?'即自取银字管,于平般涉调吹之。麻奴涕泣愧谢,曰:'边鄙微人,偶学此艺,实谓无敌;今日幸闻天乐,方悟前非。'乃碎乐器,自是不复言音律也。"

《乐府杂录》云:"《还京乐》,'明皇自西蜀返,乐人张野狐所制。'"

3. 筚篥的使用情形

西凉乐:大筚篥、小筚篥各一;龟兹乐:筚篥一;疏勒乐:筚篥一;安国乐:筚篥,双筚篥各一。中国今天的筚篥已经发展成管子了,但它表现凄凉情绪的音色没有改变,在20世纪60年代,湖北艺术学院的黄海怀教授将十分悲哀的管子曲《江河水》移植到二胡上,十分成功①。

第三节 笛

概　述

相传横笛早在汉代张骞出使西域时就传入中原,称为"横吹",也就是横笛。更早的西周时期,已经有横吹的篪。《诗经》有"伯氏吹埙,仲氏吹篪"的记载。篪和横笛在出土文物中都有实物。湖南长沙马王堆汉墓出土两只竹笛,湖北随县曾侯乙墓出土两只竹篪。骨笛最早的实物是河南省舞阳县贾湖骨笛,此笛竖吹,8孔,七声音阶齐全,距今超过8000年。

汉代无论是笛还是长笛都是竖吹,它们是今天的单管洞箫和唐代"尺八"的前身。

唐代的笛叫横笛,亦称横吹,是没有笛膜的。唐代只有洞箫

---

① 湖北艺术学院包括美术和音乐,于1985年一分为二,其中音乐部分改名为武汉音乐学院,而美术部分改名为湖北美术学院。

101

管上才有膜，宋元以后这膜就移至横笛上，而箫管就不再贴膜了，如今只有朝鲜箫才贴膜。宋代有笛膜的笛子可吹奏十二个半音；唐笛横吹，有一个吹孔，六个按孔，吹孔上方一般有木塞封闭，音域两个八度。

笛子有各种材料制成的，如骨笛、玉笛、竹笛、玳瑁笛等，唐代的笛子多为竹制或玉制。李白诗中就有"谁家玉笛暗飞声"之说。而它的形状也是多种多样，有义嘴笛、叉手笛、两头笛、七星笛、骆驼笛、龙笛、平笛等。唐代的笛大量用于歌曲伴奏和乐队合奏，唐代的各种音乐中都能够看到笛子的身影。笛子制作家甚至可以根据歌手音域的高低来量身定做笛子的短长、按孔的间距。笛子在宋朝大量运用于戏曲伴奏或者各种乐队。宋代笛子基本成熟。

唐代的笛子演奏家也不少，见诸唐诗的如李謩、孙楚秀、尤承恩、云朝霞等。横吹笛子由于它特别的音色吸引了不少大诗人（如李白等）为其歌咏。

在漫长的历史长河中，笛子的名称和形态都有巨大的变化，唐代有大横吹和小横吹两种。"笛"这个字的古代写法是"篴"，是横吹的笛，"篴"和"涤"读音相同，所以古人认为笛能荡涤污邪、归于雅正。这大约也是唐代笛子受人尊敬的原因之一。

一、唐诗咏笛

唐代笛子分羌笛和横笛两种。

（一）羌笛

羌是我国古代羌人的族称，很早以前生活在青藏高原及其边缘，羌笛就起源并流行在这里。东汉马融《长笛赋》："近世双笛从羌起，羌人伐竹未及已，龙吟水中不见已，截竹吹之声相似……。"其形状："故本四孔。"由此可以知道：羌笛为竹制，四孔。在汉代，它已经流传于青海、四川等地。而宋代陈旸《乐书》："羌笛五孔。"但东汉的许慎在《说文》曰："羌笛三孔。"看来，东汉时期，羌笛并未定型，可能开始3孔，演奏都觉得过于简单，后来就逐步加到5孔，这样就能够完整地演奏五声音阶了。

唐代，羌笛是边塞军营中常见的一种乐器，经常出现在唐代边塞诗中，如岑参的《白雪歌送武判官归京》："中军置酒饮归客，胡琴琵琶与羌笛。"但羌笛的演奏与横笛不同，竖吹。

羌笛在唐诗中有较为丰富的记载和歌咏。

"羌笛学龙声，长吟入夜清。关山孤月下，来向陇头吟。逐吹梅花落，含春柳色惊。行观向子赋，坐忆旧邻情。"说明羌笛演奏的曲目有《梅花落》、《龙头吟》。

羌笛在唐诗中咏叹不少，多见于边塞诗中的描写，由此可以看出，在羌族等少数民族地区较为流传，也多与军旅生活相联系。

王之涣《凉州词》："黄河远上白云间，一片孤城万仞山。羌笛何须怨杨柳，春风不度玉门关。"流向远方的黄河与万仞荒山之中的孤拔之城，共同组成一幅苍凉的意境，艾怨的羌笛之声在旷野远山中幽幽不绝，如泣如诉；这前不巴村、后不着店的孤寂的玉门关，就是春风都吹不到的不毛之地，守戍边城的将士多么思念故乡的亲人啊，只有这飘飞不断的羌笛之声魂牵梦绕般地伴着他们连绵的相思。这就难怪李颀说："今闻羌笛《出塞》声，使我三军泪如雨。"边塞的羌笛吹落将士们相思之泪，如大雨滂沱，不可收拾。

高适《塞上听吹笛》："雪静胡天牧马还，明月羌笛戍楼间。借问梅花落何处，风吹一夜满关山。"戍楼将士吹奏的还是《梅花》一类的曲子。

军中的娱乐活动自然也与羌笛分不开，"中军置酒饮归客，胡琴琵琶与羌笛"。在边远的少数民族地区、遥远的边陲，娱乐活动当然大多数是少数民族乐器了。

李白作为浪漫主义大诗人,对笛,无论是对竖吹的羌笛还是对横笛都有强烈的爱好,他写过7首诗来咏笛子,其中《清溪半夜闻笛》说:"羌笛梅花引,吴溪陇水清。寒山秋浦夜,肠断玉关声。"陇水在今天陕西一带。李白《观胡人吹笛》:"胡人吹玉笛,一半是秦声。十月吴山晓,梅花落敬亭。"少数民族吹笛多半都是羌笛。中唐诗人李益《凉州词》:"异方之乐不胜悲,羌笛胡笳不胜吹。坐看今夜关山月,愁杀边城游侠儿。"说明羌笛为少数民族的乐器,这异方音乐使边城游侠儿听了也愁不胜愁。丁仙芝在《剡溪馆闻笛》中说:"夜久闻羌笛,寥寥虚客堂。山空响不散,谿静曲宜长。草木生边气,城池泛夕凉。虚然异风出,仿佛宿平阳。"李世民征战南北的时候,写过《饮马长城窟行》:"寒沙连骑迹,朔吹断边声。胡尘清玉塞,羌笛韵金钲。"边塞的金戈铁马之声充满了羌笛的旋律。

羌笛的曲目有《梅花落》、《梅花引》、《关山月》等,

(二) 横笛

笛之竖吹与横吹有过混淆,王子初在《笛源发微》上说:"后人认为古笛为竖吹者,与马融的《长笛赋》有关,他们误将马融的长笛以为古笛,箫笛之混,当由此起。自后汉起,经历了魏、晋、南北朝,直到隋唐,都称箫为笛。而把竹笛当成横吹与横笛。以区别于竖吹之'笛',这种现象直到唐代才得到纠正。"①

唐笛一般指横吹。横吹记载较早,《文献通考》卷138"龙头笛部"说:"横吹出自北国,梁横吹曲曰'下马吹笛'是也。"大横吹小横吹并以竹为之,这便是竹笛类的乐器。笛声清脆嘹亮,悦耳动听,富有律动感。很善于表达一种轻快向上的活泼欢快乐

---

① 王子初《笛源发微》,《中国音乐》,1988年第1期。

情绪,有一种无与伦比的跃动感飘动感。极能打动人心并产生遐想,一些性格外向的、富有想象力的人都非常喜欢,李白就有多首咏笛诗,又如《金陵听韩侍御吹笛》:"韩公吹玉笛,倜傥流英音。风吹绕钟山,万壑皆龙吟。王子停凤管,师襄掩瑶琴,余韵度江去,天涯安可寻。"韩公所听之笛声让仙人王子乔都不敢吹箫,使孔子的老师师襄也罢弹古琴,怎能不叫人激动?!李白《与史郎中饮听黄鹤楼上吹笛》:"一为迁客去长沙,西望长安不见家。黄鹤楼中吹玉笛,江城五月落梅花。"李白最有名的咏笛诗应该是《春夜洛城闻笛》:"谁家玉笛暗飞声,散入春风满洛城。今夜此间闻折柳,何人不起故园情。"感怀离愁别绪的笛声,奏折柳之曲,悠扬远播,布满洛城。

《折柳》又名《折杨柳》,杜甫在自己的《吹笛》诗中也有描写:"吹笛秋山风月清,谁家巧作断肠声。风吹律吕相和切,月傍关山几处明。胡骑中宵堪北走,武陵一曲想南征。故园杨柳今摇落,何得愁中却尽生。"除了《折杨柳》之外,还有《关山月》。刘长卿说:"只怜横笛关山月,知处愁人夜夜来。"

二、笛子情感美学

唐代诗人似对笛子十分钟情,许多人都有咏诗,通过笛这种管乐器来表现自己的心情。唐诗中咏笛之情有如下两种:一是忧愁思虑型,二是欢乐明朗型。

(一)忧愁思虑型

第一是"哀"。

李益《闻笛》:"入夜思归切,笛声清更哀。"[①]

第二是"苦"。

[①] 一作戎昱《闻笛》。

杜甫《秋笛》:"清高欲尽奏,奏苦血沾衣。他日伤心极,征人白骨归。"

李益《春夜闻笛》:"寒山吹笛唤春归,迁客相看泪满衣。"

第三是"愁",通过牧人的笛声吹出来。

韦庄《村笛》:"却见孤村明月夜,一声牛笛断人肠。"

白居易《江上笛》:"江上何人夜吹笛,声声似忆故园春。此时闻者堪头白,况是愁多少睡人。"元稹《汉江上笛》:"小年为写游梁赋,最说汉江闻笛愁。今夜听时在何处,月明西县驿南楼。"

刘长卿《罪所留系每夜听长州军笛声》:"只怜横笛关山月,知处愁人夜夜来。"

杜甫《吹笛》:"吹笛秋山风月清,谁家巧作断肠声……故园杨柳今摇落,何得愁中却尽生。"

第四是"怨"。

韦应物《野次听元昌奏横吹》:"北人听罢泪将落,南朝曲中怨更多。"

王之涣《凉州词》:"羌笛何须怨杨柳,春风不度玉门关。"

第五是"思"。

李白《塞下曲》"笛中闻折柳,春色未曾看。"

高适《塞上听吹笛》:"雪静胡天牧马还,明月羌笛戍楼间。借问梅花落何处,风吹一夜满关山。"戍楼将士吹奏的还是《梅花》一类的曲子,其中定有思乡之情。李白最有名的咏笛诗应该是《春夜洛城闻笛》:"谁家玉笛暗飞声,散入春风满洛城。今夜此间闻折柳,何人不起故园情。"感怀离愁别绪的笛声,奏折柳之曲,悠扬远播,布满洛城。思乡是一种淡淡情绪。

(二)欢乐明朗型

相比之下,此类感情一般表达得比较少,但亦有浪漫主义大诗人李白发出凤毛麟角般的乐声。李白《观胡人吹笛》:"胡人吹玉笛,一半是秦声。十月吴山晓,梅花落敬亭。"早上空气新鲜,吹的笛声也一定是好听。李白《金陵听韩侍御吹笛》:"韩公吹玉笛,倜傥流英音。"

三、笛子流行原因

唐代诗人们喜欢借酒浇愁,如抽刀断水。他们也借笛子来抒情,笛声悠悠,情感幽幽。

尽管在诗人们看来横吹竹笛似乎很适合表达忧愁、悲愁、怨愁、愁苦一类的感情,但笛子本身是有个性的乐器,它的清脆嘹亮的青春色彩,受到各类人们的喜爱。笛子盛咏不衰的原因有二,一是大的外在环境,二是小的内在魅力。

1. 皇帝的喜好

唐代有一个良好的大背景,海内统一、军事强大、经济发达,社会和谐。除这个大外因之外,其次就是皇帝为部下做好了榜样。唐太宗李世民征战南北,立下了汗马功劳,建立了大唐帝国。他本人也是一个艺术爱好者,不仅爱好书法,也是一个大诗人,还爱好音乐,我们从他的《帝京篇·并序》及诗之第四首就知道,他爱音乐、爱歌舞。他的开头非常好,带动了有唐一代约300年的艺术气氛。

《开元天宝遗事》卷下载:明皇说:赏名花,对妃子怎么能够用旧曲呢?于是命李白作诗。李白在兴庆宫沉香亭创作《清平调》三首之后,李龟年作曲,由当时著名的音乐家李暮吹笛,花奴击奏羯鼓,贺怀智击奏方响,郑兴奴演奏琵琶,张野孤吹奏筚篥,李龟年执拍板并演唱起来。杨贵妃当时捧玻璃七宝杯,品着西凉敬奉的葡萄酒,笑领歌意,玄宗皇帝亲吹笛子伴奏,这显然是当时最高水平的巅峰之作。

乐史的《杨太真外传》载:宁王宪也喜欢声乐,也爱吹笛。当新丰初进名伶谢阿满时,于清元小殿作乐,宁王宪吹笛,贵妃杨玉环弹琵琶，马仙期的方响，李龟年吹筚篥，张野孤弹箜篌，贺怀智敲拍板，李隆基打羯鼓，这也宫廷音乐的最高规格了，可见李唐皇族对笛子是器重有加的。

杨巨源《吹笛记》载："上（玄宗）曾坐朝，以手按其腹，朝退。高力士进曰：'陛下向来以手按其腹，岂非圣体小不安耶？'上曰：'非也，吾昨夜梦游月宫，诸仙娱余以上清之乐，寥亮清越，殆非人间所闻也。酣醉久之，合奏诸乐，以送吾归。其曲凄楚动人，杳杳在耳，吾回以玉笛寻之，非不安也。'"玄宗上朝带玉笛，虽不可全信，但从中可以说明玄宗对笛的喜爱是非常的。

唐玄宗不仅喜好笛子，经常演奏笛子，而且还设法保护吹笛艺人，《唐语林》载玄宗为善吹笛的尤承恩说情。此事在《新唐书》卷130列传第55崔隐甫条下也有叙述，但也有尺短寸长、鞭长莫及之时，但至少说明唐玄宗爱物及人。

宫廷音乐家李謩在当时被称吹笛圣手，被列为首席演奏家。元稹的《连昌宫词》："李謩擫笛傍宫墙，偷得新翻数般曲。"元稹在此诗句下自注曰，李謩在正月十四日，曾潜游灯下，玄宗皇帝新制数曲之后，自己便记下并翻其新谱。十五日玄宗知道后，令人捉问何情，事情审清之后，又将李謩释放。也说明玄宗爱才。《国史补》称李謩为"开元中吹笛为第一部，近代无比"。段安节的《乐府杂录》也说："开元中有李謩独步当时。后禄山乱，流落江东。"但是民间却有比李謩吹得更好的人。据《太平广记》相逸史载，唐玄宗开元年间，李謩曾在一条船上与一位老农比试吹笛，最后李謩甘拜下风，可见强中更有强手。

李謩"偷谱"一事，晚唐张祜有咏《李謩笛》："平明东幸洛阳城，天乐宫中夜彻明。无奈李謩偷曲谱，酒楼吹笛是新声。"看来人们很注重创作新曲子。

中唐之时，李謩的外孙许云峰吹笛技巧尚属李謩真传，《甘泽谣》载：韦应物在唐德宗贞元初年（公元785年）轻舟自兰台郎东下，夜泊灵壁驿，吹出的笛声酷似李謩，说明笛子代有传人。南唐李中有诗曰："陇头休听月明中，妙竹嘉音际会逢。见尔樽前吹一曲，令人重忆许云峰。"笛子在五代、北宋都十分兴旺，歌咏不绝。

2. 笛子后来居上

笛子在唐代很重要，不仅皇帝喜欢，而且乐人都自觉练习，技巧很高，可以转调。陈旸《乐书》："唐明皇时乐人孙楚秀善吹笛，好作犯声，时人以新意而效之。"而《唐会要》卷三十四载："太和九年，文宗以教坊副使云朝霞吹笛，新声变律，深惬上旨。"皇帝也喜欢听新声，这就是艺术前进的动力了，所以人们自觉地去创作、表演，有了不断创新的动力，这种乐器便在作曲技术上、在演奏技术上都会求新求变。

刘长卿《听笛歌留别郑协律》：

旧游怜我长沙谪，载酒沙头送迁客。天涯望月自沾衣，江上何人复吹笛。

横笛能令孤客愁，渌波淡淡如不流。商声寥亮羽声苦，江天寂历江枫秋。

静听关山闻一叫，三湘月色悲猿啸。又吹杨柳激繁音，千里春色伤人心。

随风飘向何处落，唯见曲尽平湖深。明发与君离别后，马上一声堪白首。

在友人以笛子音乐送别刘长卿的这场演奏中，有《关山月》和《杨柳》两曲。看来这两首曲子在整个唐代都是非常流行的，诗人们的吟咏中多半少不了它。这场音乐欣赏给我们展示了唐人笛子的一些技巧，有长音：绿波淡淡如不流；有转调：商声寥亮羽音苦；有轻重对比：静听关山闻一叫；有快速旋律段：又吹杨柳激繁音。这里也有可能出现花舌、快速吐音等技巧。最后乐曲以平静缓慢的音乐结束:随风飘向何处落,唯见曲尽平湖深。

除以上的《关山月》、《杨柳》曲之外,在中唐时期还出现了《行路难》等曲目。李益《从军北征》:"天山雪后海风寒,横笛遍吹行路难。"陈羽也有《从军行》:"横笛闻声不见人,红旗直上天山雪。"中唐也有许多诗人志在边功,所以有不少边塞诗吟咏军旅事务,而笛子也应运而生出《行路难》等。

中唐晚期刘禹锡的《武昌老人说笛歌》是一首反映民间艺人演奏技巧和生活命运的诗作。

武昌老人七十馀,手把庾令相问书。自言少小学吹笛,早事曹王曾赏激。

往年镇戍到蕲州,楚山萧萧笛竹秋。当时买材恣搜索,典却身上乌貂裘。

古苔苍苍封老节,石上孤生饱风雪。商声五音随指发,水中龙应行云绝。

曾将黄鹤楼上吹,一声占尽秋江月。如今老去语尤迟,音韵高低耳不知。

气力已微心尚在,时时一曲梦中吹。

前四句说的是,吹笛老人已过古稀,但从小就学笛子,并因为优秀而侍候曹王,还得到曹王的奖赏,也说明笛子艺术有旺盛的生命力。第二个四句说明随曹王南征北战,随军而行,为了得到好的竹材,典当了自己身上贵重的乌貂裘服,说明老人不仅吹得好,还会识好笛竹材。第三个四句是说竹子生的地方成就了好竹笛,因为它饱经风霜,所以一年四季的雨露雷霆使竹笛具有力量,也具有了好的音色,以致于发音轻便,音质优美,能使水中龙来应和,使天上流云停下来。这与瓠巴鼓瑟、伯牙鼓琴有异曲同工之妙;不仅如此,还曾驱动黄鹤。现今年迈力衰,语言迟钝,耳朵已聋,中气不足。尽管如此,老人钟爱笛子的热情不减,时不时做梦都梦见自己在吹笛。

晚唐的韦庄也写过不少咏笛的诗，前面已举，又如《三用韵》、《夜景》① 等。

从整个唐代的诗来看，笛在初唐、盛唐、中唐、晚唐都比较受欢迎，从而引起了诗人们广泛的关注和歌唱。唐代诗人虽然不是专业演奏家，但他们爱好笛、愿意欣赏笛，他们的欣赏水平很高，实际上也加强了笛子的传播。生活中，笛子被广泛演奏，促成了诗歌欣赏中的常咏之形，这便形成了良性循环。

唐诗中的笛子演奏背景与古琴比较起来，显得更加广泛，更加生活化，除了寂静的江边、热闹的旅游名胜楼之外，还有宫廷、荒山野外、放牧之地、雨后初霁的河边等，这些地方在李白、杜甫、岑参、李世民、刘禹锡、白居易、元稹、丁仙芝等大诗人的诗中屡见不鲜。不论是边关还是城镇，不管是平原还是山区都有笛声在飞扬，甚至小到生活中的邻居也有吹笛可赏的。这不仅是因为笛子便于携带，也因为笛子比较贴近生活，善于表现生活的原因。笛所表达的内容除了行军征战之外，还有离别情怀、各种悲情的表达等。笛子演奏家有宫廷乐人，也有村野牧人，还有家妓等。如元稹、张祜诗中提到的李暮、李白诗提到的韩侍御、高适诗中的王七、刘禹锡诗中的武昌老人等。当然宫廷中有玄宗李隆基、宁王李宪、尤承恩等。

四、笛子在乐队中的运用

笛子在宫廷乐队中占有重要地位，属于后来居上的乐器。九部乐、十部乐中有它，而坐部伎、立部伎亦缺少不了它。它既可以伴奏，也可以独奏，还可合奏。下面是九部乐、十部乐中笛子在乐队中的配置：《清商伎》笛子 2 支；《西凉伎》横笛 1 支。

---

① 韦庄《三用韵》："笛声随晚吹，松韵激遥砧。"
韦庄《夜景》："谁家一笛吹残暑，何处双砧捣暮烟。"

《天竺伎》横笛 1 支；《高丽伎》义觜笛 1 支；《龟兹伎》横笛 1 支。《安国伎》横笛 1 支；《疏勒伎》横笛 1 支；《康国伎》笛 2 支；《高昌乐》笛 2 支。

第四节　箫

概　述

箫是中国传统吹奏乐器，早在西周时期已经出现。《诗经·商颂·有瞽》："箫管齐举，喤喤厥声，箫雍和鸣，先祖是听。"箫有大、小不同，《尔雅·释乐》："大箫谓之言，小者谓之筊。"唐代杜佑《通典》："蔡邕曰：箫，竹编，有底。大者二十三管，小者十六管。长则浊，短则清。以蜜蜡其底而增减之则和。"显然这是指排箫，排箫的排列呈单翼状，其音阶或五声或七声排列。但排箫之名到元代才出现。陈旸《乐书》曰："《白虎通》曰：箫者，中吕之气也。《易说》曰：夏至之乐，补以箫。《春秋说》曰：夏至作乐，间以箫笙。然则箫为中吕之乐，夏至之音，岂不信哉！《月令》：仲夏之月，令乐师均管箫，亦此意也。"凤箫是一音一管多管组成，而现代的洞箫则刚好相反，一管多音，可见古今变化之大也。唐代凤箫装饰很美丽，有各种颜色，所以箫有几种名称："雅箫"、"秦箫"、"凤箫"、"凤翼"、"云箫"、"颂箫"等，除了传统的名称之外，还可以称"参差"，"比竹"。

据说箫为舜所造，这在诗中也有所反映。有木制、玉制、石制、竹制等，其中以竹制最为普遍，明清时期还一度出现"铁箫"。

箫的音色优美轻细，有空灵飘逸之感，在乐队中可独奏、可合奏。箫尤其适合在夜间吹奏，表达一种旷世孤独、难奈的寂寞，这是因为其与生俱来的幽怨、凄凉音质，它可以描写离群索居的孤傲,可以描写看淡红尘的超脱,亦可以描写饮泣吞声的悲愤。现代的箫是一种文人的乐器,音量小,喜恬静,所以得到文人士大夫们的欢迎,它也是一种非常有和谐感的乐器,可以和许多的乐器如琴等"和睦相处",如琴箫、瑟箫、箫筝、磬箫,也有箫笛、箫筇、箫笙等,最有名的恐怕是现在还保留的"箫鼓",箫几乎可以和所有的管弦乐器进行组合。箫的形制有玉制、竹制、银制、木制等,唐代的箫不仅有洞箫,而且还有排箫,洞箫为单管,而排箫之名在元代已经出现,但在唐代,还没有这个名称,直接称"箫"或者"洞箫"。唐代的音乐实践中,排箫是存在的,排箫在春秋战国就普遍存在,迄今发现的世界上最早的排箫,是距今 3000 年的中国西周初期的骨排箫,现存于河南省博物馆。这个排箫由 13 根长短递减的禽类腿骨制成,最长管 32.7 厘米,最短管 11.8 厘米。这支排箫 1997 年鹿邑县太清宫镇长子口墓出土,出土时管身有带子束管的痕迹。今存最早的石质排箫出土于河南淅川下寺一号楚墓,用整块石灰石雕琢而成,共 13 管,距今已 2500 年,从其腰部的捆扎雕饰看,当是竹排箫的仿制品。今存最早的两支竹质排箫出土于战国曾侯乙墓,距今已 2400 多年,它们的形状独特,好像凤凰的一翼,都是由 13 根长短不同的细竹管依次排列,用三道剖开的细竹管缠缚而成,表面饰有黑底红色三角回纹的漆绘。这两支排箫虽然形制相同,但相应的管长有别,是一对"雌雄箫",雄的稍长,雌的略短,古时的雌雄排箫常作合奏,互相衬托,有如男女声二重唱。

唐代的箫一般指排箫,简称箫,有时也叫洞箫、玉箫等。由多根管子排列而成。因为排箫由一系列长短不同的竹管按长短顺序编排起来,像凤的翅膀,所以又被人们称为"凤箫"。李白曾《凤台曲》诗云:"尝闻秦帝女,传得凤凰声。是日逢仙子,当时别有情。人吹彩箫去,天借绿云还。曲在身不返,空余弄玉名。"李白对传说总是充满联想,他还有一首《凤凰曲》:"嬴女吹玉箫,吟弄天上春。青鸾不独去,更有携手人。影灭彩云断,遗声落西秦。"两诗都讲了秦穆公的女儿弄玉与萧史的故事:弄玉本来吹笙吹得很好,她发誓要嫁能教自己笙的人。有那么几次,她凭借自己对音乐的敏感,知道自己吹笙时,有人在与她合奏。有一次,她睡去后,做了一梦,梦见了善于吹箫的并且十分英俊的萧史,于是爱上了善吹箫的帅小伙萧史。经过一番周折,两人终于结成连理。婚后,夫妻恩爱,夫唱妻和。一日,萧史在凤凰台上吹箫,引来了凤凰,且百鸟合鸣,于是萧史和弄玉就乘赤龙紫凤双双升天。这便是美丽的童话。

一、唐诗咏箫

以上这个美丽的传说,来源于刘向。汉代刘向《列仙传》卷上载:"萧史者,秦穆公时人也,善吹箫,能致白孔雀于庭,穆公有女字弄玉,好之,公遂以女妻焉。日教弄玉作凤鸣,居数年,吹似凤声,凤凰来止其屋,公为作凤台。夫妇止其上,不下数上,一旦随凤凰飞去。故秦人作凤女祠于雍宫中,时有箫声而已。"萧史、弄玉,是道教神话传说中一对神仙情侣。上段引言大意是说:弄玉本来是春秋时秦国国君秦穆公的女儿,当时有个学仙的人名叫萧史,善于吹箫,而吹出来的箫声和凤凰的叫声一样优美动听,弄玉非常爱他,秦穆公便把女儿嫁给他,并在秦国的都城雍的附近筑一凤台让她们夫妇俩居住。萧史便在台上的秦楼里日日教弄玉吹箫学凤凰的叫声。一天,优美的箫声引来了一龙一凤,萧史乘龙、弄玉乘凤,双双成仙而去。晋代葛洪《抱朴子·对俗》:"是以萧史偕凤以凌虚,琴高乘赤鲤于深渊,斯其验也。"此后《太平广记》、宋代张邦畿《侍儿小名录拾遗》、元代赵道一《历世真仙体通鉴》、清代张廷玉《骈字类编》等历代都有这方面的传说继承下来。正是如此,所以汉代以后就有不少诗人用这个典故。梁朝刘孝仪《咏箫》说:"危声合鼓吹,绝弄混箫篪。管晓知气促,钗动觉唇移。箫史安为贵,能令秦女随。"这里我们看到有鼓、笙、篪、箫等乐器在合奏。而对这个典用得最充分的应该是隋代的江总,他有《萧史曲》曰:"弄玉秦家女,萧史仙处童。来时兔月满,去后凤楼空。密笑开还敛,浮声咽更通。相期红粉色,飞向紫烟中。"用非常白描的手法来叙述弄玉、萧史的故事。

箫在唐诗中所咏并不少见,但缺乏以箫演奏的技术为题进行咏唱,诗人们在诗中以并举或一带而过的写作很多。箫为传统的中国民族吹奏乐器,音色十分独特,有一种悠远、苍凉的感觉,因此极适于演奏较为哀婉的乐曲。初唐虞世南《结客少年场行》:"绿沈明月弦,金络浮云辔。吹箫入吴市,击筑游燕肆。寻源博望侯,结客远相求。"这里给我们提供了两种乐器,一个是箫,一个是筑,这是管弦乐器。而太宗皇帝有一首《三层阁上置音声》:"声流三处管,响乱一重弦。不似秦楼上,吹箫空学仙。"这也是管弦乐的合奏。骆宾王《代女道士王灵妃赠道士李荣》:"台前镜影伴仙娥,楼上箫声随凤史。"用了吹箫似凤鸣并乘仙升空这个典故。沈佺期《凤箫曲》:"含情转睐向萧史,千载红颜持赠君。"又说:"昔时嬴女厌世纷,学吹凤箫乘彩云。"这是对传说美好的解释。李峤的《箫》:"虞舜调清管,王褒赋雅音。参差横凤翼,搜索动人心。"从这里我们知道,箫绝对是像凤翼一样美丽的排箫,而且嘴唇要像穿梭一样来回吹奏。陈子昂《与东方左史虬修竹篇》:"结交嬴台女,吹弄升天行",这也是将典故与现实结合起来的写法。

盛唐时,李白《忆秦娥》词曰:"箫声咽,秦娥梦断秦楼月。"这里箫显然带上了诗人的情感色彩,箫声咽鸣、不胜悲戚。李白《送内寻卢山女道士李腾空》诗:"一往屏风叠,乘鸾着玉鞭。"李白《上元夫人》诗:"手提嬴女儿,闲与凤吹箫。"箫常用于独奏或琴箫合奏,李白说:"笛奏龙吟水,箫鸾凤下空。"① 又说："木兰之枻沙棠舟，玉箫金管坐两头。"等②。看来李白对竹声都比较感兴趣，写了七首关于箫的诗。杜甫《玉台观》："彩云萧史驻，文字鲁恭留。宫阙通群帝，乾坤到十洲。人传有笙鹤，时过此山头。"杜甫又说："遂有冯夷来击鼓，始知嬴女善吹箫。"岑参《崔驸马山池重送宇文明府》诗："不逢秦女在，何处听吹箫。"看来弄玉与箫史成为箫的代词了。

中唐时期，于鹄《题美人》："胸前空带宜男草，嫁得萧郎爱远游。"权德舆《杂诗五首》诗一："婉彼嬴氏女，吹箫偶萧氏。"顾况说："鹤庙新家近，龙门旧国遥。离怀结不断，玉洞一吹箫。"顾况所咏有特点，这与他既是诗人，也是画家的身份分不开。作为画家，他察事物比较仔细，所咏的这支箫就是竖吹的洞箫。洞箫、排箫在中唐以后所咏比较少见了，可能是笛子的地位不断上升的原因。虽然顾况说的是洞箫，但并不是现在的单管洞箫。因为唐代佚名有《洞箫赋》，但里面是这样说的："试一望兮见箫管之参差，碧云飘其正色，白日出其重阴。"虽然题目是洞箫，但与现代所指并非同物。韩愈《谁氏子》："或云欲学吹凤笙，所慕灵妃媲萧史。"鲍溶《萧史图歌》诗："小载萧仙穆公女，随仙上归玉京去。"鲍溶《弄玉词》诗："三清弄玉秦公女，嫁得天上人。"又《与峨眉山道士期尽日不至》："寄言赤玉箫，夜夜吹清商。"包溶的《赠杨炼师》："柴烟衣上绣春云，清隐山书小篆文。明月在天将凤管，夜深吹向玉晨君。"这里可以看出，箫也常被看成道教升天的一种工具，同时箫管也受到包溶的重视。白居易《池上清晨侯皇甫郎中》诗："何人拟相访，嬴女从萧郎。"白居易《杨六尚书新授东川节度使代妻戏贺兄嫂二绝》诗："刘纲与妇共升仙，弄玉随夫亦上天。"刘禹锡《赠东岳张炼

---

① 李白：《宫中行乐词其一》。
② 李白：《江上吟》。

师》诗:"云衢不要吹箫伴,只拟乘鸾独自飞。"元稹《莺莺传》:"行云无处所,萧史在楼中。"元稹《答姨兄妹胡灵之见寄五十韵》诗:"屠过隐朱亥,楼梦古秦嬴。"下有小字注云:"弄玉楼在凤翔城北角"。诗文中引用,"萧史弄玉"又称作"秦娥萧史"、"嬴女萧郎"、"萧史夫妇"、"吹箫伴"、"骖鸾侣"、"凤侣"等。

晚唐时期,方干《赠美人》曰:"昔岁曾为萧史伴,今朝应作宋家邻。"施肩吾《赠仙子》:"凤管鹤声来未足,懒眠秋月忆萧郎。"又《赠郑伦吹凤管》:"喃喃解语凤皇儿,曾听梨园竹里声。"这是说演奏者是受过专业训练的演奏家。贯休《送杨秀才》诗:"抚长离,坎答鼓,花姑吹箫,弄玉起舞。"有鼓、箫、舞三位一体。李商隐《送从翁东川弘农尚书幕》诗:"素女悲清瑟,秦娥弄碧箫。"这是瑟与箫一齐合奏的情形描写。温庭筠《晓仙谣》诗:"秦王女骑红尾凤,半空回首晨鸡弄。"温庭筠《女冠子》词曰:"玉楼相望久,花洞恨来迟。早晚乘鸾云,莫相遗。"杜牧《寄扬州韩绰判官》:"二十四桥明月夜,玉人何处教吹箫。"晚上吹箫之情形。杨凝《唐昌观玉蕊花》诗:"瑶华琼蕊种何在?萧史秦嬴向紫烟。"罗隐《升平公主旧第》诗:"乘凤仙人降此时,玉篇才罢到文祠。"罗虬《比红儿诗》:"依稀有似红儿貌,方得吹箫引上天。"曹唐《萧史弄玉上升》:"缑山碧树青楼月,肠断春风为玉箫。"看来诗人将笙与排箫弄在一起了。许浑《秦楼曲》说:"伴郎翠凤双飞去,三十六宫闻玉箫。"纵观弄玉吹笙、萧史吹箫最后得道长天的故事,它基本上就"乘龙快婿"和"龙凤呈祥"的一种反映,甚至就是"乘鸾跨凤、百年合和"的写照。

以上是从唐诗中收集到的关于排箫、洞箫的诗,一共有75首,但箫在诗人们中还是不太流传,因为没有人专门来咏吹箫的技巧,可以肯定箫没有普及,没有成为多数人习奏的娱乐活动。诗人所咏也仅仅限于箫的传说,除此之外,没有更进一步的描写,这不能不说是一种遗憾。

唐诗中所反映的箫演奏家只有郑伦等人。《赠郑伦吹凤管》："喃喃解语凤皇儿，曾听梨园竹里声。谁怜五陵年少子，不将此语暗相随。"

二、箫在乐队中

箫在乐队中的使用也比较广泛，燕乐：箫一；清商伎：箫二；西凉伎：箫一；高丽伎：箫一；安国伎：箫一；高昌伎：箫二；天竺伎、疏勒伎、康国伎无箫。

第五节　其它管乐器

唐代吹奏乐是汉代的继续，所以吹管乐器还不少。只是限于篇幅，另外的几件乐器就稍为整理，简单述之。

筘

筘是一种吹管乐器，也写作"茄"或"葭"，从张骞西域后传入中原。它用芦杆作哨子，管中开三个侧孔，古人说"胡人卷芦叶为筘而吹之作乐"，所以人们称为"芦筘"或"苇筘"。又因为是"胡人"所创，所以又称为"胡筘"。其形状有大、小两种，大者为大胡筘，小者为小胡筘。

筘在唐诗中所咏不多，因为它还是一种民间乐器，还不是宫廷乐队中的正式成员，所以少受重视，唐诗中出现不多，也是可以理解的。咏筘的诗在李世民、杜甫、储光羲、顾况等人的作品中有。唐太宗李世民《帝京篇十首》："鸣筘临乐馆，眺听欢芳节。急管韵朱弦，清歌凝白雪。"这是皇宫用筘来开道的仪式，筘起一种鸣锣开道的作用，引起大家注意。又如储光羲《关山月》："胡筘在何处，半夜起边声。"这里的胡筘是用在边疆的军营中，半夜里，这种声音起一种报时作用。顾况《望蓟门》："燕台一去客惊心,笳鼓喧喧汉将营。"杜甫《奉送郭中丞兼太仆卿充龙台佑节度使三十韵》:"箭入昭阳殿,笳吟细柳营。"这是胡笳在军营中使用。杜甫《喜达行所在》:"愁思胡笳夕,凄凉汉苑春。"这是因为胡笳悲凉的声音引起乡思之情。王昌龄《胡笳曲》:"城南虏已合,一夜几重围。自有金笳引,能沾出塞衣。"郑愔《胡笳曲》:"谁堪牧马思,正是胡笳吟。"王贞白《胡笳曲》:"陇底悲笳引,陇头鸣北风。一轮霜月落,万里塞天空。"

笳与战争、放牧有关,很容易使人悲哀,最有名的莫过于岑参《胡笳歌送颜真卿使赴河陇》:"君不闻,胡笳声最悲,紫须碧眼胡人吹。"这种情结在诗中还不少反映,武元衡《汴河闻笳》:"何处金笳月里悲,悠悠边客梦先知。单于城下关山曲,今日中原总解吹。"杜牧《边上闻笳三首》:"何处吹笳薄暮天,塞垣高鸟没狼烟。游人一听头堪白,苏武争禁十九年。"甚至寺院临别时分,闻之也含无限悲情,皎然《寺院听胡笳送李殷》:"一奏胡笳客未停,野僧还欲废禅听。难将此意临江别,无限春风葭菼青。"

笳虽然有大、小两种,但它在唐代九部乐、十部乐中不见影子,显见音乐中的作用有限。但它却也用在卤簿乐队中,这种军乐中可用到24支,也足见它还是有用武之地。

角

古代的吹奏乐器,最初可能源于动物天然的角。《晋书·乐志》云:"角,说者云,蚩尤氏帅魑魅与黄帝战于涿鹿,帝乃始命吹角为龙鸣以御之。其后魏武北征乌丸,越沙漠而军士思归,于是减为中鸣,而尤更悲矣。胡角者,本以应胡笳之声,后渐用之横吹,有双角,即胡乐也。"角是与出征作战关系密切的乐器,也是吹奏中的乐器之一。李咸用《边城听角》:"戍楼鸣画角,寒露滴金枪。细引云成阵,高催雁著行。"白居易《赋得边城听

119

角》:"边角两三枝,霜天陇上儿。望乡相并立,向月一时吹。战马头皆举,征人手尽垂。呜呜三奏罢,城上展旌旗。"

反映角的诗多与报时和战事有关。顾况《听角思归》:"故园黄叶满青苔,梦后城头晓角哀。此夜断肠人不见,起行残月影徘徊。"半夜听来筇声后难以入梦,起来溜达。李益《听晓角》:"边霜昨夜坠关榆,吹角当城汉月孤。无数塞鸿飞不渡,秋风吹入小单于。"边疆与匈奴交界之处的胡笳声,吹到了小单于的帐中。李涉《晚泊润竹听暮角》:"边城听角水茫茫,曲引边声怨思长。惊起暮天沙上雁,海门斜去两三行。"杜牧《闻角》:"城角为秋悲更远,护霜云破海天遥。"高骈《边城听角》:"三会五更吹欲尽,不知白尽几人头。"方干《晓角》:"画角催残月,寒声发戍楼。"均写边关角之报时之功能。

贝

唐代已经有海贝这种乐器,只是在唐代诗歌中还没有反映。要说明的是它是吹奏乐器,而不是打击乐器,这种乐器在当今中国南方的土家族和其它少数民族地区经常使用,主要是用在婚丧嫁娶的民俗活动中。土家族和今天中国南方少数民族称为"螺号"或"螺"。

尺 八

尺八是一种管乐器,唐代众多管乐器中的一种。因长一尺八寸而得名,但尺八很粗,比现代一般的洞箫要短得多,也粗得多;比起排箫来就更粗了。尺八一般用直径5~6厘米的竹子根部打通制成。罗天全认为箫与尺八是同源不同流的吹管乐器[①]。

---

① 罗天全《中国音乐之源与流》,四川出版集团、四川人民出版社,2010年8月第1版,第136页。

"箫管……或谓之尺八管,或谓之竖篴,或谓之中管,尺八其长数也。"他们在演奏方式上还是彼此接近的。① 唐代张鷟有《咏尺八》曰:"眼多本自令渠爱,口少元来每被侵。无事风声彻他耳,教人自满气填心。"尺八在"福建南音"中还是主奏乐器,在日本正仓院有尺八的实物存在。

排箫、笛、箫、尺八等吹管乐器常常容易弄混,可参阅《中国音乐之源与流》。② 而也有人认为箫在汉魏六朝是指古代的"篴"(即笛),"是从我国西北地区传到中原的,初时大约只有三孔,后来音孔逐渐增多,到了晋代已发展为六孔箫,和今天排箫的形制差不多了"。③

经常看到古人说:丝不如竹,竹不如肉。我们认为"丝不如竹,竹不如肉"应该这样理解:其一,从声音大小而言是这样的,丝弦乐器的声最小,比不上管乐器的大,而管乐器比不上人的音量大。所谓"曲终,管裂"是也。其二,从接近人情的角度。人声最富于人情味,乐器就是乐器,肯定比不上人声有魅力。

唐代毕竟是最为繁荣的时代,所以,它的管乐器也特别多,有竹制类的笛、羌笛、排箫、笪篥、筎、尺八等;匏类的笙、竽;天然的贝、天然的牛角,石制、玉制的角等等,说明唐代吹管乐器之兴盛。

竽

竽是一种竹管编制的乐器,其形似笙略大,三十六管,后为二十三管。竽在先秦时期广为流传,到宋代失传。唐代虽然有,

---

① 陈旸《乐书》卷 148 卷,箫管、尺八、中管、竖篴一节。
② 罗天全《中国音乐之源与流》,四川出版集团、四川人民出版社,2010 年 8 月第 1 版,第 131～141 页。
③ 唐朴林《民:音乐之本——唐朴林民族音乐论文集》(上)上海音乐学院出版社,2006 年 12 月第 1 版,第 9 页。

但九部乐、十部乐中不见，诗人的作品也非常罕见。

黄滔《省试——吹竽》："齐竽今历试，真伪不难知。欲使声声别，须令个个吹。后先无杂错，能否立参差。次第教单进，宫商乃异声。凡音皆串迹，至艺始呈奇。以此论文学，终凭一一窥。"王建《元日早朝》："大国备礼乐，万邦朝元正。……泰阶备雅乐，九奏鸾凤鸣。裴回庆云中，竽磬寒铮铮。"

管乐器小结——竹管之乐

在管乐器这一章里，我们主要讨论了笙、竽篪、笛、箫四件乐器，另外涉及到筘、角、贝、尺八、竽五件乐器，共9件。

每一件乐器都有自己的历史源流，每一件乐器在唐代都有不同的表现，但我们在此主要讨论笙、竽篪和笛的关系，比较他们在同一时代的命运。

一、笙笛历史境遇之异同

唐代，笙是雅乐，正统礼乐器；笛子虽然在汉代进行了汉化，但毕竟还不成熟，还有胡气，未至化境；竽篪，西北游牧民族之首创，汉化刚刚开始。故三者之间的境遇就太不一样了。

管乐在西周时期就已经出现而且已经达到成熟的境界，笙就是那个时代的代表，但以后笙基本是保持一个比较平稳的状态，因为它大约属于早熟，一旦取得雅乐之地位后，它便形成了一种牢不可破的正统地位，《诗经》中已经如此了。加上一些传说的影响，更加不可变更，不能发展了。而其它管乐器的地位却一直在变化。

横吹的笛子与竖吹的竽篪是我们观察唐代乐器变化的又一个窗口。

笛子作为雅乐器的代表之一，起码在汉代已经开始了胡乐汉化的过程,"鼓吹"这个乐种,"吹"的部分应该主要是笛和筚这两种管乐器。那么只有筚篥是作为胡乐器的代表,在两晋南北朝时期才在历史记载中出现。而唐代筚篥作为胡乐器中的吹管乐器,也受到了官方和诗人们双重的重视,它的"出台率"相当的高。

我们可以冷静地观察这两件乐器的发展状况。

笛子横吹作为北方马背民族的代表管乐,在音乐实践中,它并没有超越笙而成为"头管",但在乐队,在歌曲伴奏中,笛子是非常活跃的。唐玄宗这位音乐皇帝十分器重笛子,所以李龟年、张野狐等人特别擅长演奏笛子,都为唐代器乐史撰写了十分华丽的一页。

大诗人李白作为唐代爱笛第一人,应该大书特书。李白的诗中出现了八首与笛子有关的诗歌,这个数字是足以让我们为之骄傲的。因为笛子是李白感兴趣的管乐器,没有哪件乐器受此殊荣。在唐代,找不出第二个像李这样对笛子"特别关照"的诗人,白居易也不过两三首,我们认为这不是偶然的,为什么李白那么浪漫的诗人对一件普通的管乐器产生如此浓烈的兴趣,其实是有着深刻的历史根源,至少,我们认为有如下几个方面:

第一,李白喜欢笛子,写下八首笛诗,是出于一种本能,一种喜欢鲜亮音色的本能,浪漫的诗人不是假的,他是真喜欢那么充满阳光、朝霞般音色的笛子。因为这种竹制的笛子之音色给人以无限遐想,让人们能够忘掉忧伤。同时李白的七首关于"箫"的诗,也说明了"竹声"对于李白这个浪漫主义大诗人有多大的吸引力!

第二,李白喜欢竹笛的音色,也不是出于自己的原始欲望,而是受了他人的影响,受了谁的影响呢? 皇帝唐玄宗李隆基。李隆基非常喜欢笛子,他手下的宫廷乐师们有不少擅长此道,如李龟年、张野狐等。正是因为唐玄宗自己喜欢笛子,所以宫廷音乐中的笛子表演在舞台上的占有比例是很高的，长期的熏陶，李白渐入"佳境"，变成一个喜欢笛子的诗人。而且在宫廷服务，作为臣子的李白能不喜欢笛吗？否则能够与皇帝有共同语言吗？所以，即使李白不再作供奉翰林时，他所到之处都总是在寻找"笛声"，寻找记忆的共鸣。笛子不仅是因为皇帝喜欢，而且皇帝的那些大臣也投其所好，都喜欢上了笛子，甚至自己的家庭乐队中，也安排了笛子。这样，所有的人都喜欢皇帝喜欢的东西了。

综合两方面，笛子受到皇帝喜欢，也受到贵妃和大臣们的喜欢，这样形成了强大的"笛子喜爱队"，绝对是良性循环。所以，整个唐代，笛子都是比较风光的。

二、从演奏方式看其族属

笛子为什么是横吹而不是竖吹呢？而笙篥又为什么偏偏是竖吹又不是横吹呢？

笛子之所以是横吹，那就是因为它是北方游牧民族的吹奏乐器。竖吹不方便，只有横吹才是真正的方便。

汉人是农耕民族，如果在平地上吹笛，肯定是竖吹方便，横吹时两臂还要向左或者向右抬起，实在是不方便的，至少吹奏者会感到别扭。但如果你将笛子吹奏放到马上进行，那就必然是横吹方便。为什么呢？因为人骑在马上，人头与马背只有约1米的活动空间，但笛子长约60厘米，马如果稍为一行走，上下颠簸，其活动空间起码要减掉30～40厘米。这样，笛子演奏者如果直吹，那么笛杆肯定会碰到马背，吹奏将无法继续进行。但如果我们将笛子改为横吹，那么笛子将无碰到马背之忧。因为马的两边的空间是无限的，不要担心碰到别的异物。笛子的横吹显然系游牧民族的文化选择，而决不是农耕文明的音乐选择。

相反，竖吹的现代箫才是真正的汉族的乐器，因为在地上演奏，竖吹方便，而不担心委屈自己两臂向"两边"发展。

筚篥为什么是竖吹而不是横吹呢？难道筚篥是汉族吹奏乐器吗，答曰：否！

筚篥（今人称管子）竖吹，不是因为它是汉族乐器，而是因为它的体积小，长度短。

众所周知，筚篥之管很短，不过 15 厘米左右，显然没有笛那样长。这样短的乐器在马背上演奏，横吹或竖吹都不用担心吹管会接触或碰到马背。在横吹或竖吹都不受外界影响的情况下，竖吹当然更方便。

所以游牧民族的乐器选择有两点因素必须考虑：第一，乐器的"个头"不能太大，否则马上演奏或携带都不方便。第二，体积小的乐器也要看演奏方式，横置表演或竖抱表演得由乐器的结构来决定。第三，马背表演还要克服一个因素，那就是乐器不能摇晃。要解决不摇晃的问题，最好的办法是，这种乐器必须在双手灵活地控制之中。

比如像古琴、瑟一类的大体积乐器只能是横置演奏，但如果放在马背上演奏就不合适了，马总是在行走，总在摇晃，琴瑟那么大，我们的双手又控制不住，所以是绝对不可能在马上演奏的，所以马背民族没有这么大的乐器，只有汉民族这种定居平原的民族才可能有这样的乐器。马背民族的乐器是一些小体积的乐器，或者双手比较好控制的乐器。又如像箜篌这种乐器，也是小乐器，像独它尔、弹拨尔等西少数民族乐器必须双手好控制，这些乐器方便携带，斜抱弹奏，就如琵琶一样双手抱住它，就利于表演了。

二胡实际上也是胡乐器，它便于携带。为什么它要放在腰间大腿和腰的结合部，因为这也是在马上我们坐姿的最标准的姿势，放在这儿表演最方便，所以即使是在平原上的人也得跟着马背民族学习，像他们一样坐下来表演。

三、笛子与筚篥之彼此消长

先秦乐舞时代，是以钟鼓等击奏乐器为主的时代，钟为百器之王。它代表了这个时代的最高铸造水平、最高表演水平及政治的最高荣誉—权力的最重要象征—"礼乐"。汉魏时代是钟退化，鼓向前这样一种大势，而磬在此时及时替补，并与钟配合，填补了因钟的隐退所形成的"礼乐真空"。钟磬配合代替了原来的"钟鼓之乐"的固定模式，使新型的打击乐器配置令人耳目全新。汉魏时期还有一个重要的变化就是吹奏乐器的表现，此时出现"鼓吹"、"横吹"、"骑吹"。实际上这些音乐内容都与少数民族的吹管乐器"东渐"有关。

唐代，吹管乐器随着胡乐的兴盛有所表现，尤其是笛子受到不少诗人关注。而筚篥作为胡乐器的代表，只是在中晚唐的诗人作品中被描写得比较多。看来胡乐汉化也并非整齐划一，而是有先有后。横吹的笛子汉化的程度很高了，而筚篥则相对而言历史较短，汉化伊始。在宫廷音乐的记载中，笛子是多次被提到，说明皇帝喜欢它，但宫廷音乐的记载也没有说皇帝讨厌筚篥，演奏笛子的宫廷高手李龟年、张野狐等，也是擅长演奏筚篥的管乐演奏家，所以我们推测唐玄宗至少也还是比较喜欢筚篥的，而筚篥也是龟兹乐中管乐器的重要代表。只是与笛在一起，它可能就要受点委屈，最正宗的胡乐器—筚篥不能领导管乐。到了宋代，教坊乐中还特地设立了筚篥部，说明它继承了唐代一些音乐传统。而且因为筚篥领奏地位被称为"头管"，你看，真是一朝天子一朝臣！

筚篥在唐代未能施展的"抱负"，终于在宋代得到了加倍地"偿还"。

第三章 弹拨乐器

唐代弦乐器概述

弦乐器的发明要晚于击乐器和管乐器，这是音乐史中不争的事实。弦乐器的结构比其它两种乐器都要复杂，其制造工艺也含有更丰富、更高级的科技内容，所以产生得晚也很好理解。世界上的弦乐器出现在约公元前 3000 年左右，[①] 中国也在西周时期（约公元前 12 世纪到公元前 8 世纪）出现了弦乐器。

弦乐器首先起码要具备三个条件：第一乐器必须具备弦——发音源体，弦起振动发声作用；第二必须有支撑弦的架子，使其正常发音，能够流畅、完整地演奏乐曲，这就是说音板和共鸣箱体必须支持此弦的振动；因为弦比较纤细，不足以使大面积的空气振动而发出足够大的音响，它需要与相应的共鸣器的结合，才能够使其振幅达到人耳所能够接受的共鸣范围；第三必须有演奏工具，或手拨的工具，或擦、拉的工具等，就是说有一个激发弦振动的点。弦乐器的发音有一个转换过程，即机械振动转化为空气振动，因此这根弦非常重要，它必须是灵活的，纤细的，振动必须是有规律的，否则机械振动不可能在短时间内充分展示，也就更加难以转换为空气的振动了。

---

① 中国大百科全书总编辑委员会《音乐·舞蹈》编辑委员会编《中国大百科全书音乐·舞蹈卷》，1989 年 4 月第 1 版，第 726 页。

中国最早的弦乐器是琴瑟类乐器。中国最早关于弦乐器的记载是远古代的传说，如"伏羲作琴"（《琴操》）、"黄帝使素女鼓琴（《通典》）"等。以后，其它各类弦乐器的描写都受到过古琴传说或古琴美学的影响，可见古琴影响之深。中国的弦乐器与世界其它地区一样，都经过了先拨奏或弹奏，然后拉奏的过程。琴、瑟等弹拨乐器产生以后，约十多个世纪才诞生类似拉弦乐器的"轧筝"，它是用竹片夹在两根弦之间擦奏。唐代的轧筝到宋代变为嵇琴或奚琴，开始真正的拉弦时代，因为它是用马尾拉奏，这个拉奏的工具叫"弓"，就是我们今天所说的拉弓，合起来称为拉弦乐器。

唐代的弦乐器中，有筑、弦鼗、秦汉子、筝、琴、瑟等传统乐器，也有少数民族传过来的乐器琵琶。琵琶分四弦和五弦。五弦来自印度，而四弦来自西亚，传播的时间截止于隋。就是说这种乐器在魏、晋、南北朝时期已经完成。从三国到南北朝时期，是我们民族融合的第二个大阶段，琵琶随着众多的少数民族入主中原，而频频出现。器随主贵，它的地位也就越来越高，人们在不断强化的"胡乐"中，越来越熟悉这件乐器的声音、性能及演奏技巧，越来越适应它，越来越喜欢它。它也就随着人们的喜欢而逐渐登上大雅之堂，从小范围的大雅之堂，到全国范围内的大雅之堂之过渡完成于唐代。

唐代的弦乐器可分为弹弦乐器和拨弦乐器。弹一般是直接用手指头而不借助于其它工具；拨弦乐器则经常指手拿另外的工具拨弦表演。前者如古琴、箜篌；后者如琵琶（借助于拨子弹奏）。就演奏方式而言，弹弦乐器有水平横置演奏和竖立弹奏两种；古琴是平置演奏的弹弦乐器，而箜篌则分平置演奏和立式演奏两种；拨弦乐器也可以分为横抱或斜竖抱两种演奏方式。

第一节 古琴

琴是我国古代文化内涵最为丰富、历史十分悠久的乐器。先秦时代,《诗经》中就有"窈窕淑女,琴瑟友之","我有佳宾,鼓瑟鼓琴"及"琴瑟击鼓,以御田祖"等记载。说明此时,琴这种乐器已经被广泛运用于生活之中,并且成为传播爱情的使者,礼遇客人的工具,祈福上苍的手段,也不难看出其娱乐性和艺术性被人们广泛接受。其漫漫的历史演进如何,唐诗中的乐器诗可以满足我们的好奇心。

一、形制

古琴传说为神农、舜帝、伏羲所造。《世本》云:"神农作琴。"《尚书》有:"舜弹五之琴,歌《南风》之诗天下治。"《礼记·乐记》说:"舜作五弦之琴。"《说文》又说:"神农所作,练朱五弦。"如此诸说不一而足。只能说明一个道理,即人们把一件好的事物(乐器)之创作权总是会归于一个伟大的人物(或天子、或英雄、或神圣),这样才能完美结合。在古琴的创作或发明权上,人们把它归功于古代圣人,是完全可以理解的,同样说明了人们对它的珍视。到了后来,人们逐渐把琴与情操相联系,把它和正人君子的事迹相联系,把它看成是正统的象征、君子的化身。司马逸客说:"愿持东武宫商韵,长奏南熏亿万年。"这就是将其视为正统了;而吕温也说:"方袭缁衣庆,永奏南熏琴。"这都说明了唐代诗人对舜时南音的向往之情。

1. 琴长

唐代的古琴已经基本定型,琴长、琴弦、琴徽已经和现代古琴基本一致了,有唐代保存至今的古琴为证。

古琴由木料制成,一般是由长三尺六寸左右,厚两寸左右,宽六寸左右的木板制造。这种木料往往是梓桐木。其长、宽、高的尺寸被联系到人们生活的时间和空间之中。蔡邕在其《琴操·首序》中说："琴长三尺六寸六分，象三百六十日也，广六寸象六合也。"而桓谭在《新论·琴道》中也说："琴长三尺六寸六分，象其之数，厚寸有八，象三六数，广六寸象六律；上圆而敛，法天；下方而平，法地；上广而下狭而法尊卑也。"

2. 琴弦

古琴是弦乐器，始为五弦，后来周文王和周武王各增一弦为七弦，此时它已经与五行等观念联系起来了。"五弦宫也，象五行也。大弦者君也，宽和而温；小弦者臣也，清廉而不乱。文王、武王加二弦，合君臣恩也。宫为君，商为臣，角为民，事为徵，羽为物。"又"五弦，第一弦为宫，次为商、角、徵、羽。文王、武王各增一弦，以为少宫、少商，下征七弦，总会枢要，足以通万物而为治乱也。"这些论述比较典型地代表了人们的古代琴观。我们认为，五弦加二弦并非"君臣合恩也"，而是古琴技巧发展的必然结果。唐杨衡已在其诗中发表了它的唯物论观点，他在《朱丝弦》中写道："文武词初合，宫商调屡更。"说明文武二王加的两根弦是为了"调屡更"，即移调、转调。刘长卿在《幽琴》中说："泠泠七丝上，静听松风寒。"这说明唐代的古琴是七根弦。崔珏《席间咏琴客》："七条弦上五音寒，此艺知音自古难。"而薛能的《秋夜听任郎中弹琴》："七条丝动雨悠悠。"白居易说："七弦为益友，两耳是知音。"司空曙说："三尺樵桐七条线，子期师旷两沉沉。"这些都说明唐代古琴是七弦，和现代古琴的七弦一样。但七弦的命名当时是以宫商来进行的：即"宫、商、角、徵、羽、文、武"。只是在后来的发展中，七弦才被直接命名为1弦、2弦、3弦、4弦、5弦、6弦、7弦。

3. 琴徽

琴徽也是古琴的重要组成部分。琴徽指古琴面板上的十三颗表示泛音位置的小圆点。它并非一开始就有，而是经过了漫长的历史演变，到汉末到魏晋时期才完成。嵇康就说："徽以钟山玉。"此话有两层意思，第一表明此时古琴已经标徽；第二是徽的制作材料是用玉来做的。这样，白玉的颜色和古琴的颜色（深红或黑色）形成一定的对比，弹奏时就容易找到泛音位置。卢仝的《风中琴》："五音六律十三徽，龙吟鹤响思包羲。"不同的玉琴之徽之位就是音高不同的泛音之位。古琴最大的玉徽在三尺六寸的中间，很显眼而引人瞩目。白居易说："何人解爱中徽上，秋思头边八九声。"[①] 此中间之徽名中徽，但因为顺序为七，所以也称七徽。处于弦长 1/2 处。只要在此将弦轻轻一按，就能得到比弦基音高出一个八度的透明泛音。当然因其位置不同，还有 2/5、1/3、1/4、1/5、1/6、1/8 相对不同的泛音音高。

唐徽有玉做的，也有黄金做的，这也是唐代经济发展的一个标志。韦应物说："朱丝玉徽多故情。"常建所见的琴徽则是黄金做的："始知梧桐枝，可以徽黄金。"甚至唐代琴轸轴都是玉做的，白居易在《听弹沉湘》中说："玉轸冰弦瑟瑟徽。"

徽在唐代的古琴上的普遍使用说明了两点情况，第一是唐人深谙泛音规律；第二是注重美观的装饰效果。所以它具有双重意义。

4. 音色

唐代古琴已有三种音色：泛音、按音、散音。

应该说泛音是比较新的一种音色。在泛音之前已有按音和散音。西周到两汉再到三国两晋南北朝这段时间，古琴演奏以散音和按音为主。新开发不久的泛音在唐代得到了大量运用。这也说

---

① 白居易《夜调琴忆崔少卿》。

明唐人"好新"、"尊新"、"用新"的特点。

泛音是古琴有特征的音色,是古琴的特长。它清脆透明、晶莹、激越,极富光彩而十分动听,常给人以虚无飘渺或飘然欲仙之感,往往能给人无限遐思,或引起神秘情绪的骚动。许多琴曲以泛音来结束,给人以宁静致远之感或回味无穷的意境。往往使人在审美欣赏的过程中获得更高一层的升华。白居易对泛音颇有研究,"欲识漫流意,为听疏泛音"。[①] 在"曲淡节稀声不多"的漫曲中,几声稀疏的泛音把人们引向超凡脱俗的仙境之中去了。

散音是右手演奏空弦时所发出的音,由于弦长振动充分,所以音响效果饱满、浑厚、深沉。它既可以表示一种博大的境界和空谷足音,也能给人一种力量和踏实之感。

按音则是右手弹弦、左手按弦同步合作的成果。由于古琴演奏手法的多样化,使得古琴的韵味往往在按音中表达得比较充分,它多运用于写实,也描写人的各种感受,如滑音、颤音和各种装饰音及其无数细腻的变化都可以将各类情感和现实场面表达出来。这些复杂多样的手法往往在人们相对自由的处理中,使死音符变成活音乐,从而取得"有时意尽声不尽"、"此时无声胜有声",甚至是"于无声处听惊雷"的艺术效果。

二、琴家作品与历史传说

1. 琴家作品

古琴发展到唐代已经有一千多年的历史,这一千多年的历史积累了丰富的作品,也打上了各个朝代的烙印。极大的丰富了各个朝代的音乐文化思想,它既具有儒家传统精神,又具有道家的自然品德,故有人将其视为"乐之统也"。远古时期,人们近取诸身,远取诸物,于是"削桐为琴,绳丝为弦,以通神明之德,

---

① 白居易《听弹绿水》。

以合天地之合"。发展到汉代，人们称古琴为"乐器之王"，这是早期古琴辉煌的历程。

先秦时期有钟仪、师曹、师旷、师襄、师廷、伯牙、雍门周等琴家，其作品有《雉朝飞》、《阳春白雪》、《清角》、《水仙操》等。

两汉时期政治稳定、经济发达，加上文化采取"罢黜百家，独尊儒术"的大政方针，使儒家文化意味特浓的古琴有了长足的发展，产生了如司马相如、师中、赵定、龙德、刘向、王昭君、桓覃、蔡邕等琴家；古琴作品有《饮马长城窟行》、《聂政刺韩王》、《别鹤操》、《琴操》、蔡氏"五弄"(《游春》、《绿水》、《幽居》、《坐愁》、《秋思》）等作品。并且产生了桓覃的《新论》等古琴理论，刘向的《说苑》、班固的《汉书》、《白虎能义》等著作也有涉及古琴理论。

魏晋时期有蔡琰、杜夔、阮咸、阮籍、嵇康、左思、刘昆等人，著名琴曲有《广陵散》、《酒狂》、《梅花三弄》及嵇氏"四弄"即（《长清》、《短清》、《长侧》、《短侧》）等。古琴理论有嵇氏《琴论》。

南北朝时期有宗炳、柳恽、柳谐等琴家，作品有《碣石调幽兰》、具有民族风格的《乌夜啼》和反映爱情故事的《懊侬歌》等。

唐代有赵耶利、薛易简、董庭兰、卢子顺、岫师、颖师、杜佑等琴家，琴曲有《高山》、《流水》、《水调》、《三峡流泉》、《白雪》等。

2. 历史传说

古琴是一件传统乐器，文人对它的思想继承往往大于创新。所以古琴传说在唐诗中府拾皆是。这方面也可以看到唐代诗人们琴观的来源。

春秋战国时期有关于师旷、钟子期、孔子等人的传说和故事。如果说师旷弹琴使凤凰起舞、沙石乱飞乃至大旱三年在唐诗中以"子期师旷两沉沉"一笔带过，俞伯牙钟子期高山流水遇知音之美谈则为唐代诗人们所乐道。李峤说："钟期如可听，山水响余音。"牟融说："高山流水琴三弄，明月清风酒一杯。"薛能在其诗作《春日书怀》中说："伯牙琴绝岂求知，往往情牵自有诗。"唐代著名女诗人薛涛，通诗晓律，在《寄张元夫》中说："借问人间愁寂意，伯牙弦绝已无声。"尚贤慕古，寻求知音之意被曲折地表达出来。唐代许多大诗人都有这方面的乐此不疲的抒情、议论。

孔子向师襄学琴虽是琴坛史迹，却被盛传。《吕氏春秋》载：

孔子学琴于师襄，十日不进。师襄子曰："可以进矣。"孔子曰："丘已习其曲矣，未得其数也。"有间，曰："已习其数，可以益矣。"孔子曰："丘未得其志也。"有间，曰："已得其志，可以益矣。"孔子曰："未得其人也。"有间，有所穆然而深思焉，有所怡然高望而远志焉，曰："丘得其为人，黯然而黑。几然而长，眼如望羊，心如王四国，非文王其谁能为此也。"此话出自司马迁《史记·孔子世家》。故事反映了孔子从曲、数、志、人几方面来学习一首琴曲，没有学习不好的道理。当然里面有一个"练"和"悟"的关系，包含了孔子这个教育家在学习一首小曲也务必求尽其意的动态过程，给我们很深的感动。白居易的弟弟白行简对此很有感触，专门写了《咏夫子鼓琴得其人》："宜文究玄奥，师襄授素琴；稍归流水引，全辨至人心"及"慕德声余感，怀仁意自深。"即追求德仁之意。

当然也有改革派一反常态，来讽刺按部就班的做法。战国时期的齐人雍门周，战胜孟尝君刁难，成功运用古琴情感先行的原则，然后鼓琴，使得锦衣玉食、三千食客的孟尝君最终泪水潸沱。唐人也说："何必雍门奏，然后使潺缓。"

汉代音乐家蔡邕是一位鼓琴高手，他有自己的特牌——樵尾琴。唐司空曙就用樵尾来直指古琴："三尺樵桐七条线"。唐代诗人对汉代故事的了解不限于此，卓文君与司马相如私奔一事，是音乐史中的风流佳话。白居易亦有诗咏之："秋水连冠春草裙，依稀风调似文君。烦君玉指分明语，知是琴心伴不闻。"司马相如以美妙的琴声表达了对卓文君的爱慕之情，文君当时听了也不能有太多的表现，所以只好装做没听见一样，但到半夜时分就与相如一起私奔了，说明音乐的感人力量。不仅如此，司马相如的确是一位大文学家，他的《长门赋》为我们提供了汉代琴技的具体表现："援雅琴以变调兮，奏愁思之不可长；按流徵以却转兮，声奥妙而复扬；贯历览而中操兮，意惨慨而自仰。"运用左手的"按"和右手的"却转"手法巧妙地奏出流徵之音。而古琴演奏者也能够全神贯注，前俯后仰，深入其中而不自觉地使用肢体语言，高超地表现了其中思想情感，这水平显然也是值得肯定的。罗虬曾说："料得相如初见面，不应琴里挑文君。"

陶潜先生的无弦琴在魏晋时期名噪一时、影响极人。陶先生深谙琴诣："但得琴中趣，何劳弦上声。"而白居易十分佩服陶潜先生，不仅诗风相近，而在操守和琴趣上也追求一种境界的趋同："何烦故挥弄，风弦自有声。"也说明唐代古琴思想对魏晋的继承。

唐代咏史诗中涉及魏晋时期古琴的不少，有些人也颇有"魏晋风度"。如王绩就是一位嗜酒如命的狂士。他不仅自己喝酒、弹琴，还把许多魏晋名士拉来为自己做伴，从而使自己的饮酒有一个合理的名份。他说："阮籍醒时少，陶潜醉时多。"不仅自己会弹琴，他儿子也会弹琴，所以他的生活中充满了世俗情调，与当时传统的人迥然异样，过着一种半隐半醉的生活："老妻能劝酒，少子解弹琴。落花随处下，春鸟自须吟。"

唐代的李峤也是一位诗文并茂的文士，他在《咏琴》中说："隐士竹林隈，英声宝匣开；风前绿绮弄，月下白云来。"这位喧啸竹林、居于山水的贤士擅长演奏古琴，美妙的琴声把悠悠白云吸引过来了。

三、唐诗咏琴

初唐咏琴诗初步统计有杨师道、李峤、沈佺期、司马逸客、刘允济等诗人。

唐朝立国之初，太宗皇帝非常重视音乐，他说："予以万机之暇，游息艺文。观列代之皇王，考当时之行事，轩昊、舜、禹之上，信无间然矣。至于秦皇、周穆、汉武、魏明，峻宇雕墙，穷奢极丽。征税殚于宇宙，辙迹遍于天下。九州无以称其求，江海不能瞻其欲，覆亡颠沛，不亦宜乎？予追百王之末，驰心千载之下；慷慨怀古，想彼哲人。庶以尧舜之风，荡秦汉之弊；用咸英之曲，变烂漫之音。"又说"台榭取其避燥湿，金石尚其谐神人，皆节之中和，不系之于淫放。"① 尚尧、舜之风，荡秦、汉之弊，这是太宗治国的出发点，所以李世民非常推崇孔子。落实在行动上是建立孔庙，要求世人以之为百代宗师，这样古琴本身就极具儒家文化韵味的乐器，在初唐时期就自然不会受到冷落了。这从几位诗人的诗中亦可看出来。

杨师道在《咏琴》中说："久擅龙门质，孤竦峄阳名。齐娥初发弄，赵女正调声。嘉客勿遽反，繁弦曲未成。"此时古琴已经有地方风格的差异，这是用几张古琴在挽留一位客人。齐娥、赵女同时演奏都未能留住客人，高潮未到，客已先行。与王勃齐名的刘允济之叙述也同样说明了古琴的地方风格，只是他反映的是南方风格罢了。"巴人缓疏节，楚客异繁丝。欲作高张引，反成下调悲。"巴人、楚客、赵女、齐娥都擅长演奏古琴，李唐大地，琴声阵阵，此起彼伏，各有特色。赵耶利说："吴声清婉，

---

① 李世民《帝京篇十首·序》。

若长江广流，延绵徐逝，有国土之风；蜀声躁急，若激浪奔雷，亦一时之俊。"沈佺期的《霹雳引》则为我们提供了初唐琴曲的某些特征，它从时间、地点几个方面都说得很清楚："岁七月，火伏而金生，客有鼓琴于门者，奏霹雳之商声。"夏末秋初，有客在门前表演古琴，演奏的是商调的《霹雳》曲。"始夐羽以驦骜，终扣宫而砰铃，电耀耀兮龙跃，雷阗阗兮雨冥。"开始演奏就转调成羽调，如刀割皮肉一样难受；同名字一样，电闪雷鸣，大雨滂沱，如泰山东压顶；"气鸣唫以会雅，态欻翕以横生。"又如雅音歌唱，气势非凡。"有如驱千旗，制五兵。截荒虺，斫长鲸。孰与广陵比，意别鹤俦精而已。俾我雄子魄动，毅夫发立。怀恩不浅，武义双辑。视胡若芥，剪羯如拾。岂徒慷慨中筵，备群娱之禽习哉。"诗的前部分写了乐曲的气势与画面，从中可以窥视《霹雳引》的演奏特点；后面部分写了乐曲的内容，表现了将士克服困难的勇气和信心，五兵千旗，截虺斫鲸的宏阔气势和伟大力量，表现了"视胡如草芥，剪羯如拾物"的气魄。此曲与边庭战事有关，说明当时边关战事吃紧，或者说统治者比较重视拓疆守土，此曲用来鼓舞将士斗志，增强杀敌信心。《五知斋琴谱》说："《风雷》一操，由来尚矣。"可能与此曲有关。此曲发展衍变极有可能成为《风雷》，《五知斋琴谱》也没有更进一步的提示：尚至何时？《律话》中有一句则进一步说："盖唐人慕古之作也。"与唐人挂上了钩。《霹雳引》首见于琴操，说楚商梁"出游九皋之泽，风雷霹，畏惧而归，作此引"。古代人由于对自然现象认识不足，认为恶劣天气都在惩罚人，但沈佺期的理解却相对灵活。《五知斋琴谱》更进一步指出："此曲音韵，一气重弹，贯穿到底，与它曲音调迥异。"这说明《风雷》与《霹雳引》确有相似之处。

初唐后期，古琴已经不如初期那样受人重视、受到欢迎了。人们在生产的恢复和经济的发展之后，开始追求享受。音乐上表现为求新求奇,厌旧恶静。司马逸客说:"山情水意君不知,拂匣调弦难办理。"他进一步道出其中的原因:"正声谐风雅,欲竟此曲谁知音。"就是说传统的正声不受人喜欢,人们都不知道,以致于演奏者都到了不能演奏完毕的地步。

盛唐是古琴发展的低谷,玄宗本人对古琴根本就不喜欢,他兴建梨园、教坊,经常作曲,却从来没有对古琴作过什么评价,他可能连摸都没摸过吧。音乐本身也是好动不好静的艺术,加上国家在"仓廪俱丰实"之后,民间的享乐之风已经出现。从诗人们的叙述中、品评中,我们知道古琴虽然受到大众冷落,但诗人们仍然不改初衷,发表对古琴之骚情。

李颀《听董大弹胡笳声兼语寄弄房给事》是盛唐时期的一大名篇,此篇主要写了胡笳十八拍的内容和琴师的技巧之高超给人的艺术享受。

"蔡女昔造胡笳声,一弹一十有八拍。"开门见山地说明了《胡笳十八拍》的作者、创作时间和乐曲长度。"胡人落泪沾边草,汉使断肠对归客;古戍苍苍烽火寒,大漠沉沉飞雪白。先拂商弦后角羽,四郊秋叶惊槭槭。"此段内容主要描写蔡琰蔡文姬入胡、归汉、别子、思乡的经历和感情。曲调开始由商调弹奏转到角调、羽调。由于充满激情、演技高超,树叶也被震落下来。"董夫子,能神明;深山窃听来妖精。言迟更速皆应手,将往复旋如有情。空山百鸟散还合,万里浮云阴且晴。嘶酸雏雁失群夜,断绝胡儿恋母声。"琴声一起,四郊秋叶被惊得槭槭(shè)而下。一个"惊"字,出神入化。诗人不由得赞叹起董庭兰这位大演奏家来,说他的演奏简直右通神明,不只惊动了人间,连深山妖精也悄悄地来偷听了!"言迟"两句概括董大的技艺,指法是如此娴熟,得心应手,那抑扬顿挫的琴音,激情洋溢。以致于百鸟散合,万里阴晴都因之而动。表现的是"天不仁兮降乱离,地不仁兮使我逢此时"。骨肉分离之撕心裂肺的痛苦。以致于

"川为静其波，鸟为罢其鸣"。山崩地摧，洪水涛涛之后，接下来是难得的平静，风平浪静，禽兽不鸣。音乐的轻重缓急在琴家娴熟的技巧中波澜壮阔，显示了董庭兰高超的修养和技巧。"乌孙部落家乡远，逻娑沙尘哀怨生。"别离亲人的哀怨不绝于音。"幽音变调忽飘洒，长风吹林忽坠瓦。迸泉飒飒飞木末，野鹿呦呦走堂下。长安城连东掖垣，凤凰地对青锁门。"在一阵轻悠的琴声过后，如大风狂吹，暴雨坠瓦，又如喷泉击木，最后都归于平静。所以诗人说："高才脱落名与利，日夕望君抱琴至。"只有超脱名利的高人才能达到如此境界。这首诗涉及到三个人，一个是诗人自己，一个是琴人董大，一个是给事房琯。诗人惊叹琴家的技巧，希望琴家董庭兰天天都来演奏，诗人与好友（官员）房琯共同欣赏。古琴家演奏出乎诗人的意料之外，使得人们由衷赞叹。难怪边塞诗人高适在《别董大》中说："莫愁前路无知己，天下何人不识君。"崔珏也和董大及房琯非常友好，他曾欣赏过董大的表演，他说："七条弦上五音寒，此艺知音自古难；唯有河南房次律，始终怜得董庭兰。"此诗还告诉我们：房琯可能是一个极爱琴乐的人，所以他始终让董庭兰在自己家里生活，好似今天的全职音乐人员，客人来了就表演；用古代的话来说就是门客[①]。所以这两个人都出了名。房琯是当时的丞相，养一个乐人不是问题。李颀另一首《琴歌》也反映了古琴演奏的情况："主人有酒今欢夕，请奏鸣琴广陵客。月上城头乌半飞，霜凄万树入风衣……一声已动物皆静，四座无言星欲希。"在晚宴上听弹《广陵散》，夜深人静、月上城头，琴声一动四座无言，星星似乎都怕惊动人。除了一些专业琴家技巧高超、十分受人尊敬之外，还有一些隐士、山人，也擅弹古琴。岑参《秋夕听罗山人弹三峡

---

① 后来董庭兰倚势受赂，被告发，房琯将其藏起，但原告继续告发，并且诉诸皇帝，龙颜震怒，贬为太子太师。

139

流泉》描绘罗山人的功夫:"皤皤岷山老,抱琴鬓苍然。衫袖拂玉徽,为弹三峡泉。此曲弹未半,高堂如空山。石林何飕飗,忽在窗户间。绕指弄呜咽,青丝激潺湲。演漾怨楚云,虚徐韵秋烟。疑兼阳台雨,杂似巫山猿。幽引鬼神听,净令耳目便。楚客肠欲断,湘妃泪斑斑。谁裁青桐枝,缅以朱丝弦。能含古人曲,递与今人传。知音难再逢,惜君方老年。曲终月已落,惆怅东斋眠。"一个白发山人在弹琴,神、鬼、人都被打动,"楚客"肠断泪下。

李白有《听蜀僧濬弹琴》:"蜀僧抱绿绮,西下峨眉峰。为我一挥手,如听万壑松。客心响流水,余响入霜钟。不知碧山暮,秋云暗几重。"全诗一气呵成,势如行云流水,明快畅达。诗在赞美琴声美妙的同时,也有知音的感慨和对故乡的眷恋。诗篇中用了"伯牙挥手,钟子期听声"的典故。琴声阵阵,物我合一,钟声悠悠,意境辽远。使人在苍山日暮之时,望千重秋云产生无限遐想。李白对古琴具有很高的欣赏水平,他还写了《月夜听卢子顺弹琴》:"闲坐明月夜,幽人弹素琴。忽闻悲风调,婉若寒风吟。白雪乱纤手,绿水清虚心。钟期久已默,世上无知音。"这首诗中提到了琴曲《白雪》,而他在另一首《酬裴侍御留岫师弹琴见寄》也提到了琴曲《白雪》。王维的诗中也有"弹琴复长啸"的描写,王维的《阳关三叠》是著名的琴歌。看来盛唐时期,古琴已经出现了难觅知音的情况,但我们仍然可以看出历史的惯性是比较强大的:古琴在诗人、文人、琴师、道人、山人、僧人中还是比较有市场的。

盛唐由盛转衰是"安史之乱",由此进入中唐。中唐从766～842约80年的时间。各种矛盾突出,如藩镇割据、宦官专权、贪污腐化等导致国势锐减。残酷的战火敲响了享乐主义的丧钟,粉碎了太平盛世的神话。宫廷音乐的规模、水平已经无法与盛唐同日而语,宫廷乐人也大都散落民间。随着战争的破坏,政治经济、军事文化出现了急转直下的变化。但战争也有某些附产品，那就是对宫廷音乐文化的下放，民间音乐有所繁荣，水平有所提高。"梨园弟子偷曲谱，头白人间教歌舞。"诗歌也似乎从浪漫主义理想的天堂回到了现实主义的人间。一切美丽的联想都化作现实的描写。音乐被客观地反映出来，宫廷乐师、歌舞伎人随着战火的兴起及经济的衰退，流落下层民间，他们的悲惨命运被许多诗人描写出来。现实主义诗人杜甫就有关于李龟年的描写，"岐王宅里寻常见，崔九堂前几度闻；正是江南好风景，落花时节又逢君。"赫赫有名的作曲家兼歌唱家李龟年，由于战乱，流落江南，虽然风景这边独好，但仍然掩饰不住令人同情的悲哀。这个描写非常早，可以说它揭开了音乐人、音乐家悲惨命运的序幕。以后的白居易、刘禹锡、元稹、王建等人都有不少关于宫廷乐人的描写。

　　我们可以这样说，随着宫廷音乐的衰落，民间音乐、市民音乐及士大夫音乐却兴盛起来了。同时也由于盛唐的高峰令人景仰，引起了中唐文人士大夫们的无限向往之情，他们有意无意之中都推崇盛唐的传说与典故，歌颂盛唐的富丽堂皇；在音乐文化这一领域，中唐似乎没有太大的变化，诗人们包括当时许多的士大夫和民间名士，都似乎还沉醉于盛唐的童话之中。因此才有《琵琶行》、《长恨歌》、《胡璇舞》、《胡腾舞》、《剑器舞》、《霓裳羽衣舞》等经典诗歌，其实这些舞蹈、歌唱、爱情都已经是过眼烟云了，中唐的文人们却津津乐道。这真如风流的音乐皇帝唐玄宗向"池塘"中扔下了一颗音乐的石子，这颗石子所激起的涟漪直到唐代结束还散发着余波，其中最大的余波当然是中唐，因为此时许多盛唐人还没有去世，当事人还活着，或逃遁在民间，或隐居都市。当人们比较开元盛世"稻米流脂"和中唐衣食不保的情形，那还不是天上人间吗？中唐整整一代人在帮忙记载着盛唐的历史，并加上了人们理想主义的描绘。

随着中唐文人音乐的勃兴，士大夫们运用音乐享受生活，也运用诗歌来描写人生观。文人们对古琴音乐的描写多了许多，古琴美学在此时也有了更加丰富的内容。对古琴的描写以白居易为代表，他有二十多首以古琴为题的诗，此外，韩愈、李贺、吕温、常建、刘长卿、贾岛、皎然、张籍、王建等都有2～5首不等。通过对古琴音乐的描写，再叙幸遇知音之喜，难觅知音之叹，痛失知音之苦的无限感慨。他们也咏古今时事，或借古劝今，借古讽今，也借古非今，对古琴继承与流行情况表现了深深的忧虑，同时通过鼓琴表达对人生际遇的感慨，这也是与初唐、盛唐诗人不一样的地方，诗人们在古琴这一园地参与音乐实践，体验文化精神。

实际上唐诗中有专业琴和文人琴之分。

（一）专业琴

戎昱《听杜山人弹胡笳歌》给我们提供的是专业的古琴表演水平信息：杜陵攻琴四十年，琴声在音不在弦。四十年的时间使杜陵主要追求琴韵而不是求声音，求弦外之音而不是求弦上的音符。把注意力集中在思想内容的表达和古琴意韵之中："第一第二拍，泪尽娥眉没藩客。更闻《出塞》、《入塞》声。穹庐毡帐难为情，胡天雨雪四时下。五月不曾芳草生。"这是表现藩人地区，路途遥远，四季寒冷，雪雨不断，居住的条件和习惯与汉族地区完全不一样，难免使娥眉眼泪流尽，感慨无尽。但音乐是变化的，"须臾促轸变宫徵，一声悲兮一声喜，南看汉月双眼明，却顾胡儿寸心死。"在一片黑暗忧愁之中，音乐忽然变调，悲喜交加，喜的是曹操用重金将蔡琰赎回，从此将结束这种充满膻腥味的生活，悲的是骨肉分离，撕心裂肺，痛不欲生。美妙的音乐，变化无穷，使欣赏者联想到这些具体的事情，不禁让听众感慨："岂无父母与兄弟，闻此哀情皆断肠。杜陵先生证此道，沈家祝家皆绝倒。"杜陵先生经历过人生骨肉分离的痛苦，所以用非常擅长的沈家声、祝家声将这种痛苦表现得淋漓尽致。音乐可能使人非常陶醉，但作者却对音乐现实很不满意："如今世上雅风衰，若个深知此声好。世上爱筝不爱琴，则明此调难知音。今朝促弦为君奏，不向流俗传此心。"戎昱以卫道士的角色对古琴传统雅音衰落，不受世俗重视，而筝却大行其道，很受欢迎的现实极为不满，所以他说"不向流俗"低头，要坚持正道，不同流俗。

韩愈《听颖师弹琴》也是一首反映专业古琴操作水平的诗。"昵昵儿女语，恩怨相尔汝。划然变轩昂，勇士赴疆场。"开始就写古琴的演奏是，爱情故事儿女情长，甜蜜无比；突然之间音乐完全变调，音调高亢，像将军上前线、猛士赴疆场一样，音乐对比强烈，反差极大。先柔后刚，先轻后重，先弱后强。"浮云柳絮无根蒂，天阔地远随飞扬。喧啾百鸟群，忽见孤凤凰。跻攀分士不可上，失势一落千丈强。"音乐的节奏显然变慢，像浮云柳絮似百鸟朝凤凰，旋律的音调也不能再高了，音乐进行因此马上陡降，从开始到现在经历了一个由低到高，再经高陡下这样一个剧烈的变化过程，如一落千丈，出人意料、变化无常。这是一个由低到高的级进，然后由高到低的跳进的发展情形，听众似乎有点吃力。所以韩愈感慨地说："嗟余有两耳，未审听丝篁。自闻颖师琴，起坐在一旁。推手遂止之，湿衣泪滂滂。顺乎尔诚能，无以冰炭置我肠。"后面这八句是说，诗人以前徒有两耳，没有听过这么好的演奏。只有颖师弹得这么好，使我坐卧不宁，眼泪滂沱，衣服全部都被泪水打湿。只好用手制止大师不要再弹了。颖师您这无疑是将冰炭同时放在我的心里煎熬呀！

从韩愈的叙述中，我们知道颖师所弹的音乐至少有这样的一些特征：

第一，开始力度轻微，节奏较快，接着突变为大力度，形成表演力度的强烈对比。

第二，音乐的进行中节奏从中段开始比较慢，因此速度是从快到慢的对比性变化。

第三，旋律音调从悄悄细语、甜言蜜语开始，到高亢无比，也是一个对比性的变化。

第四，整个音乐效果极好，以致于使听众流泪不止。

如果说前面戎昱的诗反映了专业琴师对悲哀的慢曲独到的处理，表现了一种追求内在的忧愁表达方式的话，那么，韩愈记录的颖师之技则是一种快速乐曲中变化明白晓畅、毫无遮拦的简洁的表达方式。无论何种情况，都是专业琴师对音乐的一种理解，也都表达了一种非常感人的艺术效果。

（二）文人琴

文人琴主要是专业琴的一种扩展，也体现了中国文人对古琴的一种期待与坚守。文人琴主要在中唐有一个较大发展。琴的本质内涵在此时有了相当的发挥，即山水意韵与主观情绪的统一，道德操守与个体追求的统一。古琴作为独善其身的工具，也作为文人们"载道"的工具，此时很能够反映儒道交浸、儒道互补之情况，清风明月之意，高山流水之情，达济天下之志，在琴诗中时有体现。

琴作为修身养性、长生久视的工具，在白居易诗中反映较多。他的《夜琴》说："调慢弹且缓，夜深数十声；入耳淡无味，惬心潜有情。自弄还自罢，亦不要人听。"慢调缓弹，夜数十声，自弹自娱，惬心抒情。这是一种自我抒情、自我满足式的弹琴。他的《听幽兰》中又这样说道："欲得身心俱静好，自弹不及听人弹。"虽然白居易也能够弹琴，并且也弹得不错，但相对他所欣赏的一些高手、一些专业的琴师而言，那肯定还是有距离的。而且欣赏高手弹琴，你不必去心顾太多，只专心致志地听就可以了，不必怕错音，不必怕不连贯，不必怕轻重错位，本末倒置，从而真正让自己神游太一，心无旁笃，岂不快哉。所以有的时候，白居易有琴也不弹，他的《琴》中说："置琴曲几上，情丝但含情，何烦故挥弄，风弦自有声。"无须自己动手，风吹有声，完全可以意念来弹琴了。即使弹，白居易也是随意而为之，声随意到即可。"信意闲弹秋思时，调清声直韵疏迟。"主要是一种意念的慢、疏、迟指导自我，有无人听都没关系。不仅如此，听别人弹的时候，他也能够把握这条标准。《郡中听李山人弹三乐》："荣启先生乐，姑苏太守闲。传声千古后，得意一时间。却怪钟期耳，惟听水与山。"千年古曲，弹到神合之处，得意只在一瞬，白居易的骄傲之情溢于言表。总之，白居易的古琴赏弹标准是一致的，自己弹也好，听人弹也罢，都必须从"闲"、有"意"有"韵"，这样才能达到自由的境界，完全进入角色。这样外界的宁静与心灵的闲适才能融为一体，个体的生命才能完全融入大自然的怀抱，生命的激情与淡泊都在琴声之中不断地得到舒展，从而不断地修身养性、自我升华。

中唐之后的晚唐，古琴更加个性化，但也更加普及在文人之中。琴诗中也有不少的琴人，如齐已诗中的邺上人，李远诗中的殷山人，张祜诗中的岳州徐员外，项斯诗中的泾州张处士，薛能诗中的任郎中，曹邺诗中的刘尊敬师，司马札诗中的李山人，方干诗中的段处士，吴仁璧诗中的僧人，韦庄诗中的赵秀才和李处士，陆龟蒙诗中的丁翰之等。

晚唐方干写有《听段处士弹琴》："几年调弄七弦丝，元化分功十指知。泉迸幽音在石底，松含细韵在霜枝。"十指知七弦，身心似乎也要化为七弦，以致于山谷泉声幽悠，松枝微风细韵都在琴声中完整地表现出来。"窗东顾兔初圆夜，竹上寒蝉尽散时。唯有此时心更静，声声可作后人师。"玉兔、寒蝉这种比较静态的动物也能够在弦上加以描写，只有心里安静，神经放松，段处士的琴声都可以作为后来者的榜样。

韦庄《听赵秀才弹琴》说："满匣冰泉咽又鸣，玉音闲淡入神清。巫山夜雨弦中起，湘水清波指下生。蜂簇野花吟细韵，蝉移高柳迸残声。不须更奏幽兰曲，卓氏门前月正明。"这反映的是赵秀才在卓氏家族门前月夜弹琴的景象。其观点是突出"闲淡"的重要性，无论是冰泉、夜雨、水波，还是野花、蜜蜂、秋蝉都要心闲，这样无论是什么曲子都可以弹得很好。韦庄的另一首《赠峨眉山弹琴李处士》是一首赠人的诗，听过李处士弹琴后，写的诗反映很全面："峨嵋山下能琴客，似醉似狂人不测。何须见我眼偏青，未见我身头已白。茫茫四海本无家，一片愁云飑秋碧。壶中醉卧日月明，世上长游天地窄。晋朝叔夜旧相知，蜀郡文君小来识。后生常建彼何人，赠我篇章苦雕刻。名卿名相尽知音，遇酒遇琴无间隔。如今世乱独翛然，天外鸿飞招不得。余今正泣杨朱泪，八月边城风刮地。霓旌绛旆忽相寻，为我尊前横绿绮。一弹猛雨随手来，再弹白雪连天起。凄凄清清松上风，咽咽幽幽陇头水。吟蜂绕树去不来，别鹤引雏飞又止。锦麟不动惟侧头，白马仰听空竖耳。广陵故事无人知，古人不说今人疑。子期子野俱不见，乌啼鬼哭空伤悲。坐中词客悄无语，帘外月华庭欲午。为君吟作听琴歌，为我留名系仙谱。"诗人在此诗中描写了李处士的身份、性格，点明他是一位会弹琴的高人及与自己的关系，四海为家，长游天地，似醉似狂，壶中醉卧的狂放性格。诗的后半部分以"猛雨"、"白雪"状琴音宽阔，以"清风"、"陇水"绘琴音之凄苦，又以"吟蜂"、"别鹤"、"锦麟"、"白马"言其音之感人。作者也不忘记对《广陵散》、《高山流水》故事的提及，结尾部分"系仙谱"表现了对李处士的尊重。

司马札的《听李山人弹琴》中有一些不同凡响之处："瑶琴夜久弦秋清，楚客一奏湘烟生。曲中声尽意不尽，月照竹轩红叶明。"声尽之后，意犹未尽。这首诗的新意在于它提出了"声尽意不尽"，余音袅袅，人回味无穷。

李远《赠殷山人》:"有客抱琴宿,值予多怨怀。啼乌弦易断,啸鹤调难谐。曲罢月移幌,韵清风满斋。谁能将此妙,一为奏金阶。"这是夜晚弹琴、欣赏琴。因为弹得妙,音乐随风飘满斋房,曲罢月亮更加清明。张祐《听岳州徐员外弹琴》:"玉律潜符一古琴,哲人心见圣人心。尽日南风似遗意,九疑媛鸟满山吟。"这是说岳州徐员外弹南风、演奏一些古老的传统曲目,很有哲理,展示圣人高尚的心灵。薛能《秋夜听任郎中琴》:"十指宫商膝上秋,七条丝动雨悠悠。空堂半夜孤灯冷,弹著卿心欲白头。"任郎中在夜里弹琴,不仅旋律调式把握得十分到位,而且情绪表达非常充沛,不然何以七条弦还都能使天雨悠悠。在高堂演奏,孤灯相伴,欣赏者见到头都要白了。

晚唐诗人齐已是一个特殊的人物,《风琴引》是他的代表作之一:"按吴丝,雕楚竹,高托天风拂为曲。"以天风奏曲。"一一宫商在素空,鸾鸣风语翘梧桐,夜深天碧松风多,孤窗寒梦惊流波。愁魂傍枕不肯去,翻疑住处邻湘娥。金风声尽熏风发,冷冷虚堂韵难歇。常恐听多耳渐繁,清音不绝知音绝。"这是全凭想象风吹古琴的情况,与陶潜先生的无弦琴有共通之处,人不动手,想象驰骋,具有极大的模糊性,这种相对模糊的主体精神由我们的意念引导而最终实现,本诗中"鸾鸣"、"松风"、"孤梦"、"湘娥"等具象都是由想象而发的。

整个唐代好新声,晚唐亦然。司马札另一首《弹琴》:"凉室无外响,空桑七弦分,所弹非新声,俗耳安肯闻。"表达了古琴不奏新声,无人欢迎,而久弃之不用,琴被虫蛀了。

于邺《匣中琴》就这样写:"世人无正心,虫纲甲中琴,何以经时废,非为娱耳音,独今高韵在,誰感隙尘深。应是南风曲,声声不合今。"不演奏新声,众人都不听琴了,南风古曲,韵不合今,无人赏,亦无人奏。

晚唐曹柔发明了减字谱,陈康士作了《离骚》,这说明古琴在专业领域还是有一些人在做工作,并取得了一定的成绩。但整个唐代的大气候就是喜新厌旧,喜好胡乐,所以古琴音乐在唐代并不景气。文人诗中的反映是比较真实的,古琴音量小,不受欢迎,一些老曲目人们也不愿听。古琴在唐代是历史意义大于现实意义,现实的舞台被琵琶等胡乐器挤兑得十分厉害,没有发挥文人们所期待的价值,它甚至在某些领域在某种程度上被现实拒绝了。但这也并不是说古琴就一无是处,完全消失了。它至少在文人领域是顽强地生存下来,在专业领域也有发展,只是在社会现实中它的用武之地十分有限罢了。古琴在它自身力量的感召下,有机会就会复兴。

四、古琴衰落的原因

古琴在唐代的发展有些出人意料,它并不是随着唐代的经济发展而发展,与唐代文化发展的轨迹也有分道扬镳之处,它的生存发展与整个唐代全面发展的高潮相背离,这些在我们今天看来有些"离奇"。

古琴在初唐就显示出其与时代一定程度的矛盾,从李峤的琴和司马逸客的《雅琴篇》就有知音难觅的感慨。盛唐人们追求享受,好尚热闹,生活中重财轻文,音乐中重声轻意。李白曾感慨"吟诗作赋北窗里,万言不值一杯水。"说明文学才华不值钱,精神劳动只有转化成物质成果才能被人尊重。人们比较注重形式美,注意艺术直觉,较少理性思考。如白居易的诗中就说,人们"奔车看牡丹",牡丹大气,很美丽,所以受时人喜欢。这与当时唐人的自信心是相辅相成的,只有自信,才能拿来为我所用,不用担心破坏自我的文化构成。于是乎胡风劲吹,胡气浓郁,琵琶、秦筝、羯鼓等出尽了风头。古琴这种传统的形制不是太美,音量又没有琵琶的大,所以受冷落是自然的。那么造成古琴衰落的原因究竟在哪里呢?我们从以下三个方面来寻找答案。

第三章 弦乐器

（一）古琴自身的原因所致

1. 声音

首先，古琴音乐自古以来就是以淡雅为主，讲究的是意趣，而不重视声音音量的大小。是所谓"得之弦内之不足，得之弦外而有余"也。主要是要求得意，这种意显然是一种"意趣"、"意念"、"意韵"，人们认为得了意才达到了古琴的最高境界，司马札的《听李山人弹琴》中推崇"曲中声尽意不尽，月照竹轩红叶明"。声尽之后，意犹未尽才是高境界。所以难免有人批评意不到位的情况。如李咸用的《水仙操》就说"有时声尽意不尽"。而为得到意，音就得服从它。徐上瀛说："音从意转，意先乎音，音随乎意，将众妙归焉。"王昌龄《咏琴》说："仿佛弦指外，遂见初古人。意远风雪苦，时来江上春。"这种审美习惯和欣赏标准只有文人这种身份才比较重视，一般的人谁有那么多的时间来品味呢。如果有谁重音不重意就会受到毫不客气的传统批评：李咸用就说，"指底先王长养情，曲终天下称太平。后人好事传此曲，有时声足意不足"。只有声大是不行的，必须有足够的意境表达。不仅如此文人们还抱怨社会风气人心不古、浮躁不安，赵博在《琴歌》中就说，"琴声若是琵琶声，卖与时人相与久"。"万重山水无人听，俗耳喜闻人打鼓"。琴声不如琵琶声值钱，连打鼓的声音也比琴声受人欢迎。

当时的社会现实是人们希望一下子就能够听得到响亮的音乐，变化明显的音乐，声音都难听见，怎么又能够谈得上欣赏呢，看来这种现实也是事出有因的。

古琴重意，在欣赏方面都提倡静、闲、清、淡、雅、微、远等意境，不重视声音，甚至反对声音太大，大多数人也比较轻视声音。这一点儒家和道家却惊人的相似，儒家道都反对那种形式主义的东西—声音，都强调内涵。古琴的声音本来就不大，再这样地或那样地加以限制，用一种中和的、有节制的声音来表现音乐，简直就快等于无声之乐了。那怎么叫人还"乐"得起来。这与唐人追求耳目之乐的标准是相反的，在这对矛盾中，观众是当然的胜利者，所以古琴受冷落是必然结果。

2. 节奏

其次，西域传来的音乐节奏强烈无比，音乐整体结构也变化迅速。宏观速度上的快与慢也造成了古琴冷清的局面。古琴音乐在结构上是散板起，然后入调进行到慢板，接着进行到中板再到快板的高潮，再进入散板的尾声。快板音乐占不到三分之一的篇幅。这对当时喜欢胡乐的大众来说，就有一种天然的距离，这是一种心理距离感，人们觉得这种古琴对生活的反映过于缓慢。最关键的原因是这种要求与时代的追求相反，时代要求不仅声音宏亮、共鸣强烈，声音有磁性引力，还要求音乐进行要快、要迅速地解决问题，准确反映生活。唐太宗说："雕弓写明月，骏马疑流电。惊雁落虚弦，啼猿悲急箭。"骏马飞雁多快呀，弯弓射大雕多快呀。古琴开始结尾都是慢板或散板，不仅音量小，而且比较慢。这种主静的乐器与唐代广大群众所追求的强烈共鸣的音量显得格格不入，它也很难反映那个时代轰轰烈烈的变革和军事生活，很难真实地反映丰富的政治生活与经济生活，很难准确地反映那个时代人们的普遍的心理特点和风俗习惯。古琴此时在整个时代和社会的面前显得很苍白无力，因此古琴之慢的特点与时代也不相符。

3. 性格

古琴音乐源远流长，说到底它是文人乐器，所以它受诗歌的影响，也更多地倾向诗歌、散文等文学作品所推崇的意境，与其说是音乐，不如说是诗乐。它一向是以独奏出现在大众的眼里，即便是合奏也就两件或三件乐器（这两种乐器多为箫、笛），最多就是一种室内乐的效果。这种偏向于个人的、偶尔也偏向于室内的乐器与唐朝热火朝天的俗乐相较,不是形成了强烈的对比吗?唐代的燕乐是合奏,唐代的坐部伎、立部伎也是合奏,唐代的法曲多是合奏,唐的歌舞大曲更是几十人几百人的大场面表演,这些华美而气势磅礴的表演与古琴的孤家寡人式的独奏不可同日而语。"声震百里,动荡山谷。""大船已行十五里,唯消一曲旧霓裳。"这就是十部乐中的龟兹乐与歌舞大曲《霓裳羽衣舞》表演的实际描写。古琴好"雅"、好"静",时人好"闹"、好"动";古琴曲淡节稀声不多,唐人好繁手淫声;古琴好约束节制,唐人好娱乐放松;古琴好"意韵",唐人喜直观。这些矛盾构成了动与静、简与繁、内敛与开放,理性与感性等无数个二元对立。由于"清乐不与众乐杂",只得"所以屈受尘埃欺"了。

(二)统治者好尚的原因所致

开国之初,政权建设是最基本最先行的要务,统治者要制定治国方略,由于历史的教训,皇帝和开国大臣们都十分谨慎。他们不仅严于律己,对老百姓的要求比较宽松。重视传统的音乐,重视儒教,对于佛教、道教也没有多加限制,基本任其发展,史称三教合一。尤其是在儒家学说方面,虽然此时儒家并没有"独尊",但统治者仍然极其重视,这些方面体现为对编订书籍,制礼作乐。高祖时欧阳询等人编撰《艺文类聚》,唐太宗时魏征等人编《群书治要》,又命国子监祭酒孔颖达和诸儒撰定五经疏义,名为《五经正义》,高宗时再加考证。音乐方面命祖孝孙斟酌南北、考以古音,制成大唐雅乐。古琴作为传统音乐的一个重要组成部分,作为文人士大夫的标志性音乐,自然也受到了较高规格的待遇。太宗皇帝说:"鸣笳临乐馆,眺听欢芳节。急管韵朱弦,清歌凝白雪。彩凤肃来仪,玄鹤纷成列。去弦郑卫声，雅音方可悦。"① 说明了坚决摒弃郑卫之音，重视《白雪》一类的雅乐传统音乐。从其用典中就知道唐太宗也喜欢古琴，他又说："桂楫满中川，弦歌振长屿。"这里还出现了一个问题，就是唐太宗不仅喜欢古琴，也喜欢琵琶这种来自马背民族的乐器。唐太宗还专咏琵琶："摧藏千里态，掩抑几重悲。"这是对其尽情伏仰、大悲大乐的形式之描写。到盛唐时，唐玄宗更是对琵琶宠爱有加。宫廷的琵琶名手不少，杨贵妃本人还会弹琵琶。但此时宫廷却没有出现著名的琴家受到重视的记载。唐玄宗本人是一个大音乐家，他善琵琶、好吹笛、能羯鼓、会作曲。他的爱好对世风起着决定性的影响，他的权力至高无上，可以呼风唤雨、掌控局面。他不喜欢古琴，对琵琶很重视，名手段善本、贺怀智、康昆仑、雷海青、裴兴奴、杨玉环等一大批。虽然唐玄宗本人并没有发号施令指示全国人民不要弹古琴，但他的行为就是无声的指示，那古琴的结果不难想象。玄宗皇帝好大喜功，追求排场，对古琴充满厌恶之情。《羯鼓录》中有一段记载说，玄宗皇帝有一次叫琴师给他弹琴，但乐师未演奏完毕，皇帝就很不耐烦地将演奏者赶走，并雪上加霜地命人让花奴李进拿羯鼓来为他"解秽"。这种做法显然是大长了胡乐之气而大灭古琴之风，这是一道无声的命令，一个无声的广告。玄宗皇帝这种做法也带有鲜明的时代性特征，大家都喜欢胡乐，为什么皇帝就不能？实际上形成了恶性循环的怪圈。在整个唐代的历史记载中，没有哪一个皇帝特别爱好古琴，古琴是一件默默无闻的乐器，宫廷乐舞中它的作用也非常一般，平淡无奇是它的真实写照。

盛唐国势鼎盛，登峰造极，诗人们忙于歌颂时事，畅谈理想，追求人生价值的自我实现。乐人们一心一意，全心全意为皇

---

① 唐太宗《帝京篇十首》第四。

帝服务，歌颂时代的美好事物。大众在丰富的物质财富的享受中厌恶约束，追求轻松的耳目快感，古琴被时潮所淹没。

（三）文人清高之因

文人士大夫是中国知识分子的代表，他们是一个比较特殊的群体，敏感、多疑、自视甚高，唐代的知识分子也不例外。唐代的士大夫历来注意自己的修养，历来重视自己的标志性乐器—古琴。唐代的士大夫也用古琴来约束自我，提高自己的品德。

唐代的士大夫在这个动荡的年代敏感地捕捉到古琴知音难寻的信息，无数次的轻视和白眼，使他们自然地心生怨气，但他们往往感到无力自卫，有时甚至觉得无可奈何。他们能够做到的是维护自己的尊严，但在这个社会里，没有地位就没有尊严可言。所以他们只能选清高。"从来山水韵，不使俗人闻"这种清高之中显然还有一种傲气在里面。王绩认为古韵高雅，与众不同，就是小众的资本，俗人听之不懂，闻犹不闻，这就无形之中把自己与大众的距离拉开了、扩大了。古琴就随文人而去，被大众疏远、抛弃了。"众耳喜郑卫，琴亦不改声。"既有不满现实的怨气，也有坚守正道的决心。这里虽然也是不同流俗，但也存在着不积极主动去争取大众的行为意识。

琴是一种自我操守的工具，它的个人行为意识表现得非常明显。白居易在这个方面就是一个代表，他的思想也是有根源的，"不辞为君弹，纵弹人不听"。因为弹别人也不听，只好"七弦为益友，两耳是知音"。认为古琴只需要自己的两只耳朵就行了；"自弹还自爱，亦不要人听。"你不听，我也不需要你听，这种多少有些赌气式的做法，久而久之把自己与外界隔离开来。久而久之亦把古琴这种乐器完全变成一种纯粹个人的乐器，"古琴无俗韵，奏罢无人听"，即使这样子人们还会"怀哉二夫子，念此无自轻"。① 将古人视为自己的偶像，自己看重自己，但也无形之中小视了别人，把众人圈在自己的领域范围之外，古琴也就没有大众欣赏的这块园地了。不仅如此，古琴变成一个带有职业性的、具有族群意识的娱乐工具了。

(四) 时代历史与社会发展的必然结果

古琴音乐声音清淡、静微幽远，好静不好动，好意不好音，历来被视为音乐之正统，文人琴师们很好地继承了这一传统，却缺乏改革创新。古琴的韵味诣趣越来越被重视，声音却越来越被忽视，它有被诗化甚至被神化的倾向，于是古琴更加倾向于"清"，倾向于"淡"，更加"清"也更加"远"。不仅远离了时代，也远离了大众。这种音乐实践与唐之音太不协调，盛唐的军事强大、经济发达、政治清明，与其前代有天壤之别了。唐代是需要大诗人也产生了大诗人的时代，需要大音乐家也产生了大音乐家的时代，一切都在理想的国度顺乎时代地产生了，古琴还是"旧貌不变颜"。唐代的欣欣向荣几乎淹没了古琴的古朴淡雅的所有优点，

甚至排斥古琴那种尚静艺术大行其道的可行性，这种不合时宜的淡雅导致了它在时代面前无可避免地衰落，于是白居易说"古音淡无味，不称今人情"。这其中包括了一个重要的社会发展问题，初唐国策决定之后，经济大发展、政治大发展、军事大发展，到盛唐就是一派繁荣景象，莺歌燕舞之声不绝于耳，百花争艳、万紫千红，这种生机勃勃的历史局面使得唐代的综合国力无比强大，人们自信心倍增，同时人们的优越感也倍增，享受生活的心情也在倍增，这样自然造就了一大批享乐主义者。他们食则山珍，饮则美酒，穿则丝绸，玩则尽兴。这种纵欲的风气是以国

---

① 白居易《邓鲂张彻落第》。

家的富强为基础的，人们喜欢放纵不好约束，经过一段时间之后，这些风气都得到了扩大传播，这些观念和行为都与古琴要求提高人的道德发生明显的矛盾，讲究"节制"与"中庸"的古琴自然就在这些大众群体中行不通了。因此，古音之"淡"，难与今人之"情"协调。如果无视这些历史变化与时代发展，非要去演奏，那必然是"纵弹人不听"了。以淡静为上，以节制为上的古琴之意趣在现实的表现中显得很苍白无力。难怪白居易说"古调虽自爱，今人多不弹。"

总而言之，古琴在经历了魏晋时期的大发展之后，到唐迎来的是一个低谷。古琴在动乱时代是一个远祸全身的工具，自我修养的帮手，但到了唐代，新兴的地主阶级正在成为时代的主人，农民大众都在为自己的时代欢呼，为自己的生活歌颂，只有古琴没有变化，所以它难免会受到大众的冷落、忽视甚至轻视。

五、唐诗中的古琴美学刍议

尽管古琴在唐代的发展受到外界的强烈干扰，但并不能因此否认它的历史地位，不能否认他的存在价值和存在美学。

古琴美学是一个丰富的音乐哲学范畴，甚至是一个文化音乐的哲学范畴，唐代以前还没有人对其进行系统的、全面的哲学思考，我们认为对其进行音乐学的梳理和思考是很必要的，这也有助于我们更加深刻地了解古琴。

（一）宏观美学

从中国几千年的历史来看，"高山流水遇知音"不仅是音乐的寓言故事，是对音乐的一种歌颂，更是对人性歌颂，是对人生哲学的一种解读，是一种渴望求知与被知强烈表现。人作为社会动物生存于世，不仅要进行自我的学习和提高，还需要相互的理解，相互的支持，互相团结，互相帮助。唐代的古琴是中国历史上一个重要而奇特的阶段，它重要性不言而喻，发明减字谱，有许多古琴演奏的美学出现，出现许多的大演奏家，有古琴重要的流派产生等。其奇特性则是它的发展轨迹与大唐历史有某种程度的背道而驰，或者说是与其大历史有"不合作"现象。这种现象导致了唐代古琴的"知音"之呼声比历史上任何一个朝代都要强烈。

从上古至隋再到初唐，古琴如同黄钟、大吕一样，代表一种强势地位和权势话语。但到了唐代，甚至可以说是从初唐开始，就已经有了另外一种乐器开始代替它了，这种乐器就是琵琶。初唐时期还处于隐性的、潜在的状况不为人知，但太宗皇帝对琵琶的青睐已经暗藏"杀机"了。

唐代古琴的"知音观"是秉承六朝遗绪，在"山水"的旗号中出现的，同样也是古代"高山流水遇知音"，在唐代的变化版本。古琴不仅是一种乐器，还是一种观念的反映，是一种观念的承载者。它历来是文人们的理想支柱和精神寄托，而到了唐代，它被残酷的现实逐出了理想国，人们（无论是唐朝官员还是庶民）都把自己的理想定位在建立军功，兼济天下，而个体精神的自由则被放逐于山水之间，它很少在"国宴"上表演，很少在庙堂中辉煌，饱受苦凄凉，这样使文人士大夫这些高看古琴的人无论如何也受不了。因此，文人们也喊出了时代的"强音"——知音观，这种知音观分三种情况：

1. 标显"自知"

所谓自知，指自己了解自己，类似于"人贵有自知之明"的意思。我们所说的只是类似并不能完全等同。

王绩是初唐的芝麻小官，颇有魏晋风度，他是王通之弟。这位隋代的臣子到了唐代不愿做官，嗜酒如命，可视为初唐的刘伶。他的官运坎坷，故多弹琴赋诗、饮酒作乐。有一些作品可以代表他的人生观。其《山夜调琴》这样说："促轸乘明月，抽弦对白云。从来山水韵，不使俗人闻。"我们似乎看到一位山人或处士怀抱古琴，高卧于在山水之间，孤高超拔，弃世独立而不同流俗。他睥睨一切，高蹈飘然，不屑于与世人共享他的快乐琴感，以为一般人难以明白其中的山势水韵。白居易作为中唐诗人由于人生际遇使他非常敏感，最后皈依佛门成为居士，号为"香山居士"。他的晚年思想多与养生有关，与王绩比较起来，虽不如其狂，但自知性的"知音观"却可以相提并论。其《弹秋思》说："近来渐喜无人听，琴格高低心自知。"他还说："七弦为益友，两耳是知音。"两人比较起来，王绩似乎更干脆、更骄傲、更狂放，更显示出一种主动性；而白居易却多少含有一种悲观的、无可奈何的感受潜藏其中："自弹还自罢，亦不要人听。"愤愤不平，不得缓解，只得哀叹，所以其中本质是要求知音。

2. 抱怨"无知"

对缺乏知音的抱怨之情。抱怨无知音的情况在唐诗中表现得十分普遍。

这是对时世的一种直率的抗议。司马逸客是武则天时期的人，他那时已有缺少知音的感觉："正声皆风雅，欲竟此曲谁知者。自言幽隐乏先容，不道人物知音寡。"① 有谁能够弹完此曲呢，又有谁理解这首曲子的内容呢，我们自己知道的东西不多，也就不要对别人要求太高了。这首诗多少有些悲观的情绪，说自己不知先贤，实质上还是需要知音。杨师道说："罕有知音者，空劳流水声。"② 无知《流水》之音之人，弹出《流水》之音何用?! 盛唐大诗人李白的《月夜听卢子顺弹琴》说："钟期久已没，世上无知音。"也说明世上知音难寻之叹。还有人说虽然"刻作龙凤象，弹作山水音"，但"钟期不可遇，谁辩曲中声"。

---

① 司马逸客《雅琴篇》。
② 杨师道《侍宴赋得起坐弹鸣琴二首》之一。

孟浩然这位与陶渊明先生有着相似经历的大诗人，在对古琴的态度上显示出与时人相比更加淡泊名利的胸怀。他极力推崇魏晋名士，喜欢山水之音，他在《听郑五愔弹琴》说"阮籍推名饮，清风坐竹林。半酣下衫袖，携试龙唇琴。一杯弹一饮，不觉夕阳沉，余意在山水，闻之谐凤心。"这首诗展示的是一个陶醉于山水的琴师，在轻松的气氛中弹琴，一边弹琴，一边饮酒，不觉夕阳西下，傍晚来临，但他并不是十分在意弹琴的技巧，而是在于一种闲适与自在。与孟浩然相类似的还有常建，"何必钟期耳，高闲自可亲。"李益也说"何必雍门奏，然后使潺湲"。[①] 这些都是明显抱怨没有知音的现状。

3. 渴望"他知"

借古琴表演，说明希望被他人了解自己的内心，同时也表现出一种了解别人的冲动。

白居易的弟弟白行简也喜欢古琴，他在《闻夫子鼓琴得其人》中表现了对知音的向往："促调清风至，操弦白日沉。曲终情不尽，千古仰知音。"既表现了对古代知音的崇拜，也是欲求知音的一种折射。司空曙的诗《同张参军喜李尚书寄新琴》也说："正声销郑卫，古状掩笙簧。远识贤人意，清风愿激扬。"对待古代圣贤的推崇，期待别人知道他们。

唐代诗人们不仅推崇先贤，还考虑到后代发展的问题，他们很全面地、很负责任地发出自己的感慨，方干就是这样的一位才子，他的《听段处士弹琴》就说："唯有此中心更静，声声可作后人师。"他要求人们带着平和的心态，宁静的心情去欣赏古琴，才能得到古琴的精髓，弹琴的人心静了，演奏出来的音乐也才能够做后人的榜样。李山甫《赠弹琴李处士》说："情知此事少知音，自是先生枉用心。世上几人能好古，何必人前泪沾襟。"咸

---

① 李益《闻亡友王七嘉禾寺得素琴》。

通的李山甫知道这种局面难以改变，所以说不必那么悲悲惨惨戚戚。因为唐人轻古，潘纬说："一曲起于古，几人听到今。"仍然是人们轻古厌古的表现。

知音观是唐人文化观与音乐观结合的结果，是一种被延伸、被扩大的美学观念。它不仅反映了音乐与现实、音乐与人生、音乐与社会的各种矛盾，而且表现了琴师和文人们的忧患意识。诗人琴师们往往是古代文化的精英团体，他们同时也是文化的主力军，他们面对古琴这种具有悠久历史的、拥有多种文化精神的理想载体的不理想状况，十分揪心，加以关注，这也是文仕们的文化良心所致。但是，文人士大夫和琴师们对古琴的推崇、关心与唐人重今贱古的行为和意识发生了强烈的碰撞，产生出巨大的火花，引起了社会历史的广泛影响。文人琴师们在大声疾呼要知古知今，知雅知正，由此要知事知人，并且归根到底是知事知人。唐诗中的知琴观是知音观的表现，知音观是知人观的表现，知人要善用，是文人们最终的目的。从此，我们可知知音观是生活观念、文化观念、哲学观念的反映，是一种美学观念的综合化和深刻化。我们从中还可以看到儒家出世思想、道家隐逸观念的某些成份。

（二）微观美学

古琴是文人士大夫的标志性乐器，是文人们修身养性的工具，几千年的历史证明，它是一件倾向于个体人格完善的乐器，同时也包含了道家的思想于其中。这种特定的美学环境和文化形态赋予古琴特殊的思想内容，使其更有文学性、哲学性和理想主义特征。从历史上看，重德轻艺，重意轻声成了古琴具体的审美标准，唐代也继承了这一特点。为了更好地解剖古琴的美学特征，我们从三个方面来分析思考。结构、风格、儒道佛思想。

1. 曲式结构

旋律、曲式结构等方面是我们考察的主要内容。

（1）旋律

古琴的旋律用五声音阶比较多，七声相对较少。"五音六律十三徽"是之谓也。但无论哪种情形都比较少用变化音，除非转调的过渡。古琴有泛音、散音、按音三种重要而基本的音色。低音区用空弦的散音比较多，显得比较饱满，高音区用泛音多，显得余味无穷。文人琴往往"调清声直韵疏迟"，意即速度比较缓慢，没太多的装饰变化音；而且"古淡节稀声不多"。极低、极高的音并不常用，主调的表现也是以"清淡"为主，绝不会是"繁手淫声"。这样平和雅淡的旋律和稳定的调性就可以合天地之合，全神人之德，这样才能"声声可作后人师"了。

（2）整体结构

唐代古琴的节奏非常灵活，一般靠具体演奏者来进行具体的把握，演奏者表演相当自由，"信意闲弹秋思时，调清声直韵疏迟"，如果有很多限制就不是"信意闲弹"了。这并非说唐代古琴音乐就没节奏了，只是这种节奏必须靠表演者主体把握具体的节奏感。总体的节奏是一定，一般为慢多快少（少数武曲除外）。其中的快慢具体速度由演奏统一安排。唐代广为流传的《广陵散》是一首很流行的曲子，它的总段数是 45 段，开指一段，小序三段，大序五段；正声十八段；乱声十段；后序八段。慢的段是从开指到大序有九段，正声是正常的中速，乱曲是快速乐段，是高潮所在，十段。后序是尾声，也是慢段。

琴曲的结构在速度上一般是散、慢、中、快、散。《广陵散》如此，《离骚》亦如此。《离骚》为晚唐琴家陈康士创作，刚开始为九段，后人将其发展为十八段。明代《琴学初津》说它是"屈原《离骚》以次声"，表现一种"路漫漫兮其修远，吾将上下而求索"的精神。其基本情绪是"始则抑郁，继则豪放"。开始都比较慢，到后来乐曲越来越快，最后在高潮后又慢下来。所以散、慢、中、快、散的模式没变，这种模式我们还可以在唐大曲中找到证据。它具体的进行是散板起入调，然后入慢，然后复起，中板，再快板（高潮），再结尾（或称尾声）。散起相当于引子，入调就是引入主题，这是音乐的主题部分之一，然后再转入慢调，慢调是一个过渡，使情绪安定下来，尾声多用清澈透明的泛音演奏，结束在主音上，形成一种飘渺辽远的艺术效果。当然古琴曲成千上万，多种多样，有三段式的慢—快—慢；也有从头到尾快弹，重弹的，如《霹雳引》。也有从头到尾慢弹的如《绿水》。"闻君古绿水，使我生和平；欲识慢流意，为听疏泛声。"唐人很愿意听泛音。

唐琴曲中有些小品称"调意"、"开指"、"调声"或"品"等结构短小的小段子，有的相当于"引"，有的相当于"弄"，有的相当于"操"，"吟、引、操、弄"这些小品在唐诗中亦有反映。

（A）操

南北朝谢稀夷在《琴论》中说：和乐而作命之曰畅，言达则兼济天下而美畅其道；忧愁而作命之曰操，言穷则独善其身而不失其操守也。

韩愈的"将归操"、"猗兰操"、"龟山操"等十操，李咸用的"水仙操"，元稹曾弹的《别鹤操》都是一些小结构的曲调。

（B）引

"引者，进德修业，申达之务也。"

"一弹一引满，耳热知心直"；"变作离鸿声，还入思归引"；"清殊流水引，全辨圣人心"。

（C）弄

"弄者，性情和畅，宽泰之名也。"

"齐娥初发弄，赵女正调声"；"弄中湘水宜"；"闻弹正弄

161

声，不敢枕上闻"。唐代古琴曲有蔡邕的五弄:《游春》、《绿水》、《幽居》、《坐愁》、《秋思》。白居易就说:"听弹古《绿水》,使我心平和。"嵇康的四弄:《长清》、《短清》、《长侧》、《短侧》都类似小品。

　　从上面的论述和举例说明古琴作品多标题,属于标题音乐,大多数作品从标题上就可以看出它们的主题思想。这些都是儒家"修身、齐家、治国、平天下"的政治思想在古琴上的表达。人们表演之时从标题上就可以逐步进入琴曲的主题。如《流水》、《绿水》、《水仙操》、《霹雳引》等就是如此。古琴曲除"标题"之外,还有"解题"式的文字说明,如韩愈的十操,陈康士的离骚等都有历史背景的说明,有的点出题目要意,这样使表演者更好地了解、表达主题思想。古琴音乐从审美情趣而言主要包括两方面的内容。

　　2. 演奏技巧

　　古琴音量弱小,在文人那里,也就是把它视为个人修身养性的工具。它抒情、言志也是个人式的,它偏向文学性而少音乐性,性格内向而不开放。它平淡、雅和、含蓄、收敛,往往以节制的声音特点和演奏风格来淡化人的情欲,含蓄静态的特点造就了它不受时代欢迎的基本原因。但这并不是说它就没有技巧,只是这种技巧除了琴家之外,文人们比较轻视。

　　古琴的技巧有劈、抹、挑、吟、揉等一百多种,最常见的是右手的吟、揉、绰、注、擅、逗、唤等几种弹奏方法;另外左手指法出来的不外是三种音:一是手指按在弦上演奏的音称为按音;放开手指,让空弦充分共鸣发出的散音;手指轻轻点在与徽位相对的位置,发出一种轻柔透明的泛音,加上一些其它音色,表现力也还是很丰富的。

　　吟揉是古琴演奏中左手按弦的技法,使用最多。它是指手指按弦之后的滑音及延长音,是一种相对的虚音,相对于骨干音而言，这种来回往复形成的韵味，构成了古琴独特的疏空结构和审美趣味。它使骨干音充满灵性与活性，有趣生动。"五音活泼之趣，半在吟揉。"① 由于相对而言"无声"较多，时值较长，所以才会有更充分的时间来回味、想象。有人说"慢处声迟情更多"就是这个道理。走手音、滑音等都存在着一个可感觉、可想象、可回味的空间，这种复杂的表现手法和欣赏过程共同创造了"韵"与"味"的千姿百态和万种风情。手法比较复杂，音要相对少一些。儒家说"大乐必简"，道家说"大音稀声"，故琴家坚持以愈少的物界行色表达愈多的精神意境，为人的精神提供藏修、游息之处。吟、揉、绰、注等手法大多发出一种比较"虚"的和"稀"的音来。"指既修洁，则音愈稀，音愈稀则意愈永。"②

演奏作品的速度较慢，音符比较少，就可以给欣赏者提供更广阔的空间来品味艺术内涵，以便尽得琴中之"趣"，这如同书画中的留白一样，使作品气韵更加生动，这"稀"音构成了音与音之间的无穷变化而形成一种独特的"结构空间"，形成了一种独特的"结构美学"。如果欣赏者能够随演奏者一同进入这种"空间"，进入"角色"，进入"意境"，那么他们必然能够看到其"无限风光"。古琴的演奏者和爱好者及欣赏者能够引起共鸣的原因之中这是主要一条。但古琴的吟、揉等手法也不能过多的运用，否则也会使人产生厌恶之情。运用太多也与古琴的审美原则相违背。

古琴的三种音色就是按音、散音、泛音。按音是演奏古琴的主要手法，许多旋律必须经过按弦才能演奏出来，按音之后运用一些吟揉手法，是它韵味的表达。按音之后有一些"虚""实"相间的艺术效果。按指所发出的音是"实"的，但吟、揉在其后

---

① 徐上瀛《溪山琴况》。
② 冷谦《弹琴十六法》。

产生，相对而言要"虚"一些。这种虚实相间、疏密互动产生出无数的艺术效果。散音是指空弦发出的音，它的振动是充分的，所以比较响亮，产生一种力量感。如《平沙落雁》、《高山流水》中产生的散音都极有力量。这些与按音相对比较，在整首琴曲中又造成一种宏观结构的对比，产生了一种轻重的对比。泛音是古琴的特色音，它轻盈透亮，十分迷人，总是会给人无限遐想，所以这种音往往都会放在古琴曲的结尾处，让人产生"言有尽而意无穷"之感。

3. 意境层次

古琴特别讲究"意境"，这是音乐艺术在独特的文人士大夫领域发展的结果，也可以说是文学对音乐关照的结果，这也说明了中国人文艺术的某些特点。唐代士大夫对古琴不能不说十分"呵护"，但残酷的现实，使他们感到痛苦，他们在痛苦的思索中，对古琴美学旨趣作了比较深刻的阐述，这对后来的中国古琴美学产生了极为深远的影响。

唐代古琴美学在诸多元素的"二元对立"方面有比较充分的发挥，使得唐代文人琴具有博大的辩证思想，同时也具有互相转化的细腻特征。如动与静、内与外、虚与实、近与远、迟与速等方面就是二元对立，其中包含了相互转化缺一不可的辩证思维；在各种因素的转化过程中，又具有细致独到的议论与描述，显示一种迷人的风采。比如说动静中的"静"有内外之静，早晚之静，古今之静，孤独之静等十分细腻特征。

唐代古琴美学的发展是在整个社会经历了巨大的动荡之后，才得以在诸多诗人的思考中进行的，"安史之乱"奠定了这个思想基础。所以唐代古琴美学的重大发展是在从中唐开始的，这与古琴的发展轨迹是有密切联系的。下面，我们来看看中唐诗人们诗中反映的赏琴和操琴之况，我们不难看出他们的思想中内外协调、中和统一的辩证思维。

(1) 内外一统的感觉美学

常建《江上琴兴》是一首典型的操琴自娱的作品:"江上调玉琴,一弦清一心。冷冷七弦遍,万木澄幽阴。能使江月白,又令江水深。谁知梧桐枝,可以徽黄金。"

首先是外界环境的幽静,江边调琴,无人打扰。这样一弦方可清一心。虽然夸张,但也说明了心情与丝琴的对应关系。而人心与琴弦的对应关系也有赖于江上大背景的幽静作用。能使江月白,又令江水深,是诗人鼓琴艺术的自我肯定。同时,我们从中可以看出常建的古琴技术是比较高的。

白居易的《清夜琴兴》则是另外一首描写琴趣的作品:"月出鸟栖尽,寂然坐空林。是时心境闲,可以弹素琴。"这也是对弹琴大背景的描写,百鸟尽栖,万籁俱静,人心闲适、安宁,操琴而弹。这是一种由外而内的潜移默化,外境之幽静与内心之悠闲对应合拍,此时的恬淡是真正的宁静的表现,此时的弹琴也能够全身心地投入,实质上是由人心的静带动人弹琴的琴趣。摆脱尘世烦恼,远离人事干扰,求得心灵的歇息与自由。这才是真正的琴趣、琴兴、琴心。而不是琴技的展示。"清冷由木性,恬淡随人心。心积和平气,木应正始音,余响群动息,曲罢秋夜深。正声感元化,天地清沉沉。"这一部分是由内而外,由于心情真正的平淡,所以"天地清沉沉",不仅觉得夜是清亮透明的,整个天地也是清澈透明的。由内而外,物我合一,正是弹琴佳境。文人们也正是在这种非常安静的环境中才不断地内外兼修,淡泊外界干扰,不断提高自身的操守,达到一个比较完美的境界。

除常建、白居易之外,许许多多的诗人也都进行不同程度的思考,他们各自都提出了不同感觉、不同层次的美学概念,我们一起来考察:

"幽"与"静",联合起来是幽静,这是可分可合的同类范畴,充分表达内外的静。"闲坐明月夜,幽人弹素琴",这里的

"幽"是指人心里面要幽静;"独坐幽篁里,弹琴复长啸",这是外界的幽静,对环境"静"况的一种素描。

"清",作为动词的清,是使外界"清",或是洗清,或是扫清,或是弄清等等。"绿水清虚心","江上调玉琴,一弦清一心",这都是作为动词出现的。

"清",作为为形容词的清,有清晰、清亮、清幽之意。这个字还可与静相合,组成"清静"。"天地清沉沉","乐府动清声","楚丝音韵清","素琴何清幽",指古琴清亮或者清幽的声音。

"泠",清凉之意。

"泠泠七弦遍"、"泠泠七丝上"、"清泠石泉引"、"清泠由木性"等,均指琴声清凉好听。

"由来废已久,遗音尚泠泠"。虽然久弃废演,但只要演奏它的声音还是很清凉动听的。

"闲",没有压力,没有事情,没有活动,很有空闲之意。

"闲坐明月夜,幽人弹素琴"、"是时心境闲,可以弹素琴",都指心情很悠闲。只有外界安静,内心也无任何压力之时,才可能弹好琴。

"静",安静、清静之意。"惟有此中心更静,声声可作后人师";心静之后方能演奏好古琴。"尘埃勿静心悄然",即使外界很喧闹嘈杂,内心也要安静。"欲得身心俱静好,自弹不及听人弹",不仅身体要安静不动,心也要安静下来。"静听松风寒",先使自己的心安静下来,再来欣赏音乐《松风》。

"孤"与"独",可分,可以合。合并之后为孤独。

"孤桐合为琴,中有太古声"。指桐木孤生,而不是像竹子一样群生。"孤棹复南行"、"孤清思氤氲",有孤独之意。"独坐幽篁里",孤独一人坐在幽静的竹林里弹琴。

"边州独夜正思乡",独自一人一边弹琴一边思乡。这些都说明外界的安静。

"寂","寂寞瑶琴上"、"寂然坐空林"。指心地及环境的寂静，平静。

"恬"与"淡"：

"恬澹随人心"、"恬和好养蒙"，心地平和而舒适。"古音淡无味，不称今人情"。平淡无味、没有起伏。

"澹"，安静、淡泊之意。"澹景发清琴"、"恬澹随人心"、"澹伫松风曲"、"蜀江风澹水如罗"均指外界的清静之意。这里亦指主观与客观都要淡泊、淡然一点。

"缈"与"烟"，很有意境，是复合型意境。亦可是下面也有单纯的意境。

"缈"，"仙家飘缈弄"，若有若无、虚无飘渺的境界。

"烟"，"色起青城烟"，如青城之烟一样令人着迷。"虚徐韵秋烟"，琴乐给人的感觉如同看到秋霭一样。

"虚"，"绿水清虚心"、"虚徐韵秋烟"，很有意境。

"徐"，"虚徐韵秋烟"指一种环境的缓慢变化，不知不觉，悄悄地变化。

"迟"，"调清声直韵疏迟"、"慢处声迟情更多"，音与音之间的结构，形成一种独特的结构美学和趣味美学。

"缓"，"调慢弹且缓"，慢调之曲，弹得十分缓慢；"安弦缓爪何泠泠"，弹得从容不迫，声音也十分清凉。

"爽"，"一指指应发，一声声爽神"。指音响给人的感觉，符合人的审美习惯。

"韵"，这是一个非常重要的概念，从更早时期，就有人对它进行美学审探，晚唐司空图就有《二十四诗品》。韵，指韵味，一种内心体验，可悟不可言。"韵我号钟弦"、"冷冷虚堂韵难歇"、"虚徐韵秋烟"、"楚丝音韵清"、"调清声直韵疏迟"、"松含细韵在霜枝"，韵包含有非常丰富的美学意义。

"意"，一种意念，介乎一种反映和被反映之间的感受。"欲识慢流意",慢曲的味道与风格。"得意一时闲",领会其中的真正内涵才能够得"闲";"千古意分明",古琴的境界是很清晰的。

"空",空旷,空灵。"寂然坐空林"、"空山多雨雪"、"尘机闻即空",辽阔空灵之感,对环境和感觉而言。

"细","水阔风高得细闻"、"风簌野花吟细韵",认真仔细地听,每个具体的细节都不放过。每个环节都有细微的体验。

"酣",尽兴。"曲终余亦酣,起舞山水前",诗人最后也受了感动,尽了兴,在山前水边舞蹈起来。

"谐",协和、协调、和谐之意。"闻之谐凤心",琴声与心灵和谐对应,得到了谐和,产生了共鸣,这是一种良性循环。

一般而言,唐人重艺术直观而轻理性思维,但唐代诗人们认真观察、仔细体验、勤于思考,创造出如此众多的概念和范畴,表明了唐代诗人们的艺术敏感。这些概念和范畴极大地丰富了人们的感觉神经和感觉理论,它对后世的古琴美学理论提供了十分丰富的养料,对后世的审美理论产生了重大影响。

(2)感觉美学的理性点评

唐诗中的古琴美学非常丰富,有环境论、意境论,还有方法论和风格论,我们下面进一步的探讨、研究。

(A)方法论

古琴演奏手法的多样和复杂性如果进行哲学的归纳和总结,这就是"虚实相间"的对立统一的哲学理论。这是一种意境上的旨趣与追求,这也是一种演奏手法的艺术性与自由性。这种艺术追求主要通过对比来实现,这里面有多种因素的对立统一。

首先是音响方面,如按音与泛音的音色对比,按音比较响亮饱满,泛音比较微弱透明,它们之间形成一种音色的对比。按音表实,泛音表虚,虚实相间,恰到好处。强弱方面也是以对比进行艺术追求的自我满足,按音是实,吟揉是虚,这种对比的追求充满于古琴演奏的始终,使得它韵味无穷。这种美学趣味与中国的"求心文化"有着深刻的联系，人们用细腻的感觉来指导表演的进行，也用丰富的想象指导欣赏的活动。人们感情的抒发通常表演实践来完成，也通过欣赏别人的演奏来完成自我情感的表达。演奏上的虚实相间与强弱搭配构成了唐人古琴审美理论的基本原则。这种虚实相间的美学理论实际上是一分为二的哲学观念的具体表现，它既表现现实又超越现实，相互依赖而又互相转化；它们缺一不可，互为对方存在的条件。宋人范希文说："不以虚为虚，而以实为虚，化景物为情思。"这种有长有短，长短相间，有强有弱，强弱得当，有浓有淡，浓淡搭配的表演理念呈现了多种二元对立的美学基因，并形成了丰富的变化，组成了无数个对比生动的整体：吟揉是虚，按音是实，虚以实显，以实带虚；声为实，韵为虚，实写事，虚表情，神虚而形实；虚是意韵，实是哲理；实为动，虚为静，动静交错，虚实相间。这些对比原素及基本变化形成了独具特色的表演理论。

唐代古琴表演理论是一种虚实相间的对立统一哲学思维的最佳体现。简言之为"对比"。

（B）环境论

古琴一般适应于比较安静的环境中演奏，这样，环境的静与声音的动造成一种"动静相应、物我合一"的对应理论，这是一种求心文化的外化。

古琴演奏的环境选择也是一个颇有美学趣味的理论内容。在这一点上古琴似乎更具有道家精神特征。它对演奏的时间、地点、人物心情非常讲究，挑剔到无以复加的程度。古琴演奏的时间多在晚上，地点多在江边、楼亭、船上等；最好是在月明星稀的夜晚，万籁俱静，演奏者焚香沐浴、净手弹琴。这样外界环境符合古琴尚静的特点，而演奏者也进行了充分的准备，内心也十分虔诚、平静。当然只是安静的地方，在白天也可以演奏，如贾岛的《听乐山人弹易水》就是在白天。地点除了亭台楼阁、江边水上之外，也可以是竹林、山林、树林等人迹罕至之地，核心条件是安静，有了这个大前提，地点稍为有所变化也不是问题，只要安静就可以去弹琴了。如沈佺期诗中所提到的《霹雳引》，可以在家门口弹，同样也可以在山坡上弹，在山谷里弹，只要不起狂风，吹点微风就可以弹。此类例子，在唐诗中不胜枚举："江上调玉琴"、"一枝青竹四弦风"、"寂然坐空林"、"西窗竹荫下"，刘长卿也有这样的论述"月色满轩白，琴声宜夜阑"、"闲坐明月夜，幽人弹素琴"等等都是对环境条件提出的要求。

这个条件满足之后，接下来演奏者的心情也很重要，这是内因，这个内因亦需要静。演奏者内心安静了，他才可以体验到琴中真趣，甚至只要心静，不动手也可以得其趣："但得琴中趣，何劳弦上声"；"是时心境闲，可以弹素琴"。只有静下来，才能够得"意"："传声千古后，得意一时间"。这样才能享受乐趣、闲适、自由、愉快。演奏者的心情静下来了，表演本身也要注意用指清丽。既然外界这么安静，内心这么闲适，那么演奏也必须是相应的"静"，否则，功亏一篑、遗恨无穷。"调慢弹且缓，入耳数十声"，不至于弹出巨大的声响把听众吓倒。我们不妨再看一看白居易的《清夜琴兴》，它可以更好地帮助我们理解外界环境与心灵对应的关系。

"月出鸟栖尽，寂然坐空林。"这是首联对外界环境的介绍，时间地点非常安静、清楚。

"是时心境闲，可以弹素琴。清泠由木性，恬澹随人心。"这是演奏者心灵的描写。

"心积和平气，木应正始音"、"余响群动息，曲罢秋夜深。"这是演奏效果的描写。

"正声感元化，天地清沉沉"。这是演奏者和欣赏者对效果体验的描写。

环境与心境，演奏与欣赏都无一例外地体现了古琴审美的最高准则——静与淡。

所以环境论,简言之为"相对论"。

(C) 风格论

(1) 简静之法

唐玄宗天宝年间,薛易简以琴待诏翰林,写有《琴诀》一部,他把琴的作用看得很伟大,他说:"琴之为乐,可以观风俗,可以摄心魄,可能辨喜怒,可以悦情思,可以静神虑,可以壮胆勇,可以绝尘俗,可以格鬼神,此琴之善者也。"又"是以动人心,感神明者,无以加于琴";薛易简也有感于唐代古琴之弱势发表感慨:"今人多以杂音悦为贵,而琴见轻矣。夫琴士不易得,而知音易难也。"在弹琴之时,老薛追求简静:"弹琴之法,必须简静。非谓人静,乃手静也。手指鼓动谓之喧,简要轻稳谓之静。"所以"故能专注精神,感动神鬼,或只能一两弄而极业妙者"。在对待曲目上,薛易简也主张精,不主张多。"故曰:多则不精,精则不多。"

(2) 弦外之音

中国历代美学都讲究"书外之画"、"弦外之音","味外之诣"。古琴在唐代讲究的是"弦外之音",是所谓"得之弦内而不足,得之弦外而有余"。宁可有余,而不能不足。

这种追求,在魏晋六朝时期就已经比较流行了,这也是许多文人梦寐以求境界,是一种宇宙一体的求心文化,是一种寻求心灵的写意与抒情。这就是追求"和"。有各种层次的和,如人与自然的和,心与音的和等等。从具体的演奏,到宇宙宏之和皆有提及。"辩之在指,审之在听,此谓之和感,以和应者也,和也者,众音之会也。"[①] 大家都追求"弦与指和,指与音合,音与意合。"这样"音从意转,意先乎音,音随乎意,将众妙归焉。故

[①] 徐上瀛《溪山琴况·和》。

欲用其意，必先练其音，练其音，而后能洽其意"。

（3）求心之论

中国古代美学与人的心灵、意识联系非常紧密，是们长久思考的成果体现。实际上这是一种求心文化，人们寻求心灵的驰骋和想象的飞翔。寻求外界与内心的统一，同时也寻求心灵的自由。唐太宗在开国之时于《贞观政要·论礼乐》中说："不然，夫音声岂能感人，欢者闻之则悦，哀者听之则悲，悲乐在于人心，非由乐也。"

薛易简也谈到古琴与内心情感的关系："古之君子，皆因事而制，或怡情以自适，或讽刺以写心，或幽愤以传志。"① 人们借古琴来表达自己的感情，但必须是心有所系，情才能所发。正如"百舌悲花尽，无声来去飞"②；又如"默默空朝夕，苦吟谁喜闻"③。

这些又是中国以和为贵的主体思想的一个组成部分，主体与客体保持最大限度的"和"，不仅是演奏主体与演奏环境的和拍，演奏手法与演奏意境的和拍，还有欣赏者及演奏者对呈现的音乐及其走向也要和拍。我们的审美活动正是在这样一种心境中展开的。

4. 儒、道、佛音乐哲学对古琴美学的渗透

道家起于自然，儒家出于社会，佛家追求空灵。在各个不同的历史时期，他们与古琴的对话程度是不同的，唐代的情形也颇有意味。

（1）儒家的重德修身

古代儒家礼乐思想讲究和，"大乐与天地同和，大礼与天地同节"。儒家讲究中和、节制，推崇雅音，推崇中庸之音，排斥

---

① 薛易简《琴诀》。
② 刘禹锡《初夏曲》。
③ 贾岛《秋暮》。

淫声、俗乐。以简为上，用五声音阶，主张大乐必简，反对极其享受的"穷其变"。到了唐末，刘藉在其《琴议篇》中提出了"美而不艳，哀而不伤，质而能文，辨而不诈，温润调畅，清迥幽奇，音韵曲折，立声孤秀"的审美标准，这是古代儒家琴观稍稍的发展。琴家薛易简对于一些理论家只重理论，而轻实践，不知道轻是如何轻，重是如何重进行了批评，他说："常人但见用指轻利，取其温润，音韵不绝，句度流美，俱赏为能，殊不知志士弹琴之声韵皆有所主也。"

古琴这种倾向于人格的自我完善之乐器皆有修身养性的多种功能，故古有"士无故不撤琴瑟"之说，因此儒家所看重的是艺德，而不是艺技，德成而上，艺成而下。儒家所重的是古琴的音乐教育功能和音乐的社会功能，李咸用的《水仙操》、韩愈的《别鹤操》都倾向于一种政治说教。儒家要求人们"听琴瑟之声，则思君臣之义"，在欣赏琴瑟之音时，不要忘记先贤、君臣之节义。"雅调感君子，一抚一弄怀知己"，或者说"远识贤人意，清风愿激扬"。那么什么是雅调呢，什么是正统呢。"正始之音其若何，朱弦疏越清庙歌；一弹一唱再三叹，曲淡节稀声不多。"只要这样一弹一唱又三叹，这种曲淡节稀的歌曲就会使人们"融融泄泄召元气，听之不觉心平和"。这样就达到了雅音的目的。唐代古琴虽然不景气，但还是有许多文人坚持雅音，吕温说："方袭缁衣庆，永奏南薰琴。"

（2）道家的修身养性

如果说儒家追求琴声的美与善的统一，那么道家追求的是美与真的统一。对人的方面追求解放，在琴的方面求自然山水，"琴兮琴兮在自然，不在徽金将玉轸"。道家比较追求养生修性，"指底先王长养情，曲终天下称太平。"这种情是中和之情而不是激情，所以乐曲结束时，人们的内心才能达到太平，以此培养人的平和心态。道家静态阴柔之情较多，古淡典雅的恬静之美，往往在幽远的意境中呈现,追求生命精神的自由与个体精神的舞蹈,并要求与外界达到统一,要求物我同化,达到人与自然的真正的交流,甚至交融,这样才能够"七弦为益友,两耳是知音"。

道家反对人为的雕琢,追求个体精神的解放和人生意志的舒适,强调无为和逍遥,厌弃世俗,兴物无竟,提倡返朴归真。这种逍遥无为、简淡忘机的思想在琴诗中的反映就是"风琴","休烦故挥弄,风弦自有声",这样也能够有"声"、有"味"、有"趣"。齐已说:"——宫商在素空,鸾鸟凤语绕梧桐,夜深天碧松风多,孤窗寒梦惊流波。"又"金凤声尽薰风发,冷冷虚堂韵难歇"。自己不动手,风吹琴发声,一样薰风尽发,虚堂流韵。

道家讲究人与自然的协调统一,在琴曲中有《高山》、《流水》、《风入松》、《三峡流泉》等。既有厌弃尘缘的遗世独立,又有约束之中心灵的自由驰骋,得其安所,如《渔樵问答》、《欸乃》。在养生之中追求生命的闲适,而不是外在的哗众取宠。生命的轻松愉快与琴声的浅唱低吟结合得天衣无缝,如《颐真》、《坐忘》等都是这类作品。

儒家与道家在历史上时分时合,但在古琴领域应该是合多于分。儒道两家对古琴的关注共同构成了古琴深厚的美学思想。

(3) 佛家的空灵境界

古琴除了将儒家思想和道家思想融于一体之外,还含有佛教因素,这是因为唐朝是儒、道、佛三教并立之故。"独坐幽篁里,弹琴复长啸。深林人不知,明月来相照。"这是盛唐王维的"佛诗"。王维,字摩诘,因诗中充满佛性,故也被人称为"诗佛"。苏轼说:"味摩诘之诗,诗中有画;观摩诘之画,画中有诗。"这里显然是有佛性禅机包藏其中。又如"木末芙蓉花,山中发红萼。涧户寂无人,纷纷开且落";[①] "人闲桂花落,夜静春山空。

[①] 王维《辛夷坞》。

月出惊山鸟，时鸣深涧中。"① 由上可知，王维除了以对花习禅之外，也有以琴习佛的倾向。

唐代其它诗人中也不乏与佛性有关的诗人如常建、白居易、张彦远等都与佛家文化有千丝万缕的联系。佛教要人明白，色即是空，空即是色。要清心寡欲、淡泊名利；要追求禅机、坐忘甚至于坐化等效果和境界。"闲坐明月夜，幽人弹素琴。忽闻闻《悲风》调，苑若《寒松》吟"（李白《月夜听卢子顺弹琴》）。"江上调玉琴，一弦清一心"（常建《江上琴兴》）。"月出鸟栖尽，寂然坐空林，是时心境闲，可以弹素琴。清泠由木性，恬淡随人心"（白居易《清夜琴兴》）。"性本爱丝桐，尘机闻即空。一声来耳里，万事离心中"（白居易《好听琴》）。佛家追求清淡微远、忘我忘机；风动旗动，心不能动，这样才能追求真如（真理）。

古琴在文人中流传，而宗教也在不断地影响着他们的世界观，古琴吸收这些观点是没有疑问的，因为古琴具有天生的优势——尚"静"，追求禅机，忘记尘机。所以古人弹古琴之时，要洗手净身、焚香祈祷。首先使自己的心安静下来，体现一种浓厚的求心文化色彩。

第二节 琵琶

一、命名

琵琶是以演奏手法命名的乐器。推手向前弹称为琵，引手向后称琶。古代的琵写作"枇"，而琶写作"杷"，这两个字说明古代的琵琶是用木头制造的。琵琶出自西域而并非华夏正器，历史也比较短暂，所以它在文人那里仅仅是一种乐器而已。它的文化

---

① 王维《鸟鸣涧》。

175

内涵和美学趣味与古琴是大相径庭的，在文化中的地位也有天壤之别。

在唐代，由于盛行胡乐，琵琶作为一种胡乐器的代表受到社会和诗人们的推崇。文人们的推崇并非出于自愿，是受当时各种力量的驱动而使然。因此，文人的描写多以音响的白描或比喻为多，而较少有哲学理念的引申。琵琶的命名也是直截了当的，我们看看"琵琶"二字的来历，就可以了然于心。

汉代应昭的《风俗通义》有比较早的琵琶史料，在此书的"琵琶条"中，它说：

"谨按：此近世乐家所作，不知谁也。以手批把，因以为名。长三尺五寸，法天地人与五行。四弦像四时。"

"以手批把，因以为名。"说明了琵琶命名的起源。注意这里用的是"批把"，提手旁。这里应昭也不忘记对批把作一番类似古琴的，法天、地、人及四季的解释，这种现象比较有趣，类似古琴。说明了一种传统的确立，是有巨大的历史惯性的，这就是中国的文化传统。

具体又如何琵琶，比应昭迟 30 年的刘熙在其所著的《释名》中说：

"枇杷本出胡中，马上所鼓也。推手前曰批，引手却曰把，像其鼓时，因以为名。"

这种解释把具体的演奏手法说得十分清楚了。请注意这里用的是枇杷，木字傍。

从应昭的"批把"到刘熙"枇杷"，说明了命名各有所重，应昭重视乐器的演奏手法，而刘熙则重乐器的制造材料。但因为后者往往容易引起与果木枇杷相混，故人们便仿琴瑟而命名为琵琶，也像丝悬于木架之上之意。东汉许慎《说文》琴部，新附有琵琶二字，解云：琵琶，乐器，又当作"枇杷"。

从提"手"旁的批把到"木"字旁的枇杷，最后改为玉字头的琵琶。说明了中国传统乐器琴、瑟等对外来乐器的内在影响，说明观念意识和文化渗透。

二、形制及分类

琵琶初始，两种形制，直项琵琶和曲项琵琶。

（一）直项琵琶

直项琵分两种，一种是秦汉子，为汉族传统乐器。另一种是五弦琵琶，在唐代称"五弦"。

1. 阮咸

秦汉子，又名"秦琵琶"。直柄，有圆形共鸣箱，并且两面蒙皮，相传是秦增筑长城之时（约公元前214年）老百姓将鼗鼓的两根弦拉直（应该安在底端），以鼓身作音箱进行演奏，叫"秦琵琶"，亦称"秦汉子"。晋傅玄《琵琶赋》云：有乌孙公主出嫁昆弥，使工人斟酌诸器而为之事。其《琵琶赋》云：

《世本》不载作者，闻之故老云，"汉遣乌孙公主嫁昆弥，念其行道思慕，使工人知音者载琴、筝、筑、箜篌之影，作马上乐也。柱有十二，配律吕也。四弦像四时，以方语目之，故云'琵琶'，取易传于外国也。杜挚以为嬴秦之末，益苦长城之役，百姓弦鼗而鼓之。二者各有所据，以意断之，以乌孙近也"。

显然，傅玄采"乌孙"说。这里说"琵琶"二字的命名是老百姓用地方语言讲出来的。而杜挚则认为是秦琵琶，是秦代民工修筑长城时为了缓解劳动之疲苦，作乐器而娱乐。中唐诗人顾况曾说："当时若值霍嫖姚，灭尽乌孙夺公主。"

南北朝时，由于曲项琵的传入，使得直项琵琶改为"秦汉子"或"阮咸"，《旧唐书·乐志》说：

"今清乐琵琶，俗谓之'秦汉子'，圆体修项而小，疑是弦鼗之遗制，其充上锐下。曲项形制稍大，疑是汉制。兼似两者，谓

177

之'秦汉',盖谓通用秦汉之法。"

此条说明秦汉子的来历,秦与汉本是两朝,但秦琵琶,汉琵琶却有类似的地方,所以乐器之名被综合了,即所谓"秦汉子"是也。但要注意这里所说的"清乐琵琶",民间称为秦汉子,只是共鸣箱体形较圆,项细而小。

唐杜佑《通典》一四四卷云:

"武太后时,蜀人蒯朗于古墓中得之。晋《竹林七贤图》阮咸所弹,与此类同,因谓之'阮咸'。又云:'阮咸'亦秦琵琶也,而项长过于今制,列有十三柱。"(与《旧唐书·乐志》同。)

此说表明了"阮咸"一名的来历(因晋阮咸善弹而名),也说明秦琵琶汉琵琶之形制与阮咸相类似。只是长度比唐代武则天皇帝时要长,而柱品也多一些(柱原十二,今十三)。"阮咸"一词在唐代已经出现并定名。今天,我们简称"阮"。它的形制有些变化,在宋代,它曾被称为"月琴"。

明代王圻《三才图会》云:

"蜀人蒯朗于古墓中得铜器,似琵琶而圆,时人莫识之。无行冲曰,此阮咸所造,命匠人以木为之,以其形似月,名'月琴'。杜佑《竹林七贤图》阮咸所弹与此同,谓之'阮咸'或谓'咸丰肥',创此乐器以移琴声。四弦十三柱,倚膝従之,谓之擘,以代抚琴之艰,今人但呼'阮'。"

中国琵琶类乐器在明清时期形制和名称已经定型。以上所述,我们已经清楚,在唐代以前出现的秦琵琶,由汉族的鼗鼓改制而成;到了汉代称进一步改革,并最后综合"秦汉子",魏晋时期,因善弹秦汉子的人叫阮咸,人们便因演奏家之名,称之阮咸,唐代就称为阮咸,有诗为证,请看白居易《和令狐仆射小饮听阮咸》:

"掩抑复凄清,非琴不是筝。"说的是演奏者很投入,有一些身体俯仰的动作演奏中表现,而音乐表现的情绪是凄清的,乐器本身的形状不是平常可以见到的琴或者筝。

"还弹乐府曲,别占阮家名。"弹的是乐府的曲子,特别是用了是阮家的姓名。

"古调何人识,初闻满座惊。"但演奏的古老曲子却没有人能够识别,所以听众很惊异。

"落盘珠历历,摇佩玉铮铮。"它的声音就像磁盘中掉下了珠子一样清脆,又像佩玉一样丁咚作响、优美动听。

"似劝杯中物,如含林下情。"好像在劝酒,又像表现林中幽会一样。

"时移音律改,岂是昔时声。"时代变化了,音律也变了,难道这就是古老的曲子吗?

从诗名来看,我们知道白居易是在令狐家中小酌的时候,听乐人演奏的阮咸。这些古代的调子没有人能够识别,所以刚开始听时,大家都很惊奇。它的声音颗粒感很强,但时代和音律都变化了,难道这就是过去的曲调吗?作者显然有怀疑甚至质问的情绪在里边。

阮的形状比较圆,阮的声音也比较高亢.阮既可以独奏,也可以合奏.

由此可以看出,汉代所传乐器均为十二柱,至阮咸时为十三柱,日本正仓院所藏唐代阮咸为十四柱,大约是柱数的多寡随时代不同而有所增减吧。阮咸的弦为四根,在项的两边各二根。

2. 五弦琵琶

另一种直项琵琶为五弦,五弦琵琶体形小,而其拨子和弦都小而短,弦用的是丝弦。

五弦琵琶的来源不同。《旧唐书·礼乐志》云:"五弦琵琶,稍小,盖北国所出。"公无5世纪盛行于北魏,到隋唐时期,已经司空见惯。隋代七部乐、九部乐中有之,初唐时九部乐、十部乐中有之,到了玄宗天宝年间将九、十部乐改为坐部伎、立部伎，此二部伎中亦有之。形制与四弦相似类，但项直而音箱小，乐工裴神符所弹的乐器就是五弦琵琶。

在唐诗中，四弦琵琶，一般直接称"琵琶"或"四弦"，而五弦琵琶则称"五弦"。如白居易的《琵琶行》中有："曲终收拨当心画，四弦一声如裂帛。"而他的另一首著名的诗则叫做《五弦弹》："五弦弹，五弦弹，听者倾耳心寥寥。赵璧知君入骨弹，五弦一一为君弹。"白居易《代琵琶弟子谢女师曹供奉寄新调弄谱》："一纸展看非旧谱，四弦翻出是新声。"也是说的四弦琵琶。又元稹《琵琶歌》中李管儿所弹琵琶是四弦；王健的《宫词百首》："……凤凰飞下四条弦。"显然也是说的四弦大琵琶。对五弦琵琶，元稹也有诗咏之，说："赵璧五弦弹徵调，徵声巉绝何清峭。"说明五弦琵琶，当时普遍流行称为五弦。

唐诗中咏五弦的作品比较著名的有韦应物的《五弦行》、白居易的《五弦弹》和元稹的《和李校书新题乐府十二首·五弦弹》。

韦应物的《五弦行》讲的是一个位美人弹五弦琵琶，极具魅力。

"美人为我弹五弦，尘埃忽静心悄然。古刀幽磬初相触，千珠贯断落寒玉。"

欲将弹奏之时，周围的一切都非常安静，作者似乎屏住呼吸等待表演的开始。乐曲初始之时，音乐如同古老的刀在幽谷中与石磬相击，又像千万颗断了线的珍珠撒落在玉石上。

"中曲又不喧，徘徊夜长月当轩。如伴风流紫艳雪，更逐落花飘御园。独凤寥寥有时隐，碧霄来下听还近。燕姬有恨楚客愁，言之不尽声能尽。"中间部分随着音乐的展开，画面上出现了流风瑞雪，又让诗人感觉到似乎万紫千红的花朵飘落到皇家御园。凤凰被美妙的音乐吸引过来，燕人楚客之恨在音乐中被表达出来。

"末曲感我情,解幽释结和乐生。壮士有仇未得报,拔剑欲去愤已平,夜寒酒多愁遽明。"

乐曲进行到结尾部分时,诗人被深深地感动了,多种情绪都被激发起来。

五弦琵琶的艺术感染力非常强大,否则不可能引凤入凡,不可能有丰富的层次感。从诗中我们知道五弦琵琶的音色,我们也知道乐曲的结构是三段式,整个情绪在流畅中略显忧愁。

五弦琵琶是由"头"与"身"构成,头部包括弦槽、弦轴、山口等。身部包括相位、品位、音箱、覆手等部分。而五根弦的安排是左边三个轴子,右边两个。其音量比曲项琵琶小,音色稍尖锐于曲项琵琶。到了宋代,四弦琵琶最终取代五弦琵琶,五弦琵琶最终消失。

(二)曲项琵琶

曲项琵琶又称"龟兹琵琶"。形制与直项琵琶明显不同,有九十度折角(亦有其它角度折角),称胡琵琶和胡琴,从它头上的装饰来看,有装饰凤凰的,名之"凤首琵琶"。

曲项琵琶来自中国少数民族地区,所以被称为胡琵琶或胡琴。初唐李峤说:"本是胡中乐,希君马上弹。"中唐的刘长卿说:"纤腰不复汉宫宠,双蛾长向胡天愁。琵琶弦中苦调多,萧萧羌笛声相和。"说明了胡琵琶的来源以及和什么乐器合奏。

曲项琵琶即四弦琵琶。四弦琵琶的形体大。历史上最早的记载见诸北魏。

《通典》一四二卷云:"自宣武(拓跋恪500～515)已后,始爱胡声,洎于迁都,屈茨琵琶、五弦、箜篌、胡笳、胡鼓、铜钹、打沙锣,胡舞铿锵憧锘,洪心骇耳。"这里,屈茨琵琶,即龟兹琵琶,属地名龟兹之异译。

四弦琵琶形体大，故又名大琵琶。大琵琶的记载则见唐张鹭《朝野佥载》：

"太宗时西国进一人，善弹琵琶，琵琶弦拨粗倍……取大琵琶，遂于帷下，令罗黑黑弹之，番人谓是宫女，惊辞去。"

四弦琵琶的形体大，弦要粗倍；而且音响也大，弹奏时要用力。王健的《宫词百首》说："用力独弹金殿响，凤凰飞下四条弦。"说明演奏者需要用较大体力来演奏的。

四弦琵琶有四条弦故名。白居易说："四弦千遍语，一曲万重情。"就是说的四弦琵琶。大琵琶一般用于大场合，用拨子弹奏，用昆鸡弦、皮弦。不宜用手弹，史载贺怀智："其乐器以石为槽，乌鸡筋作弦，用铁拨弹之。"如果不用拨，大琵琶很难弹得好。

"开元中段师琵琶用皮弦，贺怀智破拨弹之，不能成声。"这是《酉阳杂俎》前集六之载。大琵琶音量大，所以，像《乐府杂录》中记载的长安东西市的斗声求雨之重大场合，是非常适用的。妇女一般宜用小琵琶，韦应物说："美人为我弹五弦。"

四弦琵琶来自国外。东晋时期，它经由波斯、印度，再走新疆、甘肃传入我国北方。此时大约是张重华占据凉州之时。到南北朝时代，曲项琵琶传入中国南方。《隋书·音乐志》云：

"今曲项琵琶、箜篌之徒，并出西域。"

当时这种大琵琶四弦四柱，用拨子表演，原为四相，无品，音域较窄。曲琵琶传入中原大地之后，许多演奏家在其演奏手法、形制、用弦、选拨等方面力求革新，于是出现了贺怀智、段善本等大师。见诸史籍和唐诗的还有康昆仑、曹善才、曹刚、李管儿、铁山等。有些是有师承渊源的，如李管儿的师傅是段善本，跟段师一起学习的还有十几位呢，李管儿又有许多徒弟，如铁山就是其中的一位。

三、唐代琵琶的历史线条

琵琶在汉代出现,汉武帝时期乐工斟酌琴、瑟、筝多种弹弦乐器制作而成。但对曲项琵琶的来源还有些争议。① 琵琶一词在汉代出现是没有争议的,经历史发展,琵琶从诞生之时起,从魏晋到南北朝时期就逐步发展成一件重要乐器。到唐代,琵琶的声势进一步走高,终于取得了乐坛霸主的地位。杜佑《通典》云:"坐部伎即燕乐,以琵琶为主,故谓之琵琶曲。"由于隋代已经确立了"胡乐"的重要地位,唐代继承隋制,并且由于经济大发展,政治大发展,军事大发展,综合国力日益强盛,享受生活的风气愈加普遍,"胡风"刮得更加强劲,唐人的胡气越来越大,琵琶作为胡乐的代表,已经成为大众心理的趋尚,成为时代推崇的对象,在唐诗中的反映就是所咏甚多,享誉极高。

初唐,高祖李渊和太宗李世民非常注重国家生产的恢复、注意国家经济的发展、注意边疆的稳定与强大,注意各地的全面发展。在宏观和微观方面加以合理控制,把主要的精力放在国家大事上,出现了历史上少有的"贞观之治"。也许是由于隋代太过享受而过早灭亡的教训时刻谨记在心之故,国家非常注重硬件的建设,文艺方面没有投入太多的精力,但唐太宗也在争取做得更好,他说:"予以万机之暇,游息艺文。……至于秦皇、周穆、汉武、魏明,峻宇雕墙,穷奢极丽。征税悝于宇宙,辙迹遍于天下。九州无以称其求,江海不能瞻其欲,覆亡颠沛,不亦宜乎?"于是"以尧舜之风,荡秦汉之弊;用咸英之曲,变烂漫之音"。可见他决心改变一些错误的做法,用古老的传统曲目,创造出当

---

① 郑祖襄,《汉代琵琶史料的起源及其分析考证》,《中国音乐学》1993 年第 4 期。朱苏华,《论琵琶的发展历程及其文化内涵》,《艺术百家》,2006 年第 1 期。

代灿烂的音乐。"故观文教于六经，阅武功于七德。台榭取其避燥湿，金石尚其谐神人。皆节之于中和，不系之于淫放。……释实求华，以人从（纵）欲乱于大道，君子耻之。故述帝京篇，以明雅志云尔。"这些都表明唐太宗的文艺态度[①]。

唐太宗李世民非常器重的大臣薛收，薛收有《琵琶赋》曰："惟兹器之为宗，总群乐而居妙。应清角之高节，发号钟之雅调。处躁静之中板，执疏密之机要。遏浮去而散彩，扬白日以垂耀。……劲质外宜。磅薄像地，穹崇法天，侯八方而运轴，感四气而鸣弦。金华徘徊而月照，玉柱底历以星悬。"大意是说，这件乐器为众乐之首，可以发号施令。在演奏的时候，无论是热闹的音乐还是比较安静的音乐，无论是节奏快的还是节奏慢的音乐，琵琶都是核心的"机要人物"。它的声音可以响遏行云，可以使阳光更加灿烂辉煌。它的气势很大，四条弦如同四季一样，最后说琵琶的装饰很美观。薛收看来是很欣赏琵琶的，从琵琶的声音到琵琶的外形。另一位诗人陈叔达（573～635）《听邻人琵琶诗》说："本自龙门桐，因妍入汉宫；香由罗袖里，声逐朱弦中。离有相思韵，翻将入塞同；关山临却月，花蕊散回风。为将金谷引，添令曲未终。"由此诗看来，汉代宫廷音乐中已经有琵琶的身影，表现力也不错。

王绩《三日赋》："洞箫徐引，仙瑟对操。喧赵琴而弦急，促秦筝而柱高。连歌合舞，节鼓鸣鼗。方响银缠架，琵琶金屑槽。席阑赏洽，情盘乐恣。"王绩这位隋朝隐士，在其大赋中提到多种乐器，如节鼓、方响、琵琶这些稀缺的乐器，汉族传统乐器有箫、瑟、筝等，真是琳琅满目。显然，这里表现的是宫殿中音乐表演盛况。而这些乐器到了唐代都被继承在宫廷音乐中了。

---

① 李世民《帝京篇十首·并序》。

唐太宗本人对琵琶也十分欣赏，他作有《咏琵琶诗》："半月无双影，金花有四时。摧藏千里态，掩抑几重悲；促节迎红袖，清音满翠帷。驶弹风响急，缓曲钟声迟；空余关陇恨，因此代相思。"说明琵琶在诸多歌舞音乐中处在显眼的地位。这些作品对琵琶地位的提升都起到巨大的作用。

西北是我国少数民族聚居之地，在汉族同北方游牧民族战争、商贸及各种文化交流的过程中，琵琶作为一种弹拨乐的代表，无时无刻不在影响着所有的人，李唐王朝秉承中国历史的发展，也不可能不受到这种局面的影响。琵琶之所以在唐代成大气候，主要还是汉族与少数民族共同交流的结果，皇帝的喜欢显然也是原因之一。

初唐后期诗人李峤有咏《琵琶》说："朱丝闻岱谷，铄质本多端；……将军曾制曲，司马屡陪观。本是胡中乐，希君马上弹。"这里说唐代的琵琶是朱丝弦，音色丰富，音响层次感也十分突出，表现力强。将军喜欢，所以亲自作曲，而国家刑部部长"司马"也屡屡陪同观看琵琶的表演。最后说明琵琶起源于少数民族"胡中"。这里的最后一句，是否有一种"胡中乐，马上弹之"的担心呢？是不是有所顾忌呢？唯恐它太过强势而要求我们在宫廷中少弹之呢？我们不得而知。但是从整首诗来看，李峤的语气是骄傲的，不是忧郁的。

盛唐，由于唐玄宗李隆基非常酷爱音乐，除国家音乐机构太常寺之外，他又增加了梨园、教坊等宫廷音乐机构，以便自己"直辖"。唐朝在此时由于先前近百年的君臣同心、军民同心、努力奋斗，生产和经济达到前所未有的发展水平。音乐在此时，也有了用武之地，所以各种歌舞大曲、九部乐、十部乐都出现欣欣向荣之势。天宝十三载，唐玄宗还对九部乐和十部乐进行了改造，将其整改为"坐部伎"和"立部伎"两大系统。胡乐在此时十分盛行，"城头山鸡鸣角角，洛阳家家学胡乐"①。"天宝十三载,始诏法曲与胡部合奏,自此乐奏全失古法。以先王之乐为雅乐,前世之声为清乐,合胡部者为宴乐。"②"胡部笙歌西殿头,梨园弟子和凉放州。"③ 此时由琵琶在宫廷中的优势已经凸显、风光无限。不仅如此,在日常生活中,在行军作战中都少不了它的身影。

李颀有一首诗反映琵琶在东北少数民族中流行状况:"辽东少妇年十五,惯弹琵琶解歌舞。"撇开诗中唐代早婚的因素不谈,我们知道十五岁的少妇就已经惯弹琵琶、精擅歌舞了。唐代边塞诗人岑参的诗则向我们传达了琵琶在西北少数民族中流行的情况:"凉州七里十万家,胡人半解弹琵琶。"凉州地区有十万户人家,有一半的人口会演奏琵琶,显然这个比例是相当大的。岑参接着说:"琵琶一曲肠堪断,风萧萧兮夜漫漫。"④ 琵琶之曲使人肠断,表现的是离别之情。李颀在其《古从军行》中说:"行人刁斗风沙暗,公主琵琶幽怨多。"这是闺怨之情。

我们再看看军旅生活中的琵琶情形。王昌龄说:"琵琶起舞换新声,总是关山离别情;撩乱边愁听不尽,高高秋月照长城。"这说明琵琶表现离别愁苦之绪。但琵琶也不尽表现这些悲苦之情,也有乐观放达的激动情怀。如王翰的《凉州词》:"葡萄美酒夜光杯,欲饮琵琶马上催;醉卧沙场君莫笑,古来征战几人回。"葡萄美酒、马上琵琶,脍炙人口的诗句,豪迈昂扬的心情,让我们留恋,使我们向往。诗中含义是:虽然有战事紧催,但我们决不害怕。应该享受生活的时候尽情享受,应该为国捐躯之时,我们决不退缩。

在军营之中,将士们自己平时也请少数民族的乐人来表演音

---

① 王建《凉州行》。
② 沈括《梦溪笔谈》。
③ 王昌龄《殿前词》。
④ 岑参《凉州馆中诸判官夜集》。

乐，以得其乐。这时少不了琵琶："琵琶长笛常相和，羌儿胡雏齐唱歌。"①，除此之外，军官们也常常用琵琶来招待客人，岑参说："中军置酒饮归客，胡琴琵琶与羌笛。"这说的是在以酒送客的宴席上，将军聘请一些器乐演奏家表演助兴，以便开怀畅饮。整个背景则是在下雪的冬天，烤上火，温上酒，再将朝廷的要员"武判官"请到上座的位置，然后请乐工（亦是营妓们）出来为客人表演。这样，将军意满心甜地回到京城也就可以替地方部队说上几句好话了②。

在盛唐宫廷，琵琶可说"集三千宠爱于一身"。史载唐玄宗有一玉琵琶，据说是其父亲睿宗李旦送给他的，视同国宝。平常放在花鄂楼上用黄巾盖住，除名手贺怀智和禅定式高僧段善本可以偶尔演奏外，别的人是没有权力去此"弹琴"的。所以难怪某些人有些许的抱怨，说玄宗皇帝偏爱一些艺术家。中唐元稹说："玄宗偏许贺怀智，段师此艺还相匹。"而杨贵妃这位大美人拥有精美琵琶一把，后人名之玉环琵琶。晚唐张祜有《玉环琵琶》一诗咏之："宫楼一曲琵琶声，满眼云山是去程；回顾段师非汝意，玉环休把恨分明。"

中唐是唐代一个比较特殊的过渡时期，"安史之乱"打断了唐玄宗的歌舞美梦，敲响了享乐主义的警钟，使得原有几万人的太常、梨园、教坊等音乐机构，开始崩溃。唐皇帝本人自顾不暇，乐人只能随着战乱不断"失踪"。大量的宫廷乐师开始流落民间，过着颠沛流离、苦不堪言的生活。"白头宫女在，闲坐说玄宗"、"梨园弟子偷曲谱，头白人间教歌舞"③ 就是这一现象的真实写照。甚至"先帝旧宫宫女在，乱丝尤挂凤凰钗。霓裳法曲

---

① 岑参《酒泉太守席上醉后作》。
② 岑参《白雪歌送武判官归京》。
③ 王建《温泉宫行》。

浑抛却,独自花间扫玉阶"。① 歌舞之业全部放弃了,多么可惜呀。这些历史现象在大历十才子的诗篇中有反映,在元白诗中有反映。由于新乐府运动的提倡,诗歌特别强调"文章合时而为著,诗歌合时而为作"。诗歌的纪实性有所体现。此时期特别要注意的是音乐诗,或者说关于音乐的各种诗作大量涌现,出现了前所未有的宏篇巨制。琵琶中,出现了五弦琵琶、四弦琵琶等不同形制。这是此时期非同以往的乐器,尤其是五弦,可以说前无古人、后无来者;但更多的是四弦琵琶的诗作。同时也出现了对音乐历史故事的吟咏诗篇。这些诗篇很大程度上可以看成是盛唐音乐的余光返照,是诗人们对大唐盛期音乐一种向往之情的流露。

中唐诗歌中出现了五弦演奏家赵璧和一些无名美人等,而四弦琵琶演奏家更多,如康昆仑、段善本、曹善才、曹刚、李管儿、贺怀智、铁山等人。而诗歌中描写琵琶的则以白居易居首,他除了妇孺皆知、海内外闻名的《琵琶行》之外,还有近10首关于琵琶的诗。其余有元稹、王建、刘长卿等。

我们先说说"五弦"。

除前面提到的韦应物是中唐早期的咏"五弦"的诗人之外,白居易、元稹则属于中唐晚期。白居易是一个精通音乐的诗人,在他的150多首音乐诗中,对各种乐器的描写非常细腻。五弦琵琶也不例外。他的《五弦弹》,除了对乐器本身感兴趣之外,主要出于一种"恶郑之夺雅"的目的。这位诗人永远对是正统音乐的维护者,以维护大雅为己任。白居易认为五弦是郑卫之音的观点并不一定正确,但也并不妨碍作者对五弦的密切注意。我们可以从中管窥五弦琵琶演奏家赵璧的风采。

"五弦弹,五弦弹,听者倾耳心寥寥。赵璧知君入骨爱,五弦

---

① 王建《旧宫人》。

——为君调。"爱五弦的人都集中了所有的注意力等待音乐的开始。

"第一第二弦索索,秋风拂松疏韵落。第三第四弦泠泠,夜鹤忆子笼中鸣。第五弦声最掩抑,陇水冻咽流不得。"五条弦的感觉都各不相同:第一、二弦如秋风拂松;第三、四弦如同鹤声鸣叫;第五弦比较低沉。看来第一、二弦是高音区;而第三、四弦是中声区,而第五弦是低音区。"五弦并奏君试听,凄凄切切复铮铮。铁击珊瑚一两曲,冰泻玉盘千万声。杀声入耳肤血寒,惨气中人肌骨酸。"单弦表演是一样的感觉,几条弦同时击奏和声时又是另一样的感觉:如同铁击珊瑚、冰泻玉盘。但也能够表达杀气腾腾、寒透肌骨恐怖之情。

"曲终声尽欲半日,四坐相对愁无言。"乐曲结束了很久,听众还沉浸在音乐中出不来。

"座中有一远方士,唧唧咨咨声不已。自叹今朝初得闻,始知孤负平生耳。唯忧赵璧白发生,老死人间无此声。"因为大师演奏的水平太高,所以作者耽心赵璧百年之后,没有接班人而出现技术断层,从而会"老死人间无此声"。此同时,诗人又强烈地批评说,这五弦的音乐并非正统:"远方士,尔听五弦信为美,吾闻正始之音不如是。"

"正始之音其若何?朱弦疏越清庙歌。一弹一唱再三叹,曲淡节稀声不多。融融曳曳召元气,听之不觉心平和。"作者观念中的雅正之音如何呢?答曰:"音响效果像清庙歌,一弹一唱再三叹"这样节奏缓慢,才能使"人心平和"。其实这也是白居易的局限性,因为他晚年信佛,比较能够接受佛教音乐一类的慢节奏的曲子。

作者接下来进一步批评这种现象的原因:"人情重今多贱古,古琴有弦人不抚。更从赵璧艺成来,二十五弦不如五。"大意是说,当今的人重视今天,忽略古代,古琴有弦,今天的人也不弹,尤其是赵璧演奏五弦,弹得这么好,还有谁能够去弹奏二十五根弦的瑟呢。

元稹比白居易小七岁，但元、白二人互相信任，互相学习，多有唱和，互相激励。他们两个人在音乐上都表现出了极大的兴趣，很多乐器、乐舞、乐人所咏几乎一样。元稹也写过《五弦弹》，但角度与白居易有所不同：

"赵璧五弦弹徵调，徵声巉绝何清峭。辞雄皓鹤警露啼，失子哀猿绕林啸。"作者直奔主题，赵璧弹的是徵调，开始部分，曲子的基本情绪比较哀婉。

"风入春松正凌乱，莺含晓舌怜娇妙。呜呜暗溜咽冰泉，杀杀霜刀涩寒鞘。促节频催渐繁拨，珠幢斗绝金铃掉。千戟鸣镝发胡弓，万片清球击虞庙。"音乐此时莺语娇妙，节奏"繁拨"。"众乐虽同第一部，德宗皇帝常偏召。旬休节假暂归来，一声狂杀长安少。主第侯家最难见，授歌按曲皆承诏。水精帘外教贵嫔，玳瑁筵心伴中要。"说明德宗皇帝比较喜欢五弦。

"臣有五贤非此弦，或在拘囚或屠钓。一贤得进胜累百，两贤得进同周召。三贤事汉灭暴强，四贤镇岳宁边徼。五贤并用调五常，五常既叙三光耀。赵璧五弦非此贤，九九何劳设庭燎。"作者此时把五条弦也比成五种贤人，但赵璧弹的五弦不是这些贤人，作者对这种乐器描写的音乐表示了一定的怀疑。

《太平御览》引《国史补》："赵璧弹五弦，人问其术，璧曰：'吾之于五弦也，始则心驱之，中则神遇子，终则天随之。方吾浩然则眼如耳，耳如鼻，不知五弦为赵璧，赵璧之为五弦也。'"这是人们在问赵璧关于演奏五弦的奥秘，赵璧回答说，开始是苦心追求，通过大量的学习、练习之后才有神遇的感觉，到最后的阶段就是浑然天成，物我合一了。此时就是五识全通，出现神奇的"通感"。这与古琴之意境不谋而合。难怪白居易说"唯忧赵璧白发生，老死人间无此声"了。

这位"赵叟"的五弦也确实技惊鬼神："大声粗若散，飘飘风和雨。小声细欲绝,切切鬼神语。又如鹊报喜,转作猿啼苦。十指无定音,颠倒宫商羽。"① 没有出神入化的技巧,如何能够颠倒宫商、倒背如流呢?

"赵叟"的神技实有其渊源,它可以追溯到唐太宗时期皇帝的重视。在贞观年间,有乐工裴神符以手拨弹奏深得太宗的喜爱。《新唐书·礼乐志》:"五弦,如琵琶小,北国所出。旧以木拨弹,乐工裴神符初以手弹,太宗甚悦,后人习为搯琵琶。"

由上可见白居易、元稹诗中所咏都是五弦的独奏,王建的诗中也有多处提到五弦,其中一处是在其《霓裳曲十首》中,"中管五弦初半曲,遥叫合上隔帘听",这是五弦在乐队中与管乐合奏,显然它是可以伴奏,可以与其它乐器共同合奏或共同作为伴奏来为著名舞曲《霓裳羽衣舞》服务。王建最著名的《宫词一百首》中有三次提到五弦:"恐见失恩人旧院,回来忆著五弦声";"移来女乐部头边,新赐花檀木五弦";"逢着五弦琴绣袋,宜春院里按歌回。"

唐诗中的五弦琵琶也给我们一个谜,为什么五弦在中唐时期比较流行,而在初唐、盛唐、晚唐就不太见诸诗中,到了宋代就逐步销声匿迹了呢?这是一个值得我们研究的问题,留给有心人去探讨吧。

我们再看看四弦琵琶的描写。

四弦琵琶在中唐非常流行,我们以白居易为典型代表加以叙述吧。先看看白居易的几首琵诗:

1.《听曹刚琵琶兼示重莲》;2.《琵琶》;3.《听李士良琵琶》;4.《春听琵琶,兼简长孙司户》;5.《听琵琶妓弹略略》;6.《代琵琶弟子谢女师曹供奉寄新调弄谱》;7.《五弦弹》(见上);8.《五弦行》(见上);9.《琵琶行》;10.《蟾宫曲·送春》。

---

① 白居易《五弦行》。

白居易诗中向我们介绍了几位琵琶演奏家：重莲、曹刚、李士良、琵琶妓、曹供奉、赵壁、李管儿等。记载了这么多的琵琶名手的演奏，在我们看来，白居易能够写出千古名篇《琵琶行》，绝对不是偶然或碰巧，而是经过了多种不同场所下的欣赏实践。

《琵琶行》是白居易的经典之作，唐朝就扬名海内，宣宗皇帝在追悼白居易时说："童子解吟《长恨》曲，胡儿能歌《琵琶篇》。"这里的琵琶篇指的就是《琵琶行》，它在拟声、描情、表演技巧方面都有非常具体的描写。

这首诗是白居易在元和十一年（816 年）贬谪浔阳城（今江西九江市）的第二年写的。所述具体地点是码头，时间是晚上，事件是送客。先是有酒无乐，后来惊闻有京都之声的琵琶乐，终于燃起了请乐送客的激情。我们可以看到琵琶演奏家的入景场面：

"千呼万呼始出来，犹抱琵琶半遮面。转轴拨弦三两声，未成曲调先有情。"经过三请四催之后，演奏家比较"含羞"地出场，先来拨弦调试，热身活指。但在诗人看来，已经是未成曲调先含情了。是何种情绪呢："弦弦掩抑声声思，似述平生不得志，低眉信手续续弹，似说心中无限事。"这是欣赏情绪的对象化了（白居易被贬）。表演的技巧有"轻拢慢捻抹复挑"，表演的曲目是"先为《霓裳》后《六幺》。"其音响丰富、令人惊奇："大弦嘈嘈如急雨，小弦切切如丝语；嘈嘈切切错杂弹，大珠小珠落玉盘。"粗大之弦声音宏亮，如"嘈嘈急雨"，小弦似"切切丝语"，声音珠圆玉润。"间关莺语花底滑，幽咽泉流冰下难。冰泉冷涩弦凝绝，凝绝不通声暂歇。"有时象花中的鸟语一样优美动听，有时如幽僻之地的泉水冲下河滩，音乐有的时候像冰泉一样凝固了，声音也暂时停下来。"别有幽愁暗恨生，此时无声胜有声。"就像幽愁暗恨一样，无声胜有声。"银瓶乍破水浆迸，铁骑突出刀枪鸣。曲终收拨当心画，四弦一声如裂帛。"声音最后高潮到来，如水浆迸发、刀枪齐鸣，收拨在当心，四弦如裂帛。既绘声绘色，声色俱美，又绘声绘情，声情并茂。连休止符的运用，都十分恰到好处地表现在应该表现的地方，大有增之一分则长，缩之一分则短的感觉。白将整个演奏过程，从演员出场、曲调起始、音响效果、技巧表现及高潮与结尾不同的特征完整地显示出来，将起伏快慢及不同的变化一丝不苟、活灵活现地展示出来，如见其人、如闻其声、如睹其技，可谓刻骨传神、淋漓尽致。

也正是因为京城琵琶妓之水平高超，所以作者说："今夜闻君琵琶语，如听仙乐耳暂明。"哪怕以前"岂无山歌与羌笛，呕哑嘲哳难为听"作者也认了。所以白居易在《听琵琶妓弹略略》中说："腕软拨头轻，新教略略成；四弦千遍语，一曲万重情。法向师边得，能从意上生。莫期江外手，别是一家声。"四弦琵琶的表现力如此之强，以致于演奏时像在讲述千言万语，表达无限的情怀，江外也有高手，能够成一家之"言"。白居易不愧为琵琶鉴赏家，从表演者那里可以听得出地方风格，长江流域的，京城的，胡儿风格的、汉族风格的等等。"四弦不似琵琶声，乱泻珍珠撼玉铃。指底商风悲飒飒，舌头胡语苦腥腥。如言都尉思京国，似述明妃厌虏庭。"①"声似胡儿弹舌语，愁如塞月恨边云。"②"拨拨弦弦意不同，胡儿番语两玲珑。"③元稹和白居易一样，也能够区分不同的民族风格："学语胡儿撼玉铃，甘州破里最星星。"《甘州破》就是边区之曲。由此可见唐代的琵琶创作、演奏、欣赏水平之一斑。

中唐琵琶是很普遍的，除了军营、宫廷之外，酒楼里也是司空见惯的现象，如白居易《琵琶行》中提到的浔阳琵琶，仕人家中的宴席上亦有琵琶身影：王建说"青蛾侧调调双管，彩凤斜飞

---

① 白居易《春听琵琶兼示长孙司户》。
② 白居易《听李士良琵琶》。
③ 白居易《听曹刚弹琵琶兼示重莲》。

193

五弦中。"① 另外，百姓在日常生活中也有弹琵琶的，如王建说的"男抱琵琶女作舞，主人再拜听神语。"② 这是指在赛神活动中，男女配合的情况。琵琶的情绪表现，仍以愁苦为主。

中唐琵琶曲有《六么》、《霓裳》、《略略》、《甘州》等。

晚唐之时，国势衰微。气数将尽，天下大乱。晚唐60多年，唐末农民大起义就占了十多年的时间，就此可以窥视整个社会状况。随着帝国盛世的早已远去，辉煌之景已成旧日黄花。琵琶随着国势已经大不如前，唐诗中反映琵琶的诗也较之中唐少了许多。如果说中唐还有"头白人间教歌舞"和"老大嫁作商人妇"之艺妓存在的话，到了晚唐只是这些艺术家的后代了，他们或她们的生活完全民间化、百姓化了。是否子承父业，还是女承母业都不得而知了。但我们可以从日常生活的规律中来推理当时情形，父母亲（或父亲、或母亲）受尽了琵琶的苦头，他们还会让自己的孩子从事这项职业吗？但也不是说就没有人进行音乐娱乐活动了，有一些音乐爱好者组成的乐队，也有少数职业的艺人代代相传以琵琶为业组成的乐队。

晚唐的五弦琵琶和四弦琵琶仍然比较流行。

晚唐的琵琶虽然没有了昔日的辉煌，但它在乐队中的领导地位却没有多大变化。在一些要员的家庭乐队中，私家的琵琶小乐队还比较有特点。张祜《观宋州于使君家乐琵琶》："历历四弦分，重来界上闻。玉盘飞夜雹，金磬入秋云。陇雾笳凝水，砂风雁咽群。不堪天塞恨，青冢是昭君。"于使君家的琵琶乐队是很有名的。张祜的《王家琵琶》说："金屑檀槽玉腕明，子弦轻捻为多情。只愁拍尽凉州破，画出风雷是拨声。"王家琵琶水平不俗。晚唐有一些以琵琶为主的小乐队，他们平时各自干自己的事

---

① 王建《田侍中宴席》。
② 王建《赛神》。

情，到了有红白喜事就自动组合，这样的乐队往往有一个主要领导人，乐队之名就以这个人的姓名称之。如王家琵琶，就是如此。

晚唐琵琶并未消失，而是改变了它的活动方式，初唐、盛唐它们是独风骚幸运儿，此时，他们仍然是老大。乐人以琵琶为主组成乐队，琵琶品种齐全，不仅有四弦琵琶，也有五弦，又如张祜的《王家五弦》："五条弦出万端情，捻拨间关漫态生。唯羡风流田太守，小金铃子耳边鸣。"这是王家琵琶以小星作为节奏性的指挥乐器，引领整个小乐队在田太守家中表演。张祜的《五弦》："小小月轮中，斜抽半袖红。"看来五弦也是斜抱竖弹，与四弦琵琶无异，它的形状则如同半月，由美人来演奏。晚唐早期薛逢有《听曹刚弹琵琶》："禁曲新翻下玉都，四弦长触五音殊。不知天上弹多少，金凤衔花尾半无。"

李群玉在谈到"三千宫嫔推第一"的王内人琵琶，专业水准极高："檀槽一曲黄钟羽，细拨紫云金凤语。万里胡天海塞秋，分明弹出风沙愁。"[①] 弹出了边塞风格。李群玉的另一首诗说："帘外春风正落梅，须求狂乐解愁回。烦君玉指轻拢捻，慢拨鸳鸯送一杯。"春天中的琵琶可以使人狂乐。唐彦谦《春日偶成》中说："秦筝箫管和琵琶，兴满金樽酒量赊。歌舞留春春似海，美人颜色正如花。"这是讲一个小乐队，有秦筝、箫、琵琶等管弦乐器，这些乐器为歌舞伴奏，在春天里表演使得人们认为春深似海。罗隐《听琵琶》："香筵酒散思朝散，偶向梧桐暗处闻。大抵曲中皆有恨，满楼人自不知君。"这是说琵琶的表现情绪。

终唐一代，琵琶是幸运儿，它随国势的盛而昌，引领音乐潮流；也随国势的衰而微，无奈乐不由人。它是唐代胡乐的代表乐器，它奏出了时代的唐音。它也代表了唐代音乐的发展大势，它显然是属于一个历史的辉煌时期。

---

① 李群玉《王内人琵琶引》。

四、唐代琵琶兴盛之因

琵琶的演奏手法多样，技术含量很高，比起筝等乐器来，它的技术难度要大。要演奏好琵琶并非一日之功，它也有许多值得推敲、研究的思想蕴含其中。它能够获得马背民族的喜爱，也能够深入大唐国土，甚至遍及亚洲，显然有其社会原因和历史原因。

（一）追奇崇异的尚新心理

唐人对琵琶的爱好和热情与他们尚"异"、尚"奇"、尚"稀"、尚"新"的心理分不开，也与统治者的高度自信分不开，这种高度的自信的表现是征服一切的拿来主义，所有的外来的东西，我没有的东西都可以为我所用，我不担心他们会有什么"不轨"之处，我不信我就消化不了它。

琵琶有四弦、五弦，无论哪种其形制都是梨形的，是一种有"意味的形式"，人们喜欢它的外形。有人把它比喻成宇宙的形式。它的声音清脆、嘹亮。能大能小，能断能连，又能富有颗粒感。能够很果断地把人们的思想表达出来。那种嘹亮的音质音色能给人们深刻的印象和美好的遐想。听惯了中土音乐的人们，对传统音乐那些循规蹈矩的的特点已经生出一些"厌恶"来，琵琶的传入无异于一股新风吹入，首先是它外形上给人面目一新之感，其次是它的音响效果上的闻之一新之感，加上琵琶演奏风格的放达、豪迈，那些动人心魄的节奏和富有号召性的力度，那放荡不羁、强烈感人的情感宣泄使中原人那失却的热情再度高涨起来，一种新鲜而强烈的快感使他们激动不已而又陶醉其中。于是从皇帝到官吏，从士大夫到老百姓都被感染了，形成了一股落浩浩荡荡、汹涌澎湃的洪流，不可阻挡。

（二）历史原因

外来的和尚好念经，外来的音乐好声音。唐人所喜欢的声音传入中土亦有漫长过程。

隋唐燕乐中的《龟兹乐》，从前秦（351～394）已经开始传入内地，经过了南北朝时期进一步地接受和融合，使其不断地接受中原汉人的审视和初步接触，到南北朝时期，北朝的宫廷中看得到它身影，听得见它的声音，但还未普遍形成定制，至少还没有形成传统。隋朝时，它就成为汉族宫廷音乐的组成部分，是国家音乐的正式内容。

（祖珽）上书曰："魏氏来自云朔，肇有诸华，乐操土风，未移其俗。至道武帝皇始元年，破慕容宝于中山，获晋乐器，不知采用，皆委弃之。天兴初，吏部郎邓彦海奏上庙乐，创制宫悬，而钟管不备。乐章既阙，杂以《簸逻迥》歌。初用八佾，作《皇始》之舞。至太武帝平河西，得祖渠蒙逊之伎，宾嘉大礼，皆杂用焉。此声所兴，盖符坚之末，吕光出西域，得胡戎之乐，因又改变，杂以秦声，所谓'秦汉乐'是也。至永熙中，录尚书长孙承业，共臣先人太常卿莹等，斟酌缮修，戎华兼采，至于钟律，焕然大备。自古相袭，损益可知，今之创制，请以为准。珽因采魏安丰、王延明及信都芳等所著《乐说》，而定正声，始具宫悬之器，仍杂西凉之曲，乐名《广成》，而舞不立号，所谓'洛阳旧乐'者也。"[1]

唐代燕乐中最重要的部分是《龟兹乐》，它"动荡山谷，声震百里"，对汉族音乐形成了强烈的冲击力，不仅在宫廷、在士大夫中，它为中国音乐增添了新的血液，甚至跨越唐土传到日本、朝鲜，它是民族融合的成果。

龟兹在今新疆的库车，为古代丝绸之路的要冲，也是东西经济文化交流的枢纽。这里的人们性格开朗、能歌善舞。《旧唐

---

[1] 修海林《中国古代音乐史料集》，转引《隋书·音乐志（中）》，世界图书出版社，2000年9月第1版，第254～255页。

书·西域传》龟兹条言其"俗善歌舞"。龟兹人在深厚的群众音乐基础上,创造了灿烂发达的音乐文化。玄奘的《大唐西域记》中记载屈兹(即龟兹)"管弦伎乐,特善诸国",说明龟兹乐之一斑。它从4世纪开始就传入内地,不断与中原音乐文化交融,成为中华音乐的组成部分。

《隋书·音乐志》:"龟兹者,起自吕光灭龟兹,因得其声。吕氏亡,其乐分散。后魏(北魏)平中原,复获之。"前秦符坚(357~386)派吕光、沮渠蒙逊西征,384年灭龟兹,后来沮渠蒙逊(401~433在位),拥有凉州(今甘肃武威一带),龟兹乐再次与汉族乐融合,称为"秦汉伎"。《隋书·音乐志》又说"西凉乐":"起于符氏之末,吕光、沮渠蒙逊据有凉州,变龟兹之声为之,号为《秦汉伎》。"变龟兹之声为之,说明了龟兹音乐的影响,也说明这个时代,是民族大融合的时代,没有龟兹之声,岂能变之,如果不融合又岂能变通之。"杂乐有西凉鼙舞、清商、龟兹等。然吹笛、弹琵琶、五弦及歌舞之伎。自文襄以来,皆有所爱好。至河清以后,传习尤盛。后主唯赏胡戎乐,耽爱无已。于是繁手淫声,争新哀怨。至有曹妙达、安未弱、安马驹之徒,至有封王、开府者。遂服簪缨而为伶人之事。后主亦能度曲,亲执乐器,悦玩无倦,倚弦而歌。""唯欣赏旧乐",这是皇室兴起胡乐的早期资料。陈后主陈叔宝,之所以唯赏胡戎之乐,肯定有他欣赏的道理。他没有那么多的限制,音乐响亮,有歌有舞,有器乐表演,都很豪爽,很开放,所以情感受可以得到尽情宣泄。

《隋书·音乐志》又说:"太祖辅魏之时,高昌款附,乃得其伎,教习以备飨宴之礼。及天和六年[①],武帝罢掖庭四夷乐。其

[①] 天和六年,北周宇文化邕的年号,时为公元571年;"其后"二字指568年宇文邕聘北周皇后之事。离杨坚统一全国为时不远了。

后帝娉皇后于北狄，得其所获康国、龟兹等乐，更杂以高昌之旧，并于大司乐习焉。采用其声，被于钟石，取周官制以陈之。"这里讲"被于钟石"，显然也包括了吸收中的改造。

《旧唐书·音乐志》："孝孙又奏：陈、梁旧乐，杂用吴、楚之曲；周、齐旧乐，多涉胡戎之伎。于是斟酌南北，考以古音，作为大唐雅乐，以十二律各顺其月，旋相为宫。按《礼记》云：'大乐与天地同和'，故制十二和之乐，合三十一曲，八十四调。祭圆丘以黄钟为宫，方泽以林钟为宫，宗庙以太簇为宫。五郊、朝贺、飨宴，则随月用律为宫。初，隋但有黄钟一宫，惟扣七钟，余五钟虚悬而不扣，及孝孙建旋宫之法，皆遍扣钟，无复虚悬矣。"

从以上论述知道，南方（南朝）的是宋、齐、梁、陈之间交流，而北方（北朝）则是北魏（包括东魏、西魏）与北齐、北周之间互相渗透，但南北显然是有区别的。《西凉乐》和《龟兹乐》就是如此。《西凉乐》在西汉武帝时期已经出现，北魏时改为《国伎》。从历史上看，西凉（今甘肃）一带自古是我国能歌善舞的少数民族聚居地，乐舞艺术已是当地居民生活中不可缺少的组成部分。早在西汉年间（公元前149年），汉武帝统一北方时，就将西凉民族音乐带回了长安宫廷，由当时宫廷乐府总管李延年列入乐府之中，作为宫廷乐舞经常演出的节目之一。据《辽史·音乐志》云："汉武帝以李延年典乐府，稍用西凉之声。"说明比吕光（公元385~398）早近五百年，西凉一带就有自己民族的音乐艺术了。两汉以后，河西地带仍是多部族杂居地区。这一点，出土文物和《晋略·李暠传》可以互为参照[①]。东晋安帝隆安四年（公元400年），凉州大姓李暠据敦煌自称凉公，建立西凉政

---

① 1977年6月，甘肃省博物馆在酒泉县发掘了丁家闸五号墓。该墓是一座东晋十六国时代的彩绘壁画墓。据考证时间为西凉李暠"喜缘饰祥瑞，以自表异"的具体体现，大量出土壁画、文物证明了这个民族交流地区繁荣的过去。

权。义熙元年（公元405），李暠迁都酒泉。敦煌的许多豪门大族及其士人，亦随往酒泉。此墓为研究十六国初期河西地区的民族融合及音乐文化交流等提供了极有价值的史料。其墓壁画中共有五种人种形象，经有关学者鉴定有汉人，有拓跋鲜卑，有羌人。壁画中有一男乐伎弹卧箜篌；有女乐会弹琵琶，有吹长笛，有拍腰鼓，有手摇鼗鼓等。所以《隋书·音乐志》又接着说："魏太武既平河西，得之，谓之《西凉乐》。至魏、周之际，遂谓之《国伎》。"这还不算完，到了隋朝的七部乐，它叫承前代（北周）之名叫《国伎》；到了唐朝的燕乐中，它又被称为《西凉伎》。白居易的诗《西凉伎》就说明了西凉乐的一些特点及当时艺人的痛苦遭遇：

> 西凉伎，假面胡人假狮子。刻木为头丝作尾，
> 金镀眼睛银帖齿。奋迅毛衣摆双耳，如从流沙来万里。
> 紫髯深目两胡儿，鼓舞跳梁前致辞。应似凉州未陷日，
> 安西都护进来时。须臾云得新消息，安西路绝归不得。
> 泣向狮子涕双垂，凉州陷没知不知。狮子回头向西望，
> 哀吼一声观者悲。贞元边将爱此曲，醉坐笑看看不足。
> 娱宾犒士宴监军，狮子胡儿长在目。有一征夫年七十，
> 见弄凉州低面泣。泣罢敛手白将军，主忧臣辱昔所闻。
> 自从天宝兵戈起，犬戎日夜吞西鄙。凉州陷来四十年，
> 河陇侵将七千里。平时安西万里疆，今日边防在凤翔。
> 缘边空屯十万卒，饱食温衣闲过日。遗民肠断在凉州，
> 将卒相看无意收。天子每思长痛惜，将军欲说合惭羞。
> 奈何仍看西凉伎，取笑资欢无所愧。纵无智力未能收，忍取西凉弄为戏。①

说《西凉伎》在唐初太宗设安西都护府之时（公元640年）

---

① 白居易《西凉伎－刺封疆之臣也》，第18卷427之5。

就传过来了。多年后,"安史之乱"凉州(今甘肃武威一带)陷落;中唐时期,《西凉乐》受到贞元人的喜爱。《龟兹乐》也是如此。新、旧唐书在其乐志里都说,凡"嘉宾大礼"都要演奏《龟兹乐》。魏太武帝十分喜爱《龟兹乐》,这也是非常有利于龟兹乐的传播的。魏太武帝统一北方诸族时加强了龟兹乐的传播。到了北齐,高洋皇帝也十分爱好《龟兹乐》,因而使得"洛阳遗风"得以保存。而三代家传的琵琶高手曹妙达很受高洋皇帝的宠爱:"后魏有曹婆罗门,受龟兹琵琶于商人,世传其业,至孙曹妙达,尤为北齐高洋所所重,常自击胡鼓以和之。"以致于封王开府,"西域丑胡,龟兹杂伎,封王者接踵,开府者比肩。"① 皇帝的爱好,使得龟兹乐风行于士大夫之中。《颜氏家训》中就讽刺一位善于教子的官员会"鲜卑语及弹琵琶",说"以此事公卿,无不宠爱"。在民间龟兹乐舞也十分流行,1971年河南安阳出土的北齐范粹墓肩壶三件,皆模印相同的乐人舞蹈形象,这是以五弦为首的四人龟兹小乐队伴奏一人的舞蹈,即为民间流行证据。北齐提倡"鲜卑语"与《龟兹乐》是想巩固思想、促使汉化,这也使得龟兹乐更加广泛地流行。到北周《龟兹乐》流行也是使用鲜卑汉化政策,又建都长安,《龟兹乐》经过改造后,成为诸民族都能够接受的流行音乐。

天和三年(568年)是一个转折点,周武帝时期在这一年聘突厥可汗的女儿阿史那为皇后,带来了西域的一批乐工,《旧唐书·音乐志》说:"周武帝聘虏女为后,西域诸国来媵,于是龟兹、疏勒、安国、康国之乐,大聚长安。胡儿令羯人白智通教习,颇杂以新声。"苏祗婆、白明达这些音乐专家就是此次来到长安的。从此以后,龟兹乐在北国更加流行了。这一点可以从北周外戚,隋朝开国皇帝杨坚身上得到证明。《隋书》载杨坚

---

① 《北齐书·恩幸传》

不仅善弹琵琶，而且，"常倚琵琶，作歌二首，名曰《地厚》、《天高》"。这样，《龟兹乐》在"开皇中，其器大盛于闾"就不足为怪了。隋文帝杨坚甚至依曹妙达"于太常教习"清庙歌辞十二曲，"以代周歌"，使龟兹乐深入到庙堂仪式的领域。炀帝喜欢龟兹乐不在文帝之下，《隋书·音乐志》说御史大夫裴蕴一人为炀帝征集太常乐工三百多人，声势浩大，而且"哀管新声，淫弦巧奏，皆出于邺城之下，高齐旧曲"。隋音乐之渊源于可见一斑，隋乐直接继承北齐之乐，北齐时代已经盛行龟兹乐。

邺城在哪儿呢？就在今天河北省临漳县西南13公里漳河北岸。春秋时，齐桓公在此筑城，战国时魏文侯都此，秦置县，汉置魏郡，东汉末年为冀州、相州治所。建安十八年（公元213年），曹操为魏公都此。曹丕代汉，定都洛阳，但邺城仍为五都之一。十六国时，后赵、冉魏、前燕、东魏、北齐皆定都于此。从曹公至此，邺城长期为河北地区最为繁荣的都市之一。① 邺城于580年被杨坚焚毁，但它作为胡汉文化交流的重要据点的作用和影响并没有随此而毁灭。通过近400年的经营，胡汉民族在此你来我往、上场下场、久经碰撞，不断彼此接受对方，留下许多融合的佳话。

我们再看看隋代的音乐，尤其是隋代的七部乐、九部乐，这是隋代的代表音乐。它们究竟如何得来的？我们先看它的七部乐。

《隋书·音乐志》载："始，开皇初定令，置七部乐：一曰《国伎》，二曰《清商伎》，三曰《高丽伎》；四曰《天竺伎》，五

---

① 此城东西七里，南北五里，北临漳河，城西北隅自北而南列有崎冰井、铜雀、金虎三台。各个时期都有建设，东魏时期有扩建南城之举。《辞海》（缩印本·1989年），上海辞书出版社，1990年12月第1版，第1874页

曰《安国伎》，六曰《龟兹伎》，七曰《文康伎》。"又："大业中，炀帝乃定《清商伎》、《西凉》、《龟兹》、《天竺》、《康国》、《疏勒》、《安国》、《高丽》、《礼毕》，以为九部。"隋代宫廷燕乐的快速制定与其雅乐拖延七年的情形正好相反，说明以外族音乐为主要成份的音乐状况是宫廷音乐的主要特征。

旧唐书也在某种程度上说明十部乐的一些特征。《旧唐书·音乐志（第九）》："张重华时，天竺重译贡乐伎，后其国王子为沙门来游，又传其方音。宋世有高丽、百济伎乐。魏平冯跋，亦得之而未具，周师灭齐，二国献其乐。隋文帝平陈，得《清乐》及《文康礼毕曲》，列九部伎，百济伎不预焉。"

唐代十部乐与隋九部乐有相当密切的关系："西魏与高昌通，始有高昌乐伎。我太宗平高昌，尽收其乐，又造《燕乐》，而去《礼毕曲》。今著令者，惟此十部。……德宗朝，又有骠国亦遣使献乐。"

龟兹乐的特点见《隋书·音乐志》："先是周武帝时，有龟兹人曰苏祇婆，从突厥皇后入国，善胡琵琶。听其所奏，一均之中，间有七声。因而问之。答云：'父在西域，称为知音，代相传习，调有七种。'以其七调，勘校七声，冥若合符。一曰'娑陀力'，华言平声，即宫声也。二曰'鸡识'，华言长声，即商声也。三曰'沙识'，华言直声，即角声出。四曰'沙候加滥'，华言应声，即变徵也。五曰'沙腊'，华言应和声，即徵声也。六曰'般瞻'，华言五声，即羽声也。七曰'俟利建'，华言斛牛声，即变宫声也。"

唐朝初年，高祖李渊"享宴因隋旧制，用九部乐"。[①] 其音乐中琵琶已经是主要乐器。到贞观十六（642 时唐太宗大宴群臣，增《高昌乐》，并将《燕乐》列为十部之首，去原旧的《礼毕》，

[①] 《旧唐书·音乐志》

于是成十部乐，一直到玄宗。

　　隋七部乐中的《国伎》为隋九部乐的《西凉》所代替；唐代十部九部乐中，龟兹影响很大，高昌乐在唐以前是含在龟兹乐之中，唐九部乐中没有高昌乐，到十部乐时，又增高昌乐，实际上是把高昌乐分离出来，西部边地的少数民族音乐力量更加强大了。相比之下唐代西南的天竺乐，则消失于唐代九部、十部乐中，不再单列部伎乐。

　　《旧唐书·音乐志》对龟兹乐的使用也说得很明白："自周隋以来，管弦杂曲将数百曲，多用《西凉乐》，鼓舞多用《龟兹乐》，其曲度皆时俗所知也。"既然是时俗可知，就是说此为当时的流行音乐，大家都很熟悉。由此可见《西凉乐》、《龟兹乐》在燕乐各部中的地位。又说，"自破阵乐以下，皆擂大鼓，杂以龟兹之乐。……惟《庆善舞》独用《西凉》。坐部伎自《长寿乐》以下，皆用《龟兹》乐，惟《龙池》备用雅乐"。虽然唐玄宗开元、天宝年间，将边地音乐都改造成坐部伎和立部伎，但这些"旧乐"还是仍然在宫廷音乐、舞蹈中发挥着巨大的作用。

　　唐玄宗时期立部伎八部，用龟兹乐的有六部；坐部伎六部，用龟兹乐的就占四部。由此可见，无论是七、九、十部乐中，还是在坐、立部伎中，龟兹乐的使用是最广泛的。而在龟兹乐中，琵琶又是最重要的乐器。乐队之中，琵琶领奏是龟兹乐的本色。要不琵琶就叫屈茨（龟兹）琵琶呢。在乐舞中，琵琶伴奏不可缺少，它的独奏、伴奏、合奏都是引人注目的，而它的演奏手法奔放，音响效果热烈，又因为多年来一直在胡汉交界地域不断表演，所以引起众多人的喜爱。

　　这种民族音乐的融合延续了几百年，到唐并没有结束，仍然继续并痛快地进行着。如果说前面都是过程的话，现在到了宫廷都变成结果了。

《新唐书·礼乐志》卷十二说:"开元二十四年,升胡部于堂上。而天宝乐曲,皆以边地名,《凉州》、《伊州》、《甘州》之类。后又诏道调法曲与胡部新声合作。明年,安禄山反,凉州、甘州、伊州、皆陷吐蕃。"

唐代已经对乐器进行了分类:《新唐书·礼乐志》卷十二,分类方法仍然是八音法:"丝有琵琶、五弦、箜篌、筝,竹有箎篥、箫、笛,匏有笙,革有杖鼓、第二鼓、第三鼓、腰鼓、大鼓,土则附近革而为鞾,木有拍板、方响,以体金应石而备八音。……"

(三) 与统治者的提倡有关

回顾历史,琵琶似乎一开始就和统治者有关。从吕光灭龟兹之时,琵琶就沾染了高贵的血统。在将军的帐下,在贵族的府邸,在皇帝的宫殿中久盛不衰。

北魏太武帝喜欢秦汉伎这种受汉族音乐改造的龟兹乐,所以不要想象他会拒绝琵琶。

从历史记载中,我们知道东魏的"邺城旧曲"亦有琵琶足迹,龟兹乐曾经在这里盛行。

到了北齐的皇宫,高洋皇帝十分偏爱龟兹乐,且十分器重琵琶高手曹妙达,"常自击鼓而和之"。[1]

"……盛为'无愁'之曲,帝常自弹胡琵琶而唱之,侍和之者以百数,人间谓之'无愁天子'。"[2]

北周的武帝更因为阿史那皇后的关系,非常爱琵琶,爱龟兹乐,并"自弹胡琵琶,命孝衍吹笛"。[3]

---

[1] 《北齐书·恩幸传》。
[2] 《北齐书·卷八·帝纪·幼主》。
[3] 《北齐书·卷十一·列传·第三·文襄王六》。

北周外戚杨坚为隋文帝时,非常爱琵琶(受周武帝影响),"常倚琵琶,作歌二首,名曰《地厚》、《天高》。"

唐初,李渊忙于军国事务和政权建设,未能很好地品味艺术。唐太宗时期,边疆四夷侵扰,国内百废待兴,为了不至于重蹈隋代覆辙,唐太宗加紧生产,恢复经济,发展军事,很少享受。他对儒家礼乐思想十分重视,对历代文献加以整理出版,对一些经典音乐、传统音乐加以整理、推陈出新。唐太宗本人很欣赏琵琶,曾专门咏琵琶诗一首。这些不能不说他已经受到前代君主们对音乐欣赏态度的影响,前代君主们对琵琶感兴趣,太宗皇帝为什么不能欣赏琵琶呢?唐玄宗时期,李隆基对琵琶宠爱有加,玄宗本人就是一位琵琶演奏家和欣赏家。前期,玄宗励精图治,中后期开始注意享受。他对琵琶、对竹笛、对羯鼓演奏都十分精通,宫廷里的琵琶演奏高手一大堆,如果玄宗皇帝不喜欢,哪儿去找那么多的琵琶演奏家呢?这又如何不使琵琶日盛一日,尽占风流呢?

琵琶是唐代人一直喜欢的乐器,尽管有历史的变迁,有经济的萧条,但热情的唐人却从来没有冷落过琵琶,这种情况一直延续到宋代。

五、唐代琵琶美学初探

(一)技术美学

1. 琵琶的表演技术

琵琶自南北朝传入中国内地和江南以后,可谓风靡各地,这股琵琶热使得众多的演奏家和爱好者孜孜不倦地追求更加出色的演奏效果。人们从演奏手法上加以突破,初唐时期这种技术革命终于出现。唐太宗时期的裴神符首先把拨改用手弹的方法用于五弦。

第三章 弦乐器

《旧唐书·音乐志》："五弦琵琶稍小，盖北国所出。"认为琵琶源出北方马背民族，只是比一般的琵琶稍为小一些。《风俗通》："以手琵琶，因以为名。按，旧琵琶皆以木拨弹之，太宗贞中，始有手弹之法，今所谓搊琵琶是也。"而《琵琶录》中则说明了具体的人名：

"贞观中，裴路尔（即裴神符）弹琵琶，始废拨用手。今所谓搊琵琶是也。"

《新唐书·礼乐志》说得更明白，并说明了唐太宗对此的态度："五弦如琵琶，小；北国所出，旧以木拨弹，乐工斐神符初以手弹，太宗悦甚，后人习为搊琵琶。"

《教坊记》云："平民以容色选入内者，教习琵琶、五弦、箜篌、筝者，谓之搊弹家。"为什么太宗皇帝会喜欢以手弹呢，可能是裴神符掌握了细腻的力度。手弹的技巧经过了几十年之后，仍然与用拨子弹奏关并行不悖。天宝年间就有高手奏出了手弹的风格。五弦的力度稍小，四弦的力度是比较大的。王建《宫词百首》：云："用力独弹金殿响，凤凰飞下四条弦。"《琵琶录》说：

"贞元中，有王芬、曹保保，其子善才，其孙纲，皆袭所艺琵琶。次有裴兴奴，与刚同时。曹纲善运拨若风雨，而不事扣弦；裴兴奴长于捻拢指拨稍软，时人谓曹纲有左手，兴奴有右手。"

白居易在其诗《听曹纲琵琶兼示重莲》中就说："拨拨弦弦意不同，胡啼番语两玲珑。谁能截得曹纲手，插向重莲衣袖中。"曹刚作为一代高手，被许多人所称赞，刘禹锡就称赞过曹纲："大弦嘈嘈小弦清，喷雪含风意思生；一听曹纲弹薄眉，人生不合出京城。"[①]

指拨在初唐比较流行，后来这种以手弹奏的风气就衰落了，

[①] 刘禹锡《曹纲》。

可能跟人们的审美风格的变化有关。元稹在其诗《琵琶歌》中说："玄宗偏许贺怀智，段师此艺还相匹。自后流传指拨衰，昆仑善才徒为尔。"说明了指拨弹奏只是初唐盛唐初有一些流传，后来就衰败了，可能是因为声音比较小的原因，人们喜欢听大声的演奏。所以拨法演奏的很多。

张籍的《宫词》："黄金捍拨紫檀槽。"

王建的《宫词》："红蛮捍拨贴胸前。"

白居易《琵琶》："弦清拨剌语铮铮。"

又白居易说："胡琴筝似指拨剌。"①

在《琵琶行》中说："曲中收拨当心画。"

李贺《春怀引》："捍拨装金《打仙凤》。"

李坤《悲善才》："衔花金凤当承拨。"

张祜《王家琵琶》："别出风雷是拨声。"

许浑《听琵琶》："紫檀红拨夜丁丁。"

四弦曲项琵琶因为弦粗，用拨弹也是可以理解的。《乐府杂录》："琵琶……有直项、曲项者。曲项便于急关也。"这急关二字如何理解呢？在《琵琶录》中，"急关"作"转轴"讲。就是说四弦琵琶弦粗，如果没有这个中转站，松弦、紧弦都不方便，有了这个"转轴"机关不仅在定调时方便，而且转调时也会方便。所以曲项四弦大琵琶，不仅有大弦，有昆鸡筋弦，有皮弦等，都不容易弹好，需要比五弦琵琶更大的力量。这几种弦必须用木拨或铁拨来弹，才能发声如雷。这样正好表达唐人气势磅礴的特点。康昆仑弹琵琶之后，李禹觉得"琵声多，琶声少，是未可以弹五十四丝大弦也"。多少有点遗憾。首席琵琶都不可能弹得更好，其弦的紧张度可想而知。也难怪元稹说："昆仑善才徒为尔。"这样大琵琶必须猛烈用力弹奏，才能如暴风聚雨般响起，

---

① 白居易《九日宴集醉题郡楼兼呈周殷二判官》。

其力度和技巧是一般人望尘莫及的。这泰山压顶之势、雷霆万钧之力表现大唐的欣欣向荣、蒸蒸日上的之势，也恰如其分。同时也正好符合听众们"宏心骇耳"的心理期待。

2. 技巧的发展

除了"转轴拨弦"之外，还有"轻'拢'慢'捻''抹'复'挑'"。"拢"是"推"，是左手手指按弦向里（琵琶中部）推；"捻"即"吟"或"揉"，是左手手指按弦在柱（又名"相"或"品"）上左右捻。以上两种手法为细腻委婉情调的左手手法。"抹"即"弹"，用右手向左拨弦，"挑"即用右手向右拨弦。这是琵琶的右手演奏法。

曲项琵琶、阮咸或秦汉子都是木制的拨弦类乐器，半梨形和圆形音箱，张有四弦，唐代用昆鸡弦、丝弦、羊肠弦，现代琵琶用尼龙线或钢丝制成，四弦琵琶各弦在唐代还没有一个完整的名称，只是到现代琵琶四弦由低到高分别为"缠弦"、"老弦"、"中弦"、"子弦"。依次为：A、d、e、a，琵琶的低音区粗犷、低沉，余音较长；中音区明朗亮丽、柔美而富有弹性，颗粒感强；高音区清脆、结实有力，极限范围的一些特别的高音则发音紧张。五弦琵琶到宋代之后用的很少，但民国时期，上海大同乐会曾有人根据历史资料复制过五弦琵琶。秦汉子变成了阮类乐器，其基本技法同琵琶。

琵琶演奏时竖抱，基本左手按弦，右手五指弹奏，正如上述分左手技法和右手技法。左手技法的拢或推，在现代演变成捺、带、擞都是用左手指发音，因音量较弱，故又称虚音。虚音是与右手弹奏的实相对而言的。音量方面，实音较强，虚音较弱。如在乐曲某些地方恰当地运用了虚音与实音的有机结合，可使乐曲在音量方面增添对比。这种虚音与实音组合进行的方法，在唐诗中反映不是太多，故我们也无需多谈；右手指法除上面介绍之外，弹挑类的手法就发展到非常之多：包括弹、挑、夹弹、滚双弹、双挑、剔、抚、飞、双飞，而弹挑是右手指法中最基础、最重要的指法。其他右手指法，如夹弹、滚、分、撼、勾、抹、剔、飞等，都是由弹挑演变而成。"勾、抹"等手法在唐诗中也有少数的体现。我们将少数技法加以细部描述，以便更好地理解其表演美学：弹是用右手食指指甲端（一般用与拇指相邻侧的指甲端）触弦，将弦向左弹出发音。挑：是用右手拇指指甲端（一般用大指外侧的指甲端）触弦，将弦向右挑进发音。弹挑类其他指法的演奏方法有夹弹，此种表演技法是用弹和挑在弦上作连续均匀而不是太快的运动，依曲调节奏的快慢决定表演时间的长短。滚：演奏方法与夹弹相同，但在速度上则较夹弹要快一倍。剔：是用中指甲向左将弦剔出。抚：是用中指肉将弦向右抚进。双弹：是用食指甲将相邻的两条弦向左同时弹出，这是一种和弦演奏方法。双挑：是用拇指甲将相邻的两条弦向右同时挑进。飞：是用无名指甲将弦向左飞出。双飞：是用食指甲弹左面的弦，拇指甲挑右面的弦，要连而不断。轮指是五指循环周而复始的演奏，是弹琵琶时获得长音的主要方法。

　　由于唐代已经有了非常丰富的表演技法，所以唐诗中的琵琶音响是那样的丰富多彩、应接不暇。唐诗的描写以白居易对琵琶的描述最有代表性，从声音的表演效果中我们可以推论其表演技法相当细腻："大弦嘈嘈如急雨，小弦切切如私语。嘈嘈切切错杂弹，大珠小珠落玉盘。"从这四句来看，前两句是指力度使用非常到位，否则怎么能出现"急语"和"私语"之别；除表演力度的轻重关系处理好外，指法要肯定自信，音符要清晰可闻，必须具备强烈的颗粒感，这时才可能知道什么是"大珠"、什么是"小珠"，它们究竟"落"到哪儿去了，否则是难以寻找回来的。指法快而不乱，强弱恰到好处，音符才能够一一流出，不被掩盖，不被贪污。"嘈嘈"指的是低而长的声音，"切切"则是形容轻微细密之声，长和短，低和高都被淋漓尽致地表现出来。由于力度掌握得很好，所以如"大珠"似"小珠"，如"莺语"、似"泉流"，音乐的表现有连也有断，有音符也有休止符。这样就出现"别有幽愁暗恨生，此时无声胜有声"，每一种声音都是经过精心策划出来的，而且每种声音都是作品所需要的，没有多余的东西。休止符的使用具有特别感人的艺术效果，否则怎么可能"此时无声胜有声"。真是绝了。看来乐器就像人的语言一样，"琵琶声停语亦迟"，"拨拨弦弦意不同，胡意蕃语两玲珑"，琵琶会说话了，这是一种晶莹透亮的视觉通感，如果不是琵琶大家的演奏技巧高超，不会有"银瓶乍破水浆迸，铁骑突出刀枪鸣"的磅礴气势。

"曲终收拨当心画，四弦一声如裂帛"。"当心画"即如现代琵琶演奏中的扫弦，四弦几乎一齐发响，奏出裂岸排空的和声效果。用扫弦手法作为乐曲结束是琵琶常用手法之一，在现代琵琶演奏中亦十分常见。它告诉作者已经完毕，但往往起到出人意料的艺术果。

白居易《五弦》对五弦琵琶演奏家赵叟奏出音响描写也十分细腻："赵叟抱五弦，宛转当胸抚。大声粗若散，飒飒风和雨。小声细欲绝，切切鬼神语。又如鹊报喜，转作猿啼苦。十指无定音，颠倒宫徵羽。"从中我们知道五弦也是抱在胸前演奏，其大声比较粗糙好像难以聚拢在一起，就像风声和雨声两种声音交织在一起。而小声则很细小，以致于好像快听不见，给人的感觉像是鬼神在讲话一样。音乐变化之后，声音变高变亮，如同喜鹊传讯。总而言之，十指变化无常、魅力无限，五声怎么样弹都好听。

唐诗琵琶中的演奏技巧十分高超，无论是四弦曲项琵琶，还是五弦直项琵琶都达到炉火为之纯青的地步。所以琵琶所奏出的音响也给人们一个五彩斑斓的世界。

(二) 情感美学

琵琶作为唐代乐器中独领风骚的胡乐器,成为诗人们长吟不衰的奇迹,这其中的描写包括了演奏技术美学、情感欣赏美学、尚新心理美学等,我们有必要对其进行仔细的分析。

1. 意境美学

琵琶演奏中出现了"意"、"幽"、"闲"等字眼,说明了古琴文化对琵琶欣赏理论、乐评理论和审美理论的渗透,也说明了艺术欣赏的异质同构性。但琵琶毕竟是胡乐器借鉴也是十分有限的,加上唐代音乐潮流的完全转向,所以它的情况与中国历史上任何一个朝代都大异其趣。我们只有看唐诗琵琶的使用场合,才能从根本上理解它的意境作用。

王翰的"葡萄美酒夜光杯,欲饮琵琶马上催。醉卧沙场君莫笑,古来征战几人回"写开战之前,将士们也仍然欣赏琵琶,喝喝美酒,释放一下紧张情绪。环境应该是在晚上,否则白天也看不见夜光杯的变化呀。可想而知,这不是在心情平静下赏杯喝酒。"催"字是大前提,作者很艺术、巧妙地将此时的心情以乐观的态度表达出来。

李颀的《从军行》:"行人刁斗风沙暗,公主琵琶幽怨多。"这里讲的是公主幽怨之情,这种怨情还不少;又见顾况的《刘禅奴琵琶歌》:"明妃怨中汉使回,蔡琰愁处胡笳哀。"李商隐和杜甫诗、白居易等人的诗中也有不少类似表达法。[①]

曾经使李白不敢在黄鹤楼上题诗的崔颢,在其《渭城少年

[①] 李商隐《王昭君》:毛延寿画欲通神,忍为黄金不为人。马上琵琶行万里,汉宫长有隔生春。

杜甫五言《怀古迹五首》:画图省识春风面,环佩空归月夜魂。千载琵琶作胡语,分明怨恨曲中论。

白居易《听琵琶妓弹略略》。

行》也说到了琵琶："可怜锦瑟筝琵琶，玉台清酒就君家。小妇春来不解羞，娇歌一曲杨柳花。"这是在洛阳二月梨花怒放之时游春的情形。万户楼台、五陵花柳、章台帝城等渭城著名"景点"，在青楼日晚、歌钟响起之时五陵少年都不知道应该在哪儿住宿了。于是就出现了欣赏音乐之描写，以琵琶为首的丝弦乐器来伴奏歌唱，这是琵琶在旅游景点为王公贵族服务的情形，这显然是热闹的。

刘禹锡在谈到曹刚弹琴是说"大弦嘈嘈小弦清，喷雪含风意思生。一听曹刚弹《薄媚》，人生不合出京城。"大弦弹出了比较响亮的音响，小弦的声音则比较清亮，此中有真"意"。

王睿在其《送神》中说："枨枨山响答琵琶，酒湿青莎肉饲鸦。树叶无声神去后，纸钱灰出木绵花。"此处乃是在用琵琶、美酒及莎肉饲神祈福，环境是安静的。

白居易说"法从师边得，能从意上生"，这是说学习到了师傅的技巧，并且能够很好地处理好乐曲的内涵"意"。又说"东船西舫悄无言，惟见江心秋月白"，这是讲琵琶演奏完毕，人们还沉浸在琵琶的意境中，老半天没有一点音响，非常安静，只有江心的明月在陪同人们回味琵琶情。这种情况虽然在唐人的赏乐诗中最多见。

总而言之，琵琶欣赏的描写与其它诸多乐器的描写极不相同，这是因为琵琶本身确实是一件极具表现力的乐器，否则它也不会被现代人称为民族"乐器之王"了。诗人们在欣赏琵琶的时候好像忘记了它是一件胡乐器，完全被它的音响魅力吸引住了。但意境方面的欣赏理论远没有古琴甚至古筝等乐器之深度，只能说明它是一件时间不长的新生乐器。

2. 情感美学

琵琶的情感美学在唐诗中有不少描写，其中以中晚唐诗人们的描写最具代表性。初唐人们忙于各项生产的恢复，盛唐虽然表演多，欣赏者多，但理论不多。只有实践到了一定的程度，理论才会以总结性的姿态出现，中晚唐正是这个时候。人们大量地欣赏琵琶表演，欣赏各种琵琶表演的风格之后，开始以琵琶表演为视觉之起点，以听觉感受为心灵之基点，以笔触为诗歌之爆发点，向世人展示它的情感之美、声音之美、外形之美。

情感美学的实质是以"情"动人。

"转轴拨弦三两声，未成曲调先有情。"琵琶以声音吸引人，以情字打动人，没有曲调就已经脉脉含情，哪有不怜之理？

以情字为核心的审美理论在历代艺术作品中最为常见，在我们的琵琶诗中情感的表演也是司空见惯。这一方面，白居易具有代表性、典型性和特殊性。代表性是指他讲得比较深刻，比较完整；而特殊性则指他不仅是提出来，而且上升到了理论总结的高度，他将情感理论放到一个很高的位置，置于一个全方位的审美视域。这在其它诗人的作品中很难见到。

白居易《听琵琶伎弹略略》说："四弦千遍语，一曲万重情。"十分夸张，但十分感人。这是音乐情感之魅力的体现。同样，《春听琵琶兼示长孙司户》："四弦不似琵琶声，乱写真珠撼玉铃。指底商风悲飒飒，舌头胡语苦醒醒。如言都尉思京国，似诉明妃厌虏庭，迁客共君相劝谏，春肠易断不须听。"也是因为琵琶之丝语表现了悲情、苦情、怨情，致使欣赏者肝肠寸断。

"弦弦掩抑声声思，似述平生不得意。"这是对人亦是对诗人自己不得意之情表示出极大的同情，这是一种怜悯之情。

不同的琵琶曲有不同的调式表现，不同的琵琶曲也有不同的情感表现。白居易《代琵琶弟子谢女师曹供奉寄新调弄谱》："《蕤宾》掩抑娇多怨，《散水》玲珑峭更清。珠颗泪沾金捍拨，红妆弟子不胜情。"这是讲琵琶曲《蕤宾》有撒娇之情和撒娇中的怨情，而琵琶曲《散水》则是比较清新一类情感的表达。

白居易所写琵琶曲不下十首，几乎涉及到各种情感的描写，所以它的琵琶诗特别感人，唐宣宗李忱在白居易逝世后，在《吊白居易》中说："童子解吟长恨曲，胡儿能唱琵琶歌。"这是一种极其贴切的事实叙述。

王建《太和公主和蕃》："琵琶泪湿行声小，断得肠来不在多。"言太和公主在和蕃的路上悲悲切切，边走边弹，琵琶不可能声音很大，也没有这份心情，但越是这样，人的悲情之感更容易传染别人。声音不在大小，悲情无孔不入。

张祜《五弦》："徵调侵弦乙，声商过指拢。只愁才曲罢，云雨去巴东。"五弦小琵琶也善于表达离怀愁绪。张祜的《王家五弦》说"五条弦上百端情，捻拨间关漫态生。唯羡风流田太守，小金铃子耳边鸣"，这是百感交激吗？不是的，而是言田太守万种风情享受殆尽。这是羡慕之情，也多少带有一种酸情在其中。

罗隐《琵琶》："香筵酒散思朝政，偶向梧桐暗处闻。大抵曲中皆有恨，满楼人自不知君。"表现一种心中之恨。

刘长卿《王昭君歌》："琵琶弦中苦调多，萧萧羌笛声相和。谁怜一曲传乐府，能使千秋伤绮罗。"这是表现一种苦情，既然是悲苦之情，肯定能够伤人之心。

总之，唐代的琵琶之诗虽然不像古琴那样由始至终都有众多诗人关注，但诗中的酸情、苦情、悲情、愁情、怨情、恨情、娇情等很值得我们回味。它像古琴一样能够表达出人的各种情感，引起人们无限的同情和想象，给人以极大的艺术享受。

3. 创新美学

创新美学指唐人乐于创造新天地、创造新事物、享受新生活的美学观念。他们或是改编创新，或是推陈出新，或是永远求新，无论如何，都表现了他们革新、创新的新思想。

李绅说："花翻凤啸天上来，裴回满殿飞春雪。抽弦度曲新声发，金铃玉珮相瑳切。"① 显然这是指演奏的新曲，这些新曲或是专业人员创作出来的，或是表演者自己度写出来的，我们没有必要深究，无论哪种情况都体现了一个"新"字。

"寒泉注射陇水开，胡雁翻飞向天没。日曛尘暗车马散，为惜新声有馀叹。"② 车马人物俱散回府之后，人们还在回忆"新声"中的余味。

白居易说"一纸展开非旧谱，四弦翻出是新声"，③ 这是指白居易收到京城女琵琶大师寄来的琵琶谱，因是一首新曲，所以作者很高兴代弟子向大师表示感谢。因为皇帝喜欢新东西，琵琶也喜欢新曲子，搞创作的人喜欢创新，欣赏琵琶的人（包括所在音乐人）也都喜欢欣赏新曲，良性循环。白氏又说"古调何人识，初闻满座惊"。人们不喜欢旧东西，了解也不多，新旧也不知道，刚开始听，以为是旧谱，但"时移音律改，岂是昔时声"④。时代变了，旋律也改了，哪里是旧曲，都是新翻出来的。

说到这里，我们不禁又想起古琴为什么不能受人欢迎，可能就是它的传统旧曲太多，人们听厌了。琵琶不是这样，它时时刻刻都在产生新曲，给别人耳目一新之感，所以人们不烦它。崇新的反面是厌旧，故崇新就必然是对旧的厌弃。所以唐代大众是厌古琴之旧，喜琵琶之新。唐代反对重复的美学，我们称为"厌旧美学"。

"禁曲新翻下玉都，四弦振触五音殊。不知天上弹多少，金

---

① 李绅《悲善才》。
② 李绅《悲善才》。
③ 白居易《代琵琶弟子谢女师曹供奉寄新调弄谱》。
④ 白居易《和令狐相公小饮听阮咸》。

凤衔花尾半无。"① 弹的全是新曲，这里借"五音殊"言与别人弹得不一样，都是新曲。不仅如此，且新曲很多。

李绅《悲善才》："东头弟子曹善才，琵琶请进翻新曲。"这也是说琵琶大师曹善才也弹琵琶新曲，诗人李绅以新为荣的骄傲神态展示在我们面前。

元稹的《琵琶》说："平明船载管儿行，尽日听弹无限曲。曲名无限知者鲜，霓裳羽衣偏宛转。《凉州》大遍最豪嘈，《六幺》散序多拢撚。"这是李管儿在船中弹的琵琶曲，新曲居多，大家当然不知道名子。以前一些传统大曲，如《凉州》、《六么》等，诗人十分陶醉其技巧。

还有一移植的曲调，这也是一种创新，就像我们今天说的"民歌改编"曲，或"器乐移植"曲，现代社会中有《山丹丹开花红艳艳》民歌改编为各种民族乐器独奏，甚至西洋的钢琴曲中也有了它身影，此钢琴曲已成名曲。而器乐曲则是小提琴曲《梁山伯与祝英台》移植。在唐代，《六么》、《霓裳》都是新翻的，而像《杨柳枝》等民歌也被移植到乐器中来。

创新反映一个时代的精神面貌，一个时代的欣欣向荣、蒸蒸日上的气势就是在创新中显示出来的。琵琶如此，国家又何尝不是如此，一个国家完全是旧面貌，那有什么值得热爱的。只有将"百废待新"变为"百废俱新"，它才可爱。或者像毛主席《水调歌头》中说的那样："旧貌变新颜"，这样才可爱。又如我们的首都北京，在不断的建设中前进，地铁在日益增多（从一条已增到十五六条），城环在不断增多（从二环已增到七环），城市建设面积在不断加大，各种文艺作品、各种书画艺术品、各种各样的演出都在不断增多。北京日新月异，所以她永远可爱，人们不断

---

① 薛逢《听曹刚弹琵琶》。

217

地建设。只有不断地创造，不断地翻新，我们才能不断地前进，所以创造性是一个民族的灵魂。

六、唐代琵琶交流及其演奏家

（一）唐人大有胡气

唐代在胡汉文化交流碰撞的同时又努力吸收外来文化并加以消化的时代，显示唐人博大的胸怀和宽阔的视野。这个时期的胡人主要指东北、北方、西北、南方、西南的少数民族，地理位置涉及到波斯（今伊朗）、土耳其、整个蒙古高原、天竺（今印度）、朝鲜半岛等，当然也包括扶南（今越南）、骠国（今缅甸），甚至狮子国（今斯里兰卡）等岛国。民族有吐谷浑、土蕃、突厥、及五胡（鲜卑、匈奴、羯、氐、羌）等。

唐人大有胡气，这是由唐代综合国力达到顶峰而体现出来的。长安当时是一座国际性大都市，满大街都是胡人。第一是外国留学生很多，达到几千人，一批一批的，经常在太学里学习，很多人学习以后不愿意回本国；第二是外国商人多，大多是通过丝绸之路来到长安，长安大街上总可以看到胡人在晃悠，有大鼻子小眼睛的波斯人，有面色黝黑的印度人，还有穿灯笼裤的高丽人。有的人卖玻璃等物品，有的开酒店等。在官府衙门里也有不少外国人，如安禄山、史思明、高仙芝等都是胡人，有的是五胡之一，有的是沙陀人（如朱邪氏李克用、李存勖等）。尤其是许多军事方面的人才不少来自胡人，在中晚唐，藩镇割据猖獗时，唐朝中央政府打不过他们时，主要也是到这些"胡区"搬救兵，这些都对李唐王朝有明显影响。在宗教方面对印度传来的佛教也很尊重，唐朝也有和尚到印度取经，著名玄奘法师就是其中之一。这些都中外文化交流的史料和证据。

在日常生活中，唐人几乎让胡气占领所有的领域。唐人吃胡饼、搭纳一类的胡食；穿对襟、窄袖、翻领一类的胡服。戴的是虚顶、搭耳、浑脱等各类胡帽；喝的高昌酿的葡萄酒与波斯酿的三勒浆；玩的是"泼寒胡戏"（冬天赤脚裸体，互相投泥泼水，以示不怕寒冷），还有玩双陆、马球一类的娱乐活动①。而胡民族也进行了大幅度的汉化：王建在其《凉州行》中说："多来中国收妇女，一半生男为汉语。蕃人旧日不耕犁，相学如今种禾黍。驱羊亦著锦为衣，为惜毡裘防斗时。养蚕缫茧成匹帛，那堪绕帐作旌旗。"就是说胡人也开始穿汉服，也讲汉话，也开始耕地种田，养桑育蚕，由马背上的游牧民族开始变成农耕民族。

除了唐诗反映外国人的生活之外，在唐诗中还充满了"胡语"，有不少的诗反映西域生活用品的，如"一道残阳铺水中，半江瑟瑟半江红。可怜九朋初三夜，露似珍珠月似弓。"②诗中的"瑟瑟"二字就来自胡语。它指的是一种祖母绿的宝石，前两句意思是"一半江水像祖母绿的宝石发出耀眼的碧色，一半江水变成红色"。③李白《前有樽酒行·其二》："琴奏龙门之绿桐，玉壶美酒清若空。催弦拂柱与君饮，看朱成碧颜始红。胡姬貌如花，当垆笑春风。笑春风，舞罗衣，君今不醉将安归？"李白在长安供春翰林之时，见到的胡姬多了，她们多在酒店卖酒。弹琴之时人们喝酒，而且多喝的是胡酒，如葡萄酒什么的。骑马游玩之时人们也喝酒，如李白《少年行·其二》："五陵年少金市东，银鞍白马度春风。落花踏尽游何处？笑入胡姬酒肆中。"看来也是喝的胡酒，不仅胡姬漂亮可人，而美酒亦醉人。

唐人大有胡气，它不仅体现在日常生活中的胡服、胡帽、胡

---

① 参见吴真《唐诗地图》，南方日报出版社，2003 年 8 月第 1 版，第 24 页。
② 白居易《暮江吟》，引自李济洲编著之《全唐诗佳句赏析》，太白文艺出版社，1999 年。
③ 钱文忠、蒙曼等著《汉唐精神》，中央编译出版社，2009 年 11 月第 1 版第 1 次印刷，第 14 页。

腰带，七宝玻璃杯等；在音乐方面有胡舞、胡乐器、胡大曲，唐玄宗皇帝本人不仅喜欢笛子，也喜欢从西域传过来的羯鼓、琵琶、手鼓等。白居易、元稹的诗中太多关于西域音乐的描写了，我们仅从诗歌的题目就可以窥见一斑：

《胡旋女》是天宝末年，由康居国献给唐朝宫廷的，因为玄宗好大喜功，喜好胡舞，所西康国投其所好而献之。胡旋女是会跳胡旋舞的西域少女，其特点是"胡旋女，胡旋女。心应弦，手应鼓。弦鼓一声双袖举，……五十年来制不禁。胡旋女，莫空舞，数唱此歌悟明主。"从唐玄宗天宝末年到白居易时快近百年，白居易说的这个五十年的数字应该是比较保守的，上百年的胡旋女，那还不成精？

《骠国乐》，这是白居易抱着"欲王化之先迩后远也"的目的而写的。在此诗前面白居易注明是"贞元十七年来献之"。就是在公元802年左右由南方骠国所献，相当于现在的缅甸王太子舒难陀率乐队及舞蹈队来表演乐舞一事。"骠国乐，骠国乐，出自大海西南角。雍羌之子舒难陀，来献南音奉正朔。德宗立杖御紫庭，黈纩不塞为尔听。玉螺一吹椎髻耸，铜鼓一击文身踊。"以致于"曲终王子启圣人，臣父愿为唐外臣"。这里面也有纹身等风俗反映。

《西凉伎》，"紫髯深目两胡儿，鼓舞跳梁前致辞；应似凉州未陷日，安西都护行来时"。"西凉伎，是中唐时期具有戏剧性质的乐舞。任半塘在《唐戏弄》上册第三章《剧录》中，曾列专节加以考证。他说："《西凉伎》，借伎艺名作剧名也。若按后世情形，为之拟名，可以曰《雄狮恨》，或《胡儿思乡》，或《凉州梦》。此乃中唐之全能剧，约产生于德宗初年，第八世纪末。其前身为《胡腾》歌舞剧，约早四十年已有之。"[①] 任半塘认为它

---

① 傅正谷《唐代音乐舞蹈杂技诗选释》，人民音乐出版社，1991年3月第1版，第125页。

有三个发展阶段,他说:"盖《西凉伎》者,最初原仅在音乐,继而结合《狮舞》、《胡腾舞》,乃开(元)天(宝)之旧伎,早经边将激赏。……大历初,凉州既陷,安西交通开始断绝,予当时人之刺激甚深,便有人就所演之《西凉伎》中,删去《狮舞》,专就《胡腾舞》发展,而注入路思乡之情绪,以寄其悼念遗疆之痛。"

《红线毯》,地毯这种物品是从西域传过来的。"少要人衣作地衣"这是白居易的感叹。

《时事装》,"时事装,时事装,出自城中传四方。时事流行无远近,腮不施朱面无粉。乌膏注唇唇似泥,又眉画作八字低"。这究竟是何种装饰呢,其形状如何呢?"昔闻被发伊川中,辛有见之知有戎。无和妆梳君记取,髻堆面赭非华负。"这是生活中的服装样式完全"胡化"了。白居易骨子里面是正统的儒家思想,他非常反感这种随便乱描一气的胡装,皮肤发丝都是受之父母的,这样不尊重自己的身体不太好,所以他说:"妍媸黑白失本态,妆成尽似含悲啼。"像哭丧的感觉,面部、头上的感觉如何呢?"圆鬟无鬓堆髻样,斜红不晕赭面状。"头挽成大桔样,脸上画的不红不黑的褐色,难看死了。当然这是白居易老先生个人的看法,像现在中国人什么装饰都敢尝试,眼睛画青色、黑色。不仅如此,以外露为主,袒胸露背,最好将乳房也半露出来,以显示女人丰满大气和玉白肤色。现代人的身体宣言很夸张:"我的身体我作主。"但在这点上,唐人也不甘示弱。"慢束裙腰半露胸",[①]"胸前瑞雪灯斜照",[②]"粉胸半掩凝暗雪",[③]或"胸前如雪脸似花,长留白雪占胸前",[④]"兰麝新细香闻喘息,绮罗纤缕

---

① 周濆《逢邻女》。
② 李群玉《赠歌姬诗》。
③ 方干《赠美人》。
④ 施肩吾《观美人》。

见肤肌"①等，说明唐代妇女的开放之风，很有点维多利亚女王时期的风采，不过这可比英国的历史还早许多年呢。元稹说："胡音胡伎与胡妆，五十年来竟纷泊。"实在是一种文化大潮的展示。

在胡汉文化交流的大潮中，音乐作为轻骑兵，一直为人所乐道。因为皇族的喜好，就是雅乐都渗透进了胡乐的血液。

唐代"太常雅乐，并用胡声"。黄门侍郎颜之推认为"礼崩乐坏"。曾建议以雅乐为依据，"考寻古典，恢复旧制"，但高祖杨坚不从，故"又诏求知音之士，集尚书，参定音乐"。还继续讨论中外乐律关系问题。对于朝野"皆好新变"，高祖认为"不祥之大"，曾下令"奏正声"，但无济于事。"大业中炀帝乃定清乐、西凉乐、龟兹……礼毕为九部，乐器工依创既成，大备于兹。"②"胡夷之乐"在唐朝得到正式承认。唐初沿袭隋旧制，杜佑《通典》："武德初，未暇改作，每燕享，因隋旧制，奏九部乐。"唐太宗时，增《高昌》一部，造《燕乐》代《礼毕》为十部。十部之中清商乐为传统的汉族音乐，燕乐为华夷的结合，余皆为外来胡乐。说明外来音乐家一开始就占领了强势地位，这种情况如上所述，都有最深刻的历史背景和政治根源。

《旧唐书·音乐志》有载，《唐会要》卷三十三有记有唐太宗与群臣讨论音乐之事：

太宗曰："礼乐之作，盖圣人缘物设教，以为樽节。治之隆善，岂此之由？"又说："夫声音感人，自然之道也。故欢者闻之则悦，忧者闻之则忧，悲欢之情在人心，非由乐。"尚书右丞魏征进曰："乐在人和，不由音调。"太宗深然之。

这些说明唐太宗对音乐放得很开，而不是管得很死。因为他

---

① 欧阳炯《浣溪沙》。
② 《隋书·音乐志卷十五》

第三章 弦乐器

对音乐与政治的关系了然于心：音乐与政治各有其存在的道理，各有各的作用。魏征和唐太宗的观点是基本相同的，他们认为治国在政治、人和，不是音乐能够决定的。所以外国音乐、胡戎少数民族音乐决不可能把国家搞垮。这样音乐的交流与传播就在正常的环境中进行，他们的观点是音乐自然传播的基础。也正是由于这样宽松的环境、宽容的态度和博大的胸怀，使得琵琶为首的族外音乐得到了空前的传播，并逐步向高潮迈进。杜佑《通典》在谈贞观之乐时就认为"人间胡戎之乐，久习未革"是一憾事，这说明唐太宗对音乐的宽松政策起到了应有的作用，否则怎么会"久习"而又"未革"呢？所以到中唐时，作为陪都的洛阳"家家学胡乐"。据说太宗本人的祖上也是胡人，加上他在陕西、甘肃一带又正是民族交汇、进行战争融合、开展拉锯战的地方。所以他对琵琶感兴趣，是情理之中的事。唐太宗的咏琵琶诗对乐器本身的形制、音响进行了充分的描写："半月无双影，全花有四时。摧藏千里态，掩抑几重悲。促节紫红袖，清音满翠帷。驶弹风响急，缓曲钟声迟。空余关陇恨，因此代相思。"对琵琶的表现功能作了充分的肯定。

唐太宗时对琵琶的重视还可从以下几个方面来考察。

对五弦琵琶名手裴神符改木拨为手弹给予充分的肯定。对国外进献的琵琶名曲则给予另外的关注。

太宗时，西国进一胡，善弹琵琶。作一曲，琵琶弦拨倍粗，上每不欲番人胜国，乃置酒高会，使罗黑黑隔帷听之，遍而得。谓胡人曰："此曲吾宫人能之。取大琵琶，遂令罗黑黑弹之，不遗一字。胡人谓宫女也，惊叹辞去。西国闻之，降者数十国。"[①]不难看出此段文字有夸张之嫌，但太宗将琵琶的功能上升到政治的角度，确实别有见地。

---

① 张鷟《朝野佥载》。

223

沈括的《梦溪笔谈·乐律》中说："国外之声，前世自别为四夷乐。自唐天宝十三载，始诏道调法曲与胡部合奏，自此乐奏全失古法。以先王之乐为雅乐，前世新声为清乐，合胡部者为宴乐。"就是说天宝十三年，胡乐正式登上宫廷的大雅之堂了，胡乐与中原传统音乐并列于庙堂。王建说："山头呜呜闻角角，洛阳家家学胡乐。……胡音胡伎与胡妆，五十年来竞分泊。"元稹的《法曲》说："自从胡骑起烟尘，毛毳腥膻满洛城。女为胡妇学胡装，伎进胡音务胡乐。《火凤》声沈多咽绝，春莺转罢长萧索。"

琵琶作为乐器之王在初唐得到太宗的喜爱，在盛唐达到顶峰，演奏家有李隆基、杨玉环等最高统治者，中晚作为盛唐的余波，也有不少皇帝喜欢音乐，有了这些积淀，就产生了《琵琶行》这样描写琵琶的名篇。琵琶之所以能够成就如此之大局面，是中国历史的必然性与偶然性的结合，是必然性中的偶然，也是偶然性中的必然。没有全国上下的琵琶热，没有上百年的琵琶高温哪里会产生出千古绝唱《琵琶行》？有了历史与现实的交汇，有了对琵琶技巧的不断追求，才有如此生动完整的"琵琶术"遗世。历史积蓄的力量在唐以暴风骤雨般的热情展示出来，诗人们于是反映它、歌颂它、评论它。这就是琵琶之所以兴盛的原因。

（二）唐代职业琵琶演奏家扫描

撇开皇帝不谈，宫廷职业高手在唐有不少载入史册，如贞观年间有裴神符、罗黑黑等，到开元、天宝年间有康昆仑、李龟年、贺怀智、段善本、雷海青、曹保、曹善才、裴头奴、郑中丞、杨志的姑等宫廷高手，到了中唐时基有曹刚、李管儿、王芬、郑欢奴、刘蝉奴、李士良、申旋、铁山等名家，晚唐时有王内人及五代冯吉等名师。整个唐代琵琶演奏家的队伍庞大，群星闪耀。就这一种乐器而被载入史册的演奏家比其它任何一种乐器的记入史册的都多得多，说明了整个唐代社会重视琵琶的风气。

在唐代除了那么多蜚声乐坛的专业表演艺术家之外，还有一些诗人也会演奏琵琶，如王维、顾况、白居易、元稹都十分喜欢琵琶。而且道人、山人、僧人中也有喜欢琵琶的，寒山就曾经说："鹦鹉花前弄，琵琶月下弹。"琵琶人不少，我们再从琵琶表演的场合也能够看出琵琶得到了相当普遍的使用。

王建的《赛神曲》说："男抱琵琶女作舞。"说明在赛神活动中的运用。我们再从《乐府杂录》中所载的康昆仑和段善本在长安市某广场上的东和西在求雨时进行的琵琶比赛，说明在求雨仪式中也用到琵琶。另外，我们从白居易《听曹刚弹琵琶兼示重莲》和张祜《王家琵琶》等诗句中，可以看出唐代琵琶已经自成体系，使用广泛，具有如下鲜明特点：

1. 琵琶演奏已经相当普遍，群众生活中少不了它，否则谁会"家家学胡乐"，业余生活有胡音、胡乐、胡舞。

2. 寺院、寺庙的迎神赛事、祭祀、求雨等活动也少不了它。

3. 从元稹、白居易的诗中我们时而发现有不少演奏家的名字，就不难看出琵琶已有师承关系和风格流派。

4. 琵琶的左手、右手都已经有相当丰富的技巧了，欣赏的大众已经有技术评价标准了。

5. 琵琶已经有众多的演奏家和大量的独奏曲。

一般说来，一种乐器的流行至少要有如下基础：a、这种乐器的性能、音质、音色都已为人所了解；b、演奏常识要为人所熟悉；c、其演奏的曲子要被熟悉；d、顶尖级的演奏家也应该为大众所知道，换言之即大多数的演奏家应该都拥有一定的知名度。这些都是需要时间的，历史给了琵琶三到四个世纪的时间去展示自己，去传播融合。它终于接受了时间的考验、迎接了各种传统乐器对它的挑战与威胁，在高层贵族的提倡之下，除胡、汉民族的热爱之外，为各民族所喜爱，得到了空前而又迅速的传播，演绎了一件东方乐器的神话。

七、唐代琵琶曲和琵琶谱

唐代诗歌尽情地描写琵琶，热情地反映现实，给我们提供了不少曲目。如白居易的《琵琶行》中说，"先为《霓裳》后《六幺》"，说明这是两首琵琶曲。其它诸多诗人也为我们提供了宝贵的曲名资料。当今诸多的音乐资料也为我们提供了不少琵琶谱。

（一）琵琶曲

1.《霓裳》

《霓裳》又称《霓裳羽衣曲》，原是"法曲"，玄宗深爱之。白诗说"法曲法曲歌霓裳，正和世理音洋洋，开元之人乐且康。"相传《霓裳》为西凉节度始杨敬述所献，凡十二遍。故白居易说："由来能事各有主，杨氏创声君造谱。"他在诗中加注，说明该曲的来历："开元中，西凉节度使杨敬述造。"郑嵎《津阳门诗》注亦称"西凉府节度使杨敬述进"。但刘禹锡刘梦德诗云："开元天子万事足，惟异当年光阴促，三山陌上望仙山，归作霓裳羽衣曲。仙心从此在瑶池，三清八景相追随。天上忽乘白云去，人间空有秋风词。"这里只介绍了明皇创作，并且说到明皇爱之惜之到无以复加的程度。也有别的一些资料关注这首曲子，《异人录》和《逸史》都有明皇游月宫之说，均不可信。倒是宋人王灼的《碧鸡漫志》说得比较中肯："西凉创作，明皇润色，又为易美名。"元稹《法曲》也说了《霓裳》的部分特点："明皇度曲多新态，婉转浸淫易沉着，赤白桃李取花名，霓裳羽衣号天乐。"显然《霓裳》是在法曲基础上改编成的琵琶独奏曲，白居易称乐伎曾向曹、穆二善才学习过，说明当时，《霓裳》一曲创作出来以后，非常流行，乐伎从京城带去，会加快它的传播速度。

作为法曲的《霓裳》是明皇参与创作的，歌舞大曲的《霓裳羽衣舞》是有三十六段（散序六段，中序十八段，破十二段），而作为琵琶独奏曲的《霓裳》有十二段。它是在玄宗皇帝的关怀下产生的。白居易的《卧听法曲〈霓裳〉》诗称"朦胧闲梦初成后，宛转柔声入破时"，"繁音急节十二遍，跳珠撼玉何铿铮"。白居易还在自注里写道："凡由将毕，皆声拍促速，唯《霓裳》之末，长引一声也。"我们由此可知，乐曲构成分为抒情的慢板——过度段——快板——结尾段，它和大曲之不同之处为乐曲结束在长音上。

2.《六幺》

《六幺》一名《绿腰》、《乐世》、《录要》。元微之《琵琶歌》云："《绿腰》散序多拢捻。"又云："管儿还为弹《绿腰》，《绿腰》依旧声迢迢。"又云："逡巡弹得《六幺》彻，霜刀破竹无残节。"沈亚之《歌者叶记》云："合韵奏绿腰。"又志卢金兰墓云："为《绿腰》、《玉树》之舞。"可能也有绿腰之舞蹈。《唐史》《吐蕃传》云："奏《凉州》、《胡渭》、《录要》杂曲。"据《乐世》序说：唐贞元（785～805）中，乐工献给德宗一首乐曲，德宗命乐工选出曲中主要的段落改编成歌舞大曲，故名《录要》。"段安节《乐府杂录》说："《绿腰》本《录要》也，乐工进曲，上令录其要者。"又有《青箱杂记》则说："曲有《录要》者，录《霓裳羽衣》之要者。"这是比较牵强的说法，一是《霓裳》属于宫调，而《六幺》则属于羽调曲。其二是，《霓裳》已经风行，还会有人拿着相同的乐曲"进献"吗？

白居易《杨柳枝》诗说："《六幺》《水调》家家唱，《白雪》《梅花》处处吹"。从以上的叙述中，我们知道至少有如下信息：第一，《六幺》是乐工进献的曲子，德宗命乐工改编（删减）而成；第二，此曲在歌舞大曲中是著名的，它可根据各种场合来进行即兴演奏而被称为"杂曲"；第三，《六幺》不仅是歌舞大曲，而且它被改编成各种器乐曲，而且还被改编配合歌唱。

那么琵琶曲《六么》是怎么样产生的呢？这首曲子是康昆仑以歌舞大曲《六么》为蓝本改编而成。

《六么》的结构、调式、版本探测。

白居易在《听歌六绝句·乐世》云："急管弦繁拍渐稠，《绿腰》婉转曲终头。诚知《乐世》声声乐，老病人听未免愁。注云：《乐世》一名《六么》。"这里有说《绿腰》结束时速度是很快的。《六么》这首大曲刚开始时还比较短小，后来越来越庞大，以至于有十八段之多，欧阳永叔说，"贪看《六么》花十八"，至少应该有十八拍吧。其实它有二十二拍。因为《六么》中有一叠，名花十八，前后十八拍，但花拍有四，加起来是二十二拍。"乐家所谓'花拍'，盖非其正也。曲节抑扬可喜，舞亦随之而舞筑球，《六么》至花十八，亦奇。"①

事情远没有那么简单，我们看看宋代王灼的《碧鸡漫志·卷三》就知道怎么回事了。

《琵琶录》又云："正元中，康昆仑琵琶第一手，两市楼抵半声乐，昆仑登东采楼，弹新羽调《绿腰》，必谓无敌。曲罢，西市楼上出一女郎抱乐器云：'我亦弹此曲。'兼移枫香调中，下拨风雷绝妙入神。昆仑拜请为师，女郎更衣出，乃僧善本，俗姓段。"今《六么》行于世者四，曰黄钟羽，即俗呼般涉调；曰夹钟羽，即俗呼中吕调；曰林钟羽，即俗呼高平调；曰夷则羽，即俗呼仙羽调；皆羽调也。昆仑所谓新翻，今四曲中一类乎？或他羽调乎？是未可知也。

3.《凉州》

也是由唐代有名的《凉州大曲》改编而成的琵琶曲，改编者也是康昆仑。它是玄宗开元天宝年间年的一个大曲。《乐府杂录》

---

① 王灼《碧鸡漫志》。参见修海林《中国古代音乐史料集》世界图书出版西安公司出版发行，2000年9月第1版，第420页。

载:"凉州所进,本在正宫调,……康昆仑翻入玉宸宫调,为进曲而奏于玉宸宫殿,故有此名。合诸乐,则黄钟也。"西凉所进的大曲,康昆仑改编成黄钟宫的琵琶独奏曲。但后来,段善本又将其改为《道调凉州》。张祜诗云:"春风南内百花时,道调凉州急遍吹。揭手便拈金碗舞,上皇惊笑悖拏儿。"《幽闲鼓吹》云:"元载子伯和,势倾中外,福州观察使寄乐妓数十人,使者半岁不得通,窥伺门下有琵琶康昆仑出入,乃厚遗求通,伯和一试,尽付昆仑。段和尚者,自制道调《凉州》,昆仑求谱不许,以乐妓之半为赠,乃传。"[1]可能是康昆仑在改编琵琶曲时参考了段善本道调凉州,无论如何,康昆仑改编是没有异议的。

《凉州》调式很丰富。《唐史》言其本宫调。王灼《碧鸡漫志》说:"今《凉州》见于世者凡七宫曲;曰黄钟宫,道调宫,无射宫,中吕宫,南吕宫,仙吕宫,高宫。不知西凉何献也。然七曲中,知其三是唐曲,黄钟、道调、高宫者是也。"所以白居易《秋夜听〈高调凉州〉》诗云:"楼上金风声渐紧,月中银字韵初调,促张弦柱吹高管,一曲凉州入沉廖。"王灼解释说:"大吕宫,俗呼高宫,其商为高大石,其羽为高般涉,所谓高调,乃高宫也。"同时王灼认为凉州有有二十四段。《新唐书·礼乐志》卷十二:"《凉州曲》,本西凉所献也。其本宫调,有大遍、小遍,贞元初,乐工康昆仑寓其声于琵琶,奏于玉宸殿,因号'玉宸宫调',合诸乐,则用黄钟宫。"

大曲在唐代是可以摘遍的形式来表演的,只是开始人们要严格按照大曲的旋律演奏。因为每隔几年唐代都要进行"考试",能够背奏 50 首大曲的人才能算合格,而进入更高级别。这样"三千小令,四十大曲"才有可能被都严格地表演。而且唐代优

---

[1] 〔宋〕王灼《碧鸡漫志》。参见修海林《中国古代音乐史料集》世界图书出版西安公司出版发行,2000 年 9 月第 1 版,第 418 页。

秀的大曲被改造成各种大曲的很多，也就是说它的"徒子徒孙"可能不可胜数。就像今天很经典的民歌被改编成多种器乐曲一样，如《山丹丹开花红艳艳》这首陕北风格的歌曲被钢琴、小提琴、古筝、柳琴等乐器改编成不同的独奏曲来表演。

4.《郁轮袍》

《郁轮袍》，诗人王维善弹此曲。王维通晓音律，十三岁就很擅长琵琶演奏。《集异记》中有这么一段记载："维未冠，文章得名，又妙能琵琶，岐王引到公主席，使为伶人，维进新曲，号《郁轮袍》，主人大奇之，令宫婢传授，召试官第谕之，作解头登第。"从此王维便以《郁轮袍》而出名。今人乌日娜经过考证，证明今日之《霸王御甲》就是唐代的《郁轮袍》。因为宋、元、明、清的诗歌中有《郁轮袍》之名，说明它没有失传。而要紧的是近代琵琶大师李芳园在其《南北派十三套大曲琵琶新谱》中也有这个曲名，并在这个曲目下专门加注说："《霸王御甲》角音，唐王维作，李隆基、南棠正。"今琵琶中的平湖派有《郁轮袍》这个曲目，主要叙述西楚霸王项羽的人生悲剧，描写很细腻而有气势。

它主要由如下十五个部分组成：1.《营鼓》；2.《升帐》；3.《点将》；4.《整队》；5.《二点将》；6.《出阵》；7.《接战》；8.《大战》；9.《四面楚歌》；10.《卸甲败阵》；11.《鼓角甲声》；12.《出围》；13.《追兵》；14.《逐骑》；15.《众军归里》。

此曲虽然段落比较多，说明这就是文人作曲的风格，标题音乐多。但它表演起来却是流畅潇洒、一气呵成，将武将项羽的气势充分表现出来。

5.《火凤》、《胜蛮奴》、《倾杯乐》

李百药有《火凤》词二首，引《乐苑》曰："《火凤》，羽调也。又有《真火凤》。《唐会要》曰：'贞观中，有裴神符者，妙解琵琶，初唯作《胜蛮奴》、《火凤》、《倾杯乐》三曲，度声清美，太宗深爱之。'则《火凤》盖贞观已前曲也。"

《火凤》是描写爱情的琵琶曲。

《倾杯乐》是在宴会上佐酒助兴，以求一醉的琵琶曲。

《胜蛮奴》是描写战争的琵琶曲。

6. 其它诸曲

此外，初唐陈叔达诗中有《入塞》、《关山月》是琵琶曲，白居易诗中有《略略》①、《蕤宾》、《散水》、《出塞》等均有咏颂的记载，李群玉诗中的《鸳鸯》、《明妃曲》是唐时流行的琵琶曲，元稹诗中《雨霖铃》、《无限》等也是有名的琵琶曲。刘禹锡诗中的《薄媚》等都是唐代十分流行的琵琶曲。另有《伊州》、《梅花》等共13首曲子。

根据唐代诗人提供的曲目，再比照《旧唐书·音乐志》、《新唐书·礼乐志》、《羯鼓录》、《乐府杂录》、《教坊记》等，宋代陈旸《乐书》、《宋史·乐志》及《世说新语》、《朝野佥载》、《太平广记》、《资治通鉴》等进行参考推断，再加上现代敦煌等处发现的曲谱资料，唐代的流行的琵琶曲在50首以上。

从以上的研究中，我们可以看出唐代的移植改编而来琵琶的曲目已经司空见惯了，分两种情况：

第一，从歌曲中移植过来，如《出塞》、《入塞》、《水调》、《夜半乐》等。

第二，从其它乐器曲中直接移植过来，如笛子独奏曲《梅花》、《白雪》、《秦王破阵乐》等；

第三，从歌舞大曲中翻植过来，如《霓裳》、《甘州》、《伊州》、《凉州》等。

（二）琵琶谱

迄今为止，学者们发现并研究的唐代琵琶古谱如下：

---

① 白居易《听琵琶妓弹略略》。

1.《敦煌琵琶谱》

此曲由伯希和编号为 P3808，名为《敦煌琵琶谱》，又称《敦煌曲谱》。原件现存于法国国家图书馆，是一种四弦四相的琵琶指位谱，最早发现于甘肃省敦煌县莫高窟"藏经洞"中。这份琵琶曲谱的正面是公元 933 年农历 9 月 9 日抄写的《仁王护国经变文》。背面却是 25 首琵琶曲。[1]

这 25 首曲名是：

（1）品弄，（2）弄（3）倾杯乐，（4）又慢曲子，（5）又曲子，（6）急曲子，（7）又曲子，（8）慢曲子，（9）慢曲子，（10）又慢曲子，（11）佚名，（12）倾杯乐，（13）又慢曲子西江月，（14）又慢曲子，（15）慢曲子心事子，（16）又慢曲子伊州，（17）又急曲子，（18）水鼓子，（19）急胡相问，（20）长沙女引，（21）佚名，（22）撒金砂，（23）营富，（24）伊州，（25）水鼓子。分别由二十个燕乐字谱谱字记写，记为散打四声：小、上；头指四声：七、八，中指四声：几、十、比；名指四声：乙、小指四声；

当代学者对其指法、句逗、节奏符号、乐器定弦进行了深入的研究，取得了一定的成果，但还有许多东西没有达成共识，处于一种各持所言的局面。如有兴趣，朋友们可参考（日）林谦三、叶栋、何昌林、席臻贯、饶宗颐等学者的论文。[2] 上面所列，

---

[1] 王承植《外来文化交汇下的唐代琵琶音乐》。《中国戏曲学院学报》，2003 年 8 月，第 24 卷第 3 期，第 90～94 页。

[2] （日）林谦三著、潘怀素译，《敦煌琵琶谱的解读研究》。上海音乐出版社，1957 年。

叶栋《敦煌曲谱研究》，《音乐艺术》1982 年第 1、2 期。

何昌林《敦煌琵琶谱之考、解、译》，《音乐研究》1983 年第 3 期。

陈应时《敦煌乐谱新解》，《音乐艺术》1988 年第 1、2 期。

席臻贯《敦煌古乐—敦煌乐谱新解》，敦煌文艺出版社，1990 年。

饶宗颐《敦煌琵琶谱写卷原本之考察》，《音乐艺术》1990 年第 4 期。

其中有《倾杯乐》、《西江月》、《长沙引》等曲子在以上所得到的音乐文献中出现过。

2.《大平琵琶谱》

抄写于公元747年《大平琵琶谱》，目前收藏在日本正仓院，是当前所知最早的琵琶谱。其记谱法与敦煌琵琶谱相类似，已故音乐理论家何昌林曾对此有过研究①。

3.《五弦琵琶谱》

抄写于公元842年《五弦琵琶谱》，也在日本近卫家藏秘卷中得以保存。二十六个谱字，二十八首曲子很完整。其中的七首《王昭君》、《秦王破阵乐》、《饮酒乐》、《圣明乐》、《崇明乐》、《夜半乐》、《三台》，是唐代成德节度使王武俊（735～801）家的乐工石大娘于773年所传的乐谱，原件藏于日本阳明文库。国人研究者主要有何昌林②、赵维平③。

4.《开成琵琶谱》

《开成琵琶谱》抄于唐文宗开成三年，即公元838年。是日本遣唐使藤原贞敏（807～867）入唐后抄录的曲谱，内收二十七种调弦法及四十一首曲，原藏日本人旧伏见宫家。《南宫琵琶谱》辑于公元921年，现藏日本宫内厅书陵部，是藤原贞敏的再传弟子贞保亲王（870～924）所写。共有二十个谱字，收"调子谱"十三道，其中有"手弹曲"两首，是现存研究唐代手弹琵琶的唯一资料。这十三首中除手弹两首以外，剩余全为拨弹。可以与唐代的其它史料如《通典》、《唐会要》中关于拨弹与手弹在唐代并存的史实相互印证。这方面也是以古谱专家何昌林等人的

---

① 何昌林《大平琵琶谱之考、解、译》，《音乐研究》1983年第3期。

② 何昌林《唐传日本"五弦谱"之译解研究》（上、下），《交响》，1983年第4期，1984年第1期。

③ 赵维平《唐传五弦琵琶谱谱字音位及定弦之我见》，《音乐艺术》1986年第4期。

研究最具参考性。①

八、唐代琵琶在乐队中的运用

琵琶在唐乐队中是举足轻重的人物,所以它被广泛运用,九部乐、十部乐就是如此,下面我们看看它在十部乐中的作用情况。

(一)乐队中的运用

《燕乐》:大琵琶一,大五弦一;《清商》:秦琵琶一;《西凉》:琵琶一,五弦一;《龟兹》:琵琶一,五弦一;《疏勒》:琵琶一,五弦一;《安国》:琵琶一,五弦一;《高昌》:琵琶一,五弦一;《高丽》:琵琶一,五弦一;另外,《天竺乐》中也有琵琶。

(二)琵琶可以和另的乐器相组合

1. 岑参《酒泉太守席上醉后作》:"琵琶长笛曲相和,羌儿胡雏相应歌。"这里是琵琶与笛子的组合。又《汉乐府》:"琵琶弦中苦调多,萧萧羌笛声相和。"这是琵琶与羌笛合作的情况。唐诗中这类描写(琵琶与笛或羌笛组合)多如牛毛。

2. 唐彦谦《春日偶成》:"秦筝箫管和琵琶,头满金樽酒量赊。"这是小乐队筝、箫、卢管等与琵琶的组合。崔浩《渭城少年行》:"可怜锦瑟筝琵琶,玉壶新酒就君家。"这里是琵琶与瑟、筝的组合。

3. 在歌曲伴奏中,小乐队常常由八件左右的乐器组成:琵琶、笙、笛、筑、筝、古琴、瑟、篪。白居易《霓裳羽衣歌》:"磬、箫、筝、笛递相搀,击𢭐弹吹声逦迤。"

---

① 可以参考的文章为:何昌林《唐传日本南宫琵琶谱手弹译解》,《交响》1983年第 2 期。

从上可以看出，在琵琶组合的小乐队中，乐队还没多声部概念，最多也就是先后进入到乐队齐奏，这可能也与诗人们习惯单声部的耳朵有关。但无论如何，琵琶在唐代大曲中，在九、十部乐中，在坐、立部伎中都是不可缺少的重要乐器。独奏舞台上，琵琶更是风光无限。

五弦琵琶应该是汉族和少数民族融合的产物，现已绝迹。四弦琵琶也已经汉化成为中华民族的传统乐器。

九、唐代琵琶的意义和影响

琵琶典型地代表了大唐盛世之音，可谓独领风骚数百年，它使唐人的生活更加丰富多彩而热情洋溢，也使唐代的音乐更趋奔放、生机勃勃。

《新唐书·礼乐志》及其它一些资料都有关于天宝二十四载诏胡部与法曲及诸多音乐合奏的历史事实，其实这不仅是一个音乐事实，更是一个政治事项，他完成了（至少可以认为开始）汉族音乐对少数民族音乐的同化过程。这个过程说明开元、天宝年间唐人生活全面胡化的开始，其实是一种民族融合过程中的正常现象，试想，如果汉人都不了解胡乐，不了解胡族之胡服胡居，不吃胡食，不奏胡乐，它还可能汉化吗？唐玄宗本人对胡乐不持偏见，表现对胡乐的认可和喜爱，提倡胡乐与汉乐平等，这不仅是一个真正艺术家的高水准，更具有一个政治家的历史眼光。

琵琶的兴盛随着时代的大潮滚滚向前，这种局面使得胡乐和俗乐的地位空前提高，同时从更广阔的背景而言，推动了"俗乐"（中华多民族的音乐）前行的步伐。当时大部分人对胡乐还是持一种轻视的态度，认为胡乐不值得提倡。白居易的诗《立部伎》就是一个例子，这里已经讲得很明白太常是有等级制度的，但胡乐地位的上升就说明了雅乐地位的下降。所以白居易在《立部伎》诗中加注说:"太常选坐部伎中无性识者,退入立部伎。又选立部伎中无性者,退入雅乐部,则雅声可知矣。"

以上所述不难看出,琵琶在唐代获得的辉煌成就,受到了唐朝人热烈的欢迎,因为各种因素并致的结果,有历史的原因,也有现实的原因。

战国到秦汉,南北朝到隋唐,惊人的相似。都是前一个朝代很短,紧接的后一个朝代很长(秦短汉长,隋短唐长)。这种情况都加强了民族融合。战国七雄不见了,小国、小的民族被秦始皇统一了,汉民族又空前壮大,汉族正式在汉朝形成了。唐朝时,五胡及其所建立的十六国不见了,汉民族再次融合了鲜卑、匈奴、羯、氐、羌①,第一次将这些属国的音乐完全融入大唐之音,使"胡音"尤其是使琵琶这件典型的胡乐器登上了大雅之堂。

这与唐王朝在当时世界上无与伦比的强大地位,高昂的民族自信心,唐文化的先进性、多样性、包容性是不可分割的。琵琶在唐代的流行,是中外音乐文化交流、积蕴的成果。唐诗虽言"五十年来竞纷泊",其实远不止五十年,至少是三百多年。唐代政治开明,国家统一,生活安定,为经济文化的繁荣和发展创造了诸多条件,唐朝采取对外开放政策,同罗马、印度、伊朗、哈萨克斯坦、越南、朝鲜、日本等国家都保持了长期友好交往,使异国的文化艺术传入长安,同时也把中国的文化艺术推向世界。

唐朝的民族大融合分两种,第一是直接吸收外族或域外文化将这些文化搬演宫廷,直接拿来为我所用。第二是将域内民族实

---

① 现还有极少量的羌族人存在,主要分布在今天四川阿坝藏族自治州茂文羌族自治县境内,还有部分分布在汶川、理县、黑水、松潘等地。参见国家民族问题五种丛书编辑委员会《中国少数民族》,人民出版社,1981年5月第1版。

行大融合，化敌为友，互相学习，如促进了西域各兄弟民族之间的融合，将其逐步统一，统一管理。然后让西域各民族的音乐文化在中原地区传播、发扬，有的是通过宫廷直接完成，有的是通过其它途径完成的。这些异域风情也同时丰富了唐朝的音乐文化生活。唐代琵琶的表演、流传、发展是诸多民族集体智慧的结晶。因为其一，琵琶是一种西域传入的新的弦乐器，它的表演传播得益于许多西域音乐家辛勤的汗水；前面提到的重要琵琶演奏家几乎都来自西域诸属国；其二，曲项琵琶的改革是受到了传统直项琵琶的影响，中原传统文人的才情与智慧又为琵琶的文化内涵、艺术特质、技术理论、审美观念的提高做出了始终不渝的贡献。琵琶伴随着唐代的兴衰而兴衰，见证了一个朝代的历史。从它的发展历程中可以看出，任何音乐品种要想生存、进步，除了依靠一定的社会条件之外，还必须采取开放的心态，同一切优秀的文化进行交流、借鉴，如果闭关自守、夜郎自大，其结果只能是走向没落。作为胡乐器的琵琶能在传统的漫漫长河中，通过消化、吸收成为我国具有代表性的民族乐器，它的成功经验值得我们学习、借鉴，也对我们探讨民族音乐在新世纪的保存发展具有极为深刻的意义。

无论是五弦琵琶还是四弦琵琶，不仅影响了唐朝也影响了宋、元、明、清。胡琵琶在《诗经》中名不见经传，到唐朝大显雄风，到宋、元时期开始转型，琵琶也并未因此而衰落。唐代也有不少的琵琶曲流传下来。不过琵琶的"风头"已过。琵琶是诸多独奏乐器中的一种，也可以参加歌舞伴奏乐队，可以参加乐队合奏。宋代的"陶真"就是用琵琶伴奏的；元朝还有一些唐琵琶大曲的余韵，杨允孚在《滦京杂咏》中就记载了琵琶套曲《海清拿天鹅》表演的情景："为爱琵琶调有情，月高未放酒未停。新腔翻得《凉州曲》，弹出天鹅避海青。"诗反映的是作者跟随元顺帝到滦京旅游，在滦京听到有人弹琵琶曲写了这首诗。可以算得上是元代滦京一带的见闻。元代还创造了七十二弦琵琶①。明清时期，琵琶完全汉化，琵琶又一次繁荣，在南方普遍流行的"弹词"用琵琶伴奏，后来的"四川清音"也用琵琶伴奏。而北方的"弦索"更少不了琵琶。明清专业琵琶演奏家更多，有李近楼、汤应曾、钟秀之、王君锡、鞠士林、华秋苹、李芳园等。明代李近楼，中年失明后潜心于琵琶，得鬼斧神工之妙，能用琵琶模仿琴、筝、笛的音色；甚至还可模仿两三人对话，人称"琵琶绝"。明人黄姬水《听查十八弹琵琶歌》云："抑扬按捻擅奇妙，从此人称第一声。"② 上述琵琶名家中汤应曾被称为汤琵琶，我们看看清代王猷定在其《汤琵琶传》中描写的片断就知道其水平发展多快了："久之，有怨而难明者，为楚歌声；凄而壮者，为项王悲歌慷慨之声，别姬声，陷大泽，有追骑声。至乌江。有项王自刎声，余骑蹂践争项王声。使闻者始而奋，继而怒，终而涕泪之无从也。其感人如此。"说明琵琶高超的技巧已经使其模仿能力无所不能了。

今天，我国的"弦索十三套"、"江南丝竹"、"福建南音"等乐种都少不了琵琶。我国的琵琶演奏家数不胜数，流派也有多个：无锡派、浦东派、平湖派、崇明派、上海派等。而这些成就的取得，其根源也离不开"大有胡气"的唐朝。

第三节 筝

远古传说中的乐器主要是打击乐和吹管乐器，弦乐出现是在西周史料的记载中，周代产生了金、石、土、革、丝、木、匏、

---

① 七十二弦琵琶已经不用，就像五弦琵琶也不用一样的道理，历史常常会陶汰某些东西。

② 孙继南、周柱铨主编《中国音乐通史简编》，山东教育出版社，1993年5月第1版，195页。

第三章　弦乐器

竹八音分类法。筝是除琴、瑟之外，最古老的弹拨乐器，包含了丰富的文化内容。我们看一看《诗经》中的乐器和战国时期的乐器，就可知这些乐器的历史。[1] 到东周时期，我们才知道新乐器是筝、筑、笛、笙、竽。筝和筑是此时最重要的乐器。[2] 而笙、竽在此时也倍受皇家重视。唐代，筝也是人们喜爱的弹弦乐器。

筝是以音响效果命名的乐器，汉代刘熙《释名》，"施弦高急，筝筝然也"，故名。又因其古老，早在2000多年前就已经存在，故称"古筝"。它弦紧音高，发声高亢。所以刘熙在对这种"雅乐器"之命名的推论中这么说是有道理的。又因为它产生于战国时期的秦国，故又名"秦筝"。汉代已经广泛运用："往昔民间酒会，各以党俗，弹筝击鼓而已。"[3] 司马迁则说："夫击筑、叩翁、弹筝、博髀而歌呼呜呜，快耳目者，真秦声也。"[4] 郑国大夫游楚爱筝，晋时鱼豢在其《魏略》中说："游楚好音乐及蓄琵琶、筝，每行将以自随。"据西晋崔豹《古今注》记载，秦代有弹筝高手罗敷，西晋时有弹筝手郝秦。到了东晋恒伊等人也是好手。

筝之声高而富有表情，在唐代诗人的作品中，描写筝的不少。诗人对其性格表现比较敏感，筝与琵琶在唐诗中常常相提并论，唐诗对筝的描写也相当细腻。

李峤说："莫听西秦奏，筝筝有余哀。"岑参亦说："当归秦兮弹秦声，秦声悲兮聊送汝。"看来愁苦哀怨之声为筝之所长。

---

[1] 《诗经》是我国最古老的诗歌总集（西周到春秋），中载29件乐器。其中打击乐器有鼓、咎鼓、贲鼓、应、田、县鼓、鼍鼓、兆、楠、钲、钏、钟、磬、缶、雅、柷、圉、和、鸾、铃、簧21种。吹管乐器有箫、管、籥、篪、笙、埙6种。弹弦乐器：琴、瑟2种。

[2] 杨荫浏《中国古代音乐史稿》，人民音乐出版社，1981年2月第1版，第84页。

[3] 汉恒宽《盐铁论》。

[4] 司马迁《史记·李斯传》。

白居易在《筝》中说:"移仇来手底,送恨入弦中。"又曾经说"弦凝指咽声停处,别有深情一万生。"张九龄说:"行指传新意,繁弦起怨情。"从以上各位诗人所写之情来看,筝是可以表达唐人各种情感的。筝在一千多年的表演过程中不断地发展,此时已经有十分高超的技巧,所以顾况说:"十指寸心有长短,妙入神处无人知。"

一、筝的形制

说起筝的形制,我们不得不说它的来源与历史。

从目前一些理论家的观点来看,筝与筑是有密切关系的。东汉应昭《风俗通义》说:"筝,谨按《礼记》,五弦,筑身也。"是一种由竹制的五弦乐器衍变而来。东汉许慎《说文》:"筝,五弦筑身乐也。"也说明与筑有关。陈旸《乐书》说:"筑之为器,大抵类筝,……筝以指弹,筑以筋击,大同小异。"这些人的观点是筝源于筑,这类观点在现在仍然是比较流行的。我们觉得筝、筑同源,因为毕竟两种乐器的一些制作原理相类似,筝受到过筑的影响是显然的。

筝的形制在历史资料和唐诗中都有不同程度的描写。《旧唐书·音乐志》:"筝,制与瑟同而弦少。"唐时筝为十三弦,瑟为二十五弦。岑参说:"君不闻秦筝声最苦,五色缠弦十三柱。"白居易说:"十三弦里一时愁","就中十三弦最妙"。这些说明唐时筝为十三弦。

筝的构造与古代的瑟有一定的相似性。古筝的形状呈长方形,木制。结构由面板、雁柱、琴弦、前岳山、弦钉、调音盒、琴足、后岳山、侧板、出音口、底板、穿弦孔组成;筝为长方形木质音箱。弦架"筝柱"(即雁柱)可以自由移动以定音高,其音阶为五声。筝的弦数开始为五,后来增到九根,战国时期为十二弦,隋代加一根成为十三弦。唐代不变,宋时弦数亦不变,以后增至16根、18弦等，面板为弧形，弦张在面板上，音孔开在底板；每弦一柱（码），用来调节振动弦长和固定音高，古筝的弦多为丝弦或铜弦。现代古筝改为钢丝弦，并增加弦数，有19弦、21弦等多种。当代最常用的规格则为21弦；现代古筝的演奏技法主要是右手弹奏、左手按弦。随着古筝表演艺术的不断发展、丰富，左手的技法也同样适合于右手表演技法。右手有托、劈、挑、抹、剔等；左手有揉、吟、滑、按、推、扫、勾、摇、撮、刮等，不同技法可获得不同的发音效果。但唐代的演奏法还没有达到今天这种复杂的地步，一般是用右手的手指弹，但也有戴甲弹奏的，"银甲弹筝用，金鱼换酒来"①。右手指法多用托、劈、揉、擅等。所以殷晓潘说"指滑音柔万种情"。通过大量的诗歌描述，我们可以看出筝与琵琶、古琴也有类似的一些演奏手法。它们之间相互有影响，互相推动演奏技术的提高。

筝的雅号不少，以装饰而言有：钿筝、银筝、锦筝、云和筝、玳瑁筝等。李峤说"钿装模六律"，卢纶有"出门仍有钿筝随"，说明唐代人筝装饰之漂亮。而唐代的琴弦也是五颜六色，很漂亮，制作的筝弦为鹍鸡弦。唐彦谦有"锦筝银甲响鹍弦"，刘禹锡说："朗朗鹍鸡弦。"也有用丝弦的，如岑参说的："五色缠弦十三柱"等。从"五色"来说，还有朱红、翠绿、青色、紫色、白色等。卢纶说"深褐朱弦低翠胸"，②"朱弦一一声不同"③等等。说明唐的琴弦（包括筝、琵琶、古琴、瑟等）都是丝弦或鹍鸡弦，并且用五色着染十分漂亮。

现今筝之音域比较广，约四个八度，发音轻柔、典雅，华丽而委婉，大筝发音柔和、雅致，小筝发音轻澈、明亮，如"玉柱

---

① 杜甫《陪郑广文游何将军山林十首》。
② 卢纶《宴席赋得姚美人拍筝歌》。
③ 王涯《夜坐看掬筝》。

241

冷冷对寒雪"、"甲明银得勒,柱触玉玲珑"等,唐代的筝没有这么宽的音域,只有两个八度,但即使如此,也已经够用了。

二、唐诗咏筝

古筝在唐代远没有像我们今天这么流行,在诗的描写中确也不少。写筝最多的是白居易,共4首;其次是孟浩然、顾况、刘禹锡三人,各三首;其它如张九龄、王昌龄、李白、杜甫、王湾、常建、卢纶、皎然、李绅、李远、柳中庸、殷晓藩、杨巨源、李商隐、吴融等都有述咏。

张九龄《听筝》:"端居正无绪,那复发秦筝。纤指传新意,繁弦起怨情。……"端居指平居或闲居,张九龄在闲来无事之时听一听筝,这应该是自己的家妓所奏的一首新曲子。

王昌龄《听流人水调子》是感情很投入的一首诗:"孤舟微月对枫林,分付鸣筝与客心。岭色千重万重雨,断弦收与泪痕深。"这是王昌龄被贬龙标(今湖南黔阳)时写的,流人指流放的人,演奏的地点是在船上,演奏的曲目是《水调》。

孟浩然《张七及辛大见寻南亭醉作》①说:"山公能饮酒,居士好弹筝。"说明居士(在家信佛的人)中也有爱弹筝的人。《宴张记室宅》:"甲第金张馆,门庭轩骑多。家封汉阳郡,文会楚材过。曲岛浮觞酌,前山入咏歌。妓堂花映发,书阁柳逶迤。玉指调筝柱,金泥饰舞罗。谁知书剑者,岁月独蹉跎!"这里先是赞叹张记室家的府邸豪华,来往客流量很大,与郡王不相上下,然后叙述有歌妓唱歌,有玉指调筝,有美人跳舞等,最后是感慨自己一介书生,白白浪费了美好的人生,似在说,跟张记室比起来我算白活了。孟浩然的《宴崔明府宅夜观妓》:"画堂观妙妓,长夜正留宾。烛吐莲花艳,妆成桃李春。髻鬟低舞席,衫袖掩歌

---

① 孟浩然《张七及辛大见寻南亭醉作》(一作《张七及辛大见访》)。

唇。汗湿偏宜粉,罗轻讵著身?调移筝柱促,欢会酒杯频。倘使曹王见,应嫌洛浦神。"这给我们描写了典型的夜里欣赏歌舞妓、欣赏器乐表演的盛况。前四句说中堂布置得如画般美丽,银烛吐艳,佳人妆成,十分美好。中间六句写歌舞伎的装束及筝移调表演情况,最后两句是发感慨,如陈思王曹王(曹植)见了,会怀疑见到了洛神的。极言其表演水平之高,舞台背景、服装质地之华美。

李白《春日行》是一首很长的诗,这首诗中有四句是这样写的:"佳人当窗弄白日,弦将手语弹鸣筝。春风吹落君王耳,此曲乃是升天行。"描写一位美人在自己的窗下表演《升天行》这首曲子,美人的曲子被风吹到君的耳朵一定很优美。杜甫《陪郑广文游何将军山林十首》:"银甲弹筝用,金鱼换酒来。兴移无洒扫,随意坐莓苔。"从这首诗中,我们知道唐代的古筝已经开始戴"甲"而弹了。常建《高楼夜弹筝》:"高楼百馀尺,直上江水平。明月照人苦,开帘弹玉筝。山高猿狖急,天静鸿雁鸣。曲度犹未终,东峰霞半生。"这首诗体现了一个苦字,情感为先,直击人心,以致于曲快弹完的时候,欣赏者还不知道天也快亮了。

顾况《郑女弹筝歌》:"郑女八岁能弹筝,春风吹落天上声。一声雍门泪承睫,两声赤鲤露髯祝,三声白猿臂拓颊。郑女出参丈人时,落花惹断游空丝。高楼不掩许声出,羞杀百舌黄莺儿。"这说的是一个有童子功的女子弹筝,诗人认为这是"天上声"。"落"、"断"、"空"是一语双关,对郑女的身世加以关注,意味深长。最后的"羞杀"句,则证实郑女之弹琴的美妙,有了郑女的筝声,黄莺的叫声都没有了。顾况《王郎中妓席五咏·筝》:"秦声楚调怨无穷,陇水胡笳咽复通。莫遣黄莺花里啭,参差撩乱妒春风。"也是说王郎中家的筝弹得太好了,黄莺儿也会嫉妒。

顾况的《李湖州孺人弹筝歌》:"武帝升天留法曲,凄情掩抑弦柱促。上阳宫人怨青苔,此夜想夫怜碧玉。思妇高楼刺壁窥,愁猿叫月鹦呼儿。寸心十指有长短,妙入神处无人知。独把梁州凡几拍,风沙对面对胡秦隔。听中忘却前溪碧,醉后犹疑边草白。"这首诗借弹筝一事,抒发了对上阳宫中的美人无限的同情,因为杨贵妃专宠时,将许多美丽的女子打入冷宫——陪都洛阳的上阳宫。只要对我们的贵妃构成威胁的女子,只要是达到了威胁的级别,杨贵妃马上命令到上阳宫中"保护"、"颐养"起来,实际上直到老死都难得见到皇帝一面了。这首诗中顾况以汉武帝喻唐玄宗,法曲就是玄宗兴起来的,与道教有关,比较清淡,完全由梨园弟子训练和演出,著名的法曲有二,《霓裳羽衣舞》、《赤白桃李花》,中唐以后渐衰。教坊曲中有《想夫吟》又名《相府连》或《丑尔》。《梁州》即《凉州》是唐代大曲名,另外介绍了《前溪》曲名,此曲本是汉乐府中曲,可见唐代一如既往地使用。这首诗的主旨是同情妇女的悲惨遭遇,也称赞李湖州的夫人弹筝技巧之高超:"十指寸心有长短,妙入神处无人知。"指心相应,严丝合缝,浑然天成。

  白居易《夜筝》:"紫袖红弦明月中,自弹自感暗低容。弦凝指咽声停处,别有深情一万重。"写一弹筝妓表达情感充分,尤其善于使用休止符。他在《听崔七妓人筝》:"花脸云鬟坐玉楼,十三弦里一时愁。凭君向道休弹去,白尽江州司马头。"说明崔七筝妓演奏的感染力之强。他的《听夜筝有感》:"江州去日听筝夜,白发新生不愿闻。如今格是头成雪,弹到天明亦任君。"则显示了一种幽默感。白居易《筝》:"云髻飘萧绿,花颜旖旎红。双眸剪秋水,十指剥春葱。楚艳为门阀,秦声是女工。甲明银得勒,柱触玉玲珑。猿苦啼嫌月,莺娇语迟风。移愁来手底,送恨入弦中。赵瑟清相似,胡琴闹不同。慢弹回断雁,急奏转飞蓬。霜佩锵还委,冰泉咽复通。珠联千拍碎,刀截一声终。倚丽精神定,矜能意态融。歇时情不断,休去思无穷。灯下青春夜,樽前白首翁。且听应得在,老耳未多聋。"此诗的前四句说明弹筝人花容月貌且打扮一新,眼睛明亮如水,十指白净修长。接下来八句说明弹筝人的身份、性别，然后说明演奏的效果像猿叫那样清苦，又如莺语一样娇怜，心中之恨由手指尽情传达出来。下十二句说这种声音有点像瑟但与胡琴的嘈杂是不一样的。慢弹如孤雁断肠，急弹如飞蓬被卷，如佩鸣铿锵，如幽泉咽鸣。最后结束之时很快，多次扫弦之后嘎然而止。弹完以后，仍然沉浸在乐曲的意境中，与乐曲的精神融为一体。并补充说明，在乐曲的休止表演到位，让人浮想联翩。最后四句则是对欣赏音乐的环境作了交待，老人们在欣赏年轻人的表演，虽然老但还听得进去，听得懂，耳朵也没有太聋。也有点诙谐的成份在其中。这首诗是白居易描写筝表演最长的一首，28句。属于比较详写的一个长篇。

　　如果要讲知名度，李端《听筝》："鸣筝金粟柱，素手玉房前。欲得周郎顾，时时误拂弦。"绝对是第一，这首诗一语双关，说明了弹筝必须心神合一，指弦合一，不能够三心二意。

　　刘禹锡《冬夜宴河中李相公中堂命筝歌送酒》："朗朗鹍鸡弦，华堂夜多思。"说明了筝的弦所用的材料。刘禹锡《伤秦姝行》："长安二月花满城，插花女儿弹银筝。南宫仙郎下朝晚，曲头驻马闻新声。"诗开门见山，说明弹筝人和欣赏者。诗的题目一种歌行体，主要是对秦地美女的一种感伤。"芳筵银烛一相见，浅笑低鬟初目成。蜀弦铮摐指如玉，皇帝弟子韦家曲。青牛文梓赤金簧，玫瑰宝柱秋雁行。敛蛾收袂凝清光，抽弦缓调怨且长。八鸾锵锵渡银汉，九雏威凤鸣朝阳。曲终韵尽意不足，馀思悄绝愁空堂。"弹的是皇家弟子、宫廷高手教的韦家创作的曲子。曲子"怨"且长，长过银汉，长到朝霞就要升起，曲终仍然声尽还余意不尽，以致于余思绝愁空堂。"北池含烟瑶草短。万松亭下清风满。秦声一曲此时闻，岭泉鸣咽南云断。"这是讲秦筝女所弹的效果——使瑶草含烟、感动松风、泉水鸣咽、云断不流。"侍儿掩泣收银甲，鹦鹉不言愁玉笼。博山炉中香自灭，镜奁尘暗同心结。从此东山非昔游，长嗟人与弦俱绝。"这里写艺人也带着自己的侍女，帮助收拾各种工具，如"指甲"什么的。这首长诗描写了一个下朝官员欣赏秦筝的过程，让人深深同情艺人的际遇。

吴融的《李周弹筝歌》可视为晚唐时期最后的筝声："古人云，丝不如竹，竹不如肉。乃知此语未必然，李周弹筝听不足。"这几句是说，虽然有丝弦不如竹管，竹管不如人声的古话，但如果听李周的表演就觉得这话并不见得都正确。因为李周的表演无比美妙，超过竹声，甚至也超过了人声。"闻君七岁八岁时，五音六律皆生知。就中十三弦最妙，应宫出入年方少。青骢惯走长楸日，几度承恩蒙急召。一字雁行斜御筵，锵金戛羽凌非烟。"这几句是说李周弹筝是有"童子功"的，并且"大器早成"，如同我们现有说有"绝对音高"的概念一样，李周是神童、神人，是生而知之。常常被皇帝召进宫里去演奏，所以他经常骑着高头大马在皇宫禁苑中的千年古树下自由行走，也常参加宫廷御宴。"始似五更残月里，凄凄切切清露蝉。又如石罅堆叶下，泠泠沥沥苍崖泉。鸿门玉斗初向地，织女金梭飞上天。有时上苑繁花发，有时太液秋波阔。当头独坐揽一声，满座好风生拂拂。"这几句是对李周筝技的详细描写，五更残月与凄切寒蝉，石罅枯叶和潺潺山泉都可以活灵活现地表达出来。音乐如鸿门玉斗如织女金梭在天上地下如行云流水般流动无碍进行，达到了如此这般的艺术效果，让人有"此时筝艺呼风来"之感。"天颜开，圣心悦，紫金白珠沾赐物。出来无暇更还家，且上青楼醉明月。"这四句是说一般情况下，给皇帝表演完毕之后，他心情无比舒畅，眉开眼笑，"龙颜大悦"，自不必多言，就会有丰厚的赏赐。这一切完毕之后，李周也不会马上回家，而是上青楼去享受生活，这也说明唐人的生活比较开放。"年将六十艺转精，自写梨园新曲声。近来一事还惆怅，故里春荒烟草平。供奉供奉且听语，自昔兴衰看乐府。只如《伊州》与《梁州》，尽是太平时歌舞。旦夕君王继此声，不要停弦泪如雨。"这几句讲李周六十岁以后，艺术更趋完美，不仅可以表演，还自己创作新曲。近来家乡闹春荒，人民有难，但这不应该成为李周挥之不去的忧愁，因为音乐是与国事联系在一起的。一些曲子的具体内容无关紧要，但与国家发展趋势有内在联系，国家的困难过去了，个人的苦难也就会成为历史。

这首诗的风格类似白居易，他写了一个艺人的技术水平和生存状态。

三、筝演奏家及其制度

（一）筝演奏家

在唐代诗人中，有些诗人比较倾向于某一种乐器，如李白喜欢听笛子，也可能是他受皇帝的影响，写的赏笛诗多达八首。白居易是一位音乐诗人，他的音乐诗过 200 多首。琵琶诗达 10 首。写筝的诗有亦有四首，可惜的是只有一首诗提到筝演奏者，而且也不是全名，只提了崔七家中的筝妓人等；顾况则是另外一种倾向，喜欢听筝，写过三首与筝有关的诗，他的三首诗提到过演奏者的名字，一是郑女，二是李湖州孺人，第三位是王郎中家的筝妓；刘禹锡的筝诗有四首，诗中提到过的商人女及李绅家中的筝歌妓，孟浩然也有三首与筝有关的诗，但都没有提演奏者的名字，李商隐有二首与筝有关，有一首都提到了名字即孙家妓。还有卢纶诗中的姚美人，吴融诗中的李周，李远诗中的轻轻、伍卿，皎然诗中的二美人等。

这些筝人的际遇实际上是和国家的命运紧紧相连的，国家平安无事，他们或她们就在皇宫里做一个舒适的演奏家，如果国家出了叛乱他们的命运也就悲惨了。温庭筠《弹筝人》可以看出艺人散落民间的情况："天宝年中事玉皇，曾将新曲教宁王。钿蝉金雁今零落，一曲伊州泪万行。"《伊州》、《凉州》等都是大曲，曾在天宝年间广泛流传，弹筝人也曾经表演过而且还教过玄宗的弟弟宁王。卢纶《宴席间赋得姚美人弹筝歌》："昭阳殿里最聪明，出到人间初长成。遥知竞曲新翻处，犹是君王说小名。"自己附注说"美人曾在禁中"。就是说曾在曾在宫廷中表演过。反映了安史之乱后，艺人散落民间的历史。

(二) 表演制度化

从上面的描写中，我们知道唐代的筝演奏艺术家是从小培养的，形成了制度。顾况诗中的郑女"八岁会弹筝"，而且其技巧神似"天籁"。吴融对李周的了解是"闻君七岁八岁时，五音六律皆生知。就中十三弦最妙，应宫出入年方少"。七八岁就会弹筝了，为皇帝表演也是在年纪很小的时候。卢纶《宴席间赋得姚美人弹筝歌》："昭阳殿里最聪明，出到人间初长成。"就像我们当代的音乐学院有附小、附中、大学本科、硕士、博士等一条龙服务。当时在唐代的教坊，有专门负责教学与考试的太常伶官，三年一小考，五年一大考，够了级别就上，待遇就跟着；如果学业不精，考试不过，那还得从头再学。如果是演奏员，也像我们今天歌舞团的考试制度一样，实行末位淘汰制。白居易《立部伎》说："太常部伎有等级，堂上者坐堂下立。堂上立部笙歌清，堂下立部鼓笛鸣。笙歌一声众侧耳，鼓笛万曲无人听。"这里有两个级别，一是坐着表演与站着表演本身就不一样；二是表演效果也不一样，坐着的人表演的时候大家都非常认真地听，而立部伎表演时，则"无人倾听"。白居易接着说："立部贱，坐部贵。坐部退为立部伎，击鼓吹笙和杂戏。立部退为何所任，始就乐悬操雅音。雅音替坏一致此，长令尔辈调宫徵。"白居易明明白白地告诉我们，站着表演的人就低人一等，而坐着表演当然高人一筹，这个等级还不固定，坐部伎演员表演差了，就会降到立部伎，立部伎的演员如果还不努力，那你就到雅乐部去吧，那里十分清闲，也十分清凉，用不着你跑前跑后，来来回回演奏那些快慢速度的各种高难度的作品了。这种考试制度在唐代十分严格，所以，所有的学生或演奏员都必须兢兢业业、全力以赴，否则就会被淘汰掉，逐步降级，最后什么都不是了。

筝在唐代是属于坐部伎，待遇还是比较高的，但也要努力才能胜任这种工作。

四、筝的审美

（一）变调的美学

筝从战国时期产生之后，表演于宫廷民间，汉代到南北朝时期都视之为正统，不仅可以"感天动地"而且可以"移风易俗"完全就视为古琴的翻版，但到了唐代，因为其它乐器如琵琶一跃成为乐器之首，筝也被诗人们用有色眼睛来看待了，这是一个极为有趣的事情。

从"移风易俗"到"回到原点"

汉代候景在其《筝赋》说："散清商而流转兮，若将绝而复续，纷旷落以繁奏，逸遗世而越俗。若乃察其风采，练其声音，美哉荡乎，乐而不淫。虽怀恩而不怨，似幽风之遗音。于是雅曲既阕，郑卫仍倚，新声顺变，妙弄优游。微风漂裔，冷气轻浮，感悲音而增叹，怆嘁悴而怀愁。若乃上感天地，千动鬼神。享祀视宗，酬酢嘉宾，移风易俗，混同人伦，莫有尚于筝者矣。"看来，汉代的人将其视为正统，不仅可以"遗世而越俗"、"乐而不淫"、"怀恩而不怨"，而且可以"上感天地，下动鬼神"、"移风易俗"真是太好了。

曹魏时代的阮璃也有类似的观点，他在其《筝赋》中说："惟夫筝之奇妙极五音之幽微，苞群声以作主，冠众乐而为师，禀清和于律吕，笼丝木以成资。身长六尺，应律数也。故能清者感天，浊者合地，五声并用，动静简易，大兴小附，重发轻随。

折而复扶。循覆逆开，浮现抑扬，升降绮靡，殊声妙巧。不识其为，平调足均，不疾不徐。迟速合度，君子之衔也；慷慨磊落，卓砾盘纡，壮士之节也；曲高和寡，妙技鸡工。伯牙能琴，千兹为膜。蛟惮禽然，庶配其踪；延年新声，岂此能同；陈惠李文，蜀能是逢。"看来阮璃也将筝视为与古琴一样的正乐器，将其与伯牙之古琴相提并论，音阶用五声，其速度、动静、轻重都非好，而说李延年的创作的新声都不能与之相比。

到了西晋之时，傅玄的《筝赋》也将筝说成是"上崇似天，下平似地，中空准六合，弦柱拟十二月"，说明这时的筝已经是十二弦了。其序又云："设之列四象在，鼓之列五音发。体合法度，节究哀乐，斯乃仁智之器，岂蒙恬亡国之臣所能关思运巧哉？"对蒙恬造筝的传说表示质疑。但此时傅玄亦非常欣赏琵琶："所乐亦非琴，唯言琵琶与筝，能娱我心。"

南朝梁武帝萧纲《筝赋》也极欣赏筝的表演："听鸣筝之弄响，开兹弦之一弹，足使客游恋国，壮士冲冠。……度玲珑之曲阁，出翡翠之香帷，腕凝纱溥，佩重行迟，尔乃促筵命友，街缚置酒，耳热眼花之娱，千金万年之寿；白日磋跎，时淹乐久，玩飞花之度窗，看春风之入柳，命丽人于玉席，陈宝器于纨罗，抚鸣筝而动曲，譬轻薄之经过。……遂东移于郑女，和西舞于荆妃，使长廊之瓦虚坠，梁上之尘染衣，游而不没，白鹤至而忘归。于是乎余音未尽，新弄萦缠，参差容与，倾慕流连。"极言筝之爽丽。此时离隋炀帝统一全国已经很近了。

需要特别说明的是，这些观点完全没有影响唐代人对筝的抱怨之情。隋唐时代，人们喜好胡乐，但"古筝"在唐代却回到了原点，除了被叫筝之外，许多时候被叫做作"秦筝"。唐代琵琶后来居上，成为胡乐的代言人，诗人无法直接抱怨琵琶，就将古琴受压抑之气转移到了筝的身上，真是罪过，罪过。

唐人关于"筝"的概念，不仅与前代人大异其趣，而且与我们今天的观点也完全不一样。"秦筝"二字，说明人们将其视为一种地域乐器，而不是正统的乐器。此二字随处可见，表现诗人们不认可他们的地位，不仅不能代表音乐的传统，而且连京都之声也算不上。白居易就是其中的代表，在抱怨古琴式微、无人演奏这种令人担忧的情况时就先后几次说过："奔车看牡丹，走马听秦筝……众耳喜郑卫，琴亦不改声"①、"何物使之然，羌笛与秦筝。"② 柳中庸也说"抽弦促柱听秦筝"，岑参说"秦筝歌送外甥萧正归京"。唐代早期之时，张九龄就说："端居无正绪，那复发秦筝"。"秦筝"一词非常之多，在我们看来，造成古琴式微的原因不仅仅是"秦筝"，更多的是"胡琴琵琶与羌笛"。更有甚者将其视为"蛮柱"，李商隐在《和郑愚赠汝阳王孙家筝妓二十韵》："冰雾怨何穷，秦丝娇未已。……羌管促蛮柱，从醉吴宫耳。"这种筝与羌管合奏，醉人耳目。但是作者完全忽视它已经汉化的现实，将"胡风"扩大化，使得"秦筝"蒙受冤情。

　　当然，如果我们为诗人们想一想，也事出有因，情有可原，玄宗皇帝那么热爱琵琶，而诗人们不好直接反对琵琶，诗人们也必然"好之"，白居易不就写了十篇琵琶诗吗？而还是那么鸿篇巨制、无与伦比。有的人可能会问：是否有可能是诗人们将琵琶视为汉族正统呢，否！因为白居易许多情况下都是写得明白，只有古琴是正统，琵琶从来没有弹"雅音"、"正始之音"等。在唐代，琵琶有可能成为现实的正统，因为皇帝喜欢，它不是正统也不行。古代则代表着传统的正统。这就是个问题的根源之所在。

　　（二）细腻的情感

　　李商隐《和郑愚赠汝阳王孙家筝妓二十韵》："羌管促蛮柱，

---

① 白居易《废琴》。
② 白居易《邓鲂张彻落第》。

从醉吴宫耳",与羌管合奏,醉人耳目。王湾《观刍筝》:"近来唯此乐,传得美人情。"乐者,乐也;乐者,情也。筝的艺术表现丰富,"朱玄一一声不同,玉柱连连影相似"。唐诗中不仅情感丰富,而且变化多端,这些情感多与悲苦之情有关,更具体地讲与离别之情、与相爱之情、与傍晚月夜有关。

柳中庸《听秦筝》:"抽弦促柱听秦筝,无限秦人悲怨声。谁家独夜愁灯影,何处空楼思月明。更入几重离别恨,江南岐路洛阳城。"离怀愁绪如空楼明月,顾况《筝》:"秦筝楚调怨无穷,陇水胡笳咽复通。"杨巨源《雪中听筝》:"玉柱冷冷对塞雪,清商怨徵声何切。谁怜楚客向隅时,一片愁心与弦绝。"在表达爱情方面也擅长表达缠绵绯侧、无可奈何之情。元稹《筝》:"莫愁私地爱王昌,夜夜筝声怨隔墙。火凤有凰求不得,春莺无伴空转长。"这是讲爱情之苦。

殷晓潘《闻筝歌》表凄切之情:"凄凄切切断肠声,指滑音柔万种情。花影深沈遮不住,度帏穿幕又残更。"夜晚听筝,难以受万种柔情。李商隐《哀筝》亦云:"轻幰长无道,哀筝不出门。何由问香柱,翠暮自黄昏。"在家里听这种悲切之调已经有一整天,不可能不难受。薛能《京中客舍闻筝》:"十二三弦共五音,每声如截远人心。当时向秀闻邻笛,不是离家岁月深。"这是说明听筝的人远在京城,离家万里,听到这种悲怨之调,无比难受。

筝的音高很高,而其音色则较悲,容易引起人们忧愁的情绪,不仅如此,筝的情怀与国事还有联系,筝到了中晚唐所受到的关注比较多,似乎与古琴比较类似,也说明了文人们心深处孤独的痛苦和寂寞之情形,唐诗中反映筝的情感美学比较有特点。

1. 筝的正统观点

筝是传统乐器,在初唐诗人中有人受到前代"正统"观点的影响,进一步将筝儒化。李峤《筝》:"蒙恬芳轨设,游楚妙弹开。新曲帐中发,清音指下来。钿装模六律,柱列配三才。莫听西秦奏，筝筝有剩哀。"撇开筝的来源不谈，他的正统之观点体现在"钿装模六律，列柱配三才"。筝是表演五音六律，表现的却是天地人三才。

2. 筝之表现与儒道观念结合

"每笑石崇无道情，轻身重色祸亦成。君有佳人当禅伴，于中不废学无生。"① 重色轻身，决不是有道家观念，追求这种享受，只能是祸及自身。应该"筝歌一动凡音辍，凝弦且莫停金罍"，这样才能"淫声已阕雅声来，游鱼唤喁鹤裴回"，而且"爱君天然性寡欲，家贫禄薄常知足"。隐居山水，回归自然才是我们生命的所求。

3. 主体心情决定艺术表情

唐太宗与魏征的心乐之说，看来对唐代大多数人都有过影响，许多人都认为只有心情快乐，音乐才快乐，心情不乐，音乐亦不会乐。"移情"之说在唐代还是很有代表性的。虽说"纤指传新意，繁弦起怨情"，但"岂是心能感，人心自不平"。白居易也说："会教魔女弄，不动是禅心。"②

4. 出现"清"、"虚"、"幽"、"闲"等概念

我们认为这是受古琴文化观念的影响。"虚室有秦筝，筝新复月清"。意境清虚，月光迷人。刘禹锡说："朗朗鹍鸡弦，华堂多夜思。帘外雪已深，坐中人半醉。醉娥发清响，曲尽有余意。"③ 静夜之时，帘外雪深，筝发清响，余味无穷。又"夜静酒澜佳月前，高涨冰引仍渊渊"。且"吴兴公舍幽且闲，何妨寄隐在其间"④。这些显然与古琴如出一辙。

---

① 皎然《观李中丞洪二美人唱歌轧筝歌》。
② 白居易《偶于洛阳牛相公处觅得筝筝示到选寄诗来走笔戏答来诗云但愁封寄去魔物或惊禅》。
③ 刘禹锡《冬夜宴河中李相公中堂命筝歌送酒》。
④ 皎然《观李中丞洪二美人唱歌轧筝歌》。

这里面还有一个比较普遍的现象，即独奏乐或者丝弦乐、吹管乐之类的小型表演很受文人士大夫的喜爱，也受社会上许多人的喜爱，反映了当时社会寻求心灵的安逸宁静，显示了人们企图寻找一个相对幽静的处所来修身养性的历史现象。

5. 喜新之风炽热

这一点与筝的"俗"化分不开，筝的表演明显地表现出人们喜新之观，弹筝入曲自然是愈新愈好，多多益善。

王湮《夜坐看搊筝》："不知何处学新声，曲曲弹来未睹名。"

温庭筠《弹筝人》："天宝年间侍玉皇，曾将新曲教宁王。"

张九龄《听筝》："纤指传新意，繁弦起怨情。"

李商隐《和郑愚赠汝阳王孙家筝妓二十韵》："斗粟配新声，娣侄徒纤指"。

在筝的欣赏中也有一些人用古琴的知音观来看待筝，也说明唐代筝的多面性。

五、筝在乐队中的运用

有唐代乐队中，筝是歌曲伴奏中常见的七件乐器之一，而九部乐、十部乐里，坐部伎、立部伎筝也是常规乐器，胡乐、雅乐、俗乐都使用它，说明了它的重要性。

第四节 箜篌

一、形制与历史

箜篌有三种形制：竖箜篌、卧箜篌、凤首箜篌。唐杜佑《通典》："竖箜篌，胡乐也，汉灵帝好之，体曲而长，二十二弦，竖箜篌竖抱于怀中，用双手齐奏，俗谓之擘箜篌。"此卧箜篌是横放（平置）来弹奏，依不同的形制张弦 13～22 根。《通典》又云:"汉武帝使乐人侯调所作,以祠太一,谓其坎候……旧说一依琴制,今按其形似瑟而小,七弦,用拨弹之,弹琵琶。"此类箜篌属横放平置类,与琴瑟类似。竖箜篌自汉代从西域传入。《隋书·音乐志》:"今天曲项琵琶,竖箜篌之徒,并出西域,非华夏旧器。"

箜篌早期称"竖头箜篌"或"胡箜篌",其外形既有和西方竖琴相似的角形箜篌,也有琴头加饰的凤首箜篌和龙首箜篌,东汉时期,竖箜篌从波斯经西域传入我国,这种箜篌有曲形共鸣箱,有项轸,张着二十多条弦,盛行于晋以后到隋唐这段时间,这是大型箜篌,卧箜篌则用在高丽乐中,以后逐步绝迹。

凤首箜篌是装饰有凤首的箜篌,经东晋由印度传入我国,晋代曹毗《箜篌赋》:"龙身凤形,连翻窈窕,缨以金彩,络以翠藻。"400多年后,唐德宗(779~805在位)时代,从骠国(即今缅甸)也传进凤首箜篌,至今还在缅甸流传,称"桑桐"或"弯琴",也叫"缅甸竖琴"。凤首箜篌用于隋唐时的天竺乐、骠国乐和高丽乐中。所以凤首箜篌属于竖箜篌之列。

箜篌是中国唐代乐队中大量使用的乐器,是主要的常规乐器。它既可演奏旋律也可以演奏和弦,日本正仓院除存其残品,也有一个唐代的23弦的竖箜篌。韩国也有仿制我国宋代的13弦的竖箜篌。中国现代已经复原和新制了44弦的七声音阶、可以自由转调的竖箜篌。

最早记载箜篌的是《史记》,《史记》称"箜篌"为"空侯",也叫"坎侯"。《史记》中的箜篌是平置弹奏的拨弦乐器,一般不超过22弦。唐诗中的箜篌是二十三弦,音色优美清丽,音域宽广。李贺说:"十二门前融冷光,二十三弦动紫皇。"箜篌的弹奏方法在唐代主要有"拨、揉、滑、按、颤"等主要几种,顾况就说:"大指调弦中指按。"

二、唐诗咏箜篌

唐代的李凭是诗人们眼中的箜篌之神。中唐李贺《李凭箜篌引》有详细的描述：

"吴丝蜀桐张高秋，空山凝云颓不流。江娥啼竹素女愁，李凭中国弹箜篌。"这四句说明时间、地点、人物。时间是秋天，地点是都城长安，演奏者是李凭，当他开始演奏时，空山浮动凝聚不动，使湘妃悲鸣，素女愁绝。

"昆山玉碎凤凰叫，芙蓉泣露香兰笑。十二门前融冷光，二十三丝动紫皇。"这四句中前两句是说明箜篌的音色极美，在昆山玉碎之时，箜篌如凤皇和鸣的那样动听，又如带露的荷花那样可爱，如芳香兰花的微笑一样的动人。后面两句说音乐使门前的月亮似乎都冷了，因为二十三弦的音乐一起流动太美妙动人了。

"女娲炼石补天处，石破天惊逗秋雨。梦入神山教神妪，老鱼跳波瘦蛟舞。吴质不眠倚桂树，露脚斜飞湿寒兔。"最后的这六句继续讲音乐的进行：音乐现在像石破天惊一样变了，似乎从天的极高处传来了滚滚雷霆霹雳，但雨下得却并不大。渐渐地又像到了道的神山，有老妪在学习音乐，此时鱼在跳跃、蛟龙起舞，接下来似乎吴刚也被音乐感动，长倚树旁却不能入睡。进入尾声的音乐似乎在写小动物们被寒雨湿透了，最后归于比较凄冷的结束。从这里的描写来看，李凭具有"惊天地，泣鬼神"的功夫。

此诗大约作于元和六年（811）至元和八年（813），当时，李贺在京城长安，任奉礼郎。李凭是梨园弟子，因善弹箜篌而名播海内。"天子一日一回见，王侯将相立马迎"，身价之高，似乎远远超过盛唐时期的著名歌手李龟年。他的精湛技艺，受到诗人们的热情赞赏。

这就不难理解为什么顾况也写过李凭弹箜篌的盛况,但顾况的诗中史料性更强一些,我们至少了解到,当时李凭有职在身,担任当时梨园的供奉。顾况在诗的题目中就告诉我们李凭的职位,这首诗的题目是《李供奉弹箜篌歌》,下面我们来分析这部作品。

"国府乐手弹箜篌,赤黄绦索金镀头。早晨有敕鸳鸯殿,夜静遂歌明月楼。"点明弹箜篌的人之档次——国手,穿戴整齐、服装漂亮;早晚都在皇帝身边服侍。

"起坐可怜能抱撮,大指调弦中指拨。腕头花落舞制裂,手下鸟惊飞拨剌。"坐下来弹时,怀里抱着乐器,用大拇指来调弦,中指拨弦。手腕灵活,手指也能惊走飞鸟。

"珊瑚席,一声一声鸣锡锡;罗绮屏,一弦一弦如撼铃。"豪华的酒宴上,漂亮的闺门中,箜篌乐声如鸣佩,如银铃。

"急弹好,迟亦好;宜远听,宜近听。左手低,右手举,易调移音天赐与。"急弹清晰、慢弹抒情,远距离好听,近处也好听,真是快慢均妙、远近宜听。左右两手挥弹优美,转调移音非常自然。

"大弦似秋雁,联联度陇关;小弦似春燕,喃喃向人语。"大弦似秋雁北飞,小弦似燕语呢喃。

"手头疾,腕头软,来来去去如风卷。声清泠泠鸣索索,垂珠碎玉空中落。"手指动作迅速而手腕又十分放松,松紧适度,双手来回驰骋如风,音乐就像垂珠碎玉、落地铮然。

"美女争窥玳瑁帘,圣人卷上真珠箔。"这些声音使美女们都争相窥视珠帘玉屏,专心读书、定力很强的人也不能聚精会神学习了。

"大弦长,小弦短,小弦紧快大弦缓。"粗弦长大、细弦短小,小弦弹得快,大弦弹得慢。

"初调锵锵似鸳鸯水上弄新声,入深似太清仙鹤游秘馆。"乐

257

曲开始时如鸳鸯恩爱戏水、泉水叮咚有声,到中间发展部分就像描写仙鹤游观神秘之馆。

"李供奉,仪容质,身才稍稍六尺一。"李凭大师是太常供奉,外貌朴实,身材娇小。

"在外不曾辄教人,内里声声不遣出。"在社会上与人为善、平易近人,在单位也是惜声如玉,不显山露水。

"指剥葱,腕削玉,饶盐饶酱五味足。"手指如剥掉了葱外皮的葱根那样雪白,手腕如削磨打造出来的玉那样温润美好,这双玉手表演出来的音乐通透五味。

"弄调人间不识名,弹尽天下崛奇曲。"他弹出那么多新鲜的曲调,几乎天下所有难度大的曲子都被他弹遍了。

"胡曲汉曲声皆好,弹著曲髓曲肝脑。往往从空入户来,瞥瞥随风落春草。"不论是少数民族的曲目还是汉族的曲目,都表演得十分完美,把曲子的精髓、把思想感情表达得很充分。且如空穴来风无迹可求,又如轻风吹草一样自然。

"草头只觉风吹入,风来草即随风立。草亦不知风到来,风亦不知声缓急。"正如草不知风、风不知草一样,风也不知道声音的轻、重、缓、急。速度真是天马行空、来去无影,音乐如天鸡啼鸣,优美无比。

"爇玉烛,点银灯;光照手,实可憎。"玉烛柱柱、银光闪烁;但玉烛的光辉仅仅照亮了玉手,实在太可惜了。

"只照箜篌弦上手,不照箜篌声里能。"因为烛光仅照手的外面,却没有能够照出演奏箜篌技能的奥妙啊。

"驰凤阙,拜鸾殿,天子一日一回见,王侯将相立马迎,巧声一日一回变。"走凤阁、看鸾殿像游大街一样太平常,天天可以见到天子,三公九卿、王侯将相见面也必须下马来迎接,这样才能听到美妙、新鲜的音乐。

"实可重,不惜千金买一弄。银器胡瓶马上驮,瑞锦轻罗满车送。"这样的国手实在太应该受到器重了,哪怕是花上千万两黄金让其演奏,哪怕是用马驮上大量高档的银器、贵重的西域胡瓶我都愿意,哪怕是用大车装载送上最上等的锦绣罗缎我也觉得太值了。

"此州好手非一国,一国东西尽南北。"这样的好手实在不应该为一国拥有,而应该让他到五湖四海去表演。(这当然是作者的愿望)。

"除却天上化下来,若向人间实难得。"天籁之音,神仙降之,非人间自然可得。

三、表演与欣赏状况

顾况的这首作品给我们丰富而细腻的艺术历史信息:

李凭是供奉之官,这个人的容貌、身材及气质都被写出来了,个子不高,皮肤白皙,性格比较温和,平易近人,口不言是非。演奏箜篌的手指头珠圆玉润,而手臂修长、手腕灵活。李凭的音乐感觉极好,任何曲子都能将其思想感情、主题内涵充分表达。这样,不仅李凭的音乐被"画"出来了,而且李凭这个人也被"画"出来了,我们如见其人,如临其景,如闻其乐,如感其心。这是一首难得的反映全面的乐器诗。

中唐诗人顾况的音乐诗不少,但像这样长大的、详细的音乐诗却极为鲜见。他写的音乐诗中,有筝、琴、瑟、笙、琵琶、笛等,这些乐器一般诗人也并不陌生,但箜篌却并不在普通诗人的作品中出现,可见顾况对音乐的修养和爱好之深、之博、之强。除此诗之外,顾况还曾经在王郎中家里吃酒时,也欣赏过箜篌,这个家妓班中的音乐水平也很了得:"玉作搔头金步摇,高张苦调响连宵。欲知写尽相思梦,度水寻云不用桥。"看来顾况先生绝非仅仅出于对箜篌的好奇而写的临时性感受,而是和箜篌"老相识"了①。

顾况的晚辈杨巨源也听过李凭演奏箜篌,他的《听李凭弹箜篌》二首:

(一)听奏繁弦玉殿清,风传曲度禁林明。君王听乐梨园暖,翻到云门第几声。

(二)花咽娇莺玉漱泉,名高半在御筵前。汉王欲助人间乐,从遣新声坠九天。

其中第二首的后两句中的"汉王"用了一个典故:《史记·封禅书》所载汉武帝祠太一之事。"于是塞南越,祷词太一,后土始用乐舞,益召歌儿,作二十五弦及箜篌琴瑟自此始。"

盛唐的王昌龄写过《箜篌引》,爱好弹箜篌,顾况属中唐早期的诗人,杨巨源等接其后,而元稹、张祜也有诗咏之。

元稹在《六年春遣怀八首》第三首中也提到了"箜篌",这是一首组诗,"公无渡河音响绝,已隔前春复去秋。今日闲窗拂尘土,残弦犹迸钿箜篌"。与元稹同时代的诗人、"海内名士"张祜《楚州韦中丞箜篌》:"千重钩锁撼金铃,万颗珍珠泻玉瓶。恰值满堂人欲醉,甲光才触一时醒。"这也宰相家中的箜篌欣赏,其音颗粒感强,音量大,挥弹之时,昏昏欲睡的众客人完全惊醒。

四、箜篌的使用

虽然箜篌造型优美,音色动听,但在唐诗中所咏不多。毕竟它属于非常见乐器。它在唐多部乐中都有使用,在坐立部伎中也有它的身影。唐代的箜篌演奏家有李凭、张野狐、季齐皋等。

---

① 顾况的诗中有道家思想,这大约与他晚年隐居江西茅山有关吧。

第五节 其它弦乐器

轧　筝

轧筝的史料记载，始见于唐。《旧唐书·音乐志》："轧筝，以竹片润其端而轧之。因取名焉。"就是说将一竹片尖端润湿以后，在弦上擦奏。轧筝形如古筝而小，七到十一弦不等。在唐代文人中有描写轧筝的。如刘禹锡诗云："满座无言听轧筝，秋山碧树一蝉清。"专咏轧筝者只见于皎然的《观李中丞洪二美人唱歌轧筝歌》诗中：

君家双美姬，善歌，工筝，人莫知。轧用蜀竹弦楚丝，
清哇宛转声相随。夜静酒阑佳月前，高张水引何渊渊。
美人矜名曲不误，蹙响时时如迸泉。赵琴素所嘉，
齐讴世称绝。筝歌一动凡音辍，凝弦且莫停金罍。
淫声已阕雅声来，游鱼唫喁鹤裴回。主人高情始为开，
高情放浪出常格。偶世有名道无迹，勋业先登上将科。
文章已冠诸人籍。每笑石崇无道情，轻身重色祸亦成。
君有佳人当禅伴，于中不废学无生。爱君天然性寡欲，
家贫禄薄常知足。谪官无愠如古人，交道忘言比前躅。
不意全家万里来，湖中再见春山绿。吴兴公舍幽且闲，
何妨寄隐在其间。时议名齐谢太傅，更看携妓似东山。

说明中唐时轧筝已经存在。轧筝是拉弦乐器的鼻祖。《元史·礼乐志》及《元史·乐史》中记载一种叫"奏"的乐器其形制"如筝，七弦有柱，用竹轧之"奏和轧筝，同器异名。明代出现二弦，应该是二胡的早期记载，清有二胡的称呼。

轧筝的出现说明了我国弓弦乐器从擦奏到拉奏经过了几百年

演变。虽然各地进化步伐不一，但从"击"到"擦"再到"拉"的总程序是一致的。

瑟

瑟又称"瑶瑟"、"锦瑟"、"古瑟"、"柔瑟"、"云和瑟"等。其中李商隐无题诗中的"锦瑟"等比较有名。李白写过两首与瑟有关的诗《拟古》、《古风》都享有盛名。

在唐代诗人所咏的《瑟》诗中，湘灵鼓瑟的传说占二分之一，八篇。因为瑟在唐代都属于怀才不遇型的乐器。所以咏者有限。王邕、庄若纳、陈季、魏璀、钱起、包溶等都写过《湘灵鼓瑟》或明显与之有关的题目。

瑟属于古老乐器，在唐代早已有了地方之风格。李白《古风》说："齐瑟弹东吟，秦弦弄西音。"传说瑟是舜所造，所以李峤《瑟》诗说："伏羲初制法，素女昔传名。"唐代的瑟不受欢迎，所以李益有《古瑟怨》："破瑟悲秋已减弦，湘灵沉怨不知年。感君拂拭遗音在，更奏新声明月天。"看来瑟也要奏新声才有人听。杜牧《瑶瑟》："玉仙瑶瑟夜珊珊，月过楼西桂烛残。风景人间不如此，动摇湘水彻明寒。"又与湘灵之瑟有关。最有特点的莫过于刘禹锡的《调瑟词》并加了序："里有富豪翁，厚自奉养，而严督臧获。力屈形削，犹役之无艺极。一旦不堪命，亡者过半。追亡者亦不来复。翁领沮而追昨非之莫及也。予感之，作调瑟词。"

"调瑟在张弦，弦平音自足。朱弦二十五，缺一不成曲。美人爱高张，瑶轸再三促。上弦虽独响，下应不相属。日暮声未和，寂寥一枯木。却顾膝上弦，流泪难相续。"这说明二十五弦瑟缺少一根都不行，必须大家齐心协力共同完成音乐作品的表演；也说明了和谐的气氛对于一个乐工工作环境来说多么重要，而不能像这个富人那样虐待乐工。

弦乐器小结——丝弦之动

本章弦乐器以古琴、琵琶、秦筝、箜篌为主,另外,涉及到轧筝和瑟两件乐器,一共6件。唐代音乐全面发展,取得了令人仰视的成就。无论是从乐器的分类到乐器表演,还是从乐器的表演到乐器的制造,都令人激动。但全面铺开无益处,不如选点聚高光。所以,我们挑选古琴和琵琶作为典型进行研究,在比较中得出结论,在鉴别中论证得失。以此来判别雅乐与俗乐、边地胡乐与中原正统之运动轨迹。

一、古琴与琵琶两件乐器所代表的音乐性质及其相互关系

(一) 同源 不同流

它们都是弹拨乐器,都属于丝类弦鸣乐器,可谓同"根"。在唐代,这两件乐器弦的制作材料也基本一致,这是我加以比较的基础。然而他们的区别又极其巨大。

1. 两件乐器产生的时间不一样,先后相隔悬殊特大。古琴约有三千年历史,而琵琶,真正的胡琵琶见于文献至多不会超过1500年(南北朝时始见于记载)。

2. 关于弦的方面,虽然都是弦鸣类乐器,但弦的数目不一样,古琴七弦,琵琶四弦(或五弦)。调弦的方式也不一样,古琴是先确定五弦之五音(宫、商、角、徵、羽),四弦琵琶是要清楚四弦("缠弦"、"老弦"、"中弦"、"子弦")的音程关系:A、d、e、a。古琴有泛音、按音、散音三种音色,而琵琶的低音区粗犷、低沉,余音较长;中音区明朗亮丽、柔美而富有弹性,颗粒感强;高音区清脆、结实有力,极高音则发音比较紧张。两者本身的音色相去甚远,正常人一耳朵就能听出是两种乐器的声音。

3. 演奏的方式也迥然不同，一个平置，一个竖抱；一个用拨子弹奏，一个徒手表演。

4. 产生地域不同，古琴的诞生在中原地区，而胡琵琶则产生于西域、中亚或印度，无论如何它不是产生于中土。

5. 因为地域关系，所表演族群当然也就不一样。在没有汉化之前，琵琶表演主体当然是深眼高鼻的胡人，唐代大名鼎鼎的琵琶演奏家多为西域胡人，而古琴则是清一色的汉人。

因为有相同和不同的因素，并且不同的因素多，所以导致两种乐器的遭遇不一样也是情理之中的事情。

（二）同代相遇　不同待遇

古琴虽然产生于几千年前，但到了唐代它却遭遇到琵琶这件出自游牧民族的马上乐器，这种"缘份"的好坏究竟如何呢？

由于古琴是中原正统，也被儒家视为成人的标志[①]。古琴在前朝各代也是文人们津津有味的话题，自娱乐自乐的乐器，文化人将其时刻带在身旁，以显示自己的修维。地位显赫也好，生活贫困也罢，都要时常告诫自己是一个有文化的人，不能胡来。穷则独善自身，达则兼济天下，应该做有观点、有立场的人，不能做墙头草。虽然古琴不能代表辉煌、代表地位，但它代表德性与操守。所以无论时人如何小视古琴，诗人们都没有轻视它的意思，纵然偶有抱怨，那也是"众耳喜郑卫，琴亦不改声"。古琴仍然坚持自己的品格。

胡乐器的代表琵琶是当时的宠儿，它奏出了时代强音。为什么呢？我们看"天时"、"地利"、"人和"三大要素中，琵琶基本上都得了百分之九十的地盘。只是"人和"方面有一点缺憾，因为当时的知识分子和士大夫阶层始终是有保留意见的。但这也无

[①] 孔子《论语·泰伯》：兴于诗，立于礼，成于乐。

碍大局，因为皇帝喜欢。所以别的人嘛，就无所谓了。所谓"天时"就是这个时代好胡音；所谓"地利"就是首善之区的长安本身就是西北少数民族相聚杂处之地，到处都可以见到胡人，感受胡俗，听到胡音，欣赏胡舞。再说皇帝喜欢，人们能不接受吗，它能不兴盛么？相对古琴来说，也有点"三十年河东、三十年河西"的意味吧，也许，此一时，彼一时，这就是历史。

　　古琴在历代的发展是都以正统自居，是传统的雅乐之象征；琵琶是新生的俗乐之代表，胡乐的全面汉化，在人民中间流行起来之后，它就代表了民间的音乐，它也就代表了俗乐。

　　如上所述，我们可以这样认为，两件乐器都是弦乐器，却有着极多的区别，且是极惊人的差别。它们不仅代表了两种音乐审美观念，而且也代表了两种音乐流行的情况。两种审美观是以古琴为代表的雅乐审美观和以胡乐为代的俗乐审美观，及以雅乐之中衰和俗乐的昌盛的音乐流行现实，是我们注意到的两个重大事项，两种音乐在大唐盛世有着天壤区别。

　　以古琴为代表的雅乐审美观是代表比较保守的音乐观念，要求人们演奏音乐大不过均，细不过羽，中庸随和，不急不躁，不慌不忙。演奏之时要求环境格外的宁静、雅致。而演奏都是平置，人们要坐下来气定神闲地进行表演，这样才能够把小音量的音乐传达给听众。人们在这样的音乐中能够保持平和的心态，保持清醒的头脑，保持从容的风度，多么好！

　　我们再看看琵琶这种俗乐的审美观又是如何？唐代一开始边庭吃紧，战事不断。五天一小仗，十天一大仗，太宗皇帝要竭尽全力来对付边关战事，这是关系到国家存亡的大事，所以一心在军国大事，等到这些事情解决了，才有时间来解决享受、娱乐的问题，国家也是废墟上建立起来，皇室的粮食供应都成问题，所以应该说是百端待举、无力它顾。偶尔来一些歌舞也不可能一唱三叹，一步三摇，整日不断，绝大多数是"速战速决"。

既然古琴要坐下来才能表演，而琵琶则可以在马上奏之，所以古琴的表演平台绝对有限，而作为胡乐的琵琶，它可以在马背上表演，它也就能够在宫廷表演。琵琶的音量是如此之大，它不需要环境特别安静，琵琶的音色十分脆亮，它一样能够使人陶醉；琵琶的节奏也大多快捷，它不需要一个曲子听半个小时。两相比较，孰优孰劣，谁有更强的适应性就一目了然了。

（三）同为弹弦乐器　相异思想内涵

古琴在诗经时代，同瑟一起出现，"窈窕淑女，琴瑟友之"。说明它们是汉族人表达内心、传播爱情的文明使者。而琵琶虽然也可以传播爱情、协和万邦，但它毕竟时间出现得过短，许多汉族的文人们还没有见过它的模样呢，你让人们如何来马上接受它？不太现实。

那么，雅乐之中衰，俗乐之兴盛也就不足为奇了，就连对宫廷考核也是将那种慢腾腾的雅乐给那些没有能耐的人去表演，何况社会上的人们，谁不愿意欣赏那些快速的、风风火火的、爱憎分明的曲子呢？

如果我们将现象上升到本质，把感性上升到理性，将实践总结出理论，我们会惊奇地发现：古琴与琵琶虽市场不同，命运大异，却又有深刻的联系。琴为中原正统，历史悠久而文化内涵无比丰富，虽然中衰却有着极大的历史惯性。琵琶为西域、中国西北胡乐器，没有深厚思想理论，仅仅是为乐而乐，释放紧张，它也无力承担历史的厚重。但它却能够遍行东亚。由于历史的短暂，它的内涵远远不能与古琴相提并论，因此文人学士们往往带了有色眼镜来看琵琶。文人以雅乐观来审视琵琶或俗乐，自然会有一些出入。不过这也有一个好处，就是在这个过程中，古琴和琵琶也渐渐联系起来了，拉近了彼此间遥远的距离，互相折射、吸收对方的优点和思想，借鉴一些演奏技巧。琵琶也就在文人的诗中吸收了一些古琴的审美观。而且所有的管乐器、弦乐器（能够独奏的、合奏的）几乎都被文人们赋予了或多或少的雅乐观念，这并不都是坏事。以古琴的审美观来关照各种管乐器和弹弦乐器，使得古琴稳坐传统音乐的正统宝座，以舵手般的力量出现于音乐领域，甚至文学作品中，这一切都说明了音乐的某些相通之处。另外，从唐诗对音乐的评论，我们亦可以看出其艺术美感、艺术水平和艺术欣赏的兴旺发达，也看出了文学对音乐的影响。由于诗人们的参与，唐代的乐器、舞蹈、歌唱都被赋予了特别突出的地位，唐代的音乐舞蹈就十分令人瞩目。而古琴受到文人们的青睐则更是有目共睹。

我们从唐诗中还可以看出几个重要情况：

(1) 文人音乐的相对中衰和社会音乐的极大繁荣

这反映了唐代音乐的一个发展概况。文人音乐在士大夫阶层中流行，有一种雅乐性质的音乐，如古琴音乐，声音弱小，很难听见，加上音乐节奏缓慢，具有古代雅乐的诸多特征，老百姓不喜欢。老百姓就是喜欢胡乐，声音大，有活力，还方便携带，演奏场所也不限制，故众人爱之。还有一种可能，就是它与五胡以武力征服中原有一定的关系。

(2) 雅乐的中衰与俗乐的繁荣

纯粹的雅乐没有什么生机，节奏呆板，旋律缓慢，毫无生气。《新唐书·礼乐》这样说：

"初，祖孝孙已定乐，乃曰'大乐与天地同和'者也。制十二和，以法天之成数，号《大唐雅乐》：一曰《豫和》、二曰《顺和》，三曰《永和》，四曰《肃和》，五曰《雍和》，六曰《寿和》，七曰《太和》，八曰《舒和》，九曰《昭和》，十曰《休和》，十一曰《正和》，十二曰《承和》。用于郊庙以和人神。孝孙卒，张文收以为《十二和》之制未备，乃诏有司厘定，而文收考正律吕，起居郎吕才叶其声，乐曲逐备。自高宗以后，稍更其名。开元定礼,始复尊敬孝孙《十二和》。"

这些音乐只有一些仪式意义,比较固定的是皇家每年用来祭祀圆丘后土,祈求风调雨顺之意,及接待外宾、或出征打仗等仪式用之,也有时候,皇家儿女结婚出嫁用这些音乐讲讲排场;所以在宴乐中,在平时的音乐欣赏中根本用不上,人们只听一些风格鲜明、鲜活的音乐,这些雅乐不仅士大夫们很少听到,而且老百姓根本用不上。再加上这些音乐也没有多少技术含量,所以自然衰落。

(3) 对于娱乐新声之奇变的百听不厌与对正统严肃之雅乐的充耳不闻

这是唐代人们的时尚表现,反映了唐人们喜新厌旧的明显特征。元稹在《华元磬》中说:"玄宗爱乐爱新乐,梨园弟子承恩横。"方干在《江南闻新曲》中说:"乐工不识长安道,尽是书中寄曲来。"白居易也说:"一纸展开非旧谱,四弦翻出是新声。"又说:"请君莫奏前朝曲,听唱新翻杨柳枝。"[①] 而王建《霓裳曲》也说:"旋翻新谱声初起,除却梨园未教人。"等等。

在这个重感觉轻理性的时代,追求自我享乐的现实主义与看重自我修养的人文主义思想是一个互为表里、互为因果的二元范畴。它以音乐中的现实主义赞歌唱出了时代强音,却以文人主义者独守空房之寂寞描绘出开放时代理性主义的悲凉画卷。终唐一代流行通俗的浅俗之时代新声,总是盖过了严肃深刻的正统作品。"清乐不与众乐杂,所以屈受尘埃欺。"放荡不羁的享乐大潮淹没了自约束的"穷达之志"的呐喊。而当穷奢极欲的享乐主义达到顶峰之时,它又开始向另外一方面转化。理性主义便开始回归,文人音乐在艰难中起步向前,这多少反映了中国乃至世界音

[①] 白居易《代琵琶弟子谢女师曹供奉寄新调弄谱》。
白居易《杨柳枝》。

乐的普通规律,即通俗流行的时代新声总是主流,总是大潮。至少社会上如此,不管我们愿不愿意承认这个事。它是时代的晴雨表,是时代步伐的体现,是向前的,是活跃的。而严肃的正统之乐是某个时代的精华和智慧理性,它是相对静态的、保守的,往往也处在一个相对深沉的层次。所以通俗音乐往往比较圆滑、比较悦耳、比较浅俗、比较易学。它贴近大众、贴近时代,其参与性特别强,故能够占领广大的音乐舞台。而严肃音乐则比较古板,不易学习,不易速成,又表现得似乎远离时代,远离大众,倍感凄凉。然而经典作品总是凝聚着人类真实的情感和理性的思考,凝聚着一代人坎坷的经历和深刻的智慧,倾注了一代人全部的思想感情,包含了一代的人的血与火、灵与肉的搏斗,所以它有着不可战胜的生命力,虽受尽磨难,但却长流不息。例如我们上面提到的《六么》、《水调》、《甘州》、《凉州》、《霸王卸甲》等是如此,古琴中的《高山流水》、《平沙落雁》也是如此。

但我们从多个角度来看,也有一些有趣的结论。从表面上看,传统音乐似乎远离时代、远离大众。但实际上从更长远、更全面的观点来看,绝非如此。传统音乐正是为了把握时代,掌握前进方向,不致于使自己"身在此山不知山"而遭受"全军覆没"的危险,它站得高而见解不凡,看得远而不同流俗,上升到本质上来说,就是如此。它像一位舵手,竭力控制时代之曲,以免在那种躁动不安中迷失方向、丧失自我。古琴音乐行使着庄严而伟大的使命,让历史稳步向前。所以仅就音乐而论,琴乐是方向,胡乐是动力。琴乐所代表的正统音乐不致于使音乐过分地偏离正常的发展轨道;而唐代的琵琶及其所代表的胡乐、俗乐在某种程度上可以视为时代音乐发展的动力。没有动力,历史航船就不能前进,而没有舵手,这艘船就会有灭顶之灾。至少它是一个没有目的地的、找不到出路的废船。然而它们之间又是可以互相转化的,正乐有时候被借鉴发展为新俗乐,俗乐中的精华又会被积淀为国家的正统之音，变成传统的雅乐。雅也在不断发展吸收新鲜的血液、新的成员，俗乐也在不断地为雅乐提供"粮源"、"兵源"、"血源"，这样雅乐与俗乐成为一对好兄弟，正常发展而影响下一代。雅乐和俗乐的关系上升到哲学的高度就是历史和现实的关系，关系的处理大多由现实来完成。这就是麻雀虽小，五脏俱全的典型性，这就是白居易说的"音乐与政通"的深层含义，这也就是我们应该从唐诗音乐中值得借鉴的思想。

二、乐器技巧的借鉴及古代知音观的拓宽

　　胡乐俗乐成主流，琴乐雅乐受排挤，这是唐代音乐的现实，也可以说是中国音乐历史上极为少有的朝代。胡乐是主流，它们受到了大众狂热的追求和喜爱，但胡乐之代表乐器琵琶仍然没有像正统的古琴受到大多数文人们一唱三叹的歌咏。这是雅俗矛盾在诗人国度里的反映。也许是儒家正统的影响，也许是民族主义的局限，也许是诗人们自身的音乐修养所造成。无论如何，我们没有必要对古诗人加以苛求。

　　首先是技法的借览。我们仅从现存的唐代歌咏乐器的诗中，就可以看出各种弹弦乐器对古琴演奏技巧的借鉴。古琴历史悠久，技巧丰富，音色纯美，左手的常用技法有吟、揉、绰、注、上、下、复、进等手法，右手有弹、托、劈、抹、挑、勾、剔、打、撮、轮、拨、拂等手法。指法上还有跪指等等，太丰富了。而且它的技法讲究与书法气韵相结合，因曲子的不同而有绝然不同的处理，有的要求"弹如断弦"（如《广陵散》等），需要大力度的表现及手指的果断用力；有的要求"按欲入木"，即要求演奏者按下去要踏实、着实、夯实，要用绝对的力度来掌握发音，如《平沙落雁》中的某些片断。但这些手法又不能过度使用，还有原则性中的灵活性。所以它又同时讲"琴之韵味，半在

吟揉"。琵琶在西乐东渐的过程中，汉人们也一直在琢磨这个新式的胡乐器之特性。琵琶对这些技法的借鉴可以说是有目共睹的。当今丝绸之路上流行的不少弹拨乐器，如新疆地区用拨子弹奏的热瓦甫和手指击弦演奏的冬不拉、库布孜等，虽然它们的手法不如琵琶丰富，但正好说明西域乐器在东传过程中的渐变。而当今民间的演奏中也依然存在着"下击轮"、"三击轮"等手法，还有叫小指为"禁指"的古琴技法与称谓。又如弹弦乐器中的"挑"、"勾"、"打"及"吟"、"揉"等手法，不言而喻都与古琴有密切联系。

其次，有关乐器欣赏的背景描写，大多与古琴如出一辙。一般都在傍晚或黄昏，或者明月之下，或者华堂之灯火辉煌中，万籁俱静之时，大家才有心情，才能够认真地欣赏音乐。其它筝、笙、笛、羌笛、竽篥等胡汉乐器的欣赏背景也基本一样，其中出现了"意"、"幽"、"闲"、"虚"等一类的审美概念。则无疑是古琴审美意识对诸乐器的有意渗透。各种乐器晚上欣赏，也与中国的农业文明有极大关系，"日出而作，日落而息"，只有晚上休息之时，人们才能欣赏音乐，而不能因音乐忘记劳动，忘记工作。这也说明唐代物质财富的极大丰富并不是空穴来风，而是广大的农民、手工业者、商人、军人和士大夫一起劳动、工作所结出的成果。从这里我们还可以窥知唐代人并非一味享乐，而是劳逸结合；唐代人的音乐欣赏多在晚上进行，而且一般均在酒足饭饱之后，不仅欣赏了音乐，还有助于消化养生。

第三、知音观的延伸发展。古琴作为"达济"与"独善"的工具，倍受文人雅士的青睐，尤其是在"达济"之宏志受挫之后，他们往往需要一个发泄情感的处所，需要有观众或听众来接受他们的"诉衷情"，需要别人的理解和尊重，于是这种寻求理解的强烈情感就转变为"知音"的呼声。即古琴的知音观，这种观念或多或少地、有意无意地出现于咏琴、咏笙、咏筝、咏琵琶等诗中,说明表述方式的一致化和趋同化,这样文人作为音乐传播领域的生力军,就在无形之中将他们已经形成的古琴传统观念灌输到所有乐器的审美观念中,无形之中扩大了古琴观念的影响。

当然并不是说这种观念千真万确、丝毫不错,也有一些因时代局限而出现了与知音观相对立的思想,这就是对俗乐的否定。对雅乐的同情与肯定与对俗乐的抱怨与否定是一对客观存在的、且是由来已久的矛盾,并非是唐代的特产。在白居易、元稹、刘禹锡等人的诗中这种观点处处存在、时时反映。而且,在对俗乐的否定上,除儒家之外,道家分明也站到了儒家的一边,这种否定有一定的感伤和悲观主义色彩,也许是面对俗乐的大潮,儒家和道家都感无能为力、无可奈何吧。

三、音乐美学理论的历史继承及创新发展

所有与音乐有关的唐诗在某种意义上讲,都是欣赏与评论的音乐美学理论。

(一)心之情决定音之性

我们认为唐代继承魏晋南北朝的音乐美学思想比较多,尤其是继承了嵇康的"声无哀乐"的音乐思想。嵇氏说:"声之与心,明为二物。"这显然是说声音与内心互不相关,是两件事物。嵇康又进一步阐述说"声音有自然之和而无系于人情"。与上句一样,音乐不能表达人的喜怒哀乐之七情六欲。在这一点上唐太宗本人的观点与其有相似之处,在《唐会要》卷三十三(上)有这样的记载,唐太宗说:"悲欢之情在于人心,非由乐也。"而魏征也说:"乐在人和,不由音调。"此二人之言与嵇康无本质区别,但又有所发展。即除了说明音乐不能决定人的悲欢之情以外,还说明了喜怒哀乐的归宿之处,由人心而定。音乐不能定哀乐,但

人心能够决定音乐的哀乐，哀乐不过是人们借助乐器这个媒介而进行外化。这个过程很微妙、很细腻，还很迷人，否则音乐怎么能够叫艺术呢？

而魏征的语言中，除了与太宗保持最宏观的一致外，也说明了音乐不同的归宿：即音乐的好坏不是由音乐自己决定的，音调的好坏由人来定，音乐是否感人也由人来评说。但音乐归根到底是由"人和"决定的，"人和"二字蕴含了极为深刻的哲理，意思是人与人之间协和了，人与人的力量就是相加，而不是互相内耗，每一个人的努力都是加法，这样每个人的力量都聚集起，生产出来的财富都集中起来，人民的生活水平就能够迅速提高，社会财富就会大大增长，人们的心情也都会很好，这样音乐就起到了好的效果，促进了人和，人和也扩大了音乐的作用，音乐也对社会前进起到了极大的推动力。因为"人和"非常重要，没有人和，在军事上就没有胜利，没有人和，经济上的效果也会出现问题，没有人和，没有团结，人们之间勾心斗角、四分五裂，能够很好地建设国家，能够很好地履行臣子的任务吗？只有人和了，人的心情都好了，都高兴了，音乐才能是美好的，是令人高兴的，音乐由人的心情来定。所以魏征的回答有着更为深刻的政治含义和哲学理念。所以"心"字一出，立刻引起诗人们的强烈共鸣，张九龄《听筝》说："岂是声能感，人心自不平。"白居易《江上笛》说："此时闻者堪头白，况是愁多少睡人。"

高郢的《无声乐赋》也是一个极有特色的观点，其乐实际上已经脱离了音乐之乐，专门讲高兴之乐，讲心情的激动，甚至就讲情感本身的意义，当然他也讲用心来欣赏音乐。他说："无将听之以耳，将听之以心。"又说："得意贵于忘言。"显然说明意大于言，心重于耳，情感高于声音，情感先于声音。曲调可以不用耳闻，但不能不用心去感受。注意的重心在于心，不在于耳。这种观点也是重心不重耳，重情不重音。

(二) 求心重于求意

"求心文化"是唐代审美观念中的又一重要理念,我们分三种情况来讨论。

求真之心。唐代人很注重感觉,而且往往是第一感觉,比如用手触摸的现场感受,用耳听的现场音响,用眼看的各种舞蹈等等这都属于第一时间的第一感觉,相当重要。这是一种感性之心,是真心,人们大多数时候的激动都来自于此。可以说大多数诗人也非常提倡一种真切的感受、真挚的抒情。

求和之心。正如上面所述唐太宗时期定制雅乐,也是为了协和人伦、提倡团结,所以制定了十二雅乐之和,而王溥的《唐会要》曰:"开元中,又制三和乐。"由此我们不难知晓唐开元之后有十五和乐。每一种"和乐"都要在某一种重要的场合下用,如玄宗登泰山用《豫和》,皇帝出行用《太和》,迎俎用《雍和》,皇帝酌献饮福用《寿和》,送、迎文舞和武舞用《舒和》等。虽然音乐人们听到的时候不是太多,但这种理念则是要大加宣扬的。这种音乐国家提倡,而诗人们也极为拥护。

求宁之心。无论是儒家还是道家,在修身养性上都是一致的。古琴在众多场合下都是可以作为"致远"之器的。白居易说:"心积和平气,木应正始音。"王建说"江上调玉琴,一弦清一心"。王昌龄"孤桐秘虚鸣,朴素传幽真"等等不胜枚举,无论是"和平之气",还是"朴素幽真"这都是一种求宁静之心的表现。也有的人以琴酒自娱养身,如王维"独坐幽篁里,弹琴复长啸",孟浩然的"阮籍推名饮,清风满竹林",那些作者"一杯弹一饮,不觉夕阳沉"都是在寻求一颗宁静之心。这是一种多少带有宗教情感的个人修身之说,在文人士大夫中极有市场。

这种求心文化实际上是注意主体精神的外在体现,将主观感受外在化、形象化、艺术化。所以主体的移情作用特别被重视。

第三章 弦乐器

而这种文化的根源久远:"昔我往矣,杨柳依依,今我来思,雨雪纷纷。"在心情变化之后,无论何种外在环境,都会显示天壤之别。嵇康本人也重感情,但他将音乐与感情之事完全割裂开来,认为两者没关系。比如说两个都是杨柳依依之时来到河边,但一人失恋,一人高考荣登榜首,当然情感体验就是完全不同的写法了;如果一个人总是去一个地方,此地景色的意义在他心情好时与不好时当然不一样了。唐玄宗、白居易等都重心,他们不仅要求人们重视人心,他们还要求人们重视社会之心——政治。政治这个社会重心,并不比我们个人的内心份量轻,至少是同等重要的。

白居易说:"故臣以为销郑卫之声,复正始之音,在乎善其政,和其情。不在乎改其器、易其曲也。"因为政治极为重要,所以我们要改造它,使之达到至善。情就是心的代名词,也非常重要,所以要协调,使人们之间和睦相处。白居易又说:"故曾以为谐神人,和风俗,在乎善其政,欢其心,不在乎变其曲,极其声。"[①] 而在声与心之关系上,白居易坚持重心、轻声。他重本质,轻形式,重自我体验,轻外在声音。他说:"清泠由木性,恬澹随人心。""心静声即淡,其间无古今。"由心之静才使声之淡,心引导声,心决定声,主体(人的心)决定客体(乐器之声)。

这种求心理论的极端是忽视声音的特质,器乐上就是无视乐器的音质音色的性格特征。从而一味地使音乐欣赏主体化、情绪化,有时这些人的观点难免会显得不切实际。如笛这种吹管乐器,它的音色是十分清脆嘹亮(独奏、合奏其音色不变)的,由这种音色很具有一种跃动的飘逸感,加上一些吐音、花舌、逆音等,应该是极具轻盈、灵活的性格,常常使人们欢欣鼓舞,使人能够产生一种激动的幸福感。但由于诗人们往往在生活中受到挫

[①] 白居易《复古乐器古曲》。选自《白居易卷65·策林第四》。

折,遇到打击,心情苦闷,郁抑寡欢,忧愁之感充塞心间,所以尽管是很欢快的情绪曲子,也打不动他们的心。相反,他们总是以一种郁闷的心情将笛子曲"变压",使之成为愁苦之调。所以唐诗中的咏笛之作,也是以凄凉悲哀、彷徨苦闷居多。

1. 变压

杜甫在《吹笛》中说:"北人听罢泪将落,南朝曲中怨更多。风飘律吕声相和,月傍关山几处明。"戎昱《闻笛》说:"吹笛关山秋月清,谁家巧作断肠声。"戎昱又说:"入夜思归切,笛声清更哀。愁人不愿听,自来到枕前。"浪漫主义大诗人李白的《春夜洛城闻笛》都说"今夜此中闻折柳,何人不起故园情。"王昌龄《江上闻笛》说:"江月怨秋笛,扁舟何处寻。"刘长卿《听笛歌·留别郑协律》:"旧游怜我长沙谪,载酒沙头送迁客。天涯望月泪沾衣,江上何人复吹笛?横笛能令孤客愁,绿波淡淡如不流。"

"变压"、"变调"这种情形在筝、笛、琵琶、古琴等乐器中屡见不鲜、比比皆是,但我们应该认真对待。说到底这种求心文化与唐代的社会背景有着深层的历史联系,追求物质享乐之人侧重于生理满足的体验快感,饱眼耳之福,极衣食之利,穷美色之欲,陶醉在声色之娱的快乐之中,完全在生理层次之极度奢侈;而注意修养的文人则注重主体感受的自由闲适、轻松愉快,他们不追求极致的快感,但求将喜怒哀乐、生老病死之感表达出来,将达济天下和自我完善的心情表达出来,全在一种心理体验与满足,同样是一种满足,但二者完全不同,追求物质享受的人是总在"吸收"和个体"消化",而追求心理自由的人则总是在"表达"与"释放",二者一进一出,不可同日而语。

当然,文人们也没有走极端,他们最终认为声音能够表达情感,而且是各种各样的情感,并非止于一端(悲凉、凄楚等),同时也能够影响人的感情,声音的好坏是能够表达诗人的情感的,声音能够影响人的情感,声音还能够减轻人们心中的思想负担:白居易说:"一声来耳里,万事离心中。"这就是耳听音乐,心空万事。又说:"欲得身心俱静好,自弹不及听人弹。"欣赏音乐能够身体康乐、心理安适。刘长卿说:"泠泠七丝上,静听松风寒"。听到音乐想起闲云野鹤、松风流泉,多么美好的事情,那能心情不好吗?

2. 心与音通 音与政通

在求心文化中,得到快乐、有益人民,是大多数诗人的出发点,这就能得到大众之心。扩而大之是和国家有联系,与国家的政治有联系,这是政治之心。如刘禹锡、白居易、元稹等人关于"乐与政通"的思想,在咏乐诗中有所体现,尤其是白居易主张,"乐者本于声,声系于情,情系于政"。又"大凡人之感于事,则必动于情,然后兴于嗟叹,而开于诗歌矣"。(《策林》六十四)人们用诗歌与音乐来表达情感,它们之间相互联系。白居易又说,"盖政和则情和,情和则声和,而安乐之音由是作焉"。诗人能不拘泥于音乐,"乐可抒情"。乐可可以表达人民的情感,白居易在《寄唐生诗》中说"唯歌生民病"。"歌"是音乐,"生"是产生,描写、表达之意。就是用诗歌来表达人民的感情,"病"可以理解为哀怨、忧愁一类的情感,好的音乐是可以使人真正地快乐,真正使老百姓的情感通过正常的渠道释放出来。

四、两种乐器所代表的音乐之轨迹

终唐一代,初唐是起点,盛唐为顶点,中唐是过渡,晚唐是尾声。初唐的起点很高,唐太宗本人对治国的方方面面都作了很好的安排,军事是远交近攻,消除各种威胁;文化方面创始乐制,设立机构,如建立宏文馆,编撰书籍,招纳四海文坛高人等。这些策略为盛唐的顶峰作了铺垫,到了玄宗时代,音乐艺术在盛唐达到巅峰。中晚唐时人们比较注意保全生命,行吟山水,比较注意音乐本身,乐器的描写在诗中更多于前代。

　　从唐诗中的这两件乐器来看,带有浓郁文化内涵的古琴是雅乐的代表,而充满胡气的琵琶是俗乐的典型,二者走的是一条相反相成,有分有合的轨迹。合中有分、分中有合。初唐古琴和琵琶在统治者那里好像是平分秋色,难分相上下。从表面上看也是古琴正统的地位并未受到冲击,好像在同一起跑线上。但事实上远非如此,琵琶在魏晋南北朝时期,已经过了三百年左右的流行改造时间,魏晋时琵琶还不见有多么受重视,其审美观全部来自古琴,如果将古琴的内涵看透了,基本上可以忽视琵琶的审美观;而到了南北朝时期,琵琶成为众乐之中的佼佼者。在北齐、北周琵琶在宫廷地位已经在其它乐器之上,隋代虽短,但它承袭的是北周宫廷音乐,所以琵琶仍然占有重要地位,到了唐代,唐太宗为了治国大计,制礼作乐,古琴的作用得到一定的重视,但太宗皇帝也没有因此而轻视琵琶,也没有轻视胡乐,对于俗乐也采取鼓励态度。这既是开放的心态之反映,也是治世之政策所必须。所以真正的较量在悄悄地进行。

　　到了盛唐,唐朝天下共主的地位已经巩固,胡风日盛。唐太宗时期,由于心胸开阔、智勇双全、用人得当,全国从百废待兴转变成百废俱兴,而且已经赢得了天可汗的地位,你想他能够马上把"少数民族"的歌舞都撤去吗?而唐朝的宫廷里表演周边属国的音乐,这些国家的国王多么光荣、自豪!而唐代的君臣也有扫平天下的成就感了。玄宗皇帝更是强化了这一趋势,九部乐变十部乐,十部乐再变成坐部伎和立部伎,都是皇帝荣耀的体现,改具体的曲名则是更常有的事情,皇帝说了算,改什么都能够体现大唐帝国的光荣与梦想。这不正是汉族和胡人都高兴的事情吗?这不正是唐朝皇帝和胡人可汗都喜欢的事情吗?所以胡琵琶的盛行是不可避免的了。从这个方面来看,音乐不仅仅是音乐,也是最好的政治,是最高级、最艺术的政治,而且应该说是政治的艺术。

那么作为汉民族的古琴这种乐器，受一点委屈也很正常。我们不能使朋友受委屈，不能在外面有不好的声誉，我们自己顾不过来的东西，或者大家暂时也都不喜欢的乐器和音乐，少一点点没关系。雅乐还是给皇帝的老祖宗们祭祀的呢，都不用什么快节奏的、欢快的音乐，不用什么复杂的音乐，古琴作为文化人的代表，中衰也就没什么了不起的，只不过是诗人们为它要抱一抱怨，喊一喊冤罢了。

从初、中、盛、晚唐整个轨迹来看，古琴与琵琶初唐难分伯仲，基本以合为主，互不干扰；在盛唐立见高下，胡乐大盛，古琴所代表的雅乐大衰；在中唐琵琶仍有余韵，"虎死余威在"，但人们已经开始重视古琴，人们开始观察思考，思考安史之乱的教训，渐趋合作。晚唐国势大衰琵琶和古琴基本完全一致了，是为完全合作，大家的地位都一样了。此时胡风不再炽热难挡、琵琶不再叮当作响、趾高气昂。因为什么，唐代已经使琵琶"正统化"了。已经"汉化"了，这不又是一个伟大的功勋么?!

那么，古琴与琵琶在盛唐的此涨彼消是令人瞩目的。古琴以其最深沉的低音应合着唐代最高亢的琵琶之音，这是盛唐的凯歌，是大唐以征服者的姿态向世界人民奏出的凯歌，这凯歌在客观方面是属于大唐帝国的，但在微观方面却是属于琵琶自己的。这两个多少有些滑稽的二声部合唱以整个唐代社会作为深厚的历史背景出现。

"安史之乱"是大唐由盛转衰的政治分野，它淹没了升平时期繁荣的歌舞。理想主义、享乐主义元气大伤，人文主义、理性主义思想开始逐步复苏、逐步回归、逐渐壮大，胡乐成份很多的宫廷乐舞开始转型，它开始向民间戏曲时代过渡、发展，乐器既已汉化，戏曲又开始发展，所以琵琶到了宋代，到了元代都是和汉族乐器加入伴奏的行列，并一道高奏汉人凯歌。但琵琶的意义还远不止于此处。琵琶有了这段"辉煌"的经历，它在后世也非常吃香了，在各个领域大显身手的时代屡屡重现，如宋元时期伴奏戏曲说唱，到了明代有弹词、清代鼓板不都有它的身影么？

　　古琴的发展情况又如何呢？在民间，它仍然以文人标志出现，作为人们修身养性的基础，作为一种自娱自乐的乐器出现。但在宫廷和琴馆，当然是专业琴家的表演，琴家们致力于它的专业发展，培养更多的琴家，刊印更多的琴谱。这可是琵琶又难以企及的一个方面。宋代的琴谱不少，有郭沔的《湘潇水云》等。琵琶虽然也发展，但还是没有人去整理它的曲谱，虽然它有不少的曲子，但没有曲谱，曲谱没有传承下来这不也是一个缺憾么？这也是琵琶没有完全融入汉族文人的一个标志，也是胡汉合作的一个真空领域。

　　唐代这两件乐器的命运与唐代国事分不开，"安史之乱"后，一切事物由华丽的宫廷向现实的民间转换，理想的时代一去不复返了。与音乐有关的诗也由"深入"转向"浅出"。一切都由理想的天国向现实的艰难倾斜，宫廷的音乐转向现实的娱乐，音乐不再是皇家禁苑中的奢侈品，而成为下层官吏、庶民百姓茶余饭后的表演或谈资，一个辉煌的时代已经"沦落"在幸福的"回忆"之中了，这就是历史。那么民间音乐究竟转向何处了呢？真正的市井小戏如"踏摇娘"、"参军戏"等开始活跃在闾里、寺庙；歌舞大曲中的一些故事情节也开始小戏化、片断化、细节化；在这种翻天覆地的变化中，乐器又走向何方了呢？晚唐的变化可以给我们一个清醒的结局，晚唐乐器比较"家庭化"、"寺院化"、"人文化"，这是因为宫廷衰弱的原因。它对其后的宋代音乐中的乐队多样化产生了一定的影响，如宋代的"鼓板"小乐队，"清乐"演奏队，小乐器合奏，细乐乐队等。

第四章 总　结

第一节　唐代音乐机构
——太常部伎有等级

唐代军事强大、社会安定、经济繁荣，一切都显示出勃勃生机，它的政府机构也不同凡响，不仅各种制度基本成熟，而且数字之多为人惊叹。唐代实施"三省六部"制度，即尚书、中书、门下三省辖六部，六部为吏、户、礼、兵、刑、工，以此管理全国各种日常事务和重大事项。官员从一品到九品享受不同待遇。据黄仁宇先生研究："唐朝的文官集团有18805个职位，加上其它辅助人员，案牍之士与军官一并计算，凡受薪者共计368668人，这在中世纪是一个极为可观的数目。当时中国总人口可视为五千万。"[①] 约莫类似于21世纪中国今天的公务员吧，这种官民比例之中，享受国家待遇的音乐的人员也超过了万人。

唐初国家制度多承袭隋朝，音乐方面亦不例外。《唐会要·雅乐下》："高祖受禅，军国多务，未遑改创乐府，尚用隋氏旧文。"待国家大定之后，设立音乐机构来管理全国音乐。唐朝最高音乐机构是太常寺（同其平级的有大理寺、太常寺、光禄寺、太仆寺、鸿胪寺）。太常寺下设大乐署、鼓吹署来管理全国音乐，不仅如此，玄宗皇帝另设教坊、梨园参与管理音乐表演、音乐教

[①] 黄仁宇《中国大历史》，生活、读书、新知三联书店，1997年5月北京第1版，2007年北京第2版，2012年1月北京第31次印刷，第117页。

育、音乐考试、级别升迁等具体事务,厘清祭祀音乐、雅乐、俗乐等范围。太常寺始于北齐,清末废除。太常寺(太常卿)在唐代的品级属于正三品。但音乐机构的设立也并非一蹴而就,它随着时代的发展而发展,随着经济状态、社会安定等诸多因素的变化而变化,如果国家经济实力、军事实力强盛之时音乐机构就多,从事音乐娱乐业的人也多,如唐玄宗李隆基时就设立"梨园",并且不止一处,又设"梨园别教院"和"梨园新院",教坊也由一个内教坊增到五个,其中东京洛阳两处,西京长安两处为新增。所以《新唐书·礼乐志》说:"唐之盛时,凡乐人、音声人、太常杂户子弟,属太常及鼓吹署,皆番上,总号音声人,至数万人。"《新唐书·百官志三》说:"文武二郎一百四十人,散乐三百八十二人,仗内散乐一千人,音声人一万二十七人。"

杨荫浏先生认为太常寺管理的国家音乐机构有两个,一个是大乐署,一个是鼓吹署;黎国韬先生认为除大乐、鼓吹之外,还有清商,其排列顺序是大乐署、清商署、鼓吹署[1]。清商署,这个机构从汉代到唐初都存在,但在唐代并没有起多大作用,因为初唐不久就被并入鼓吹署,但清商乐还是存在于整个唐代之中。

一、大乐署

大乐署,属太常寺管理。"大乐"二字有时也称"太乐",它兼含雅乐与燕乐。设立官员"大乐令"管理署内事务;其下属官员有部郎、乐师、曲录、库丞等。大乐令为从七品下,大乐丞为从八品下。

太常之官名,在秦代已设。不过,当时称奉常,属礼部。汉景帝六年改为奉常。《汉书·百官公卿表》云:"奉常,秦官。掌

---

[1] 黎国韬《先秦到两宋乐官制度研究》,广东省出版集团、广东人民出版社,2009年6月版,第168页。

宗庙礼仪，有丞。景帝六年更名太常。"

太常所管理的乐工是有等级差别的，这种情况在白居易的诗作中有很充分的解释说明，他的诗《立部伎》有序，是这样说的："太常选坐部伎无性识者退入立部伎；又选立部伎绝无性识者退入雅乐部。则雅声可知矣。"诗则说得更具体：

"立部伎，鼓笛喧，舞双剑，跳七丸。弱巨索，掉长竿。

太常部伎有等级，堂上者坐堂下立。堂上立部笙歌清，堂下立部鼓笛鸣。

……工师愚贱安足云，太常三卿尔何人？"

从白氏叙述中，不难看出太常寺中的等级制度也是十分鲜明的。

二、鼓吹署

所谓鼓吹即指鼓类打击乐器（包括石类、金类等诸多打击乐器）与吹管乐器共同构成的乐队表演形式，鼓吹署就是用来管理此类音乐的政府机构。唐代鼓吹分殿前鼓吹、卤簿鼓吹两种形式。卤簿鼓吹又分前、后两部，用在道路鼓吹、卤簿仪仗等，主要目的是"奉礼"，以礼施乐。道路仪仗鼓吹中，前面提醒、后面应变，前后呼应。官员从一品到四品不等有不同的鼓吹规模。皇帝有大驾前后部、法驾、小驾等不同规模。皇太后、皇太子、亲王等不同的人有不同的等级差异，不可僭越。如果从管理的内容来看有鼓吹、大小横吹、铙吹、羽葆、羽葆鼓等。官衔从七品。

鼓吹这种音乐表演的方式诞生的时间很早，西周时期有鼓人，西汉时有"鼓吹"，如黄门鼓吹、骑吹等，汉代鼓吹很发达，所以产生管理鼓吹的官府——承华令，这是与西域和北方少数民族交流的结果。但真正名实相符的鼓吹机构产生在西晋。李隆基撰、李林甫注《大唐六典》卷十四之《太常寺》载："后汉少府，

283

属官有承华令；典黄门鼓吹，百三十五人，百戏师二十七人。"而杜佑《通典》卷二十五之《官职七》又载："鼓吹署。《周礼》有鼓人，常六鼓四金之音。后汉有承华令，典黄门鼓吹，属少府，晋署鼓吹令、丞，属太常。"隋唐时代，鼓吹署承袭前朝，置于太常寺之下。

鼓吹署历来都比较重要，因为它既与军乐联系，它也是重要礼节的表现，在节日、婚庆、庄严场合少不了鼓吹乐。它最能造势，不可不奏。但唐代是一个特殊的时代，出现了一个特殊的热爱而且精通音乐的皇帝，使鼓吹这种音乐表演形式的地位下降，鼓吹这种表演方式大多属于立部伎，白居易说："笙歌一声众侧耳，鼓笛万曲无人听。立部贱，坐部贵。坐部退为立部伎，击鼓吹笙和杂戏。立部退为何所任，始就乐悬操雅音。雅音替坏一致此，长令尔辈调宫徵。圆丘后土郊祀时，言将此乐感神祇。"

三、教坊

唐初设内教坊，到唐玄宗开元二年（714年）增设左右教坊，这里面有一些变化，《新唐书·百官三》云："武德后，置内教坊于禁中。武后如意元年（692年）改曰云韶府，以中官为使。开元二年，又置内教坊于蓬莱宫侧，有音声博士、第一曹博士、第二曹博士。京都置右教坊，掌俳优杂技。自是不隶太常，以中官为教坊史。"而《旧唐书·职官二》对内教坊说得更简明扼要一些："武德以来，置于禁中，以按习雅乐，以中官人充使，则天改为云韶府，神龙复为教坊。"神龙是中宗李显（又名哲）的年号，时间是公元705年。

唐初设内教坊主要目的是教习雅乐，还有御前演奏"食举乐"之功能。如《旧唐书·太宗纪》云："（贞观五年秋八月戊申），初令天下决死刑必三覆奏，在京诸司五覆奏，其日尚食进蔬食，内教坊及太常不举乐。"可以想见，如果不是要处斩犯人，内教坊在皇帝吃饭时是要表演音乐的。

"教坊"一词刚开始之时并非仅指学习音乐,任半塘先生说:"教坊之始义,泛指教习之所,不限于伎乐一端,后始专教伎乐。"①《旧唐书·职官二》云为"习艺馆"。可能包括十八般武艺,多种文艺之内容:所以"本名内文学馆,进宫人有儒学者一人为学士,教习宫人。则天改为习艺馆,又改为翰林内教坊,要事在禁中故也"②。《唐会要》(卷三十四)亦载:"如意元年五月二十八日,内教坊改为云韶府,内文学馆改教坊,武德以来置于禁门内。"③看来教坊专指音乐教习或表演伎乐、民间音乐是在唐玄宗以后,这里面也有一些故事。

玄宗皇帝认为太常不应该管理倡优、杂戏,于是他从太常中分离出部分乐人组成左右教坊,以行使教习俗乐及歌舞大曲的功能,管理日常的音乐生活。《新唐书·百官志》载:"开元二年,又置内教坊于蓬莱宫侧,……京都置左右教坊,掌管俳优杂技。"崔令钦的《教坊记》云:"西京右教坊在光宅坊,左教坊在延正坊。右多善歌,左多工舞,盖相因成习。东京两教坊俱在明义坊,而右在南,左在北也。"在教坊的演奏家、演唱家有"官人"、"内人"、"前头人"等级别。

唐代的教坊意义深远,不仅为当时的重要音乐机构,也影响到后来的历朝历代。

四、梨园

在唐代的音乐行政领域中,大乐署和鼓吹署是国家正式机构,而梨园则是比较纯粹的娱乐机构,并直接服务于皇帝内廷,

---

① 任半塘《教坊记笺订》,中华书局,1962年版,第16页。
② 《旧唐书》卷四十三,第1854页。
③ 《旧唐书》卷三十四,第628页。

所以它属于非正式国家机构。梨园成立于开元二年,除《通典》有记载之外,《唐会要》亦云:"开元二年,上以天下无事,听政之暇,于梨园自教法曲,必尽其妙,谓之皇帝梨园弟子。"相比之下,《新唐书·礼乐志》则叙述得更为详尽:"初,隋有法曲,其音清而近雅。其器有铙、钹、钟、磬、幢箫、琵琶。琵琶体圆体修颈而小,号曰'秦汉子',盖弦鼗之遗制,出于胡中,传为秦汉所作。其声金、石、丝竹以次作,隋炀帝厌其声清,曲终复加解音。玄宗既知音律,又酷爱法曲,选坐部伎子弟三百教于梨园,声有误者,帝必觉而正之,号'皇帝梨园弟子'。宫女数百亦为梨园弟子,居宜春北院。梨园有法部,更置小部音声三十余人。帝幸骊山,杨贵妃生日,命小部张乐长生殿,因奏新曲,未有名,会南方进荔枝,因名《荔枝香》。"

看来,梨园是一个专门表演法曲的机构。其中男性乐人出自太常的坐部伎,有三百人;梨园的女乐人均为宫女,亦数百人,居住在宜春院北面。小部音声是一种童乐,宋人乐史《杨太真外传》云:"小部者,梨园法部所置,凡三十人,皆十五已下。"由此可知,小部音声不仅指规模比较小,而且演奏者的年纪也小,是十五岁以下的非成年童子。这样,就不难知晓梨园的组成人员由三部分组成,一是成年坐部伎中的男性佼佼者,一是宫女,一是未成年的少年儿童,其人数在600人上下。据清人徐松考证,梨园的地点在宜春北院。

除此之外,还有"梨园别教院"和"梨园新园"归太常管理,其中梨园别教园在西京长安,而梨园新园在东京洛阳。《旧唐书》卷二十八之《音乐一》载:"太常又有别教院,教供奉新曲。太常每凌晨,鼓笛乱发于太乐署。别教院禀食常千人,宫中居宜春院。"《唐会要》卷三十三之《诸乐》云:"太常梨园别教院,教法曲乐章等。"

梨园在安史之乱后被罢,具体时间是大历十四年(780年)。

唐以后的历史上再没有梨园这个音乐机构存在了，但有趣的是，此后"梨园弟子"一词却与戏曲音乐结下了不解之缘。唐代就有诗人说："梨园弟子偷曲谱，头白人间教歌舞。"

第二节　融吸与创新

如前所言，唐代的国家音乐机构是太常寺，坐部伎、立部伎就是国家管理的内容。

以前三章我们分别讲述了常规乐器在唐诗中的表现，这是一种以横向为主的展示，即当时这些乐器在唐代的表演、流行情况。本章将从历史的深度进入纵深式考察。这是将唐诗乐器放在民族与历史的大背景中进行整体把握，是管窥之后的思考与升华。

一、由融吸到创新

汉代的《胡笳十八拍》是一首琴歌，以蔡文姬的痛苦经历写成的音乐经典，而唐代的《胡笳十八拍》被改编成了琴曲，其中尤其以古琴家董庭兰最为擅长，这是一个漫长的过程。而琵琶的传入则更是一个长期而艰难的传播历程，代表胡乐传播之大势。

从九部、十部伎到坐部、立部伎也经历了几百年的时间。这时间应该从魏晋时期开始。因为从九部伎的前身是七部伎，而七部伎并非从天上一下子掉下来的，而是从4世纪左右开始。

（一）融合时代

1. 七部伎到九部伎

九部伎的前身是七部伎，在隋代已经完成初步改造。

《隋书·音乐志（下）》载："始开皇（589～600）初定，令置七部乐：一曰《国伎》，二曰《清商伎》，三曰《高丽伎》，四曰《天竺伎》，五曰《安国伎》，六曰《龟兹伎》，七曰《文康伎》。又杂有《疏勒》、《扶南》、《康国》、《百济》、《新罗》、《倭国》等伎。"从此可知所谓的"七部乐"实际上远远不止七部，而是至少有十三部，只是最主要的是七部罢了。因此，没多长时间，到隋炀帝大业年间（605～618）很快增为九部乐：《清商》、《西凉》、《龟兹》、《天竺》、《康国》、《疏勒》、《安国》、《高丽》、《礼毕》。

显然这里仍然以原七部乐为主，只是改原《国伎》为《西凉》，改《文康伎》为《礼毕》；而增加了《疏勒》和《康国》。两改，两增，这次"两改两增"式的改造保留了七部乐的主体。实际上都是宫廷音乐，但这是作了第一次"修改"。

七部伎、九部伎都有悠久的历史，从最初传入中原开始，根据杨荫浏先生的研究表格，时间上的排列顺序以及其大致的地域范围是[①]：

《清商伎》即清商乐的另一种称呼，是中华本土的传统音乐，汉代即有。

《天竺伎》的传播下限是在346年，天竺即今天的印度。其伎为印度艺人传播到中国。

《龟兹伎》的传播下限约在384年，在新疆库车地区。分别有《西国龟兹》、《齐国龟兹》、《土龟兹》三部。

《西凉伎》的下限是在公元386年，西凉即凉州，在长安以西故称西凉，在今天的甘肃。

《安国伎》的传播下限是436年，安国乃古代国名，在今天的哈萨克斯坦境内。

《高丽伎》的传播下限是436年，高丽在今天的朝鲜境内。

《高昌伎》约540年已经存在，640年太宗平高昌国，642年增入到十部乐。高昌地点在今天的吐鲁番地区。

---

① 杨荫浏《中国古代音乐史稿》，人民音乐出版社，1981年版，第215页。

《康国伎》传播下限是 586 年，随阿史那皇后入北周起，就流传于宫廷。古代康国地点在今天的乌兹别克斯坦境内。

《疏勒伎》传播下限是 436 年，疏勒的地点在今天塔里木盆地西部。

从以上的描述中不难知道时间上，七部伎、九部伎只是在隋朝有两次初步改造。其中绝大多数在隋以前已经存在了几百年的时间。

2. 从九部伎到十部伎

（1）九部伎

唐代的九部伎是将隋代的九部伎再次改造，即"两增一弃"式的改造。

两增，即增加《燕乐》，并放在九部乐之首，增加"扶南伎"（扶南在今天的中南半岛），放在安国伎之后。

一弃，即抛弃原来的《天竺伎》。

还需要说明的是《礼毕伎》也比较灵活，即可要亦可不要。即时间允许就演奏，如果时间不允许就不演奏。看来唐人很灵活，一点也不拘泥。

（2）十部伎

九部伎的进一步发展就成为十部伎，十部伎基本上是"一增一活"式的改造。

经过改造，唐代的十部伎实际上有三种：一种是保持有"礼毕"之九部伎的十部伎；

一种是不保留"礼毕"而增加"高昌伎"的十部乐；还有一种是增加"燕后伎"的十一部伎，但因为也是灵活机动，可有可无，所以统称为十部伎。

显然九部伎、十部伎的改造是比较漫长，经历了大约五六十年有时间。而改造的内容中，除了一些具体的部伎变化之外，开始部分增加燕乐是唐代对隋乐改造的标志性工程。结尾由文康伎到礼毕伎是隋代较大地改造，而唐代也进行了改造，这就是礼毕到燕后。用图示来表示就是：

文康——礼毕——燕后。

(二) 创新时代

从七部伎到十部伎，是一个"量变"的过程，数量上的变化，也是一个渐变的过程。到了唐玄宗开元年间这种变化还在继续，但到天宝年间之时，这种渐变发生质变，出现了突变，这就是坐、立部伎的建立。

1. 坐部伎与立部伎

唐玄宗在天宝十三载将九部伎与十部伎创造成坐立部伎。唐玄宗的创新意义非同寻常，因为唐玄宗，我们才能够拥有不再以地名、族名乃至国名命名的音乐，这是以演奏形式来命名的新音乐，这是一次唐人对异新族音乐消化后的结果。

"堂上立部笙歌清，堂下立部鼓笛鸣。清歌一曲众侧耳，鼓笛万曲无人听"。这是白居易的描述。表演形式的变化标明中华文化对周边地区少数民族的吸收与创新，从七部伎汇集隋代长安，到坐部伎和立部伎在开元天宝间登上历史舞台整个过程是融入与创新的过程。

从多部伎相继产生、传播，到七部伎大集长安，约从346～353年开始到公元6世纪末（公元581以后），其时超过两个半世纪。唐代九部伎到十部伎的时间约20多年；从十部伎到坐、立部伎约112年（约公元642～公元753年），但中间有一些改造乐曲名称的举措，如唐玄宗开元二十四年（公元736年）改乐曲名称等都起到一些促进作用。当时升"胡部"于堂上，改边地曲名。天宝十三载（公元754年）将演奏形式变为坐、立部伎。

创新源于融化吸收，但存在主观与客观的两因素。首先是客观因素。唐代的社会安定、经济繁荣、军事强大。如果没有安定的社会环境，人们能够"洛阳家家学胡乐"吗？没有强大的综合国力和领先世界的科技实力，国外的音乐家、商人能够慕名而来吗？能够久住长安不愿回国吗？其次是主观原因：洛阳可以说是长安的陪都，且距离不算太远，玄宗有事没事也喜欢往那里跑。那里历史上也有许多的辉煌，所以才能够做好千年"老二"，它的喜好往往是时代的风向标。洛阳的大户人家都喜欢胡乐，那还不是因为皇帝喜欢胡人音乐？文人才会写出那么细致的胡腾舞、胡旋舞诗，才会有宫女（如花蕊夫人等）写太常寺美好的音乐。当然，成也萧何败也萧何，唐玄宗太爱音乐了，以致于影响"抓纲治国"，引起了安禄山、史思明的叛乱，这也是玄宗始料不及的。

二、坐、立部伎之特点

《立部伎》有八部：（一）《安乐》；（二）《太平乐》；（三）《破阵乐》；（四）《庆善乐》；（五）《大定乐》；（六）《上元乐》；（七）《圣寿乐》；（八）《光圣乐》。

《坐部伎》：（一）《燕乐》1.《景云乐》；2.《庆善乐》3.《破阵乐》；4.《承天乐》；（二）《长寿乐》；（三）《天授乐》；（四）《鸟歌万岁乐》；（五）《龙池乐》；（六）《小破阵乐》。

从其曲目不难看出，这些音乐已经作了相当的创新。主要是欢颂歌舞升平，歌唱皇帝的功绩，如《破阵乐》坐立部伎都有。要歌颂好皇帝，当然要技术水平高了，所以不仅是个人水平要高，而且整个乐队要更加配合好。不能只要声势，不要技术，皇帝是非常精通音乐的，蒙骗不了。

整个唐代除了琴、琵琶的音乐美学思想比较发达之外，我们认为唐代乐器及其组成的乐队表演到盛唐已经基本形成了美学观念与美学风格，这个核心就是"和"。

《新唐书·礼乐志》就说："初，祖孝孙已定乐，乃曰"大乐与天地同和"者也。制《十二和》，以法天之成数，号《大唐雅乐》：一曰《豫和》、二曰《顺和》、三曰《永和》、四曰《肃和》、五曰《雍和》、六曰《寿和》、七曰《太和》、八曰《舒和》、九曰《昭和》、十曰《休和》、十一曰《正和》、十二曰《承和》。用于郊庙、朝廷，以和人神。孝孙卒，张文收以为《十二和》之制未备，乃诏有司厘定，而文收考正律吕，起居郎吕才叶其声音，乐曲遂备。自高宗以后，稍更其曲名。开元定礼，始复用孝孙《十二和》。"《通典》卷142又说："至开元中，又造三和乐。"中国雅乐所体现的"和"的精神，不仅表现民族之间的文化融合，也指音乐听觉效果之"和"。由皇帝提倡，加上制度化的执行，一直流行到今天，可见其源流久远。

唐朝所提倡的精神并非只有儒家，而同时兼用道、佛。虽然有许多的周边少数民族音乐和国外音乐，但仍然都主要讲和，这就是融合。但如果有其它的观点皇帝也允许发表，道家讲人与自然的和谐，儒家讲人与人的和谐，佛家讲人与佛（心，心即是佛）的和谐。唐诗中的古琴很能代表诗人们的观点，但琵琶则是声音相合，民族融合，文化融合，是中国汉族音乐和周边地区音乐的融合，有矛盾亦无大碍。诗人们是雅乐思想的代表者和卫道士，重视胡乐的社会风气则与正统存在着巨大的矛盾，好在当时人们都很开放，所以相安无事。

第三节　唐诗中的乐队

一、乐队的类型

从唐诗中我们看到，许多与乐队组合有关的内容，这是我们必须关注的内容。我们可以将其分三大类来看待。

第四章 总 结

（一）丝竹清乐型

丝竹型即以丝竹为主组成的乐队，此型亦称丝管型，这一类乐队是以传统清商乐为代表，《新唐书·礼乐志十一》中记载：

"清商伎者，隋清乐也。有编钟、编磬、独弦琴、击琴、瑟、秦琵琶、卧箜篌、筝、筑、节鼓，皆一；笙、笛、箫、篪、方响、跋膝，皆二。……①"

刘禹锡《与乐天南园试小乐》："闲步南园烟雨晴，遥闻丝竹出墙声。欲抛丹笔三川去，先教清商一部成。"清商乐队声音比较清亮，总体趋于清淡、平和。这些文人不仅能够欣赏，而且能够创作。接着又说："花木手栽偏有兴，歌词自作别生情。多才遇景皆能咏，当日人传满凤城。"这说明唐代诗歌有一个良好的大背景：只要是多才多艺、水平极高的人创作的好歌，当时就能够传遍京城。在这个乐队中，有传统的编钟、编磬、琴、筝、筑，亦有从边地或国外流传进来的胡琵琶、卧箜篌等，打击乐在此类乐队中所占的比重较小。钟、磬等虽然我们现在也称为打击乐，但在唐代，被人们视为神圣的雅乐之代表。它们都有固定的音高，能够演奏旋律，与我们当代纯粹的锣鼓乐器是有区别的。杜甫说："锦城丝管日纷纷，半入江风半入云。此曲只应天上有，人间哪得风回闻"。指就是这种情形。不过它是城中之人在欣赏而已。此类乐队分两种类型：

第一类是规范的宫廷乐队，有编钟、编磬。除清商乐队之外，还有西凉乐也深受华夏正声的影响，亦有编钟、编磬。

第二类是小型的家庭娱乐乐队，无编钟、编磬。

---

① 省略号代表歌舞部分，唐代的乐队总是和歌舞不分开的，这也就是汉唐歌舞大曲时代的显著特征。

与此相应的还引申出第三类：即带编磬或方响的小型清商乐队。可以想见的是在唐代清商乐队中，家庭小乐队并不都像宫廷乐队的乐器那么齐全。

以上三种乐队都有一个共同的特点，即以旋律为主，并非以节奏取胜。

(二) 鼓吹胡乐型

这种类型的乐队中，打击乐器胡鼓，显然占有绝对优势。

高昌乐，《新唐书·礼乐志》是这样记载的："有竖箜篌、铜角，皆一；琵琶、五弦、横笛、箫、筚篥、答腊鼓、腰鼓、鸡娄鼓、羯鼓，皆二人。……"

音乐也是政治的一种表现：640年，唐太宗平高昌，两年之后，642年高昌乐就被加在十部乐之中，这种西域乐队入我大唐帝国，当然也是会有所"唐化"的，但总体风格应该不会太走样。这种乐队中有鼓8支，吹管乐器5支，弹弦乐器3把。

天竺伎：有铜鼓、羯鼓、都昙鼓、毛员鼓，并加两只铜钹，共6支；吹管乐器有筚篥、横笛、贝各一，共3支；弹弦乐器有凤首箜篌、琵琶、五弦各一，共3把。

龟兹伎：有弹筝、竖箜篌、琵琶、五弦各一，共4把；

横笛、笙、箫、筚篥各一，加贝一，共5支；

答腊鼓、毛员鼓、都昙鼓、侯提鼓、鸡娄鼓、腰鼓、齐鼓、檐鼓各一，并加铜钹二，共10个。显而易见，鼓占绝对优势。所以才能"动荡山谷"。

康国伎：正鼓、和鼓，各一，加铜钹二，共4个，笛共两支。

从以上乐伎之乐队不难看出，鼓主型因吹管乐器和弹拨的比重可分两种：鼓吹型、吹拨均衡型。[①]

[①] 根据《新唐书·礼乐志（十一、十二）》所提供的乐队资料作出判定。

1. 属于鼓吹型的乐队有：高昌伎、高丽伎、龟兹伎、康国伎。
　　2. 属于吹拨均衡型乐队有：天竺伎、安国伎、疏勒伎等。

（三）弦管燕乐型

　　唐代流行的乐队指的是燕乐乐队，燕乐即宴乐，吃饭时候演奏的音乐，与清商乐、鼓吹乐一起都是歌舞乐三位一体，但此时的舞多是胡舞、此时的打击乐器鼓也不再是建鼓，而是胡鼓了，其歌词也不再是诗经中的四言句式，而唐代的七言的绝句，或七言的律诗，或五绝、五律。所以有浓厚的时代色彩。

　　"合胡部者为燕乐"，真是一句很客观的描述。我们以张文收的《景云河清歌》之燕乐为代表即可知一二了。

　　打击乐有传统的磬、方响，再加上胡乐器毛员鼓、连鞡鼓、桴鼓各二，铜钹一，共9件。磬和方响也一般不被当时视为打击乐，所真正的打击乐器只有7件。

　　弹拨乐器：搊筝、筑、卧箜篌、大小箜篌、大小琵琶、大小五弦共9件。

　　吹管乐器：吹叶、大小笙、大小筚篥、箫、笛、尺八、短笛共9件。

　　非常平衡的乐队，打击乐器、丝弦乐器、吹管乐器都是9件。其实是一个比较折中的做法，就是将华夏传统乐器与胡乐器结合起来共同组成，不失气势又十分文雅，这里面的磬声就是非常古老的，但它又不是太庄严肃穆。朝廷官员用餐之时演奏是比较合适的。这也是华夏族（或汉族）吸收外来音乐文化的生动体现。

　　而唐玄宗将九部、十部伎改造成坐部伎、立部伎之后，音乐的"唐化"（即汉化）成份无疑会增加。坐部伎以风格、技巧取胜，而并非以声势取胜。立部伎虽然杂有龟兹乐这样声震百里的胡乐成份，但立部伎的地位要低于坐部伎，而且"鼓笛万曲无人听"，它肯定会受坐部伎的影响。所以胡乐器表演也会渐渐唐化

（汉化）。

除以上纯粹的由乐器组合构成的乐队来看，还有如下应该值得我们重视的地方。

1. 从九部伎、十部伎来看，编钟、编磬属于在排位上总是排在乐器之首，说明其重要性，说明唐代仍然将其视为礼乐之首。

2. 古琴在上述乐队中，只清商乐队中有，其它边地音乐基本没有古琴的身影，说明它在胡乐冲击下，受到了时代漠视。

3. 文人的诗作中提到古琴作品还是最多，说明在"唐人大有胡气"之背景下，古琴在文化人这个圈子中，还是被重视，文人的标志还是被坚守着。

唐诗中的乐器诗多、音乐歌舞诗多，是因为整个唐代就是重视享受，重视娱乐的，人们并不以娱乐为耻，反而认为玩得有人情味、玩出花样、玩出品味就是光荣。

如李白纵横酒场，自然是胡姬酒肆的常客，"落花踏尽游何处，笑入胡姬酒肆中"（《少年行》），"细雨春风花落时，挥鞭直就胡姬饮"（《白鼻騧》）。白居易、刘禹锡、温庭筠家中养过不少家妓，有的会舞蹈，有的会唱歌，有的人手好看，有的人脸好看。更有甚者，色迷迷地看妇女的酥胸，其实现代人中又有多少人胆敢如此呢?！在如此激动的时候，诗情也有可能被激发出来，创作灵感也可能爆发出来。这样也推动了唐诗的发展。

二、乐队的变化

从以上可以看出乐队形态的变化。这些变化体现在乐队的灵活性与时代性之中。

（一）形态变化

胡乐器比例的增多，民间乐队的小型化、灵活性增强是当时普遍现象，是俗乐普及的标志，也是风气形成的标志，是中华文明对周边少数民族文化吸收之标志。

横吹，胡乐也；琵琶、五弦、筚篥等这些乐器的形状还没有完全得到统一，这是流传中的正常现象，如果各地形状统一了，也说明它的汉化任务就完成了。

没有大型编钟、编磬，至少它们的使用被最小化了，在不得已而用之的地方才会出现。如祭祀祖先、皇帝登基等重大的历史场合才用，一般情况下都只用一般的丝竹乐。

从批把到枇杷再到琵琶，是汉文字一步一步对少数民族文化的吸收和改造。琴字，以王字旁写之，"樂"字也是表示丝弦张在木版上。从造字法上说明了琴为正统之义。这也是农耕文明对游牧文明的吸收，也是两种文化的交流之结果，是两种文明的共同选择。所以说雅乐被淡化，胡乐受重视也是一种时代前进的标志，它说明统治者不以自我为中心，不固步自封、抱残守旧，而是以一种开放的心态来对待外来文化。

（二）组合变化

琴与瑟、琴与琵琶、琴与筝、琴与筑等；琴与笙、琴与笛、琴与箫等；琴与钟磬可以同声合作。这些乐器都可以配合，扩而大之，它们既可以用在清商乐队之中，亦可以用于燕乐乐队之中。

中国传统乐器的融化吸收能力是世界罕见的。几乎所有的乐器都可以和另外的乐器配合。从乐队乐器组合的数字对比中，我们知道总体上是一对一。它比欧洲定型的双管乐队要早近1000年左右，也绝不是欧洲那样的双管编制。

清商乐7件打击乐器（钟、磬是传统意义的旋律乐器），7件弹弦乐器（有琴，无琵琶），

4件吹奏乐器（其中只传统的管乐器，没有筚篥这种胡乐器。笛子可视为胡乐器，但汉代已经出现，所以唐人将其视为

传统乐器)。

乐器小型化之后，一般的乐器都可以一对一的配合，所以在多部伎中，或在燕乐乐器中管乐器、弦乐器、打击乐器数量基本相同，这是一个普遍的规律。

组合之变化的另一含义就标志着融合与创新，又如从七部伎到九部伎，九部伎到十部伎，再到坐部伎与立部伎，就是一种融合与创新，融合的时间从4世纪开始，创新则由玄宗皇帝开元二十四年（升胡部于堂上，改造乐曲名称）开始，到天宝十三载显示成果。当然玄宗皇帝的创新，还有它新设立的音乐机构。正是这一系列的创新活动，才出现最后的成果。

(三) 时代变化

先王之音为雅乐，前世新声为清乐，合胡部者为燕乐。

雅乐的标志是编钟、编磬，一是因为这两种乐器的历史悠久，二是因为这两乐器体形庞大、气势恢宏，最能够在庄严的场合下表现一种庄重的感情。从白居易的诗中可以知道唐代仍有乐悬制度存在："始就乐悬操雅音"，所以"乐悬"是雅音的代表。虽然它表演的技巧最简单，但是其传统政治意义是不能否定的。

在传统乐队中，编钟和编磬的意义还有一定的差异。最能够代表皇权的乐器仍然是编钟，这已经形成了一个一成不变的政治传统；其次才是编磬，有时美化为"玉磬"。在燕乐乐队中，没有编钟，却用编磬来代替，也起到了雅俗共赏、其乐融融的效果。

作为传统弦乐器的代表，琴与瑟在《诗经》中多次被歌咏。唐代只用在清商乐中。作为胡乐器的代表，燕乐中却用了琵琶、五弦，没有用到古琴。

作为打击乐器则又是另一番风味，在诗人的眼中，许多时候并没有我们现在的乐队意识（实际上这种意识来自西洋），诗人们的分类是以传统的八音分类法，金、石、土、革、丝、木、匏、竹以材料分类，但同时他们以自己传统民族意识来分辨胡、汉。所以他们的态度、他们的观点也最能够代表当时流行的观点。我们现在的打击中包括钟磬，但通过诗作和音乐史料记载来看，编钟、编磬显然没有被看成打击乐器，看成打击乐器的只有当时流行的各种少数民族的鼓。

三、唐诗中的乐器与乐队之宏观分析

通过考察、分析唐诗中的乐器，我们管窥唐代乐器与乐队的普遍状况，打击乐器、管乐器、弦乐器在宫廷、民间流行的情况。

在历史上打击乐器最先产生，管乐器或吹奏乐器是随后产生，最后产生的是弦乐器。一般来说，打制乐器的材料相对容易找到，制造方式比较原始，演奏技术相对简单，所以其最先产生毫不奇怪。管乐器的材料和制作技术要略复杂于打击乐器，所以其诞生比打击乐器稍后。而只有弦乐器其构造部件多，制造工艺复杂，乐器成品所需要的周期也比较长，所以它的演奏细节多、技术含量多、综合难度大，因此它产生较晚，但后来居上，倍受大众欢迎。中国古代的乐队发展也说明了这样一个现象：

先秦时期是编钟、建鼓等打击乐器居于舞台的中心位置，是乐队的核心，其中编钟既为乐器，亦为权力重器。因为只有这种乐器能够代表当时最高生产力水平，是高科技的产物，同时也是综合国力的体现，它体现的不仅是一种单一的娱乐、音乐，而且体现了礼节和礼乐制度的完善程度，更体现了皇权的威严。

汉魏时期是鼓吹，即吹管乐器出现，开始登上历史舞台并成为核心。出现了横吹、骑吹、短箫铙钹等吹打乐种，吹奏乐器与一般小型打击乐器联袂登台，吹管乐器比较露脸。

唐诗乐器管窥

到了唐朝，小件灵活的打击乐器（尤其是胡鼓）登上历史舞台，弦乐器开始出现在乐队中，但作用不明显。鼓、钹类等打击乐器风光无限，其中鼓由于皇帝的喜爱被誉为"众乐之首"、"八音之领袖"。如果论独奏乐器，琴、瑟也是出现最晚的，当然这些乐器都可以独奏，但在乐队中的合用情形却不得而知，唐代有无配器及配器的具体细节还需要专家论证。

中国的弓弦乐器在唐代开始出现，但只通称为酝酿时期，因为当时的轧筝只是轧或擦，还没有拉奏，真正的拉弦乐器是在宋代，"马尾胡琴随汉车，曲声尤自怨单于。弯弓莫射云中雁，归雁如今不寄书。"只是一种可能，一种传说，汉是"汉代"吗？显然不是，因为汉代还没有考古发现来证明它的真实性，在我看来，应该是族名。宋代嵇琴产生以来，元明清完善它花了好几百年的时间来完善。

现当代，中国人经常说"管弦乐"，但"管弦"二字应该只是一个现代的概念，而不是乐队中的实际情况，在现代交响乐中，弦乐永远是乐队的主力，就重要性和视觉效果而言，舞台上是"弦管乐"，应该是"弦乐、管乐、打击乐在舞台上由前至后排列"。笔者在厦门大学生攻读音乐史方面的文学硕士学位时，周畅先生曾经几次让我们到"南音乐团"欣赏品味南音音乐，人们称南音为弦管乐。

中国古代是"弦管"、"丝竹"、"鼓吹"乐器为主，弦乐器后来居上，吹打乐退居第二，但指挥的地位却非鼓莫属，形成定制，这种现象值得我们深思。先秦以前，钟是指挥。因为它既是礼器，也是乐器，礼在前，乐随后，实际上钟是一种礼乐文明的代表。古之"钟鼓"之乐，其意甚明：钟在前，鼓在后，钟可以发号施令。鼓也非后来的胡鼓，而是体形庞大的建鼓。后来慢慢变化，到了唐代这个传统变了，这个传统是由唐玄宗改变的。鼓是"八音之领袖"，这个鼓就是胡鼓（羯鼓）。现代的乐队中鼓仍然作为中国民族乐队的实际指挥者，就是唐代确立的传统，它一直延续了一千多年，沿用在今天传统戏曲乐队之中。

其实这里有一个渐进的过程，秦汉时期，西域传过来的横吹、骑吹、黄门鼓吹等乐种不断得到强化，甚至仪式化，成为一种新兴的宫廷音乐风格和标志，皇帝的出行、打猎都离不开它，军队在战斗中或得胜凯旋，都需要鼓吹乐队造势；而"房中乐"中的弦乐器（如琴、瑟、筝等）之地位也在日益得到提高。三国、两晋、南北朝时期，鼓乐在各宫廷中也是极受重视的，宫廷音乐机构或国家音乐机构中专门设立鼓吹署就说明了这一点。

唐代鼓乐取得了领袖的地位，鼓以绝对的优势代替了钟的地位。此时钟就被放到了雅乐之列了，因为它确实时间长，历史悠久，成为传统的代表了。

以上是我们从唐诗中管窥乐器的流变情形，我们从中可以受到许多的启发。

第四节 总览

一、唐诗乐器的选择

唐诗涉及到的乐器有66种之多，本文主要涉及了23种乐器，其中主要讨论了12种。

根据乐器产生的历史之大致顺序，我们将打击乐器排在前面，吹管乐器紧随其后，丝弦乐器位列最后。①

---

① 我们研究收集到的资料数字：击乐器钟23首，鼓18首，磬20首，方响9首；管乐器笙66首，笛64首，筚篥17首，箫32首；弦乐器琴130首，琵琶48首，筝44首，箜篌15首。共486首。

301

（一）资料讨论

在主要论述的 12 种乐器中，传统乐器仍然是诗人关注范围的主要部分，胡乐器虽然气场很强，但文人们的关注点有局限，所以总体而言，他们习惯于关注传统，习惯于捍卫正统，所以形成了一个习惯做法：打击乐器中对钟的关注最多（23 篇），管乐器中笙最多（66 篇），弦乐中古琴关注最多（130 篇），我们涉及的音乐诗超过 500 首，这个数字可以反映唐诗作品器乐的主要部分。所以传统乐器的诗作比较多，但从唐诗反映的内容和气势上看，胡乐绝对是唐代的新时尚，也形成了巨大的冲击力，否则唐代史料记载中不会出现"胡部"二字，人们把九部乐、十部乐叫胡部是有道理的。诗人们对胡乐侵华、俗乐犯雅发出了不少感慨。这也是历史发展过程中的正常现象，同我们这个时代的美声唱法、民族唱法这种传统的声乐和流行唱法之间的矛盾相类似。

有一种情况必须作一点说明，像笛子这种乐器，因为皇帝喜欢，加上它又是唐代以前就已经产生，并且有了不少的作品，难免诗人们将其视为雅乐器。但实际上它也是一种正迅速汉化过程中的乐器（不然笛子怎么就是横吹，而非竖吹。在马上如果竖吹，马一走动那不就触着马背了吗？），所以诗人对笛的关注度也非常之高。

唐代自从安史之乱以后就出现的"古文运动"与"新乐府运动"互相呼应，成就了叙事方式的大转变，也就加强了史料的可信度。唐人吃饭做诗、交友作诗、享乐作诗，诗成了他们的一个随身携带的"工具"，可以随时记载身边发生的事情，成了类似我们今天的日记，甚至是时记、刻记，所以它的可信度、史料性是不容怀疑的。但也不是说这就是唐代音乐的全部，所以我们也必然要结合其它史料去考证、研究，如此才能全面、准确，以补音乐史之阙如。

（二）乐器类型

打击乐器我们选择了钟、鼓、磬、方响四件，其中以钟、鼓为代表进行重点比较。钟作为打击乐器中的雅乐之首，历史虽然不及鼓那样悠久，但它的地位在西周的"礼乐"时代到东周列国时代却是鼓不可比拟的。随着秦国统一中国，开始新的封建统治时期，钟的地位一落千丈之局势已经不可避免了。到了汉朝，鼓的地位上升，魏晋南北朝时期出现鼓吹署；唐朝鼓更是上升到整个乐队的领袖地位。

管乐器我们选择了笙、竽篥、笛、箫，尤以笛和笙作为代表。笙也是主要乐器之一，笛是横笛，不是竖吹的笛。笙、竽古乐器，有比较深厚的人文情结，是管乐中的雅乐器，竽虽然与笙一样为雅乐器，但自东周以后竽就开始走下坡路，唐代也没有多少诗人咏竽，所以不足以立论。而引起我们注意的是唐代的笛子由于皇帝的喜欢而广泛地影响了诗人，如李白。杜甫也有几首诗提到过笛子，但远远不如李白的多。箫是排箫，不是竖吹的单管箫，这点需要特别说明。

弦乐器以古琴、琵琶、筝、箜篌为主，尤其以琵琶和古琴作为代表。琵琶等胡乐器在唐代得到广泛的传播，代表雅正之音的古琴在社会生活中受到了冲击，但在士大夫的生活中所受的影响是有限的，因为社会上的人们把所有的目光都投向了琵琶。但琵琶反映在唐诗中却慢了半拍，诗人们不仅描写现实，而且还歌咏历史，先有事实，再有描写事实的诗文。

丝弦乐器中，古琴排第一，虽然地位有所下降，但它毕竟得文人风气之先，琵琶次之。虽然它在唐代舞台中大显其能，但文化人还没有完全彻底地接受它，也就是说它还没有被所有的人接受，接受的过程十分漫长，因为它需要人们内心真诚理解。这既是一次胡汉音乐的大聚会，也是一次中华民族音乐文化的大融合，中华文化又一次聚蓄了新能量，表现出了新的水平，演奏出了新的风格，形成了中国音乐文化史上的高峰。

二、唐代乐器诗览评

唐代是一个诗的时代，三百六十行诗都有反映，性别上不限男女，年龄上不分老少，体裁上不限律绝，风格上不分雅俗，风光无限，多姿多彩。写诗就是人们一种普遍的生活方式、交友方式及记叙事件、抒发激情的方式。由三教并荣代替儒家独秀，社会财富的极大繁荣及诗词歌舞的无形竞争，造成了唐代诗歌无与伦比的肥沃土壤，中外文化的互相交流也造成了整体水平的极大提高。这显然是一种与二十五史等诸多历史传统不一样的文献体裁，也是一种对正史的丰富和补充。限于主题规模与范围，我们只讨论了唐诗中与乐器有关的内容。

如果我们将唐代乐器诗分为评乐诗、参与诗、审美诗，其中古琴是文人参与最多的乐器，其它乐器以评论、欣赏为多。

通过诗人对乐器之描写观察，我们知道唐诗对乐器总体反映情况。初唐之评乐诗给人以寻幽探奇之感，毕竟不多。所写最多最早是古琴。这已经形成了一个传统，历朝如此，也是一个不可更改的传统观念，文人们都以"咏琴"为修身内容之一。古琴对于文人至少可独善其身，条件好的情况下，也可以帮助治理天下。古琴在唐代虽然受到胡乐的重大冲击，但在文人领域，从初唐、盛唐和中、晚唐也一直是文所咏最多的乐器，因为这件乐器已经超越了音乐本身。琵琶初唐所见不多，盛唐也并非俯拾皆是，只是到中唐才多见于诗人作品中；盛唐管乐器笛受到李白等文人关注，中晚唐时期胡乐器出现频率高、力度大、时间久。唐诗的乐器总节奏要比乐器的实际表现之节奏稍慢一些。

初唐诗人李峤、宋之问对乐器描写比较多，尤其是李颀对琵琶、箫、筝、箜篌、瑟、鼓等乐器都有过专题吟咏，他是众多诗

第四章 总　结

人中关注乐器最多的一人。

盛唐李白对笛子和其它管乐器比较爱好，尤其对笛子十分热爱。其咏笛诗共 8 首，这个数字值得我们骄傲。我们知道李白曾经供翰林，在唐玄宗身边有一年多，由此可知道唐玄宗爱笛的程度。王昌龄、高适、岑参作为边塞诗人对胡乐器都比较见多识广，所咏有笛、羌笛、秦筝、琵琶、胡笳、鼓等。尤其是管乐器描写更多。孟浩然也有一些诗对乐器比较关注。唐代的笛是横吹的笛，这种横吹之笛起源于胡人。

唐诗中的评乐诗达到高潮是在中唐。这个时候的诗大多都是新乐府的风格，叙事性比较强，平易近人、浅显易懂，白描、写真比较客观。此时期的咏乐诗人特别多，中唐早期以顾况为代表，对管乐、弦乐、打击乐都有描写，但对弦乐给予更多的关照，如古琴、琵琶、筝、箜篌等所述甚细，磬、笳、角等打击乐器也有不少的描写。卢纶、李益、孟郊紧随后，尤其是卢纶的《宴席赋得姚美人拍筝歌》是唐代唯一的一首对轧筝加以叙述的诗，此外，卢纶对琴和鼓、磬小有描写，李益对吹管乐器中的笛和角相对重视；到中唐中后期是咏乐诗的真正高潮之所在，其中以白居易、元稹、刘禹锡为代表，而白居易则无疑是代表中的代表，是全面的赏乐诗人。在某种程度上他甚至可以被称为"评乐诗之圣"。他不仅对乐器的描写非常细致，对所描写的每件乐器都有十分深刻的了解，如古琴写了 20 篇，琵琶写了 10 篇，而且不乏鸿篇巨制，如《琵琶行》等；对古琴、琵琶两件乐器都有诸多具体曲目的介绍，有诸多对演奏技巧的素描，有诸多对演奏家的介绍和细致表述，还有不少对师承关系的介绍等，具有非常高的史料价值和艺术价值。白居易对音乐的评论（包括部分的参与器乐表演）不仅建立在自己的热爱之上，还建立在深入学习之上，建立在深刻的情感之上。他写的评乐诗中，不仅包括乐器、舞蹈，也包括歌唱。其它乐器、歌唱、舞蹈都有数篇，还有包括对外国音乐的介绍如《骠国乐》，有对胡舞的介绍如《胡腾舞》、《胡旋舞》等，有对宫廷乐舞的介绍如《七德舞》、《霓裳羽衣舞》等，对乐器的全面介绍如《华原磬》、《五弦弹》等，有对十部乐的介绍如《西凉伎》，有对二部伎乐的介绍如《立部伎》，有对民歌的介绍如《杨柳枝》，有对歌手的描写如《何满子》。白居易的音乐诗在150篇以上，如果只是涉及音乐而不是在题目出现，则超过200篇。元稹和白居易一样对音乐给予极大的关心，白居易写的音乐诗（甚至相同的诗名），大多数都可以在元稹的诗中找到。相比之下，刘禹锡则在歌唱方面显示出极大的兴趣和爱好，但与"元白"比较刘禹锡的乐器诗是比较少的。看来无论是"元白"还是"刘白"，其核心都是"白"。白居易是最重要的咏乐诗人，如果让我们选择咏乐的桂冠诗人，那么，非白居易莫属。白氏咏乐诗、评乐诗具有独特的历史价值、真正的艺术价值和至高的审美价值。

晚唐早期的殷晓藩和李贺诗歌中有关乐器的诗相当可观，但真正让我们眼前一亮、为之激动的诗人是杜牧、温庭筠、李商隐、张祜和方干，罗隐、曹邺、陆龟蒙也不可忽视。

殷晓藩写过与琴、筝、瑟、笙、鼓、筎等有关乐器的诗，有长有短，篇幅大小适宜；李贺运用他特有的诗韵表达对琴、箜篌、筚篥、鼓等乐器的激情，数量虽然不是太多，但均属于长大结构的诗篇，历史价值很高；杜牧对胡笳、角、笛、方响等乐器写过不少诗篇，温庭筠对筝、筚篥、瓯等乐器都有描写，李商隐对琴、筝、笙、鼓等乐器有过素描；而在数量上比较多的恐怕要数张祜和方干。张祜的音乐诗是晚唐最多、最全面的：有元宵十五观灯的舞蹈、杂技的表演，有笛、箫、笙、筚篥、芦管等管乐器，有琴、五弦、琵琶、筝、箜篌等弦乐器，有鼓、羯鼓、方响等打击乐器。其咏乐诗作品达到30首，令我们为之激动；方干对角、钟、磬等吹打乐器比较有感觉，仅与钟有关的诗就超过10

第四章 总　结

首,此外还有角、方响、磬等有关的诗,所以方干的诗注意力多放在打击乐器方面。

此外,唐代乐器诗对后代的发生了极大影响,唐以后文人对音乐给予充分的关怀。宋代有苏轼、陆游、梅尧臣等,与此同时还有金太宗;元代萨剌都、王恽、赵孟頫等,明代有杨慎、徐渭等,清代张梁、刘献廷、王世深等,历朝历代都有文人写音乐诗。这些诗也成为人们研究历朝音乐之重要参考。

附录二：主要参考文献

一、专著

周畅《音乐与美学》，京华出版社，2001年5月第1版。

高步瀛《唐宋诗举要》（上、下册），上海古籍出版社，1959年5月第1版。

欧阳修、宋祁《新唐书》，中华书局1975年4月第1版。

杨荫浏《中国古代音乐史稿》（上、下册），人民音乐出版社，1981年2月第1版。

文化部文学艺术研究院音乐研究所编《中国古代乐论选辑》，人民音乐出版社，1981年5月第1版。

李如鸾《古代诗文名篇赏析》，北京出版社，1985年6月第1版。

王克芬《中国舞蹈史（隋唐五代部分）》，文化艺术出版社，1987年2月第1版。

袁静芳《民族器乐》，人民音乐出版社，1989年3月第1版。

《文史知识》编辑部编《儒佛道与传统文化》，中华书局出版，1990年3月第1版。

史国柱《中国姓氏起源》，山东大学出版社，1990年11月第1版。

傅正谷选释《唐代音乐舞蹈杂技诗选释》，人民音乐出版社，1991年3月第1版。

王凤桐、张林《中国音乐节拍法》，中国文联出版公司出版发行，1992年12月第1版。

赵克尧《汉唐史论集》，复旦大学出版社，1993年4月第1版。

郑学檬、冷敏述《唐文化研究论文集》，上海人民出版社，1994年11月第1版。

韩林德《境生象外》，生活读书新知三联书店，1995年4月第1版。

余太山主编《西域文化史》，中国友谊出版公司，1995年12月第1版。

朱易安《唐诗与音乐》，漓江出版社，1996年5月第1版。

吕思勉《中国民族史》，东方出版社，1996年3月第1版。

张亮采《中国风俗史》，东方出版社，1996年3月第1版。

黄仁宇《中国大历史》，生活、读书、新知三联书店，1997年5月第1版。

周振鹤主编《中国历史文化区域研究》，复旦大学出版社，1997年9月第1版。

袁静芳《乐种学》，华乐出版社，1997年12月第1版。

蔡鸿生《唐代九姓胡与突厥文化》，中华书局出版，1998年12月第1版，2001年6月第2次印刷。

高国藩《敦煌俗文化学》，上海三联书店，1999年1月第1版。

项阳《中国弓弦乐器史》，国际文化出版公司，1999年10月第1版。

安柯钦夫等主编《中国北方少数民族文化》，中央民族大学出版社，1999年11月第1版。

晏昌贵《中国古代地域文明纵横谈》，湖北人民出版社，2000年7月第1版。

韦东超，王瑞莲《中国民族流变史》，湖北人民出版社，2000年7月第1版。

修海林《中国古代音乐史料集》，世界图书出版公司出版，2000年9月第1版。

莫林虎《中国诗歌源流史》，中国社会科学出版社，2001年2月第1版。

谢思炜《唐宋诗学论集》，商务印书馆，2003年3月第1版。

吴真《唐诗地图》，南方日报出版社，2003年8月第1版。

王耀华《琉球御座乐与中国音乐》，人民教育出版社出版，2003年9月第1版。

吴梅《中国戏曲概论》，中国人民大学出版社，2004年出版，2009年11月第2次印刷。

中国艺术研究院音乐研究所、台南艺术大学民族音乐学研究所编《音乐文化》，文化艺术出版社，2005年1月第1版。

梁茂春、陈秉义《中国音乐通史》，中央音乐学院出版社，2005年6月第1版。

卜键《从祭赛到戏曲》，文化艺术出版社，2005年7月第1版。

李少林主编《唐代文化大观》，内蒙古人民出版社，2006年4月第1版。

孙熙国《先秦哲学的意蕴》，华夏出版社，2006年5月第1版。

赵令志《中国民族历史文献学》，中央民族大学出版社，2006年7月第1版。

柯杨《民间歌谣》，中国社会出版社，2006年9月第1版。

姜晓东《刘禹锡》，五洲传播出版社，2006年10月第1版。

毛水清《唐代乐人考述》，东方出版社，2006年11月第1版。

彭吉象主编《中国艺术学》，北京大学出版社，2007年1月第1版。

葛剑雄《历史上的中国——中国疆域的变迁》，上海文艺出版总社，2007年8月第1版。

孙秀玲《一口气读完大唐史》，京华出版社，2007年8月第1版。

韦明铧《听取新翻杨柳枝—中国古代时尚文化》，云南出版集团公司、云南人民出版社，2007年12月第1版。

史凯敏《鼓吹（乐）署考》（硕士学位论文），河南大学，2008年。

吕思勉《中国史》（上、下册），中国社会科学出版社，2008年6月第1版。

楮历《西安鼓乐的曲式结构》，中央音乐学院，2008年12月第1版。

衣殿臣编著《历代哲理诗》，大众文艺出版社，2009年1月第1版。

叶炜《南北朝隋唐官吏分途研究》，北京大学出版社，2009年1月第1版。

罗三洋《柔然帝国》，中国国际广播出版社，2009年1月第1版。

黎国韬《先秦至两宋乐官制度研究》，广东人民出版社，2009年6月第1版。

李昆丽《中国民族器乐览赏》，西南师范大学出版社，2009年9月第1版。

闵定庆《谐谑之锋——俳优人格》，（东京）东方出版社，2009年12月第1版。

钱文忠、蒙曼等《汉唐精神》，中央编译出版社，2009年11月第1版。

金滢坤《中晚唐五代科举与社会变迁》，人民出版社，2009年9月第1版。

宗承灏《唐非唐—盛世帝国的谎言与真相》，西安交通大学出版社，2010年5月第1版。

张永禄《唐都长安（增订本）》，三秦出版社、西安出版集团，2010年6月第1版。

王开洋《唐诗万象——唐朝风情面面观》，百花文艺出版社，2010年6月第1版。

周一良《魏晋南北朝史十二讲》，中华书局，2010年7月第1版。

罗天全《中国音乐之源与流》，四川出版集团、四川人民出版社，2010年8月第1版，

赖瑞和《唐代中层文官》，中华书局，2011年9月1月第1版。

肖瑞锋、方坚铭、彭万隆《晚唐政治与文学》，中国社会科学出版社，2011年3月第1版。

蔡钟翔、袁济喜《中国古代文艺学》，人民文学出版社，2011年3月第1版。

陈燕妮《居住的诗篇——论唐诗中的洛阳城市建筑景观》，人民出版社，2011年9月第1版。

高世瑜《唐代妇女》，三秦出版社、陕西出版集团，2011年9月第1版。

陈春霞《孝文帝改革后的民族融与北朝文学研究》，中国社会科学出版社，2011年12月第1版。

林萃青《宋代音乐史论文集——理论与描述》，上海音乐学院出版社，2012年1月第1版。

张承宗《六朝妇女》，南京出版社，2012年4月第1版。

刘再生《音乐界的一桩历史公案：刘再生音乐论文集》，上海音乐学院出版社，2012年5月第1版。

孟斜阳《秀口一吐，就是半个盛唐：李白诗传》，华中师范大学出版社，2012年10月第1版。

二、论文

周畅《乐天评乐》。《乐府新声》1983 年第 3 期。

何昌林《唐传日本〈南宫琵琶谱·手弹〉》译释。《交响》1983 第 2 期。

雄飞《白居易的音乐诗》译释。《交响》1983 第 2 期。

何昌林《唐传日本〈五弦谱〉译解研究》(上)。《交响》1983 第 4 期。

何昌林《唐传日本〈五弦谱〉译解研究》的几点说明》(下)。《交响》1984 第 2 期。

何昌林《秦乐与潮乐》。《交响》1984 第 3 期。

王誉声《试谈唐宋〈大曲〉的源流》。《交响》1984 第 4 期。

周菁葆《试论龟兹乐与大食乐的关系》。《交响》1985 年第 3 期。

何昌林《中国俗字谱与拜占廷乐谱》。《交响》1985 第 3 期。

李石根《中国古谱发展史上一次重大改革——泛论工尺谱的产生及其形成过程》。《交响》1985 年第 3 期。

陈应时《中国古谱及其分类法》。《交响》1985 年第 4 期。

魏军《秦筝源流新证》。《交响》1986 年第 1 期。

吉喆《从我国弓弦乐器的发展初探板胡的渊源》。《交响》1986 年第 1 期。

李石根《论西安鼓乐的宫调特征》。《交响》1986 年第 2 期。

李健正《西安"鼓乐"曲体释考》(上)。《交响》1986 年第 2 期。

郝毅《论敦煌石窟〈急胡相问〉》。《交响》1986 年第 2 期。

李健正《西安"鼓乐"曲体释考》(下)。《交响》1986 年第 3 期。

陈应时《燕乐二十八调何止"七宫"》。《交响》1986 年第 3 期。

李雄飞《白居易音乐思想评析》。《交响》1986年第3期。
王誉声《唐燕乐二十八调研究》。《交响》1986年第4期。
吕洪静《隋唐"解曲"浅说》。《交响》1986年第4期。
李石根《一种特异的鼓乐谱》。《交响》1987年第1期。
冯亚兰《婆罗门词曲考》。《交响》1987年第1期。
焦杰《长安古乐与日本民歌调式之比较》。《交响》1987年第1期。
程天健《长安古乐〈雨霖铃〉》浅析。《交响》1987年第1期。
冯亚兰《婆罗门词曲考》。《交响》1987年第1期。
金建民《〈阳关三叠〉是如何三叠的》。《交响》1987年第1期。
杨匡民《楚编钟与民歌音阶的比较》。《交响》1987年第2期。
叶栋《唐传十三弦筝曲二十八首》。《交响》1987年第2期。
〔日〕岸边成雄,周谦译《论西域艺术家及其对古代文化史的贡献》。《交响》1987年第2期。
〔日〕岸边成雄,陈应时译《全译五弦谱》。《交响》1987年第2期。
金文达《传奇式人物藤原贞敏——其人、其事及其乐器》。《交响》1987年第3期。
刘恒之《唐、宋燕乐二十八调的宫调体系》。《交响》1987年第3期。
叶栋《唐传十三弦筝曲二十八首》。《交响》1987年第3期。
吕洪静《〈填破阵子〉词再证唐代"拍"的时值——西安鼓吹乐源流之二。《交响》1987年第4期。
李根万《西域吹奏乐器之冠——筚篥》。《交响》1987年第4期。

张曲波《篪、笛考辨》。《交响》1987年第4期。
刘劼《陕西宗教音乐考》。《交响》1988年第3期。
庄壮《榆林石窟壁画伎乐》。《交响》1988年第3期。
李石根《关于西安鼓乐的记谱法问题》。《交响》1989年第1期。
孙星群《福建南音与唐〈大曲〉》。《交响》1989年第1期。
修海林《汉代音乐文化风貌散论》。《交响》1989年第3期。
冯亚兰《长安古乐的宫调及音阶》。《交响》1989年第3期。
方建军《陕西出土西周和春秋时期的甬钟的初步考察》。《交响》1989年第3期。
吕洪静《云锣出现年代及双云锣简介》。《交响》1989年第3期。
李石根《关于郑译与万宝常的两个八十四调——评〈隋代大音乐家万宝常〉》。《交响》1990年第1期。
黎蔷《扑逆迷离的西域古乐谱》。《交响》1990年第1期。
李健正《长安古乐乐种说》。《交响》1990年第1期。
魏军《秦筝源流再证》。《交响》1990年第1期。
庄永平《鼓套子节奏与敦煌曲拍》。《交响》1990年第3期。
焦杰《长安古乐源流初探》。《交响》1990年第4期。
东明《从日本人的汉（唐）诗吟唱论唐诗与音乐的关系》。《交响》1991年第1期。
余铸《长安古乐谱的韵曲》。《交响》1991年第1期。
李雄飞《唐代音乐与诗歌——兼论唐绝句繁荣的一个根本原因》。《交响》1992年第1期。
何昌龄《唐代酒令歌舞曲的的奇拍型机制及其历史价值（上）》。《交响》1992年第4期。
何昌龄《唐代酒令歌舞曲的的奇拍型机制及其历史价值（下）》。交响》1993年第1期。

张林《宋代均拍非均等节拍》。《音乐艺术》1993年第1期。

冯文慈《论西域音乐在唐代宫廷繁盛的原因——兼论西北高原汉族民歌近似色彩区的历史渊源》。《交响》1993年第2期。

彭子华《略谈我国民族民间乐器名称的由来》。《交响》1995年第2期。

李雄飞《唐诗中的丝绸之路音乐文化》。《交响》1996年第1期。

殷克勤《白居易琵琶诗的艺术魅力》。《交响》1996年第2期。

戴宁《隋唐朝的打击乐论》。《交响》1996年第3期。

戴宁《打击乐研究——古代鼓的起源与分类》。《交响》1997年第1期。

张林《中国音乐节拍发展史上的几个个问题》。《交响》1997年第4期。

戴宁《中国打击乐研究——古代鼓的起源与分类》。《交响》1997年第4期。

张林《论古今节拍四题——答洛地先生》。《交响》1999年第1期。

戴宁《中国打击乐研究（上）——古代小型铜制打击乐器》。《交响》1999年第1期。

戴宁《中国打击乐研究（下）——古代小型铜制打击乐器》。《交响》1999年第2期。

崔岳《唐诗宋词中的琵琶艺术》。《交响》1999年第3期。

陈荃有《悬钟的发生及双音钟的厘定》。《交响》2000年第4期。

赵玉卿《乐书要录》的留存情况考证。《交响》2001年第1期。

陈正生《笛类乐器考古研究异议》。《交响》2001年第1期。

徐元勇《论民歌与明清俗曲之异同》。《交响》2001 年第 1 期。

褚历《西安鼓乐中套词、北词、南词、外南词、京套的曲式结构》。《交响》2001 年第 2 期。

陈四海《从刘鹗的〈老残游记〉中看小玉的歌唱艺术》。《交响》2001 年第 2 期。

孙晓晖《唐代的卤簿鼓吹》。《黄钟》（武汉音乐学院学报）2001 年第 4 期。

徐元勇《明清俗曲作品名称小考》。《交响》2001 年第 4 期。

吕宏静《"拍弹"的结构样式及张力》。《交响》2002 年第 1 期。

李石根《法曲辩》。《交响》2002 年第 2 期。

滑静《论京剧唱腔与歌剧美声唱法之异同》。《交响》2002 年第 3 期。

庄壮《敦煌壁画上的打击乐器》。《交响》2002 年第 4 期。

程天健《长安鼓乐的物质构成与形态特征》。《交响》2002 年第 4 期。

张柏铭《论汉代黄钟的标准》。《交响》2002 年第 3 期。

冯建志《从汉画像看鼓吹乐的形态特征及功用》。《交响》2002 年第 3 期。

于春哲《白居易诗歌中的唐代琵琶艺术》。《交响》2004 年第 1 期。

庄壮《榆林窟、东千佛洞壁画上的拉弦乐器》。《交响》2004 年第 2 期。

王鸿昀《唐代乐舞文化成因与艺术形态考释》。《交响》2004 年第 2 期。

李未醉《张说与泼寒胡戏》。《交响》2004 年第 2 期。

劳沃格林著，方建军、林达译《丝绸之路乐器考》。《交响》

317

2004年第3期。

李林《20世纪西方打击乐述略》。《交响》2004年第3期。

应有勤《中日尺八一脉相承》。《交响》2004年第3期。

庄壮《敦煌壁画上的弹拨乐器》。《交响》2004年第4期。

伍国栋《两汉魏晋南北时期的"丝竹乐"窥探》。《交响》2006年第1期。

吕洪静《宋时"法曲"音乐结构样式及对人文关照的质疑》。《交响》2006年第1期。

项阳《拓展"西安鼓乐"研究领域的一点思考》。《交响》2006年第3期。

褚历《西安鼓乐中耍曲的曲式结构》。《交响》2003年第1期。

庄永平《唐乐古谱节拍探求》。《交响》2003年第1期。

李石根《唐代音乐文化的两大体系——大唐雅乐与燕乐》。《交响》2003年第4期。

李西林《唐三代帝王对盛唐音乐繁荣的贡献与局限》。《交响》2006年第2期。

秦德祥《传统吟颂的用谱与传承方式》。《交响》2006年第2期。

褚历《云冈大锣鼓——一个亟待保护和发展的珍贵乐种》。《交响》2006年第1期。

冯光钰《西安鼓乐的传承保护及生态还原》。《交响》2006年第2期。

许德宝，雷达《论西安鼓乐的保护》。《交响》2006年第2期。

罗艺峰《西安音乐学院"长安鼓乐"研究25年》。《交响》2006年第2期。

程天健《西安鼓乐研究综述》。《交响》2006年第2期。

孙婧《西安鼓乐的文化性质》。《交响》2006 年第 2 期。

秦序《"燕乐"并非唐代音乐的一种恰当分类——隋唐乐舞的分类问题》。《交响》2006 年第 3 期。

梁满仓《魏晋南北朝军礼鼓吹刍议》。中国社会科学院《历史研究》2006 年第 3 期。

李西林《唐诗与音乐繁荣问题研究现状评述》。《交响》2006 年第 3 期。

曾美月《由唐代热戏看唐人竞争意识》。《交响》2006 年第 4 期。

王安潮《黄翔鹏学术研究之研究》。《交响》2006 年第 4 期。

褚历《西安鼓乐的变奏手法》。《交响》2007 年第 1 期。

曾美月《唐代鼓吹研究》。《乐府新声》(沈阳音乐学院学报) 2009 年第 2 期。

庄永平《琵琶考源》。《星海音乐学院学报》2009 年第 2 期。

陈应时《论敦煌乐谱中的实证方法》。《交响》2009 年第 4 期。

王安潮《唐大曲音乐结构分析》。《交响》2009 年第 4 期。

韩启超《六朝音乐探微》。《交响》2009 年第 4 期。

齐柏平《从"钟鼓"之乐到"钟表"之用——对一种音乐现象的思考》。《中国人民大学学报》2013 年第 2 期。

后　　记

　　20世纪末（1991.9～1994.7），我在厦门大学艺术教育学院攻读音乐学硕士学位，投奔在恩师周畅先生的门下，研究方向是《中国古代音乐史》，在学业结束时，先生给我做了唐诗与音乐的论文题目。通过大量的阅读，并到校外的图书馆去收集资料，最后，我将题目定为《唐诗乐器管窥》，以表一得之见。也是由于我的研究难以全面表达整个唐代的音乐状况，故名之"管窥"比较名符其实。

　　毕业后，我分配到武汉音乐学院（1994.7～1999.9），先是在《黄钟》编辑部工作，后在音乐学系担任一些音乐学课程的教学任务，如《中国民歌》、《世界民族音乐》、《唐诗与音乐》等课程。其中《唐诗与音乐》为选修课程，我将自己的思考和学生交流，受到同学们的欢迎。我在武汉期间也购到了不少关于唐代的书籍，有音乐方面的，也有文学和其它艺术方面的。21世纪初（2002.7），我来到中国人民大学徐悲鸿艺术学院音乐系工作。我又开始有意识地在人大旧书市场选购一些研究资料，同时也在中关村图书大厦、北京西单图书大厦、王府井中国书店等地购得一些研究书籍。从武汉音乐学院工作至今，约收集近百本之多，偶有心得，也时常提笔，现在有某些内容已经撰入本书之中。

　　2011年我决定将我的硕士论文《唐诗乐器管窥》修改出版，以期对恩师有个交待。我打电话给恩师和师母，他们热情地鼓励我做好此项工作。在北京的大师兄项阳，也积极支持我做好此

后 记

事。2011年11月，我给师弟、在厦门大学艺术学院音乐系工作的周显宝教授打电话告诉他我的意图，他在12月就给我寄过来了论文的复印资料，于是我就投入到修改工作中。在此过程中，向周老师请教颇多，当这些问题解决之时，我更加感恩导师。2012年6月6日，我再次来到母校看望周先生和师母田寿龄教授（田老师教过我两年的美声唱法），请他为我作序。先生在身体状态欠佳的情况下，欣然答应，并与师母一道热情地接待了我，帮我安排好住处，使我油然生出回到学生时代的感觉。一个月后，2012年7年6日晚，田老师打电话通知我说《唐诗乐器管窥》中的"序"有两处错误，我迅速改正。我也向周老师、田老师汇报了在中国艺术研究院音乐研究所查资料的事情，我告诉周老师说，他于1983年发表在《乐府新声》第3期上的论文题目《乐天评乐》我查到了。这是先生在20世纪80年代早期发表的关于唐代诗歌中评乐的论文，对我很宝贵。此时，我回想起当时先生将他钟爱的题目让给我写，个中恩情，只有我能够体会。由此可见恩师博大的胸怀和高尚的情操。

在这部专著成形的过程中，我写过无数稿，深知其中甘苦。在此向所有帮助、指导我的先生、师兄弟、同行们表示感谢，除了周畅先生、田老师之外，还有方妙英教授、赵升书教授、刘以光教授、王耀华教授、田联韬教授、杨民康教授、项阳研究员、罗天全教授、周显宝教授、包爱军教授、陈荃有教授、李诗原教授。需要说明的是，本专著的编辑、修改是俞人豪教授亲自操刀完成的，他的刀子很锋利、精准，为本专著增色不少。邢媛媛老师及出版社其它老师、工作人员，也为此书出版给予了大力支持。2012年7月10日、7月26日，项阳师兄两次给我提出建设性意见，要我多多吸收这些年的研究成果，在他的鼓励下，我的专著还增加了第四章。7月15日，8月1日向李幼平教授两次求教，李幼平教授十分慷慨大方，与我一起分享他的研究

321

成果。与此同时，我还向湖北省博物馆的馆长张翔、中国艺术院音乐研究所的崔宪研究员请教过，他们都给我许多帮助，在此一并感谢。

由于本书水平和视野所限，不足之处在所难免，希望前辈和同行批评指正。

作者 2013 年夏于北京世纪城